古典文獻研究輯刊

十七編

曾永義 主編

第 20 冊

富教並重・教化至上——
李綠園教育思想及其《歧路燈》創作觀念研究(下)

徐雲知 著

國家圖書館出版品預行編目資料

富教並重，教化至上──李綠園教育思想及其《歧路燈》創作
觀念研究（下）／徐雲知 著 ─ 初版 ─ 新北市：花木蘭文化
事業有限公司，2018〔民107〕
目 2+228 面：19×26 公分
（古典文學研究輯刊 十七編：第20冊）
ISBN 978-986-485-337-3（精裝）
1.（清）李綠園 2. 古典小說 3. 文學評論
820.8   107001708

ISBN-978-986-485-337-3

古典文學研究輯刊
十七編　第二十冊   ISBN：978-986-485-337-3

富教並重，教化至上
──李綠園教育思想及其《歧路燈》創作觀念研究（下）

作　　者　徐雲知
主　　編　曾永義
總 編 輯　杜潔祥
副總編輯　楊嘉樂
編　　輯　許郁翎、王筑　美術編輯　陳逸婷
出　　版　花木蘭文化事業有限公司
發 行 人　高小娟
聯絡地址　235 新北市中和區中安街七二號十三樓
　　　　　電話：02-2923-1455／傳眞：02-2923-1452
網　　址　http://www.huamulan.tw 信箱 hml 810518@gmail.com
印　　刷　普羅文化出版廣告事業
初　　版　2018 年 3 月
全書字數　327249 字
定　　價　十七編 26 冊（精裝）新台幣 50,000 元

富教並重，教化至上──
李綠園教育思想及其《歧路燈》創作觀念研究（下）

徐雲知　著

第三部分：創作論

《歧路燈》：基於教化的藝術實踐

　　前兩部分筆者都是就李綠園「以小說行教化」創作觀念所產生的內外因素進行剖析，現在正式介入作品研究。因為無論李綠園自述其創作觀念如何，最終都必然要落實到具體創作實踐的成果——小說文本中去。「形象大於思想」，文本所透露出的信息遠較其自述要完整、充實得多。

　　李綠園一生創作頗豐，但流傳下來的小說僅見《歧路燈》，所以本研究主要圍繞《歧路燈》展開，而以李綠園的其他著作作為補充旁證。

　　《歧路燈》從其題旨而言講述的是教育問題，李綠園創作的目的也是呼籲社會在經濟繁榮階段更要重視教育，因此許多讀者和研究者總結其小說觀的實質是四個字——「教化至上」，事實也是如此。

　　教育與教化並不是一個概念，所謂教育，前文已有論及，是指增進人們的知識和技能、影響人的思想品德的活動，有廣義和狹義之分，廣義的教育包括學校教育、社會教育和家庭教育；狹義的教育僅指學校教育。教化的本義來自於《禮記・學記》：「建國君民，教學為先，化民成俗，其必由學」，教化中的「教」為教育之意，而「化」則是感化的意思，教化是指通過各種形式的教育而感（感知、感受、感動）化（通過接受、消化和理解而產生變化）受教育個體或群體，使社會的倫理規範成為人們約定俗成的行為。在中國古代，教化多指面向平民百姓的社會教育，接近於廣義的教育，只是其受教範圍指向平民百姓。教育與教化不同，廣義上的教育其範圍明顯要比教化大，而狹義上的教育則比教化的範圍小。狹義的教育是教化的基礎，沒有狹義的教育就無所謂教化；而教化又是廣義的教育的基礎，沒有教化也就無所謂真正廣義上的教育。

　　本研究的主要注意力放在李綠園的教育思想層面上，因《歧路燈》重在描寫中下層士人的教育問題，故此本研究在宏觀問題上用教化的概念，而在微觀問題上用狹義的教育的概念。

第一節　《歧路燈》中的教育思想

一、李綠園的哲學基礎：人性「近」論

　　任何一個教育者對於教育都有其自身的理解，而實施教育有一個最起碼的前提，那就是對人性的理解，因為其對人性的理解直接影響到其教育理念的形成及其教育活動的踐行。因此，瞭解李綠園的教育思想必先從其人性論的解析入手。就李綠園本人的人性論而言，其中既有對傳統儒家人性論觀點的繼承，也有其在當時的歷史條件下對傳統儒家學說的弘揚與發展，李綠園的人性論對我們今天的教育仍有啟發和借鑒意義。

　　中國關於人性的提法最早來源於孔子，「性相近也，習相遠也」〔註1〕。「性相近也」中的「性」，指人的本性或人的先天素質，「習相遠也」中的「習」則指人的後天習得。「孔子所謂性，乃與習相對的。孔子不以善惡講性，只認為人的天性都是相近的，所謂的相異，皆由於習〔註2〕。」可以說，孔子的人性理論奠定了中國儒家思想中對人性問題認識和理解的基調，也奠定了中國傳統思想中有關這一問題的基本框架。事實也是如此，人性本無善惡，只因後天「習染」不同而相異甚大。人和人之間的不同發展，基於「習染」不同，而且一定程度上又是人通過主觀努力可以控制和把握的。孔子認為：「生而知之者，上也；學而知之者，次也；困而學之，又其次也；困而不學，民斯為下矣」〔註3〕，「中人以上，可以語上也；中人以下，不可以語上也。」〔註4〕沿此邏輯推論下去，便為孔子提倡的「道德人格」修養學說打開了方便之門，於是才有後來孟子的「人皆可以為堯舜」〔註5〕和荀子的「塗之人皆可以為禹」〔註6〕的理想信念的出現，即每個人都可以通過自己的努力達到和實現其理想

〔註1〕　見《論語‧陽貨》。
〔註2〕　張岱年，中國哲學大綱〔M〕，北京：中國社會科學出版社，1982，頁183。
〔註3〕　見《論語‧季氏》。
〔註4〕　見《論語‧雍也》。
〔註5〕　見《孟子，告子下》。
〔註6〕　見《荀子‧性惡》。

人格，完成倫理上的道德自我完善，因此，「有教無類」〔註7〕成爲必然。

人性理論發展到宋明，「在天爲命，在義爲理，在人爲性，主於身爲心，其實一也」〔註8〕。但這裡的「性」只指「天命之性」，而「論性不論氣，不備；論氣不論性，不明」〔註9〕，人不只具有「天命之性」，還有「氣質之性」，二者既相區別，又相聯繫，而人性之善惡源於氣質之性。在二程看來，「生之謂性與天命之謂性，同乎性字，不可一概而論。生之謂性，止訓所稟受也。天命之謂性，此言性之理也」〔註10〕。「生之謂性」是「氣稟」而來，氣有清濁之分，人因此而有善惡之別。而在朱熹看來，「理」體現在人身上即是「性」（性即理）：「天地之間，有理有氣。理也者，形而上之道也，生物之本也；氣也者，形而下之器也，生物之具也。是以人物之生，必稟此理，然後有性；必稟此氣，然後有形。其性其形，雖不外乎一身，然其道器之間分際甚明，不可亂也」〔註11〕。

清中葉的李綠園承襲了此說，在《歧路燈》中開宗明義提出「稟賦說」：「大抵成立之人，姿稟必敦厚，氣質必安詳，自幼家教嚴謹，往來的親戚，結伴的學徒，都是些正經人家，恂謹子弟。譬如樹之根柢，本來深厚，再加些滋灌培植，後來自會發榮暢茂。若是覆敗之人，聰明早是浮薄的，氣質先是輕飄的，聽得父兄之訓，便似以水澆石，一毫兒也不入；遇見正經老成前輩，便似坐了針氈，一刻也忍受不來；遇著一班狐黨，好與往來，將來必弄得一敗塗地，毫無救醫」（見第一回）。李綠園「成立之人」稟氣安詳、「覆敗之人」稟氣輕飄之說，這種「氣質之性」有善惡與宋明理學的人性論觀點是一脈相承的。

有此論似乎意味著李綠園一定會沿著善者自善、惡者固惡的思路詮釋其思想，實際上並非如此。譚紹聞「一家是極有根柢的人家，祖、父都是老成典型」，他也是「一個極聰明的子弟」，其家教「嚴密齊備，偏是這位公郎，只少了遵守兩個字」，「結交一干匪類，東扯西撈」，結果「弄的家敗人亡，上天無路，入地無門。多虧他是個正經有來頭的門戶，還有本族人提拔他；也虧他良心未盡，自己還得些恥字悔字的力量，改志換骨，結果也還到了好處。

〔註7〕 見《論語・衛靈公》。
〔註8〕 見《二程遺書》卷十八，臺北：臺灣商務印書館，1983。
〔註9〕 見《二程遺書》卷六，臺北：臺灣商務印書館，1983。
〔註10〕 見《二程遺書》卷二十四，臺北：臺灣商務印書館，1983。
〔註11〕 見《朱文公集・答黃道夫》卷五十八，上海：中華書局，民國本。

要之，也把貧苦熬煎受夠了」（見第一回）。實際上這無異於否定了「人性天成」的觀點，肯定了人性是後天形成的，是社會的產物。因爲「氣質之性，固有美惡之不同。然以其初而言，則皆不甚相遠也」（朱熹語），《歧路燈》中盛希僑、夏逢若、張繩祖無一不是世家子弟出身，「但習於善則善，習於惡則惡，於是始相遠耳」（朱熹語），既然在「氣質之性」中「理」和「氣」及善與不善雜糅並存，所以才要通過教育「變化氣質以復性」，追求內在的超越，做「存天理、滅人欲」的工夫。

在《歧路燈》中作者通過譚孝移對舉「賢良方正」事來分析他的人性，雖事先做好譚孝移「爲人端方正直，忠厚和平」（見第二回），嚴守禮教，以孝爲先，不妄言君父和朝政，助修文廟，深得眾望，祥符縣學贈以「品卓行方」，並因此被薦舉爲「賢良方正」等鋪墊，但做爲譚孝移自己，卻並不認爲他得此榮譽理所當然。他想推掉這件事，因爲他自己覺得論其「生平，原不敢做那歪邪的事，其實私情妄意，心裏是盡有的。只是想一想，怕壞了祖宗的清白家風，怕留下兒孫的邪僻榜樣，便強放下了。各人心曲裏，私欲叢雜的光景，只是很按捺罷了」，倒是婁潛齋認爲他「舉念便想到祖宗，這便是孝；想到兒孫，這便是慈。若說是心裏沒一毫妄動，除非是淡然無欲的聖人能之」，譚孝移有這「一段話，便是眞正的賢良方正了」（見第六回）。這正注解了朱熹的「心」說。

朱熹把「心」分爲本體和功用兩方面，本體之心爲「道心」，功用之心爲「人心」，而這源於稟氣不同所致。來源於「性命之正」而出乎「義理」的是「道心」，來源於「形體之私」而出乎「私欲」的是「人心」；但「道心」寓於「人心」之中，並通過「人心」表現出來，所以難免要受「人心」私欲的牽累和蒙蔽，顯者有限：「人心惟危，道心惟微，惟精惟一，允執厥中」〔註12〕，因此，學以變化氣質，使「人心」轉危爲安，使「道心」由隱而顯，使「人心」變爲「道心」，由支配地位降爲被支配地位。而把「人心」變爲「道心」的過程，就是「復性」的過程：「革盡人欲，復盡天理，方始是學」，「聖人千言萬語，只是教人明天理，滅人欲」〔註13〕。

但作爲一個生命個體，「革盡人欲，復盡天理」的過程並非一帆風順、一蹴而就，一百零八回的《歧路燈》用七十回來描寫譚紹聞的墮落及其回頭之

〔註12〕見《尚書，大禹謨》。
〔註13〕見《朱子語類》卷十三，乾隆抄本。

艱難：第十三～二十五回寫譚紹聞失怙後在匪人夏逢若等人引誘下醉酒、私婢、試賭、狎優，開始墮落；第二十六～三十六回寫譚紹聞第一次良心發現，「誓志永改過」，卻抵不住「盟友暗計」，重墮舊途；第三十七～五十四回譚紹聞二次醒悟，「正言拒匪人」，但難敵「范尼姑愛賄受暗托，張公孫哄酒圈賭場」，揭息債、養倡優、逐義僕，並因賭引出人命案；第五十五～八十二回譚紹聞迴心轉意欲求功名，卻被損友計逐良師重拉下水，開賭場、燒丹灶、鑄私錢、鬻墳樹，直淪落到「上天無路，入地無門」唯求一死以解脫的地步。譚紹聞一波三折、一唱三歎的回頭之路和其懸崖勒馬九死一生的慘痛教訓，印證了李綠園在《歧路燈》開篇中所提到「成立之難如登天，覆敗之易如燎毛」的經驗之談。一部《歧路燈》表面上就是一部「程朱理學的圖解〔註14〕」，其詮注的就是「存天理、滅人欲」的艱難修養過程，但還不僅僅如此。如果《歧路燈》之意僅在於此，那麼其必然難辭平庸之咎，李綠園的目的不僅在於勸浪子回頭，為浪子指出回頭之路，更在於為經濟昌盛時期以教育化解社會矛盾與危機，消除富而不教、教而失當的危害指明方向，這才是李綠園用心良苦之處，也是歧路之燈何以長明不息的意義之所在。

李綠園對於人性的看法雖承襲於宋明理學，又不止於宋明理學，李綠園的人性論中還雜糅著明末清初思想家們的影響。明清鼎革，如「天崩地解」，給予思想界以巨大的震撼，一些有識之士紛紛從總結明朝亡國的教訓入手，探討理學與國家興亡的關係，開始痛感空談誤國，於是在批判陸王心學之空疏的同時，重新回歸併樹立程朱理學的正統地位，而且從清初到清中葉，程朱理學一直作為正統的官方哲學左右著世人的思想。清錢儀吉就認為「必尊朱子而黜陽明，然後是非明而學術一，人心可正，風俗可淳〔註15〕」。但並非每個思想家都如此認為，清顏元就明確提出宋明理學的「人性二分」和以「氣質不純為惡之源」的觀點有違孔孟的性命主旨，他認為天地之性烏有，氣質之性非惡：「形，性之形也；性，形之性也，捨形則無性矣，捨性亦無形矣。失性者據形求之，盡性者於形盡之，賊其形則賊其性矣〔註16〕」。他認可人欲，同時認為人欲需要以理性節制和引導，宜以理制欲：「人欲，污心之塵垢也；

〔註14〕楚石，程朱理學的圖解——《歧路燈》評析〔J〕，河北學刊，1985（2）。
〔註15〕〔清〕錢儀吉，碑傳集，四川道監察御使陸先生隴其行狀〔M〕（卷十六）。
　　　江蘇書局，清光緒十九年（1893）刻本。
〔註16〕〔清〕顏元，顏元集（上）·存人編〔M〕，北京：中華書局，1987，頁128。

天理，洗心之清涼也〔註 17〕」，「吾人天理暗長一分，人欲自暗消一分；正道暗進一分，邪途自暗退一分〔註 18〕」，因此人要「念念」「事事」「終身」「遏人欲於橫流，存天理於繼滅〔註 19〕」，而「人欲雖無能絕，而常循乎天理」是處理理欲關係的基本原則。

　　一方面肯定人欲對於個體生命存在意義上的價值，另一方面承認在道德修養中以天理引導人欲，從而在人性與倫理之間構建起一座橋樑。這在當時乃至於現在無疑都是進步的。「性之相近如真金，輕重多寡雖不同，其為金俱相若也。惟其有差等，故不曰『同』；惟其同一善，故曰『近』。將天下聖賢、豪傑、常人不一之恣性，皆於『性相近』一言包括，故曰『人皆可以為堯、舜〔註 20〕』；人性之惡皆非天生，而是由引蔽習染而來：「惡者是外物染乎性，非人之氣質也〔註 21〕」，「禍始於引蔽，成於習染〔註 22〕」，「習染重者不易反也〔註 23〕」。譚紹聞之所以成為浪子皆緣於其「引蔽習染」，而「浪子回頭」之所以「千金不換」皆因其「習染重者不易反也」。在批判理學的基礎上，顏元提出教育的目的在於通過主動習行的方法培養經世治用的實用人才，這種人才要具有挽救民族危亡和治理社會能力的治術。他提倡實學，重視自然科學和技藝的學習，希望能夠進而實現其富天下、強天下和安天下的政治理想，李綠園實際上接受了這種思想，這在譚紹衣處理政務、譚紹聞回頭之後抗倭等人物的行為中已經得到了很好的體現。

　　康雍乾三朝遵循窮經明理，講公誠以主敬，重躬行而力主實踐的理學理論，一切都落實在具體實踐上，這標誌著清中葉對理學的闡釋和實踐已經達到了一個新的高度，在某種程度上反映了清初實學的影響。雍正曾於 1734 年（十二年）對大臣講：「心乎天下國家之謂公，心乎一身一家之謂私。為大臣者，誠心乎天下之公，而不計及一身一家之私，天有不降之百祥者，朕信其

〔註17〕〔清〕顏元，顏元集下‧顏習齋先生言行錄〔M〕，北京：中華書局，1987，頁 694。
〔註18〕同上，頁 694。
〔註19〕同上，頁 682。
〔註20〕〔清〕顏元，顏元集（上）‧存性篇〔M〕（卷一），北京：中華書局，1987，頁 7。
〔註21〕同上，頁 8。
〔註22〕〔清〕顏元，顏元集（上）‧存性篇〔M〕（卷二），北京：中華書局，1987，頁 29。
〔註23〕同上，頁 29。

必無是理……苟心乎一身一家之私，而不及天下之公，天有不降之百殃者，朕亦信其必無是理……〔註24〕」，「朕意誠者，體也；誠之者，用也。天以誠為體，而用則寄之人，故曰天工。人其代他之人，代天者，天之用也。誠之者之用，即誠者之體，此天人合一之道也。得天之誠，謂之君子，存之是曰誠之者」（見《雍正起居注・雍正十二年二月》），「凡為臣子，惟勉一誠公，與君上一德同心為要〔註25〕」；乾隆也總結其為政的指導思想：「朕自幼讀書，研究義理，至今《朱子全書》未嘗釋手。所謂廓然而大公，物來而順應者，朕時時體驗，實踐躬行，凡用人行政，發號施令之際，實皆本於憂勤，出以乾惕」。這些都影響到李綠園教育理念，並在其自身的為官實踐中得到一定程度的「兌現」。

綜上所述，在李綠園看來，人性固有善惡，但人性只為人的發展提供一種可能性，在人的成長和發展中，起決定作用的是後天的習染和個人的主觀努力。他在《歧路燈》中闡釋「存天理，滅人欲」的修養工夫和儒家的「修身齊家治國平天下」的理想人格培養的教育理念就是緣於這一前提和基礎。李綠園的身上既有儒家傳統的人性論和教育理想對其的影響，同時又表現為他對儒家傳統的繼承與發展。李綠園的人性「近」論觀點為我們解析其教育目的提供了確鑿的依據。

二、李綠園的教育目的：「學為聖人」

一般說來，理想人格是指能表現一定學說、團體以至社會系統的政治倫理觀念的理想且具有一致性和連續性的典範的行為傾向和模式。從理論上講，它可以為每個社會成員所共有。它還能表現一定社會、階層及時代的個人人格的養成和要求。思想家對理想人格的解釋往往帶有自己的主觀性。不僅不同時代不同階層有不同的理想人格，而且即使同一時代同一階層內部對理想人格的理解和設計也差異天壤。在中國，最具影響力的是以孔子為代表的傳統儒家創設的以「仁」「禮」為核心的理想人格體系，它千百年來影響著中國士人的精神，是士人所追求的目標和自身努力奮鬥的方向。在這一體系中，理想人格可分為不同的層次，大致可以分為聖人、賢人、君子等，而與

〔註24〕清（世宗）實錄，卷一三九，中華書局，1984，頁3。
〔註25〕中國第一歷史檔案館編，雍正朝漢文朱批奏摺彙編〔Z〕（第16冊），南京：江蘇古籍出版社，1990，頁883。

這些層次相對應的是培養聖人、賢人、君子等的教育。

聖人是儒家理論意義上的具有理想人格的人，「聖人，吾不得而見之矣，得見君子者，斯可矣」〔註26〕，在孔子看來，聖人這種具有理想人格的人只存在於久遠的歷史之中，如堯、舜、禹：「大哉！堯之爲君也，巍巍乎！唯天爲大，唯堯則之。蕩蕩乎！民無能名焉。巍巍乎！其有成功也。煥乎！其有文章。」〔註27〕儘管聖人是一種不可企及的理想，但孔子仍把它與「仁者愛人」思想結合在一起：「子貢曰：如有博施於民，而能濟眾，何如？可謂仁乎？子曰：何事於仁，必也聖乎！堯舜其猶病諸！」〔註28〕至於孔子自己：「大宰問於子貢曰：夫子聖者與？何其多能也？子貢曰：固天縱之將至，又多能也。子聞之曰：大宰知我乎？吾少也賤，故多能鄙事」〔註29〕，則否認自己是聖人。作爲理想人格的最高層次，其內涵即包括品德修養的內容，又包含仁政行爲、於民於國於家均有貢獻的具體功業。

聖人之下是賢人，「見賢思齊焉，見不賢而內自省也」，也就是說「賢人」比「聖人」相對而言更接近現實人生，它體現著以人爲本的思想。「賢者」指具有豐富的社會知識經驗，有專門才能並能將之運用於政治和生產生活之中的人：「居其邦也，事其大夫之賢者，友其士之仁者」，「賢者識其大者，不賢者識其小者」〔註30〕，賢人之下是君子，它是儒家理想人格中的重點培養對象：「君子去仁，惡乎成名？君子無終食之間違仁，造次必於是，顛沛必於是」〔註31〕，「君子以義爲質，禮以行之。」〔註32〕在「仁」與「禮」的約束與指導之下，「義」作爲君子修養的內在前提，君子的修爲可以實行。而「仁」「義」「禮」是君子努力追求的目標。「子路問君子。子曰：『修己以敬』。曰『如斯而已乎？』曰：『修己以安人』」〔註33〕，由此而實現「己立立人，己達達人」的目的。

君子之下是「士」，主要指有一定知識修養和社會地位的人，「士志於

〔註26〕見《論語‧述而》。
〔註27〕見《論語‧泰伯》。
〔註28〕見《論語‧雍也》。
〔註29〕見《論語‧子罕》。
〔註30〕見《論語‧子張》。
〔註31〕見《論語‧里仁》。
〔註32〕見《論語‧衛靈公》。
〔註33〕見《論語‧憲問》。

道，而恥惡衣惡食者，未足與議也」〔註34〕，「士不可以不弘毅，任重而道遠」〔註35〕，即士是能承擔社會道義的人。

那麼在李綠園的心目中，他的個人理想和他在《歧路燈》中對人物所寄予的期望又是什麼呢？李綠園沒有明確地把自己和譚紹聞等人定位於聖人、賢人、君子和士人等層面，但在他的意念之中卻蛻不去傳統儒家「齊家治國平天下」的影響，不但蛻不去、而且還無處不彰顯著這種深刻的影響。

我們從李綠園在其中舉的次年（1737）所作的《贈汝州屈敬止》一詩中「君不見隆中名流擬管樂，抱膝長吟志澹泊。又不見希文秀才襟浩落，早向民間尋憂樂。一日權操邀主知，功垂青史光燦燦。男兒有志在勳業，何代曾無麒麟閣！」可以瞭解到他以諸葛亮、范仲淹、王猛自勉，立志要功垂青史，躋身麒麟閣，以實現其「治國」「安民」的志向。

李綠園終其一生一直以自己未能博得春闈一第為憾，因為這直接影響了他遠大抱負的實現。雖然他曾官貴州印江知縣，為官期間「興利除弊，愛民如子，疾盜若仇〔註36〕」，素有「循吏」之稱，部分地實現了他的理想，但畢竟與他對自己的期許相去甚遠。「休說什麼科副榜用不的，就是什麼科舉人也用不的，都是些半截子功名，不滿人意的前程，」（第七十七回）透露出李綠園對自己有限「前程」的失望。

在《歧路燈》中第十一回李綠園借譚孝移之口談及為學目的：「子弟初讀書時，先叫他讀……，如此讀去，在做秀才時，便是端方醇儒；到做官時，自是經濟良臣；最次的也還得個博雅文士。」這裡李綠園提出的實際上是他關於培養人（教育目的）的三個標準：醇儒、經濟良臣、博雅文士。他在《歧路燈》中也塑造了這樣三個層面的人物。

醇儒者如譚孝移及其朋友婁潛齋、程嵩淑、張類村、孔耘軒等，這些人言必稱誠意正心禮義廉恥，行必端方雅正仁義忠信。以孔耘軒為例，作者通過孔耘軒葬父以禮、嫁女全信、勸婿以義勾勒出孔耘軒這樣一個鮮活的醇儒形象：

> 孔耘軒「是個有門第、有身家的，若是胡轟的人，今日之事（指孔葬父），漫說數郡畢至，就是這本城中，也得百十席開外哩。看他

〔註34〕見《論語・里仁》。
〔註35〕見《論語・泰伯》。
〔註36〕〔清〕鄭士範纂修，印江縣志，官師志，道光刻本。
　　　　〔清〕夏修恕、蕭琯纂修，思南府續志，職官志，道光抄本。

席上，除了至親，都是幾個正經朋友，這足徵其清介不苟，所以門無雜賓」，「孔耘軒這幾日瘦了半個，全不像他。這豈不是哀毀骨立麼？即如席上粗粗的幾碗菜兒，薄酒一二巡，便都起了；若說他吝惜，不記得前日行『問名』禮時，那席上何嘗不是珍錯俱備？」（見第六回）

譚孝移死後，孔耘軒見「女婿結拜盛公子，心中害怕起來」（見第二十回），就約上好友婁潛齋和程嵩淑三人同赴蕭牆街「破釜沉舟，懲戒」譚紹聞「一番」（見第二十回），儘管作用不大，但畢竟他不忍心看著未來的女婿墮落，以義勸婿，實是無奈之舉。而且當他「聽說女婿匪闢，連自己老婆也不好開口對說。只是看著女兒，暗自悲傷。女兒見了父親臉上不喜，又不知是何事傷心，只是在膝前加意殷勤孝敬。這父親一發說不出來，越孝敬，把父親的眼淚都孝將出來。」（見第二十回）在孔耘軒何其難心！但為全其對故人的承諾，他依舊含悲忍苦將女兒慧娘嫁給了已墮落的譚紹聞，婚後女兒「憂夫成鬱症」（見第三十二回），「孔耘軒一向不喜女婿所為，不曾多到譚宅，今日女兒將死，只得前來訣別。慧娘猛睜開眼，看見父親在床邊坐了一個杌子，把那瘦如麻稈的胳膊強伸出來，撈住父親的手，只叫得一聲：「爹呀！」後氣跟不上，再不能多說一句話兒，眼中也流不出淚來，只見面上有慟紋而已。孔耘軒低頭流淚。孔夫人再欲問時，慧娘星眸圓睜，少遲一個時辰，竟辭世而去」（見第四十七回），儘管如此，他還要硬撐著「向王氏與譚紹聞道：『親家母，姑爺，小女自到府上，不曾與府上做一點兒事，今日反坑累人，想是府上少欠這個福薄丫頭。棺木裝殮，一切俱聽府上尊便，不必從厚，只遮住身體，便算便宜了他，』」表現出他的開明和極好的個人修養，只是在離開譚府大門之後，「流淚滿面，又回頭看看門兒，一面上車，一面低著頭大慟」（見第四十七回），一個父親對女兒命運的痛楚難言的全部感情在這一刻得以傾泄流露，而最讓孔耘軒難心的是譚紹聞新娶巫翠姐「不得不上文昌巷孔宅」按舊俗回門，「孔耘軒夫婦見了新續的女兒，也少不了一番周旋溫存。及送的回來才背過臉時，這一場悲痛，更比女兒新死時又加十倍」（見第五十回）。

經濟良臣如婁潛齋、荊公、邊公、譚紹衣、季刺史等，這些官吏關心民瘼，瞭解百姓疾苦，其為官所到之處，均造福一方，堪稱百姓的父母官。以季刺史為例：

譚紹衣以觀察的身份來「鄭州勘災」，未見府正其人，卻先見到了季刺史

發的「不待詳請，發各倉廒十分之三。並勸諭本處殷富之家。以及小康之戶。俾今隨心捐助。城內設廠煮粥，用度殘羸」的告示，告示中責己「蒞任三年，德薄政秕，既不能躬課耕耘，仰邀降康，競致水旱頻仍，爾民豐年又不知節儉，家少儲積，今日遂大瀕於厄。鬻兒賣女以供糴，拆屋析椽以為爨。刮榆樹之皮，挖地梨之根。本州親睹之下，徒為慘目，司牧之譴，將何以逭！」並將賑災款用公開同時讓百姓監督：「本州接奉插羽飛牌，一面差幹役六名，戶房、庫吏各一名，星夜赴藩庫領取賑濟銀兩，一面跟同本學師長，以及佐貳吏目等官，並本郡厚德卓品之紳士，開取庫貯帑項，預先墊發。登明目前支借數目，彈兌天平，不低不昂，以便異日眼同填項。此救荒如救火之急策也。誠恐爾災黎不知此係不得已之挪移，或致布散流言，謬謂不無染指之處。因此預為剖析目今借庫他日還項各情節，俾爾民共知之。如本州有一毫侵蝕乾沒之處，定然天降之罰，身首不得保全，子孫亦遭殄滅，庶可謝已填溝壑者黯黯之魂，待徒於衽席者嗷嗷之口。各田里煙冊花戶，其悉諒焉。」（見第九十四回）其見譚紹衣之時，「刺史鼻拗耳輪中，俱是塵土」，其為賑災奔波之勞苦可見一斑。

至於博雅文士則是一不制舉業，二不做官，雖有志於學卻與功名無涉者，在李綠園的教育目的中他們處於理想人格的最底層。關於博雅文士李綠園沒有具體的人物指向，但書中人物如張正心者，為盡孝而於功名無求，為全伯父一線血脈想方設法，「覆庇幼弟，乃是君子親親之道，其用意良苦，其設法甚周」（見第六十七回），無疑是李綠園眼中之有德行者，可稱得上博雅文士。

至於譚紹聞，從束髮入學到父亡後因師惰友匪而墮落，直到最後落魄走投無路表現出李綠園對《歧路燈》人物現實人格與理想人格之間的巨大落差的憂慮；而譚紹聞在堂兄譚紹衣的提攜與幫助之下洗心革面重歸士路之後於國於家之所為，又表現出李綠園對教育的信心與期望，反映出他內心對儒家傳統理想人格——修己安人、內「聖」外「王」，即《大學》所講的「大學之道，在明明德，在親民，在止於至善」的理想設計，即把個體的道德修養（明明德）和經世致用（親民）熔於一爐，以鑄造出儒家的理想人格，從而實現天下的長治久安。這種理想的人格是李綠園本人及其在《歧路燈》中積極倡導和孜孜以求的。

正如其在《李綠園詩鈔自序》中所言「惟其於倫常上立得足，方能於文藻間張得口」，即立人先立德，而立德就要解決人性的問題，即人的情感（欲）

與理性的關係問題，簡言之，即生理的、社會的和精神的三者之間的需求與平衡問題。理學中的心性論所要解決的是人的本質（價值）問題。它與宇宙論和本體論相聯繫，解決的是人與自然的關係問題；它與聖賢人格相聯繫，解決的是內聖之境的可能性與人格發展的方向性問題。由於兩宋是一個積貧積弱態勢已明、內外皆危的朝代，程朱皆以傳承孔孟之道爲己任，堅信唯在倫理綱常中才能造就理想人格，由內聖而外王才能眞正使天下長治久安。朱熹從天人合一的立場出發，認爲人的本質首先是人的理性本質，人的價值實現的過程就是一個不斷的理性化的過程。以人的理性本質去規定人的存在，化氣質爲義理，化人心爲道心，以道德意識主宰經驗意識，用共同本質塑造個體人性，用群體意識取代個體意識，以道德原則代替功利原則，這就是朱熹人性與教育之間關係的全部意義之所在。陸王心學突破程朱重外化（客觀）的羈絆轉而重內化（主觀），強調理歸於心，這就意味著人是道德的主體，是實現道德價值之所在，人的道德的獲得須發自並經過主體精神：「萬物森然於方寸之間，滿心而發，充塞宇宙，無非此理」（見《陸九淵集・語錄上》卷三十四），「是極是彝，根乎人心，而塞乎天地」（見《陸九淵集・雜說》卷二十二），因此，「宇宙便是吾心，吾心即是宇宙」，即一切客觀存在都與道德主體息息相關，爲我而存在，作爲價值世界的宇宙乃是主體精神的外化，即把宇宙和自我納入到價值體系中來考察，進而從道德實踐上把主體性原則提高到一定的高度。有此前提，人的道德價值能否實現不取決於外在的一切，而取決於內在的道德本心是否得到了保存和養護：「此心此理，我固有之，所謂萬物皆備於我，昔之聖賢先得我心之所同然者耳」（《陸九淵集・與侄孫濬》），惡之源爲「物欲之蔽」和「本心放失」。朱熹嚴分性與情，而陸王則將道德情感和道德直覺視爲本心，體現出性情合一的特點：「惻隱，仁之端也；羞惡，義之端也；辭讓，禮之端也；是非，知之端也。此即是本心」（見《孟子・告子（上）》），可見在價值觀上陸氏更重視人的感性存在的情感化特點，在方法上把道德情感和道德直覺作爲爲學的出發點，進而「學問之道無他，求其放心而已矣」（見《孟子・告子上》），教育和自我修養的過程就是直接「發明本心」即「良知之端，形於愛敬，擴而充之，聖哲之所以爲聖哲也」。如果說朱熹是把人性看作是宇宙本體、道德本體的主體化，那麼陸久淵則是把人性當作生命本體、道德主體的本體化，從而賦予道德行爲主體以道德價值根源意義，以心統理從而明心見理、明心見性。與程朱理學相比，陸王心學突出的

是人的道德自主意識。譚紹聞之所以能夠回頭，外因固然重要，但外因只是其轉變的條件，內因才是其變化的依據，外因要通過內因而起作用。夏逢若、張繩祖、盛希喬等人未必就不具備這樣的外因，只因各自的內因不同，所以在各自的結局上出現差等。李綠園實際上意識到了人性只為人的發展提供了一種前提和可能，後天的環境影響也只為人的發展提供一定的條件，而一個人如何發展、發展的程度如何在具備上述前提和條件的基礎上最終取決於人的主觀選擇和努力。

三、李綠園的價值取向：「富教並重」「教化至上」

教育的本質是人的社會化過程。教育與經濟的發展關係密切，中國古代孟子就曾說過「富歲子弟多賴，凶歲子弟多暴，非天之降才爾殊也，其所以陷溺其心者然也」（見《孟子‧告子上》），他已經意識到經濟因素對人發展的影響作用。

經濟發展對人的教育影響在《家訓諄言》中沒有明確的闡述，但李綠園在《歧路燈》中通過譚紹聞的成長環境既深刻地揭示出他對傳統「先富後教」觀念的繼承，同時又表現出隨著社會經濟的發展，「先富後教」的觀念必須打破，而應以「富教並重」觀念取而代之、進而推崇「教化至上」以推動社會進步的思想。如果譚孝移不是祥符望族，他也就沒有經濟能力給紹聞請教師，譚紹聞在其父去世後也不可能再延師求學；這裡的「先富後教」只是強調了經濟對教育的保障作用。李綠園在《歧路燈》中表現出對「富教並重」的理解則表現為在有了經濟對教育的保障之後，以「教化至上」解決富裕後的出路問題。他從譚孝移為兒子擇師、對兒子學習內容的選擇方面、從婁潛齋、智周萬的教學方法的運用、以及學校家庭和社會的教育影響的構成方面來詮釋他的「富教並重」「教化至上」的教育思想，指出經濟繁榮後「教育缺位」和「教育失當」對人的發展產生的不良影響及對社會造成的危害。

在《歧路燈》中，無論是早已墮落的夏逢若、張繩祖、盛希僑等人，還是後來墮落的譚紹聞、小豆腐等人，這些人無一不是家有餘產可供恣意揮霍者，因為有了這樣的經濟基礎，而同時又由於教育缺位或教育失當，加上江河日下人心不古的世風影響，於是富家子弟步入歧途成為不可避免的必然。相反，如果沒有這樣的經濟基礎，富家子弟也就等於失去了其賴以滋生墮落的土壤，步入歧途也就無從談起。所以，「富」是浪子產生的一個重要因素，

雖不是必然因素，卻是不可缺少的因素；「教育缺位」和「教育失當」則是浪子產生的另一個重要因素。

由此可以反觀中國古代浪子回頭題材作品，多是在社會經濟繁榮或從繁榮走向衰落時期作家反思的結果。而作品中的浪子無一不是或官宦或富裕人家的子弟，而教育不當或教育缺失一經與墮落滋生的土壤相結合，浪子的出現便呈現摧枯拉朽不可挽回的態勢，「呼喇喇似大廈傾，昏慘慘似燈將盡」。

李綠園清醒地看到了教育與經濟發展對人成長的影響，也親眼目睹了康乾盛世眾多富家子弟墮落敗家的現實，他痛心於當時社會教育的不當與缺失，遂於譚紹聞走投無路之時，以經濟的壓力作為迫其回頭的重要因素，以示浪子前路之艱難與回頭之必然。

在改革開放近四十年的中國，教育與經濟的發展對人的成長的影響仍是我們探討的一個重要課題。教育促進了經濟的發展，經濟的發展為人更好的發展提供了一定的物質保障，但這並不意味著李綠園當時所面臨的問題今天就不存在，相反，今天的人們較之李綠園所處的時代存在著更多的不確定因素。而且隨著經濟的發展，國內外競爭日益激烈，人們處於危機四伏的世界之中，如何處理人與自然之間的生態危機、人與社會之間的人文危機、人與他人之間的道德危機、人與自己之間的心理危機、國家與國家之間的安全危機、文化與文化之間的價值觀危機、經濟與經濟之間的金融危機，是國家和民族、社會和個人以及經濟和教育等方方面面都須思考的問題。而且現在因吸毒、賭博等行為而導致家破人亡的慘劇在我們的身旁仍時有發生，實際上我們所面臨的和李綠園當時所面臨的是相似的困境，我們不可能通過阻止經濟發展這種可笑的辦法來扼制人們墮落行為的產生，那就只能從教育上打開缺口，因為教育是抓住機遇應對挑戰的最有效的武器，寄希望於教育並通過教育來化解危機和消除悲劇的產生，使社會呈現良性運轉，使失心浪子迷途知返。

第二節　《歧路燈》中的教育對策

《歧路燈》鋪陳的是發生在河南祥符望族譚府因子弟墮落而導致家族由盛而衰、又因浪子回頭而由衰復盛的曲折故事。全文的教化主旨通過「用心讀書，親近正人」來體現李綠園的教育對策，這八個字也是《歧路燈》高揚

的主旋律。

一、《歧路燈》中「用心讀書，親近正人」的頻次

「用心讀書」在文中單獨出現六次，分別出現在如下場合：

王春宇因為婁潛齋不喜歡過份打扮孩子而吩咐自己的兒子：「我今晚把你的舊衣服送來，把新衣服還捎回去。用心讀書，我過幾日來瞧你。」（見第三回）

義僕王中向主母王氏建議：「屢年咱家在孝服中，不曾請客。如今孝已換了，該把婁爺、孔爺、程爺、張爺、蘇爺們請來坐坐，吃頓便飯。一來是爺在世時相與的好友。二來這些爺們你來我去，輪替著來咱家照察，全不是那一等人在人情在的朋友。今咱家整治兩桌酒，請來叫大相公聽兩句正經話，好用心讀書。」（見第十四回）

王春宇知譚紹聞因逃賭債藉口尋母舅遇險而責備他：「你守著祖、父的肥產厚業，風刮不透，雨灑不著，正該安守芸窗，用心讀書，圖個前程才是。現今你爹未埋，實指望你上進一兩步，把你爹志願償了，好發送入土。你竟是弄出偷跑事來，叫你爹陰靈何安？」（見第四十九回）

譚紹聞在智周萬的調教下童生考試得了第三名，王中很高興對譚紹聞說：「向來欠債俱有利息，將來本大息重，恐傾產難還。大相公用心讀書，本不該說此段話攪亂心思，只是利息債，萬萬擎不的。大相公想個法子，斬草不留根，便好專心一志。」（見第五十六回）

婁潛齋向譚紹聞介紹程嵩淑的為人：「是個性情亢爽、語言直快的人，我們年齒相若，尚以他為畏友。但接引後進的婆心，你程叔卻是最熱腸的。賢契若肯遵令先君『用心讀書』的遺囑，不用你親近正人，那程嵩老這個正人，先親近你了。但他的性情，遇見好的，接引之心比別人更周；遇見不妥的，拒絕之情比別人更快」（見第七十一回）。

婁潛齋教育自己的兒子：「婁樸道：『我常叫你用心讀書，寫楷書，留心古學，中了進士，必定翰苑才好，將來好登清要』」（見第七十一回）。

「親近正人」在文中單獨出現四次，分別出現在如下場合：

> 婁潛齋向譚紹聞介紹程嵩淑的為人：「是個性情亢爽、語言直快的人，我們年齒相若，尚以他為畏友。但接引後進的婆心，你程叔卻是最熱腸的。賢契若肯遵令先君『用心讀書』的遺囑，不用你親

近正人，那程嵩老這個正人，先親近你了。但他的性情，遇見好的，接引之心比別人更周；遇見不妥的，拒絕之情比別人更快」（見第七十一回）。

「譚紹聞出了濟寧，德喜與所差衙役步行相隨。自己在馬上思量，老師相待，不亞父子。肫懇周至，無所不到。此皆父親在世，締交的正人君子，所以死生不二。像我這個不肖，結交的都是狐朋狗黨，莫說是生死不二，但恐稍有貧富，便要分起炎涼來。方悟臨終遺囑，『親近正人』之益。」（見第七十二回）

譚紹衣和譚紹聞講：「就是做官時，也千萬休離開了書。接引僚友寅好，那親近正人，尤應銘心。」（第九十五回）

功成身退的譚紹聞重回碧草軒「周詳審視，好不快意。猛而想起當日賭輸，在此直尋自盡，不覺悔愧交集。若非改志讀書，遇見紹衣，得以親近正人，不用講家聲流落，這碧草軒怎得如此麗日映紅，清風飄馥？只這一株怪松，怎免屠沽市井輩褻此蒼蒼之色，涸此諔諔之韻？」（見第一百零六回）

而「用心讀書，親近正人」在文中同時出現十二次，分別出現在如下場合：

譚孝移臨終前「滿臉流淚，叫端福道：『我的兒呀，你今年十三歲了，你爹爹這病，多是八分不能好的。想著囑咐你幾句話，怕你太小，記不清許多。我只揀要緊的話，說與你罷。你要記著：用心讀書，親近正人。只此八個字。』端福道：『知道。』孝移強忍住哭說道：『你與我念一遍。』端福道：『用心讀書，親近正人。』孝移道：『你與我寫出來我看。』端福果然尋了一個紅單帖，把八個字寫在上面，遞於父親」，此回中出現兩次（見第十二回）。

譚紹聞賭後回到家中「心內想道：『我譚家也是書香世家，我自幼也曾背誦過《五經》，為甚的到那破落鄉宦之家，做出那種種不肖之事，還同著人搶白母親，葬送家財？母親孀居，憐念嬌生之子，半夜不曾合眼，百般撫摩……』又想起父親臨終之時，親口囑咐『用心讀書，親近正人』的話：『我今年已十八九歲，難說一點人事不省麼？』心上好痛，不覺的雙淚並流，哭個不住。」（見第二十六回）

譚紹聞向僕人王中坦認自己的錯誤：「我一向幹的不成事，也惹你心裏不喜歡。我如今要遵你大爺臨終的話，『用心讀書，親近正人』八個字。你當日同在跟前聽著。我今日同你立一個證見。我一心要改悔前非，向正經路上走。我如後話不照前言，且休說我再不見你，連趙大姐，我也見不的」（見第二十六回）。

王中因反對譚紹聞賭博被趕出譚府，在孔慧娘的周旋下重回譚府，譚紹聞向王中表示：「『我如今同著大爺的靈柩只說改志，永不被這夥人再牽扯』」，並重提「大爺（指譚孝移）歸天時節，說了八個字，『用心讀書，親近正人。』我如今只遵著這話就是了。」（見第三十六回）

譚紹聞屢次犯賭，夢遭嚴譴：「見父親雙目圓睜，怒鬚如戟，開口便道：『好畜牲！我當初怎的囑咐你，叫你用心讀書，親近正人。畜牲，你還記得這八個字麼？』」（見第五十二回）

王中第二次被趕走前對譚紹聞哭說道：「相公知道遵大爺遺言就好了。只是大爺歸天時，說了八個字，『用心讀書，親近正人。』這是大爺心坎中的話。大相公今日行事，只要常常不忘遺命，王中死也甘心。」（見第五十四回）

譚紹聞賭癮難戒賭債難還便要尋死路：「父親臨終時節，千萬囑咐，教我用心讀書，親近正人。我近今背卻父命，弄出許多可笑可恥的事，這樣人死了何足惜！」（見第五十九回）

譚紹聞倉促葬父，李綠園評曰：「譚紹聞不事詩書，單好賭博，卻將不發貴不發福，埋怨起祖宗來；妄聽陰陽家言，選擇吉日求之於天，選擇吉穴求之於地，皇天后土都該伺候我；為什麼『用心讀書，親近正人』八個字，不求諸己呢？譚紹聞太自在了。」（見第六十一回）

譚府衰敗，王氏醒悟，對兒子說：「我當日竟不懂得，只看得我心裏想的，再沒錯處。到今後悔，只在我心裏。我記得你爹爹臨死時，說了八個字：『用心讀書，親近正人。』你如今三十多歲了，照著你爹爹話兒行罷。」（見第八十六回）

譚紹聞與譚紹衣見面時說：「大人見背太早，愚弟不過十歲，只

記得教了八個字，說是『用心讀書，親近正人』」，譚紹衣說：「這是
滿天下子弟的『八字小學』，咱家子弟的『八字孝經』」（見第九十五
回）。

　　譚紹衣吩咐：「將來丹徒寄書，即把這鴻臚派以『用心讀書，親
近正人』爲疊世命名字樣，注於族譜之上，昭示來許」（見第九十五
回）。

　　李綠園在《歧路燈》中反反覆覆提及這八個字，無異於將之視爲讀書做
人的法典。如果說「用心讀書」旨在通過讀有字書而「學以變化氣質」，那麼
「親近正人」就是通過讀無字收而「與有肝膽人共事」。無論有字書還是無字
書，「學莫貴乎近其人」，「親其師，方能重其道」，且「物以類聚，人以群分」，
「近朱者赤，近墨者黑」，李綠園顯然對人在成長過程中這種耳濡目染、默化
潛移、磨杵成針、滴水穿石的環境影響作用不但覺知甚深，而且體悟甚眞。

二、《歧路燈》中的「聖賢」之書及「方正」之人

　　所謂「用心讀書」，是指用心讀聖賢書。李綠園在《家訓諄言》中主張：
「讀書必先經史而後帖括。經史不明，而徒以八股爲務，則根柢既無，難言
枝葉之暢茂」（見《歧路燈》乾隆本）。《歧路燈》中也重申：「窮經所以致用，
不僅爲功名而設；目不識經，也就言無根柢」（見第十一回）。在李綠園看來，
經史是爲學之根基，只有基礎打牢，才可旁鶩其他：「子弟初讀書時，先叫他
讀《孝經》，及朱子《小學》，此是幼學入門根腳，非末學所能創見。王伯厚
《三字經》上說的明白，『《小學》終，至《四書》。《孝經》通，《四書》熟，
如《六經》，始可讀。』是萬世養蒙之基」（見第十一回）。他反對專弄八股，
反對孩子讀經史這些聖賢書之外的其他書：「若是專弄八股，即是急於功名，
卻是欲速反遲；縱幸得一衿，也只是個科歲終身秀才而已。總之，急於功名，
開口便教他破、承、小講，弄些坊間小八股本頭兒，不但求急反遲，抑且求
有反無；況再加以淫行之書，邪蕩之語，子弟未有不壞事者」（見第十一回）。
不但要讀聖賢書，李綠園還提倡身體力行：「朱子注論語『學』字曰：學之爲
言效也。如學匠藝者，必知其規矩，然後親自做起來。今人言學，只有知字
一邊事，把做字一邊事都拋了。試思聖賢言孝、言悌、言齊家、言治國，是
教人徒知此理乎？抑教人實做其事乎？」（見《家訓諄言》）李綠園把知與行
結合起來，反映了清中葉實學的影響。

所謂「親近正人」中的「正人」指三個層面：

一指譚孝移這種「爲人端方正直，忠厚和平」（見第二回），在《歧路燈》中被推舉爲「賢良方正」者：他想推掉被薦舉「賢良方正」這件事，因爲他覺得論其「生平，原不敢做那歪邪的事，其實私情妄意，心裏是盡有的。只是想一想，怕壞了祖宗的清白家風，怕留下兒孫的邪僻榜樣，便強放下了。各人心曲裏，私欲叢雜的光景，只是很按捺罷了」，所以婁潛齋認爲他「舉念便想到祖宗，這便是孝；想到兒孫，這便是慈。若說是心裏沒一毫妄動，除非是淡然無欲的聖人能之」，有這「一段話，便是眞正的賢良方正了」（見第六回）。譚孝移希望兒子親近的是婁潛齋（府學秀才）、孔耘軒（嘉靖乙酉副車）、張類村（祥符優等秀才）、程嵩淑（縣學秀才）、蘇霖臣（祥符優等秀才）等譚孝移的「極正經有學業的」「有名望」的朋友，因爲他們都屬於厚乎德行者。

二是婁潛齋的兒子婁樸、張類村的侄子張正心等正經的同齡朋友：婁樸其名即有婁潛齋的「守淳之意」（見第二回）；他未入學之前在譚孝移和孔耘軒造訪之時就表現出不卑不亢懂得禮節的良好家教，讓譚孝移感歎「是父是子」；在譚府依學之時小小年紀當王氏「要把端福（譚紹聞乳名）的新衣服，替他換上一件，婁樸不肯穿，說：『我這衣服是新年才拆洗的』」（第三回），表現出自愛傾向；進學之後，不忘譚府「作養」之恩，登門拜謝（第十四回），後幫譚紹聞點主葬父大禮（第六十三回）；而且「婁樸學問淹博」，史書如《腐史》、《漢書》、陳承祚、姚思廉的著述無不涉獵，對少陵、謫仙、謝康樂、鮑明遠的詩亦頗有心得，對文如《兩京》《三都》、郭景純、江文通的藻采無不熟稔（見第七十二回），即使如此婁樸爲應科舉考試依舊「專心研磨，一日之功，可抵窗下十日；夢中發個囈語，無非經傳子史」（見第一百零二回）。張正心做秀才時對伯父張類村有孕之婢的細心護持，不惜得罪張類村的悍妒之妾，待堂弟幼稚之時又發自內心地關愛（見第八十九回）；後來參加科舉考試於副榜之首中了第二名（見第九十六回）；平日裏他對伯父張類村及其夫人悉心照顧（見第九十八回），並因爲「一者家伯春秋已高，舉動需人，家邊內裏不和，諸事我心裏縈記；二來舍弟太小，家伯母照顧不到，舍弟生母憨實些，我也著實掛心」而放棄進京入監的機會（見第九十九回），是一個深明孝悌之義的書生。

三指如義僕王中者，他受老主人臨終託孤大任，忍辱怒毆譚紹聞的狐朋

狗友、對譚紹聞的吃喝嫖賭胡作非爲進行諍諫、與一味顢頇溺愛的老主母發生齟齬，被稱爲奴中大儒。

和「用心讀書」的目的一致，「親近正人」是爲了「見賢思齊」，使人「薄乎言談，厚乎德行」。

「親近正人」的反面就是遠離「邪佞」之徒，而邪佞之徒也分三個層面：

一如譚紹聞的老師侯冠玉、惠養民之流：前者（見第十一回），全無爲師之德行；後者滿口「仁義道德」、「誠意正心」，實際上卻是一個「理學嘴銀錢心，搦住印把時一心直是想錢，把書香變成銅臭」（見第三十九回）的假道學家。

二是譚紹聞的朋友盛希喬、夏逢若之流：前者出身閥閱門第，簪纓舊族，「天生的怕見書」「是個敗家子，綽號兒叫做公孫衍」（見第十六回），呼盧叫雉，偎紅倚翠，買馬換狗，張羅戲班，當賣祖產，借錢揭債，無所不爲，「下流盡致」；後者是個寡廉鮮恥的市井無賴、幫閒篾片，譚紹聞吃喝嫖賭、寵孌童、揭息債、鑄私錢無不與他的出謀劃策、引誘教唆有關，他綽號「菟兒絲」，不事生產，憑「黏」「纏」工夫專靠打秋風、抽頭錢爲生。在作者看來，前一類人不配爲師，後一類人不宜爲友，而譚紹聞正是因爲有他們爲師爲友，才被引上歧路。

三是三姑六婆明妓暗娼，如地藏庵的尼姑師徒兩人，實與妓女無疑，慧照是徒弟，她先是由師傅范尼姑牽線認識花花公子盛希喬，其後留宿盛門（第十六回），後來其師傅「愛賄受暗托」，通過打她這張色牌將譚紹聞重新圈入賭場（第四十三回），使她成爲勾賭取賄兼色情服務的娼妓；再如雷妮，原是管貽安家十九歲的孌婦，被管貽安送到譚府以色助賭，「白晝都陪巫翠姐要牌兒」，夜晚提供色情服務（第六十四回）。因爲這些人都屬君子當遠之者，而譚紹聞自入賭場始便與聲色犬馬難脫干係，因而越墮越深。

已知文中「用心讀書，親近正人」八字有明確的指向，那麼在《歧路燈》這部小說中這八個字又是如何發揮它主旋律的作用的？

《歧路燈》全文共一百零八回，可分爲三個部分，第一部分是第一回至第十二回，第二部分是第十三回至第八十二回，第三部分是第八十三回至第一百零八回。筆者就「用心讀書，親近正人」八個字在這三部分中的穿插來解析其主旋律的作用。

《歧路燈》第一部分著重寫譚氏家族代表人物譚孝移的一生。譚孝移出

生於書香門第，到他這已是第五代，他「十八歲入祥符庠，二十一歲食餼，三十一歲選拔貢生。爲人端方耿直，學問醇正」（第一回），後被推舉爲「賢良方正」得以進京觀見皇帝恩授六品，因其不想受制於宦豎而以六品閒職歸田。他「相處了幾個朋友，一個叫婁昭字潛齋，府學秀才；一個叫孔述經字耘軒，嘉靖乙酉副車；一個縣學秀才，叫程希明字嵩淑；一個蘇霖字霖臣；一個張維城字類村，俱是祥符優等秀才。都是些極正經有學業的朋友。」（第一回）譚孝移雖然後來輟了舉業，但「作詩會文，依舊留心」，他不但自己一生「用心讀書，親近正人」，而且臨終之時以此囑咐兒子，在他看來：「只守住這八個字，縱不能光宗耀祖，也不至覆家敗門；縱不能興家立業，也不致棄田蕩產」（見第十二回），只因爲他想讓兒子守住這份家業，不至於凋零（見第三回）。李綠園在《歧路燈》中塑造譚孝移這個形象其用意就在於向人們詮釋「用心讀書，親近正人」的全部含義，以此證明如此持身與其個人及其家庭利益的關係。這是譚孝移用一生來對此八字做的正面詮釋，第一部分的主旨在此。

　　從第十三回至第八十二回，李綠園用如此大的篇幅如此多的筆墨來寫譚孝移死後譚紹聞未能遵守此八字而一步步墮落的過程和中間經歷諸般遭遇，以及譚府漸趨衰敗的變化過程。這是《歧路燈》的主體部分，也是《歧路燈》最成功的部分。根據譚紹聞墮落的程度及其思想反覆的過程可以將這一部分分爲四個層次：

　　第一個層次：從第十三回至第二十五回，主要寫譚紹聞在父親死後在匪友的勾引下，開始走上墮落的道路，他先是醉酒，接著試賭，再就是私婢，狎優；

　　第二個層次：從第二十六回至第三十六回，寫譚紹聞第一次良心發現，誓志改過，但終因抵不住夏逢若等人設計拉攏引誘而在墮落的道路上越陷越深，先後狎皮臣妻，揭息債，氣病孔慧娘，第一次逐義僕王中；

　　第三個層次：從第三十七回到第五十四回，譚紹聞第二次立志學好，正言拒匪人，卻被老尼姑設計「哄酒圈賭場」，買物遇贓，賭出人命案，氣死孔慧娘，娶進巫翠姐；

　　第四個層次：從第五十五回至第八十二回，寫譚紹聞第三次改過自新，專心讀書童生考試取第三名，卻被貂皮鼠等人設計逐走老師智周萬，拉他重新下水，窮極思變，譚紹聞於是在自己家開賭場院，燒丹灶，鑄私錢，囂墳

樹，步入上天無路入地無門的境地。

在寫譚紹聞沉淪時，既有譚紹聞自身遵守和背棄家訓八字的矛盾思想鬥爭，又有外部「正人」的勸說使之回歸正路和「邪佞之徒」拉攏誘惑使之一次又一次墮入歧途，表現出兩種勢力之間對譚紹聞的爭奪。除外部正邪這兩股勢力之外，還有來自家庭內部如王氏、巫氏及其他各方面如盛希僑、王隆吉等時而縱恿時而勸導的推力。當譚紹聞反思自己的過錯行為時，他就會想到這八個字，希望自己不再墮落；當婁潛齋、王中、程嵩淑等人勸他迷途知返時也會提及這八個字，當第三種力量（盛希僑、王隆吉等）勸他改邪歸正時也會用到這八個字。也就是說，這八個字自始至終都是在為譚紹聞懸崖勒馬敲響警鐘。

在這一部分中作者塑造了許許多多的人物，官紳、幫閒、衙役、武弁、兵丁、商賈、賭徒、遊棍、師姑道婆、娼妓、孌童、庸醫、相士、藝人、戲霸、假道學、世家公子、紈絝子弟、牙行經紀、市井無賴、再醮夫人、綠林好漢等等，三教九流，無所不包，只為刻畫主人公一次比一次更深的墮落的原因在於他未能遵守八字家訓，這八字家訓自始至終支配著故事情節的展開，統攝著所有人物的行為，也主宰著主人公譚紹聞的命運，從而反證八字家訓的顛撲不破。於是譚紹聞開始真正意義上的迷途知返。

第三部分從第八十三回開始直至全文結束，譚紹聞「改志換骨」，在父執的教諭下，在義僕王中的規勸下，特別是在族兄譚紹衣的引導下，終於迷途知返，重新做人。通過「用心讀書，親近正人」的實際行為脫離苦海（中副榜）並功成名就（抗倭得七品封贈），不但獲得新生，而且重振譚府昔日家威，八字家訓的作用在此又一次從正面得到驗證。正如譚紹衣所說：「這是滿天下子弟的『八字小學』，咱家子弟的『八字孝經』，要「鏤之以肝，印之以心，終身用之不盡。就是做官時，也千萬休離開了書。接引僚友寅好，那親近正人，尤應銘心。這八個字，這邊鴻臚派，就可用以為子孫命名世系」，「將來丹徒（譚紹衣家族）寄書，即把這鴻臚派（譚紹聞家族）以『用心讀書，親近正人』為疊世命名字樣，注於族譜之上，昭示來許。」（見第九十五回）

三、《歧路燈》中來自社會和家庭的教育影響

在《歧路燈》中李綠園構建了一個由學校、家庭和社會三方力量共同組成的綜合的影響系統，正是這個系統內部力量的失衡使得譚紹聞步入歧途，

亦使他得以浪子回頭。《歧路燈》中關於學校所能給予譚紹聞的影響表現得很少（後文介紹）這裡著重分析家庭環境和社會因素對譚紹聞成長的影響作用。

（一）殷實的單親家庭，慈母溺愛式的家庭教育

在家庭當中對譚紹聞產生正面影響的有三個人，一個是父親譚孝移，一個是妻子孔慧娘，一個是僕人王中。

譚孝移可以說是李綠園於《歧路燈》中極力推崇的理學人物，他「名喚譚忠弼，表字孝移，別號介軒」（第一回），他的名字中即暗含其實爲理學人物而有端方純儒之意，「在理學家或儒家正統派看來：夫孝始於事親。中於事君，故資於事父。以事君則孝移作忠，忠心匡弼君王。處常則求忠孝雙全，處變則捨孝盡忠，而盡忠即所以盡孝〔註37〕」，可以說這樣一個理學人物正是十八世紀康乾盛世的產物（見第一章），他的形象中所蘊含的積極用世與明哲保身相統一、恪守理學和與時俱進相統一、理與欲相統一的思想在當時中下層知識分子中具有代表性，烙有明顯的時代特徵〔註38〕。譚孝移認爲他自己並非「庸庸者流，求田問舍，煦煦於兒女間者」，他希望「效命疆場」，實現其「治國平天下」的政治抱負；但他看到了朝廷「閹寺得志」，若掌兵權則不願屈膝內臣監軍，如做文官則會因知無不言難逃有傷國體的廷杖，所以他辭官不做而「以治家爲首務」（見第十回），將希望寄託於下一代身上，「一心只想教子讀書成名，以幹父蠱」（見第七回）。實際上在他內心希望在家爲孝子於國爲忠臣，骨子裏依舊是儒家的「經學致用」思想。他「爲人端方耿直，學問醇正」（見第一回），「走一步審一步腳印兒，一絲邪事都沒有」，「就是夜間做個夢兒，發句囈語，也沒有一點歪星兒」（見第八十二回），他篤信篤行，「確守住臣子不敢擅言君父，草野那敢妄及朝政」（見第九回）的信條，雖有些迂腐，實是當時避禍之良策，從他埋怨潛齋因策中戇語而落榜一事中可以看出他守經達權的處世哲學：他認爲「人臣事君，匡弼之心，原不能已，但要委屈求濟，方成得人君受言之美。故如流轉圜，君有納諫之名，而臣子亦有榮於史冊。若徒爲激切之言，致人君被拒諫之名，而臣或觸惡而予杖，或激怒而爲殺，縱青史極標其直，實則臣子之罪彌大耳。況潛老以過戇之詞形於場屋，既不能邀其進呈，且暫阻致身之路」（見第十回），他認爲不值得。

〔註37〕尚達翔，談《歧路燈》的幾個道學形象〔J〕，明清小說研究，1986（3）。
〔註38〕參見楊海中，自有流韻動人處——論《歧路燈》人物形象塑造〔J〕，殷都學刊（哲社版），1985（2）。

他雖奉行理學，卻不完全拘泥於此，他對兒子既嚴格要求又關心愛護，「家居雍和無事日，夫妻談笑亦常情」（見第三回），對於下人亦色溫言和，對自己亦有清醒的認識，承認自己有「私情妄意」，只是「怕壞了祖宗的清白家風，怕留下兒孫的邪僻榜樣」才「狠按捺罷了」（見第六回）。他之所以對譚紹聞採取保守的教育方法原因有三：一是他自身克紹克箕的願望，而譚紹聞又是獨生子，負有繼往開來的重任，因此他必須深謀遠慮才能延續譚府「以孝相踵」之家風；二是當時的社會風氣讓他心存憂患意識，因為他「在這大街裏住，眼見的，耳聽的，親閱歷有許多火焰生光人家，霎時便弄的燈消火滅，所以我心裏只是一個怕字」（見第三回）；三是現實情形讓他不得不思考如何教育兒子的策略，尤其是他客寓京邸夢見兒子從樹上掉下摔死，回到家中親眼見到侯冠玉誤導兒子，更堅定了他「用心讀書，親近正人」的教育信條。從他對獨生兒子未來的設計中可以看出他的一片苦心：他為兒子擇偶拒絕商人之女巫翠姐而求選出身書香門第的孔慧娘；他懇請摯友婁潛齋為兒子師，「不說讀書，只學這人樣子，便是一生根腳」（見第二回）；他暗暗生氣妻子王氏因惜財而不慎擇師以致於誤了兒子想趕侯冠玉走人又礙於自家紳士的面子而無法立刻施行；臨終前又將兒子託付給義僕王中……椿椿件件，無一不見其舐犢情深。但隨著他的去世，他的影響亦隨之付諸東流。

孔慧娘雖賢淑知禮，對譚紹聞的墮落行為常加規勸並因此抱恨而亡，其影響亦隨之消失。而王中卻只是一個僕人，他的地位決定了他的意見不太可能受到重視，所以儘管譚孝移臨終託孤、儘管譚紹聞每有悔意便會想到王中，但卻免不了兩次被逐的命運，終無法起到力挽狂瀾的作用。

而在家庭中給譚紹聞以負面影響的主要有兩個人，一個是母親王氏，一個是孔慧娘死後續娶的巫氏，這兩個人對譚紹聞的墮落就家庭影響而言負有不可推卸的責任。

王氏是一個護短、溺愛兒子的母親，她之所以溺愛兒子是因為他們夫妻「生育不存，子息尚艱。到了四十歲上」才生「面似滿月，眉目如畫」的兒子譚紹聞（見第一回），正是這種無原則的溺愛無形中害了譚紹聞。於是當丈夫因兒子不知讀書一味玩耍打兒子時她說「孩子還小哩」（見第一回）；當婁先生嚴加管教學生天天不離左右促其上進時，她卻怕把兒子「拘緊出病來」（見第六回）；當不學無術只會賭場戲場裏討生活的侯冠玉放任譚紹聞放下書本百般玩耍時，她亦信慣兒子聽由其便（見第十三回）；當兒子夜半嫖皮匠妻被捉

姦遭訛詐時，她「捨金護兒」，不但不責備兒子反而咒罵「那皮匠拿著老婆騙銀子使，看他怎麼見人。拿咱那銀子，出門怕沒賊截他哩。到明日打聽著他，只有天爺看著他哩」（見第三十回）；當兒子聚賭鬧出人命大案時，她不但不譴責兒子，反找理由說「寶家小短命羔兒，輸不起錢，就休要賭，為什麼弔死了，圖賴人」（見第五十一回）；王氏的護短溺愛由此可見一斑。描寫王氏護短溺愛李綠園用重複疊沓、螺旋陞進的手法不厭其煩，用墨如潑。正是因為母親的溺愛而使譚紹聞在父親死後的「三四年，悠悠忽忽，也不曾添上什麼學問。兼且人大心大，漸漸的街頭市面走動起來，拈花惹草，東遊西蕩，只揀熱鬧處去晃」（見第十四回），她甚至用她自己勢利眼的狹隘心性縱容兒子結交世家公子盛希僑，尤其當她聽說盛希僑「豪邁倜儻，風流款洽」，「房屋壯麗」「肴饌精美」，就忘了丈夫臨終對兒子「親近正人」的囑咐而對兒子說：「像這等主戶人家公子，要約你兄弟拜弟兄，難說辱沒咱不成？」（見第十五回）「這盛公子，乃是一個大鄉宦家，人家眼裏有咱，就算不嫌棄了，還該推脫人家不成？」（見第十九回）甚至當王中勸他教育譚紹聞遠離浮浪子弟多親近婁、孔、張、蘇、程等賢士文人父輩摯友時，她卻說：「一朝天子一朝臣，難說叫大相公每日跟著一起老頭子不成？況且一個是丈人，一個是先生，怎麼相處？」（見第十九回）於是譚紹聞結交夏逢若、虎振邦、張繩祖等人，並在他們的引誘下不斷地賭博、輸銀、再賭、再輸，即使當兒子輸出一千八百餘兩銀子並因難還賭債而自縊被救之後，她愛子心切怕出意外反說：「如今那個不賭。許多舉人、進士、做官哩，還要賭哩。你就是略弄一弄兒，誰嗔你來？輸的也有限，再休這樣兒嚇我」（見第六十回）。在王氏的溺愛和縱容下譚紹聞更加肆無忌憚越陷越深，由吃喝嫖賭發展到開賭場、煉丹灶、鑄私錢、鬻墳樹等凡浮浪子弟所為之事他幾乎無不幹絕。因此李綠園在書中感慨道：「學生定要擇地而蹈，寧可失之嚴，不可失之縱也」（見第五十八回）。後來生活的艱辛也讓她意識到自己的過失：「爭乃大相公不遵他（指譚孝移）的教訓，也吃虧我見兒子太親。誰知是慣壞坑了他。連我今日也坑了」（見第八十二回），連譚紹聞自己都說：「天下為娘的，沒一個不見兒子親。必定是有管教才好」，「可憐咱家福薄，我爹去世，把咱母子撇的太早了。我是少調失教。娘呀，你又見我太親，嬌慣的不像樣」（見第八十六回）。

巫翠姐和王氏一樣都是續弦入譚府，她和王氏不同的是王氏出於秀才之家，而巫翠姐卻是商人之女，而且巫「家屋裏女人，都會抹牌」（見第四回）。

清中葉商品經濟相對比較發達，但在傳統的中國社會中士農工商的排序中商依舊居於末流，商人雖然在經濟上有一定的優勢，但社會地位依舊不高。巫翠姐的父母非常希望能通過聯姻的方式來提高他們的社會地位，但譚孝移在世時一嫌其商人之家二嫌巫家女人打牌、女工讓外人做、巫翠姐拋頭露面於廟中看戲進而指責巫父「居家如此調遣，富貴豈能久長」（見第四回）即嫌其出身低下和家教不好而堅決予以拒絕；當譚府走向末落之時，巫家卻達成了這個願望。巫翠姐「人材出眾」，女紅好（見第四回），「生的異常標緻」（見第四十九回），她進譚府後果然把她在娘家時的惡習帶來，「夫婦兩個時常鬥骨牌，搶快，打天九，擲色子，抹混江湖玩耍。巫翠姐只嫌冰梅、趙大兒一毫不通，配不成香閨賭場。也曾將牌上配搭，色子的點數，教導了幾番，爭乃一時難以省悟」，「譚家累世家規，雖說叫譚紹聞損了些，其實內政仍舊。自從娶了巫翠姐，開了賭風，把一個內政，竟成了魚爛曰餒」（見第五十回），譚紹聞本已因賭氣死了孔慧娘，而娶的巫翠姐又有此嗜好，注定了譚紹聞在賭博之路上越陷越深。果然，譚紹聞新婚不久去巫家重拾賭博惡習之時遭辱（見第五十回）並賭出人命（見第五十一回），但巫翠姐並未因此而勸止譚紹聞，相反卻在譚綠聞買物遇贓（見第五十四回）時遭到埋怨，可見她並不是一個很通達事理的妻子，也注定了譚紹聞回頭不能指望有來自妻子（內賢）方面的幫助。而且她看不慣王中作為一個下人怒罵譚紹聞的匪友而讓譚紹聞將王中趕出譚府（見第五十三回），因為在她看來王中罵譚紹聞的「結拜弟兄」是錯誤的，這是她從戲文上得來的知識，可是逐善必然近惡卻是她無從想到的。

正面影響雖好，卻難發揮作用；負面影響雖不好，卻影響甚大，於是在家庭影響上兩方面力量對比的失衡，無形中縱容了譚紹聞的墮落並使之無所忌憚。

（二）魚龍混雜的師友，正反拉鋸式的社會教化

社會環境的影響對譚紹聞的成長而言也可以分為正面和負面影響，正面的影響來自兩個方面，一是譚孝移的朋友們的影響，如程嵩淑、張類村、孔耘軒、蘇霖臣等人，一是譚紹聞的兩任老師婁潛齋和智周萬的影響。負面影響也來自兩個方面，一是譚紹聞的朋友，如夏逢若、盛希僑等人，一是他的老師侯冠玉和惠人也。

先論正面影響：

　　譚紹聞父執之中對其影響最大的除婁潛齋之外當屬程嵩淑。他是一個和譚孝移小心謹慎略顯迂腐的性格正好相反的理學人物。程嵩淑「學問博洽，經史淹貫」，「學問極好，做詩、做對子，人人都是央他的。他也揮金如土，人人都說是個有學問的好人。只是好貪杯酒兒，時常見他就有帶酒的意思」（見第五回），他未被保舉「賢良方正」也是因為他貪杯（見第七回），他嗜酒原因在於其「天資超逸，目中無人，藉此以澆塊壘，以混俗目的意思」（見第八回）。他雖才高學富且疏狂，但卻是一個「性情亢爽、語言直快的人」，婁潛齋告訴譚紹聞：「我們（指婁潛齋和程嵩淑）年齒相若，尙以他為畏友。但接引後進的婆心，你程叔卻是最熱腸的。賢契若肯遵令先君『用心讀書』的遺囑，不用你親近正人，那程嵩老這個正人，先親近你了。但他的性情，遇見好的，接引之心比別人更周；遇見不妥的，拒絕之情比別人更快」（見第七十一回），在所有的父執中程嵩淑激於道義對朋友之子譚紹聞的挽救是最為盡心盡力的：他得知譚紹聞墮落明確對孔耘軒說：「咱們若要順水推舟，做世俗上好人，也不難，只是把譚孝移生前相交，置之於何地？於心著實不安」（見第六十二回）而義無反顧地擔起督導的責任，基因於此他才責備譚紹聞：「令尊（指譚孝移）只親生你一個兒子，視如珍寶。令尊在世之時你也該記得那個端方正直，一言一動，都是不肯苟且的。直到四五十歲，猶如守學規的學生一般。你今日已讀完《五經》，況且年過十五，也該知道『繼志述事』，休負了令尊以紹聞名字之意，為甚的不守規矩，竟亂來了呢？如前月關帝廟唱戲，我從東角門進去看匾額。你與一個後生，從廟裏跑出來，見了我，指了一指，又進去了。我心中疑影是老侄。及進廟去，你擠在人亂處，再看不見了。這是我親眼見的。你想令尊翁五十歲的人，有這不曾？你今日若能承守先志，令尊即為未死。你若胡亂走動，叫令尊泉下，何以克安？我就還要管教你，想著叫忘卻不能！」（見第十四回）教訓歸教訓，在侯冠玉被趕走之後，為防止譚紹聞繼續墮落，程嵩淑積極地為譚紹聞推薦老師智周萬，一方面他要想辦法讓智周萬念在譚府先人的份上肯俯就師職，還要讓智周萬瞭解譚紹聞雖「聰慧非凡。只因失怙太早，未免為匪類所誘，年來做事不當」的行為及現在急於「覓一明師，照料讀書，以繼先澤」的實際情況，同時他既要責備譚紹聞「尊公名以紹聞，必是取『紹聞衣德』之意，字以念修，大約是『念祖修德』意思了。請問老侄，近日所為，何者為念祖，何者為修德？」還要囑咐譚紹聞「豎起脊樑，立個不折不磨的志氣」，他之所以如此是因為他不忍心

看到譚紹聞繼續墮落，同時他認為智周萬「其人博古通今，年逾五旬，經綸滿腹」，足可為後學楷模，其用心良苦由此可見一斑。儘管從他本心而論「今日為念修（譚紹聞字）延師，非為念修也，乃為孝移兄耳。即以延師之事託耘老，也非為姻戚起見，乃為孝移兄當年交情」（見第五十五回），但他不做於他又有何損益？沒有。但他去做了，責任心使然。由於程嵩淑瞭解惠人也「本底子不甚清白」，「心底不澈」，「有些俗氣撲人」（見第三十八回），是個沽名釣譽（有人「送他個綽號兒，叫做惠聖人，原是嘲笑他，他卻有幾分居之不疑光景。這個蠢法，也就千古無二」）的「畫匠，如醫書上會畫那莫見乎隱、莫顯乎微的心肝葉兒」，瞭解惠人也「把自己一個人家弄得四叉五片」「還不知羞」（見第三十九回）的假道學底色不足以為人師，而當面直言抱怨孔耘軒「誤了令婿」譚紹聞（見第三十八回）。在他看來「誠意正心」「這四個字原是聖學命脈，但不許此等人說耳」，「誠意正意許程朱說，不許我們說；許我們心裏說，不許我們嘴裏說；許我們教子弟說，不許對妻妾說。誠意正心本來無形，那得有聲」，像惠人也這種人雖「靠住大門樓子吃飯，竟是經書中一個城狐社鼠！」（見第三十九回）所以他當面笑話惠人也「進城設教，大約是為束金，未免也是有所為而為的」（見第三十八回）。當譚紹聞聽信江湖術士之言要遷葬祖塋，他得知此事即堅決阻止，渾不顧譚紹聞的不悅之色，坦言：「『譚紹聞呀譚紹聞！你那意思像有不喜我輩所說之話。我爽利對你說罷，你若敢妄行啓遷，我就要呈你個邈視父訓，播弄祖骨。我程嵩淑，實為與你父道義至交，不能在你面前順情說好話。你要知道！』說著，早已向眾賓一拱，離座而去。眾人挽留不住，昂然出園門，向胡同口走訖」（見第六十二回）。即使如此，當譚紹聞買物遇贓被官府追究之時，他還是挺身而出為其擔保免其受懲之苦：「這譚紹聞原係靈寶公曾孫，孝廉忠弼之子，即此位孔年兄之婿，幼年曾舉過神童，平素也頗勤學，取過縣試首卷。這金鐲想是不知誤買。懇老父師念書香舊族，作養一番」（第五十四回），以致於譚紹聞捎寄潛齋書信進程府時亦「唯恐苦口責懲，到了此時，淡淡無味，卻又以見責為幸，因提個頭兒，以為受教之端」，不料程嵩淑不責反讓譚紹聞意識到「自知開罪已深，也不敢再為多談」，只得「背手彎身作別」（第七十三回）。待譚紹聞真的走投無路迴心轉意之時，程嵩淑依舊毫不猶豫地伸出援手為其出謀劃策（見第八十三回），為譚紹聞指明出路。他知道自己性格「亢爽些，雖出言每每得罪人，要之人亦有因我之片言，而難釋禍消者」，他因為自己「老而無成，雖說挨了

貢，不過是一個歲貢頭子，兒子又是個平常秀才」，所以平時從不「滿口主敬存誠學些理學話，討人當面的厭惡，惹人背地裏笑話迂腐」，也因爲他「閱歷透了，看的眞，滿天下沒人跳出圈兒（功名）外邊也」，所以他爲自己有「五六個自幼兒相與，實實在在的是正經朋友，不是那換帖子以酒食嫁遊相征逐」而滿足。作爲父執他見到譚紹聞務正業、譚簀初品格氣質都好，就像他姓程的自己「後輩有了人一般」（見第九十回）。如此胸懷使他在《歧路燈》中成爲一個閃光的理學人物，他的所作所爲既出自理學，但時時處處無不展現出他出乎其類拔乎其萃的個性，他的所作所爲有某種程度上寄託著李綠園的理學思想。

作爲良師，婁潛齋和智周萬兩個人各具特色：婁潛齋爲師重視師道尊嚴，言傳身教，教學強調藏息相輔，啓發誘導；而智周萬則長於因材施教，因勢利導，有的放矢，循循善誘。但二人任職時間對譚紹聞而言都太少，因此其影響作用的發揮也比較短暫。

婁潛齋是譚紹聞的第一個老師，也是譚孝移精心物色的人選，在譚孝移看來「婁潛齋爲人，端方正直博雅，盡足做幼學楷模。小兒拜這個師父，不說讀書，只學這人樣子，便是一生根腳」，「學生自幼，全要立個根柢，學個榜樣，此處一差，後來沒下手處」，而且「教小兒請蒙師，先要博雅，後來好處說不盡。況且博雅之人，訓蒙必無俗下窠臼」，事實上也確實如此。從婁潛齋對自己的孩子的成功教育就已表現出這種傾向：譚孝移和孔耘軒去拜訪婁潛齋，從二人進門婁樸「下位相迎，望上一揖，讓二位坐下」到「家童提茶到了」，他「手捧兩杯，獻與二位，自己拿一杯在門邊恭恭敬敬相陪」，給人感覺「品貌端正，言語清晰，」待二人「吃完茶起身」，他「出門相送」，「躬身答禮，極恭敬，卻不拘攣」，顯示出極好的家庭教養，正因譚孝移「見了婁潛齋家學生安詳恭敬，又動了橋梓同往之意」，而且婁潛齋因兄長之故而拒爲人師中現出「兄弟友愛之情，眞性露於顏面」而堅定了譚孝移定請婁潛齋爲師的決心，甚至做好了「他如堅執不去，我便送學生到此，供給讀書」（見第二回）的打算。婁潛齋「品行雖甚端方，性情卻不迂腐」，當王氏想讓兒子三月三趕廟會與譚孝移商量不通時就讓他徵求婁潛齋的意見，婁潛齋欣然同意，在他看來不讓孩子見世面的封閉式的教育是錯誤的，因爲「教子之法，莫叫離父；教女之法，莫叫離母。若一定把學生圈在屋裏，每日講正心誠意的話頭，那資性魯鈍的，將來弄成個泥塑木雕；那資性聰明些的，將來出了

書屋，丟了書本，把平日理學話放在東洋大海」，譚孝移光怕字當頭還是不行的，「人爲兒孫遠慮，怕的不錯。但這興敗之故，上關祖宗之培植，下關子孫之福澤，實有非人力所能爲者，不過只盡當下所當爲者而已」。他要求學生要樸素本色，反對學生華而不實的著裝，也反對學生家長認幹大、改姓氏的糊塗做法（見第三回）並給家長以很好的建議。但婁潛齋未當多長時間就因中舉而赴京趕考，待他落榜歸來之時，譚府已換上了侯冠玉爲師。但婁潛齋依舊不忘師生之誼，利用一切機會給譚紹聞以正確的引導：在譚孝移去世時王氏聽信術士之言要「躲殃」，他教育譚紹聞不要相信「這宗邪說」，「豈有父母骨肉未寒，闔家棄而避去之理？」對徒弟「不肯躲」殃的行爲及時表示讚賞；對譚孝移喪事講究體面一說亦予以反駁，認爲不失譚孝移在世的體面並不表現在酒席是否豐盛上（第十二回）。對於譚紹聞的墮落，他久有勸誡之心，他先問譚紹聞爲何「今日氣質很不好，全不像你爹爹在日」，讓譚紹聞自己找出原因，在責備譚紹聞父親靈柩在堂公然居家賭博同時，也責備自己有負託孤之重（見第二十回），後又以科舉命題引入其訓導之目的：「夫孝者，善繼人之志」，希望譚紹聞能「繼志述事」（見第十四回）。當譚紹聞走投無路來他衙門打抽豐，他一方面責備譚紹聞因賭和嫖「破了令尊之戒」以致於「家業漸至凋零」，同時希望譚紹聞「改悔，歸而求之」，如果程嵩淑不願爲師只要譚紹聞「肯立志向上」，他將「一力擔承」，「立起個課程，講書會文，我即顧不的照應，我不惜另爲延師」（見第七十一回），並對譚府家事做出安排，好讓譚紹聞無後顧之憂；另一方面見譚紹聞無意留衙讀書且歸心迫切，他深知譚府生計維艱而以自己的養廉相贈，囑咐譚紹聞「不可浪用，或嫖或賭，於我謂之傷惠；於你爹爹相與之情，反是助你爲匪。回家去，或仍理舊業，或不能讀書照料家事，也爲正當」，並贈譚紹聞「『爲善，思貽父母令名必果。爲不善，思貽父母羞辱必不果』之語，希望他「到那將蹈前非之時，口口只念『爹爹』兩個字，那不好的念頭，便自會縮下去」，書中描寫「說到此處，紹聞忍不住淚下涔涔。潛齋念及舊友，淚亦盈眶」（見第七十二回），師生之情深厚至此。

智周萬接任教師一職時譚紹聞已經在墮落之路上走了很久，儘管這期間譚紹聞不止一次地迷途知返，但婁潛齋之後的侯冠玉、惠人也都未能眞正地起到表率作用，相反讓他在這條路上越走越遠，直到他遇到智周萬。智周萬是父執程嵩淑爲譚紹聞請來的老師。在程嵩淑眼中「同年智周萬，我看其人

博古通今，年逾五旬，經綸滿腹」，誠可爲譚紹聞楷模，因此他抓住相會時智周萬「曾說過，願留省城，圖校字便宜些」而不想讓智周萬歸家，因爲在他「今日爲念修延師，非爲念修也，乃爲孝移兄耳。即以延師之事託耘老，也非爲姻戚起見，乃爲孝移兄當年交情」（見第五十五回），深知給譚紹聞找一個好老師實屬不易。程嵩淑先引智周萬提及與譚府世誼：「弟（智周萬）就在譚公祠左邊住，幼年讀書，及老來授徒，俱在譚公祠內。這丹徒公與先太高祖，是進士同年，所以弟在家中，元旦之日，必備一份香楮，向丹徒公祠內行禮。一來爲先世年誼，二來爲甘棠遠蔭，三者爲弟束髮受書，以及今日瞻依於丹徒公俎豆之地者四十年」（見第五十五回），由此切入譚紹聞與丹徒譚公的淵源而讓智周萬難以推辭，他希望智周萬能念及先人而照顧後裔，因爲譚紹聞「青年偉品，只因所近非人，遂至行止不謹」，智周萬若肯爲師，照料讀書，正可以繼先澤。智周萬於是到了碧草軒，譚紹聞遂成了年世侄受業門生。智周萬非常講究教學方法，他「已聽過孔耘軒說的譚紹聞病痛，師弟相對過了十日，智周萬只淡淡如水。刻字匠人時常拿寫稿來校正，智周萬正了差訛，匠人去後，智周萬已無多言。譚紹聞執書請教，隨問就隨答，語亦未嘗旁及。這也無非令其沉靜收心之意。那一日譚紹聞領題作文，智周萬令作《『爲善思貽父母令名必果』論》。脫稿謄眞呈閱，智周萬極爲誇獎，批道：『筆氣亢爽，語語到家。說父子相關切處，令人感注，似由閱歷而得者，非泛作箕裘堂構語者所能夢見。』因問道：『爾文如此剴切。可以想見令先君家教。但昨日眾先生俱言爾素行不謹，是何緣故？』譚紹聞因把父親臨終怎的哭囑的話，述了一遍。一面說著，早已嗚咽不能成聲。智周萬道：『你既然如此，何至甘入下流？』譚紹聞道：『總因心無主張，被匪人刁誘，一入賭場，便隨風倒邪。本來不能自克，這些人也百生法兒，叫人把持不來。此是眞情實話。萬不敢欺瞞老師』。因文而人，循循善誘，最終譚紹聞主動懇請老師「爲門生作以箴銘，不妨就爲下等人說法，每日口頭念誦幾遍，或妄念起時，即以此語自省，或有人牽誘時，即以此語相杜。只求切中病痛，無妨盡人能解」，所謂教學當其可之時，不憤不啓，不悱不發，可謂善教。智周萬於是用老嫗能解的「語質詞俚」寫出賭博之惡果，指出「『子賭父顯怒，父賭子暗怖』此二語，已盡賭博能壞人倫之大病。『強則爲盜弱爲丐』此二語，又說盡賭博下場頭所必至」，譚紹聞主動表示「願終身守此良箴」。當譚紹聞期望老師將戀妓病痛，亦作一箴銘時，智周萬明言：「戀妓宿娼卻難作」，因爲「不切則辭費，

切則傷雅。師弟之間，難以穢詞污語相示。但執此類推，不過褻祖宗身體，傷自己體面；染下惡疾，為眾人所共棄；留下榜樣，為後世所效尤。白樂天名妓以皎皎，取古詩河漢女之意，尤為可危。只此已盡戀妓之罪，宿娼之禍，何必更寫一紙？」於是譚紹聞表示：「門生聞老師之言，發聲震聵，永不做非禮事了。」自此，「譚紹聞沉心讀書。邊公考試童生，取了第三名，依舊文名大振。單候學憲按臨，指日遊泮」（見第五十六回）。譚紹聞「棄邪歸正，便斷了光棍們的血脈。所以譚紹聞讀了半年書，夏逢若竟是師婆子沒了神，趕腳的沒了驢兒」，夏逢若抱怨譚紹聞「如今從的一個先生，不惟能管他的身子，竟是能改變他的心」，他們分析譚紹聞「他不賭博，他還賭咒，這就是還有點賭意」，於是想「生法叫他師徒開交」，因為在這些人看來「破人生意，如殺人父母一般。他把譚福兒能以教的不再賭博，就是破了咱的生意，這就是殺了咱的父母」。他們讓一個沒有老婆的貂鼠皮向智周萬的僕人說智周萬「在外教書，總不該老有少心」看他家小媳婦子上中廁，氣的媳婦「有干血癆了」，「我請了許多醫生，再治不好。我說我對師爺說，又怕羞著師爺。我對你說罷，若是師爺十分看中俺家女人，我情願偷偷送過來」。他們知道像智周萬這樣的「正經人最護體面」，他們「弄幾句話薰他，叫他咽不下去，吐不出來，對人說不出，心裏暗生氣，他自己就會走」。果然，智周萬得知此語後思忖：「這等污蔑之談，從何而來？想是我在此處，必定深中小人之所忌，故造此飛語，是暗催我起身意思？我與歐陽文忠公一樣，同是近視眼，或者誤遇女人，看不見，有錯處也未可知。但只是我之教書，非為館穀，不過為眾人所窘，喬寓在此。若有此等話說，何必以清白受此污辱？不如我以思家為名，奉身而退，改日寫一封書來，以戀家不能赴省為辭。風平波靜，豈不甚好？且是這詩稿已將次告成，回家差人送剞劂之資，贅回原板，何必羈留他鄉？」於是智周萬藉口「懷鄉之情，回家一望，改日仍來」而一去不歸，並以「回家染病，不能客外書箚，分寄於孔耘軒、程嵩淑諸友人。譚紹聞書內，又寫了勉勵功課等語」而拒館，於是譚紹聞與其幸遇的良師從此與其開交（見第五十六回）。「譚紹聞自從智周萬去後，這一群宵小打探明白，是到靈寶不再回來，便商量勾引的話來」（第五十七回）。智周萬是個教有法、學有術之人，他知道怎樣才能讓譚紹聞收心，也知道怎樣才能讓譚紹聞認識到自己的問題並主動地去改正，因為一個人的主觀願望及其主觀努力對一個人而言是非常重要的，態度決定高度，他深知這一點而在教學中亦恰到好處地加以運用，

收到了良好的效果。但他又是一個非常愛惜自己羽毛的人，在自己的名聲與學生兩者之間他選擇了前者，李綠園雖稱智周萬是「高人」，但從為學生負責的角度而言智周萬選擇遠離是非之地之舉未免有些自私。事實也正是如此，他走之後，譚紹聞的墮落愈發不可收拾，終於到了鬻墳樹、煉丹灶、鑄私錢、山窮水盡、走投無路的地步。

次論負面影響：

給譚紹聞以負面影響的人有兩種：一是譚紹聞的朋友，如盛希僑、夏逢若、張繩祖、王紫泥、管貽安、寶又桂、小貂鼠、白鴿嘴、細皮鱄、虎鎮邦等，他們的共同特徵是都蔭有祖上家產，而又缺乏教育，於是走上歧途的年輕人，盛希僑俠義任性，夏逢若刁鑽鮮恥，張繩祖陰險世故，管貽安粗野蠻橫，虎鎮邦色厲內荏，寶又桂膽小如鼠；而在這些朋友中給譚紹聞影響最大的當屬盛希僑和夏逢若；一種是譚紹聞的老師，如侯冠玉和惠人也。

盛希僑是一個官宦世家公子，他的祖上是堂堂的布政司，他的父親是武州通判，財勢俱全，只因父親早逝，缺調少教，以致墮落成為浮浪子弟，使他「並不像門第人家子弟，直是三家村暴發財主的敗家子兒。下流盡致！」他就像「是一把天火。自家的要燒個罄盡，近他的，也要燒個少皮沒毛」（見第二十回）。譚紹聞墮落就因他的引領而「竟把平日眼中不曾見過的，見了；平日不曾弄過的，弄了；平日心中不曾想到的，也會想了」（見第十七回）。他窮賭大弄，通宵達旦，時至日中而高臥，蓄優玩戲，典當家產，以至幾乎傾家蕩產；盛氣凌人，不讀詩書以至不懂何為「初度」「捐館」之意。他最先給譚紹聞以負面影響，後又給譚紹聞以正面的規勸，雖是浮浪子弟，但心地善良，恪守孝悌，輕財好義，正義豪爽，如他痛斥夏逢若：「你也算個宦裔，怎就甘心學那些下流行徑，一味逞刁賣俏，不做一點有骨力、顧體面的事。我先說明，速改便罷，若仍蹈前轍，小四（指夏逢若）呀，我的性情，咱可就朋友不成哩。我早已訪確，你在譚賢弟身上，就有許多事做的全不是東西。……倘是你藉端想再訛詐幾兩，你便真沒一點人氣哩」（見第五十回）。正是由於盛希僑集浮浪的惡習和俠義、血性於一身才使得那些市井無賴既敬他又怕他，使之無形之中成了他們之中的「老大」。也正是這種性格，使他在處理分家一事上只責備自己的「老婆不是人」而對自己的弟弟無一句怨言，當他的弟弟因怕他把家業蕩光而分家之後不久又意識到自己「是個紳衿，是明倫堂上人，一定要在忠臣、孝子、義夫、悌弟、良友上畫個影兒，定要闔

戶」（見第八十六回），而使他認識到自己「一向不成人」，弟弟的轉變全是讀書的好處，因此他勸譚紹聞一定要好好讀書，不要再生邪心。他自己也一改「呼盧叫雉，偎紅倚翠」的「膏粱氣質，紈袴腔調」，「賭也戒了，戲也撐了，兄弟兩個析居又合爨，他弟弟讀書，他自照管家務」（見第九十九回），展示出「性情亢爽，心無私曲」（見第九十六回）的一面，通過「開樓發藏板」，刻先人遺墨、「愛弟託良友」（見第九十九回）送弟弟去國子監讀書、千里迢迢「國子監胞兄送金」（見第一百零二回）的行為，完成了他自己由墮落到回頭的轉變。

夏逢若是一個幫閒蔑片。所謂幫閒蔑片是指「那些會念書會下棋會畫畫的人，陪主人念念書，下下棋，畫幾筆畫，這叫做幫閒，也就是蔑片」（見魯迅《二丑藝術》），他「渾號叫做兔兒絲」，「父親也曾做過江南微員」，用不正當手段弄了幾個錢兒，「原指望宦囊充足，為子孫立個基業，子孫好享用。誰知道這錢來之太易，去之也不難」，到了夏逢若手內，「嗜飲善啖，縱酒宿娼，不上三五年，已到『鮮矣』的地位。但夏逢若生的聰明，言詞便捷，想頭奇巧，專一在這大門樓裏邊，衙門裏邊，串通走動。賺了錢時，養活萱堂、荊室」（見第十八回），只因他自己賴的不吃破的不穿，烏龜不肯當，種地做土工沒四兩氣力（見第五十六回）。他之所以拼命要擠進盛希僑和譚紹聞的金蘭圈的目的：適逢他會賭回家，在路上偶然看到盛希僑和譚紹聞、王隆吉三個結義兄弟宴飲夜歸便站在黑影裏觀看，同時心下躊躇：「這一干人我若搭上，吃喝盡有，連使的錢也有了」（見第十六回），於是他絞盡腦汁與這幾個人結拜，雖年長卻恬不知恥甘居末座。他的幫閒本色很突出：譚紹聞賭出人命要找一個「一等下流人，極有想頭，極有口才，極有膽量，卻沒廉恥……東西說合，內外鑽營，圖個餘頭兒」（見第五十一回）的人首先想到的就是此人，可見他的幫閒術很高明；譚紹聞被茅拔茹訛詐請他作證，他立刻抓住這個弄錢的機會，先是抱怨譚紹聞「弄出事情來，又尋我這救急茅房來了。舊日在張宅賭博，輸了幾弔錢，對人說我擺佈他。若是贏時，他分賬不分賬？到如今盛大哥也不理我，說我是狗屎朋友。我幾番到您家要白正這話，竟不出來。你想怪人須在腹，相見有何妨？娶過親來，我去奉賀，臉上那個樣子待我。如今茅家說您扭了他的戲箱鎖，想是您扭了；說是您提了衣裳，想是您提了。我目下有二十兩緊賬，人家弄沒趣。……就說姓夏的在家打算賣孩子嫁老婆還帳哩，顧不得來。等有了官司出簽兒傳我才到哩。到那時只用我半句話，

叫誰贏誰就贏，叫誰輸誰就輸。如今不能去」，待王中以二十兩銀子相託，他立刻換上另一副面孔：「好賊狗攮的！欠人家二百多兩不想拿出來，倒說人家扭了鎖，提了戲衣。我就去會會他，看他怎樣放刁！眞忘八攮的！咱如今就去。想著不還錢，磁了好眼！」（見第三十回）而且他勸譚紹聞他如此過活的內在動機在於：「人生一世，不過快樂了便罷。柳陌花巷快樂一輩子也是死，執固板樣拘束一輩子也是死。若說做聖賢道學的事，將來鄉賢祠屋角裏，未必能有個牌位。若說做忠孝傳後的事，將來《綱鑒》紙縫裏，未必有個姓名。就是有個牌位，有個姓名，畢竟何益於我？所以古人有勘透的話，說是『人生行樂耳』，又說是『世上浮名好是閒』。總不如趁自己有個家業，手頭有幾個閒錢，三朋四友，胡混一輩子，也就罷了。所以我也頗有聰明，並無家業，只靠尋一個暢快。若是每日拘拘束束，自尋苦吃，難說閻羅老子，憐我今生正經，放回託生，補我的缺陷不成？」也正是「這一片話，直把個譚紹聞說的如穿後壁，如脫桶底，心中別開一番世界了」，只因爲「譚紹聞年未弱冠，心情不定，閱歷不深；況且在希僑家走了兩回，也就有欣羨意思；況且是豐厚之家，本有驕奢淫佚之資；況且是寡婦之子，又有信慣縱放之端，故今日把砒霜話，當飴糖吃在肚裏」（見第二十一回）。他總是利用譚紹聞年輕缺乏社會經驗及面嫩心軟的弱點設圈套挖陷阱誘其上當受騙，即使他當了衙役亦惡習難改並因貪占銀兩而被「責革」，棒瘡平復後，又「育譎狡難悛，私交刻字匠，刻成葉子紙牌版，刷印裱裁售買，以圖作奸犯科之厚利。後來祥符有人命賭案，在夏鼎家起出牌版，只得按律究擬，私造賭具，遣發極邊四千里，就完了夏鼎一生公案」（見第一百回）。

對譚紹聞影響時間長而且大的是侯冠玉和惠人也兩個老師，前者爲師缺乏德行，放辟邪侈；爲學急功近利，緣木求魚，後者酸腐無能，人無主見，言行不一，誤人子弟。

侯冠玉「是一個秀才，也考過一兩次二等。論起八股，甚熟於『起、承、轉、合』之律；說起《五經》，極能舉《詩》《書》《易》《禮》《春秋》之名。因爲在家下弄出什麼醜事，落了沒趣，又兼賭債催逼難支，不得已，引起董氏，逃走省城，投奔他的親戚，開面房的劉旺家。劉旺與他說了本街三官廟一個攢湊學兒，訓蒙二年。只因做生日，把一個小學生吃得酒醉了，只像醉死一般，東家婆上三官廟一鬧，弄的不像體統，把學散訖」（見第八回），因給學生家長留下他「縱慣學生」「不守學規」的惡名而找不到投向，不料這樣

一個沒人要的老師「竟坐了碧草軒西席」，落在這種缺乏師德的人手中譚紹聞的前途可想而知。侯冠玉慣於用欺騙的手段矇騙學生：他「將譚紹聞舊日所讀之書，苦於點明句讀，都叫丟卻；自己到書店購了兩部課幼時文，課誦起來。還對紹聞說道：『你若舊年早讀八股；昨年場中有兩篇俗通文字，難說學院不進你。背了《五經》，到底不曾中用，你心中也就明白，時文有益，《五經》不緊要了。……學生讀書，只要得功名；不利於功名，不如不讀。若說求經史，摹大家，更是誣人。你想古今以文學傳世者，有幾個童生？不是閣部，便是詞林，他如不是大發達，即是他那文章，必不能傳。況且他們的文字俱是白描淡寫，直與經史無干。何苦以有用之精力，用到不利於功名之地乎？你只把我新購這兩部時文，千遍熟讀，學套，不愁不得功名」，由此可見教學上侯冠玉的急功近利。為了讓學生相信自己他不惜要用江湖術士的把戲，稱譚紹聞功名「在祖、父上」，「孤身」，「妻亦宜硬配」，「將來子女還要貴顯」等為自己瀆職尋找藉口，「起初一月光景，還日日在學」後因王隆吉退學而剩下譚紹聞一人讀得慢懈，他就「漸漸街上走動，初在各鋪子前櫃邊說閒話兒；漸漸的廟院看戲，指談某旦角年輕，某旦角風流；後來酒鋪內也有酒債，賭博場中也有賭欠；不與東家說媒，便為西家卜地。軒上竟空設一座，以待先生」，譚紹聞「也覺婁先生嚴明，不能少縱，不如這先生鬆活」，因此也「落得快活」（見第八回）。待譚孝移歸來得知兒子的老師是個「會看病立方，也會看陽宅，也會看墳地，也會擇嫁娶吉日，也會寫呈狀，也會與人家說媒。還有說他是槍手，又是槍架子」的主，心裏悔不堪言，與侯冠玉談話得知兒子不讀《五經》，「三個月讀了三本兒《八股快心集》」，之所以不讀《五經》是因為侯冠玉認為「如今考試，那經文，不過是有那一道兒就罷。臨科場，只要七八十篇，題再也不走；即令走了，與同經的換。要是急於進學，想取優等，只用多讀文章，讀下千數篇，就夠套了」，而且拿《西廂記》和《金瓶梅》要譚紹聞「學文章法子」，這讓譚孝移意識到「專弄八股，即是急於功名，卻是欲速反遲；縱幸得一衿，也只是個科歲終身秀才而已……急於功名，開口便教他破、承、小講，弄些坊間小八股本頭兒，不但求疾反遲，抑且求有反無；況再加以淫行之書，邪蕩之語，子弟未有不壞事者」（見第十一回），況且侯冠玉與「品行端方」「學問淹博」相去甚遠不足以為人師，因此譚孝移想打發他走人。譚孝移去世之時侯冠玉借「躲殃」之說而「喜得個空兒，自去光明正大的賭博」（見第十二回），待譚孝移「封了柩，端福兒當大喪之後，

因因循循，也就不上學裏去；侯冠玉游游蕩蕩，也輕易不往碧草軒來。有一日先生到，學生沒來；有一日學生到，先生不在。彼此支吾躲閃，師徒們見面很少，何況讀書」。更有甚者，到「燈節過後」上學，「師徒們聚首了兩三日，端福兒在案上哼了兩三天；侯冠玉年節賭博疲困，也在碧草軒中醉翁椅上，整睡了兩三天，歇息精神」，爲了能讓譚紹聞上學，義僕王中甚至得去賭場中尋找侯冠玉（見第十三回）。譚紹聞「從侯冠玉讀書這三四年，悠悠忽忽，也不曾添上什麼學問。兼且人大心大，漸漸的街頭市面走動起來，沾風惹草，東遊西蕩，只揀熱鬧處去晃。母親王氏，是溺愛信慣久了。侯冠玉本不足以服人，這譚紹聞也就不曾放在眼裏」。後來因爲他爲推卸責任而當眾侮辱譚紹聞被趕走。他雖然人走了，但他任職期間留下的後遺症在他走後卻依然延續，如果說譚紹聞因爲到盛希僑家走了一次而增聞長識，「添的是聲色嫖賭之事。雖不敢遽然決裂，卻也就生出來許多奇思異想，漸漸有了邪狎之心」，那麼他「從侯冠玉讀書時，已聽過《西廂》《金瓶》的話頭」則是認知上的誤導使他用「調虎離山之計」支開母親狎婢（見第十九回）而走向墮落。

惠人也是繼侯冠玉之後出任譚紹聞老師且將之束縛最久的一個人。他出任譚紹聞的老師時，譚紹聞又賭又嫖墮落之事已人人皆知，此時急需一個好的教師將他拉回正路。

惠人也家中門上橫額是「尋孔顏樂處」，兩旁長聯則是「立德立言立功，大丈夫自有不朽事業」和「希賢希聖希天，眞儒者當盡向上工夫」；出口便是「因這科歲，所以不得丟卻八股。至於正經向上工夫，未免有些耽擱」；「聖賢誠正工夫細著哩，若是弄八股未免單講帖括，其實與太極之理隔著好些哩」，似乎是一個金玉其外、執著於功名的士人，按理說這樣的「聖人」對譚紹聞一定會大有幫助的，但意想不到的是他因喪偶「續弦了一位三十多歲的再醮婦人」，所有的事都「取決於內人」，之所以答應上門給譚紹聞做老師一是因爲「內人以進城爲主意，所以一言攜眷便滿口應承」，二是「連葬帶娶，也花費了四十多金，正苦舊債不能楚結，恰好有這宗束儀可望頂當」，所以內外極爲願意（見第三十八回）。他教學講究形式，「坐的師位，一定要南面，像開大講堂一般」，但卻因爲學問「本底子不甚清白」而「講了理學源頭，先做那灑掃應對工夫；理學告成，要做到井田封建地位」，「早把個譚紹聞講的像一個寸蝦入了大海，緊緊泅了七八年，還不曾傍著海邊兒」，他「不說譚紹聞在學裏讀帖括說是膚皮，讀經史卻又說是糟粕──無處下手」，很顯然他誤

人子弟既有他自身學識淺薄的原因，也有他主觀上爲稻粱謀的現實原因。他口口聲聲對譚紹聞的父執講他對譚紹聞的要求「不在功名之得與不得，先要論他學之正與不正。至於匪類相親，弟在那邊，也就不仁者遠矣」，實際情況卻是在他執教期間，譚紹聞受「張公孫哄酒圈賭場」（見第四十三回）並因避賭債而淪落他鄉，他如果眞的盡了教師之責不會出現如此嚴重的後果。他因爲懼內而和兄長分家，並因此而遭到眾人的恥笑，以致於李綠園評價他「終日口談理學，公然冒了聖人之稱，只因娶了這個再醮老婆，暗中調唆，明處吵嚷，一旦得了羞病，弄得身敗名裂，人倫上撤了座位」（見第四十一回），這樣言行兩分、表裡不一、只重言傳無法身教的老師所能給譚紹聞的影響可想而知。

（三）多因多果的羅網，一波三折式的自我成長

以上是構成譚紹聞成長的兩方面環境因素，但外因只是變化的條件，內因才是變化的依據，外因要通過內因而起作用。而這三個方面的因素即是並列平行的，但又是立體交叉的，它們是綜合作用於譚紹聞的成長過程，譚紹聞的進與退、成與敗、榮與辱無不與這兩方面的影響失衡相聯繫。綜觀譚紹聞成長的歷程不難發現他的墮落與自新行爲背後均有其必然的環境因素在起作用〔註39〕，就導致譚紹聞墮落的環境而言：

其一，譚紹聞祖上四代爲宦，廣積財貨，這和清中葉社會經濟的迅速發展顯然是分不開的，而這正好成爲諸如夏逢若、張繩祖等匪人追腥逐臭及譚紹聞腐化墮落的基礎。夏逢若第一次在地藏庵門前見到盛希僑、譚紹聞和王隆吉時就已做好了從他們身上打開缺口以滿足自己私欲的打算（見第十六回）；張繩祖則明確地對夏逢若說：「你把譚家這孩子只要哄的來，他賭，我分與你十兩腳步錢；他不賭，我輸給你十兩東道錢」，因爲他也和譚紹聞一樣祖上曾有宦囊，而且是個獨生子，「嬌養的太甚」，因爲父母對他賭博一事存在態度分歧，父母去世後便因賭落魄，而他「粗糙茶飯我是不能吃的，爛縷衣服我是不能穿的，你說不幹這事（指賭博）該怎的？總之，這賭博場中，富了尋人弄，窮了就弄人」（見第四十二回）。於是譚紹聞成了他們獵取的對象，終未能逃出他的糾纏而走向墮落。

其二，延師不當，教育不力，致使處於弱冠之年具有極大可塑性的譚紹

〔註39〕田同旭、王增斌，中國古代小說通論綜解〔M〕，中國文聯出版公司，1999，頁98。

聞立志不堅，其走向墮落不可避免。侯冠玉是借譚孝移和婁潛齋入京之機乘虛而入的，他既無師德，自然難以爲人師表，整日「游游蕩蕩，也輕易不往碧草軒來。有一日先生到，學生沒來；有一日學生到，先生不在。彼此支吾躲閃，師徒們見面很少，何況讀書」（見第十三回）。他給譚紹聞當老師也僅僅是因爲王氏貪圖便宜和省事，待譚孝移回來見侯冠玉讓譚紹聞讀《西廂記》和《金瓶梅》就心中暗自叫苦，因爲他意識到急於功名是求疾反遲求有反無，若「再加以淫行之書，邪蕩之語，子弟未有不壞事者」，而且他與侯冠玉接觸後發現此人「語言甜俗，意味粗淺，中藏早是一望而知」，他暗恨「婦人（指王氏）壞事」，而且「壞到這個地步」，他想辭去侯冠玉，卻因病故而此事未能（見第十一回），後來譚紹聞狎婢與此難脫干係。惠人也只是個爲稻粱謀的老師，把譚紹聞「緊緊泅了七八年，還不曾（於學問）傍著海邊兒」（見第三十八回）。這樣兩個教師對譚紹聞而言其墮落已是命中注定，在劫難逃。

其三，交友不愼，促使譚紹聞直接走向墮落。譚紹聞所交之友良莠不齊，良者如婁樸、張正心、王隆吉，莠者如夏逢若、張繩祖、王紫泥、虎振邦等，而他接觸最多對他影響最大的是他的損友。儘管盛希僑這個人物最終李綠園給了他一個回頭是岸的結局，但他對譚紹聞的墮落卻負有不可推卸的責任，他是譚紹聞最先接觸的一個人，他是一個「撒漫的使錢」的世家子弟（見第十五回），吃喝嫖賭、養戲子狎變童無所不爲，譚紹聞最初狎母婢就是因爲在盛家見盛公子如此而生此邪念，而且譚紹聞賭博也是盛公子出於玩樂強迫使然。而其後由於夏逢若等他身邊社會潑皮無賴的糾纏和誘惑更使其跌入深淵不能自拔。「蓬生麻中，不扶自直；白沙在涅，與之俱黑。蘭槐之根是爲芷，其漸之滫。君子不近，庶人不服，其質非不美也，所漸者然也。故君子居必擇鄉，遊必就士，所以防邪僻而近中正」（見《荀子·勸學》），是也。

其四，在家庭中孀居母親王氏對譚紹聞的溺愛與嬌縱，使其日益增長的腐化墮落的思想與行爲得不到有效的遏止，自然也不可能有所收斂。因爲王氏四十歲才生譚紹聞這麼一個獨生子，「夫妻甚是珍愛」（見第一回）。譚孝移因丹徒本家在上燈時分讀書而見自己的兒子上燈時候居然還在外玩耍，「一來惱王氏約束不嚴，二來悔自己延師不早」而打了兒子，王氏心疼兒子：「『孩子還小哩，才出去不大一會兒。你到家乏刺刺的，就生這些氣。』這端福聽得母親姑息之言，一發號咷大痛」（第一回）。可見王氏的溺愛由來已久。「皮匠炫色攫利王氏捨金護兒」（見第二十九回），譚紹聞「一錯二誤」怕家中有

人提起而羞愧難當，王氏不但不責備兒子反而說：「咱到底算是男人家；像那皮匠拿著老婆騙銀子使，看他怎麼見人。拿咱那銀子，出門怕沒賊截他哩。到明日打聽著他，只有天爺看著他哩」（見第三十回），無形中助長了兒子的劣行。

就促使譚紹聞自新的環境而言：

其一，本人歷盡艱窘，身瀕絕地，走投無路，就經濟基礎而論，譚紹聞最終已經沒有了可以支撐他去嫖和賭的資本。最初譚紹聞為還因賭而借的息債賣地時尚還要面子，嫌買主不像財主腔不相信買地的人會有銀子而不屑與之面談故將一切託付給僕人王中，要他「事完時，只把賣地文契拿到家中，我畫個押兒就是」（見第四十八回），用賣地的部分銀子還了一部分「欠揭債的，也有欠借債的，也有欠貨債的」，部分用來娶了巫翠姐。隨著譚紹聞後來不斷聚賭，輸錢，欠賭債難還，只好想辦法到「濟寧州財心親師範」，去婁潛齋處打抽豐（見第七十一回）；但婁潛齋資助的二百兩銀子畢竟解決不了大問題，於是倒運的譚紹聞思量著「燒丹灶」，卻被道士騙走銀子而雪上加霜；他又和夏逢若「秘商鑄私錢」，卻又被王中喝破（見第七十五回）；最終「集債如蝟，大賬既然壓頭，這衣服飲食，款待賓客，應酬禮節，如何能頓的割削？一時手困，還要仗舊體面東拉西撈。面借夯揭，必要到借而不應、揭而不與地位，方才歇手；又定要到借者來討、揭者來索的時候，徒爾搔首；又定要到討者破面，索者矢口的光景，不覺焚心。此時先自己搜尋家當以杜羞辱，但其間也有個次序：先要典賣舊玩，如瓶、爐、鼎、壺、玉杯、柴瓷、瑤琴之類。凡先世之珍重者，送質庫而不能取贖，尋買主而不敢昂其價值。其次，便及於屏幃、冊頁、手卷、名人字畫等物。凡先人之百計得來珍收遺後者，託人代尋買主。久之，買主卒不可得，而代懇之人，亦置之高閣而不顧；即令急為代售，亦不過借覽傳觀，竟至於散佚失序，莫知其鄉，而受託者，亦不復記憶矣。再次，便及於婦人首飾了。舉凡前代盛時，姻家之陪奩，本家之妝盒，金銀釵釧環鐲，不論嵌珠鑲玉的頭面，轉至名閥世閥，嫌其舊而散碎，送至土富村饒，赫其異而無所位置，只得付之爐中傾銷，落得幾包塊玉瑟珠，究之換米易粟而不能也。再次，則打算到衣服上。先人的萬民衣，流落在梨園箱內，真成了『民具爾瞻』的光彩。先人之蟒袍繡衣，俗所說『貧嫌富不愛』者，不過如老杜所云，『顛倒吳、鳳』之需而已。至於平日所著之裘袍敝衣，內人之錦袄繡裙，不過在義昌典內，通興當中，佔了『日』『月』

『盈』『昃』四個號；估衣鋪裏，賣與趙、錢、孫、李這幾家。要之，雞魚降而為蔬，此即米珠薪桂之漸也；綢帛降而為布，那肘見踣決之狀，也就不遠了」（見第八十一回），後來因為「鬻墳樹」使得母親「王氏抱悔哭墓碑」，並氣走了妻子巫氏。此時譚紹聞山窮水盡，不思回頭又能如何？

其二，重要關頭父執的規勸和至親族人的提攜，給譚紹聞回頭之路指明方向。自譚紹聞墮落時起，譚孝移的朋友們就不時地加以規勸，甚至「報亡友（指譚孝移）程嵩淑慷慨延師」（見第五十五回）給譚紹聞請來智周萬，但父執這股力量較之夏逢若等人的力量在譚紹聞的心中還是弱了許多，對處於心思遊移不定之中的譚紹聞而言：人往高處走，高處不勝寒；水往低處流，低處納百川，只有當他最終債臺高築度日維艱之時才聽得進去父執發自內心的逆耳忠言。即使是譚紹聞淪落到如此地步，他的父執也沒有拋棄他不聞不問，而是反省其自身：「孝移兄去世，他的家事，我們不能辭其責」，並且替譚紹聞出主意，讓他割產還債，並囑其「棄產之時，也要有個去此存彼的斟酌」「還債之時，只要一個去惡務盡。若是斬草不除根，依舊還發芽」，連由什麼人負責賣家產、請賬主還債由什麼人出面都為他考慮到了，「總之以撤約勾歷為主，此之謂結局之道也」（見第八十三回），譚紹聞按其行事，「方有定局」（見第八十四回）。而在譚紹聞割產完債之時，適逢譚紹衣來河南為官，他先派僕人打聽譚府消息，得知譚紹聞「三十多歲了，還不曾進個學兒，又破了家業」，如「今倒鎖了門，在內念書，或者是窮的急了，進退無路，逼上這一條正經路兒來。這遭惡黨之羞辱，受室人之交謫，是不用說的」。本想資助，卻又擔心「彼已沒主意於前，又焉知能不奪志於後？況銀子這個東西，到君子手裏，能添出『恭者不侮，儉者不奪』許多好處。若入平人手裏，便成了奢侈驕慢的本錢。即令不甚驕奢，這水漲船高，下邊水漲一尺，上邊船高九寸，水只管漲，船隻管高，忽爾水落了，把船閃在岸上，再回不來，風耗日曬，久之船也沒得了。如今他能把船依舊扯下岸來，在斷港小溝中等雨，還算好的」，「不如暫且不認族誼，以固其父子自立為貴之心」（見第八十九回）後來「譚紹衣觀風一節，雖是隱衷欲見弟侄，卻實實問俗采風，默寓隆重作養之意」，譚紹聞意識到命題之中含教恩（見第九十回）。後來譚紹聞「父子同入芹泮」（見第九十三回），而且譚紹聞進學中了副車。譚紹衣囑咐譚紹聞「舉業固不可緩，家事卻也要料理」，並給他指明出路：「再不走荊棘，這邊就是茂林修竹；再不踏確塋，這邊便是正道坦途。此乃以豐裕為娛親之計。

如必以功名爲顯親之階，就要上京入國子監，煞用苦功，春秋二闈，都在京中尋上進的路」（見第九十六回）。後值譚紹衣臨危受命抗倭，他念及譚紹聞正壯年，「雖現在京師肄業，將來功名，尚在未定之間」，希望譚紹聞與其同去，「效得一點功勞，建得一點勳業」，「可以得個官職，爲報答國恩之階，爲恢宏家聲之計」，於是才有紹聞：「爲人臣者報國恩，爲人子者振家聲」（見第一百零四回）因功受賞面君得恩旨封黃岩縣令的結局（見第一百零六回）。

　　其三，義僕王中如譚紹聞的守護神，其傾心竭力的扶持幫助對譚紹聞始終是苦口良藥。譚孝移臨終前把譚紹聞託付給王中，希望王中能「照應他長大成人」（見第十二回），託孤重任讓王中從最初遵從少主人意志而「屈心掛畫眉」（見第十三回），發展到對主母王氏「危言杜匪朋」（見第十九回），後來因反感戲主茅拔茹直闖譚府而謊稱譚紹聞不在遭譚紹聞虐斥（見第二十二回），再後來他見小主人被匪人誘下水卻又無力迴天，觸景生情「夜半哭靈柩」：「大爺（指譚孝移）！大爺！爲何辭世太早，不再多活幾年？想大爺在日，家中是如何光景！大爺不在後，家中是如何光景！叫我一個僕人，會有什麼法兒？」（見第二十五回）。當譚紹聞爲還賭債而讓王中去揭息債時，王中堅決拒絕，並因此而第一次被趕出譚府，後因孔慧娘的斡旋而重回譚府；但孔慧娘死後，譚紹聞惡習不改，適逢王中「見夏逢若公然在內樓昂昂坐著，與王氏說話」，難壓一腔怒火而厲罵夏逢若，於是在巫翠姐的激將之下終於被譚紹聞趕出了譚府（見第五十三回）。即使如此，譚府窮途末路之時，他依舊「主僕誼重」，清明時節回來看王氏和譚紹聞，把希望寄託在譚紹聞身上，要「大相公（指譚紹聞）聽著，如今日子，原是自己跌倒，不算遲也算遲了；若立一個不磨的志氣，那個坑坎跌倒由那個坑坎爬起，算遲了也算不遲」（見第八十二回），並請來程嵩淑、張類村、蘇霖臣等譚孝移當年的至交，希望他們能「想出法來，小的與大相公好跟著照樣辦去」（見第八十三回），並遵照他們的意見割產清債，用餘下的銀子做了三件事：第一件是給王氏「製一付壽木」，因爲王氏「年紀大了」；第二件是給譚紹聞和他的兒子興官買個書房，因爲「大相公（指譚紹聞）如今立志向上，也該有個藏身地方」，既可讀書又可會客；第三件是「急把南鄉的地，贖回兩家佃戶」，在他看來「唯有留下幾畝地，打些莊稼，鍋裏煮的是莊稼籽兒，鍋底燒的是莊稼稈兒，養活牲口是莊稼中間出的草料。萬物皆從土裏生，用的銀錢也是莊稼糴的」（見第八十五回）。王中此舉實際上爲譚紹聞改志閉門讀書、斷絕與匪友的往來鋪平了道

路，同時也爲譚紹聞解除了生計方面的後顧之憂。即使在譚紹聞中舉之後，王中「掘地得窖金」，也因其「立意沒有要主人產業的理」（見第九十八回），所以用它「回贖主人前半截院子」開了書鋪，只爲「使少主人不假購求，可以多見多聞」（見第九十七回），「少主人愛看什麼書，就與他看，沒有了，就在南京再與他捎來」（見第九十八回），處處爲譚紹聞的發展、爲譚府的興衰著想。

其四，譚紹聞自新最重要的內在因素是來自他自己的主觀願望，李綠園稱其「良心未盡，自己還得些恥字悔字的力量」，所以才會「改志換骨」（見第一回）。這主要表現在譚紹聞每次墮落之後他的自我反省、他的內心矛盾鬥爭上面。第二十六回譚紹聞輸錢之後心內想道：「『我譚家也是書香世家，我自幼也曾背誦過《五經》，爲甚的到那破落鄉宦之家，做出那種種不肖之事，還同著人搶白母親，葬送家財？母親孀居，憐念嬌生之子，半夜不曾合眼，百般撫摩──』又想起父親臨終之時，親口囑咐『用心讀書，親近正人』的話：『我今年已十八九歲，難說一點人事不省麼？』心上好痛，不覺的雙淚並流，哭個不住。一把手扯住母親的手，叫了一聲：『娘，我再不敢了！』王氏道：『你心裏想吃什麼，廚下我留著火哩。他們不中用，我與你做去。』這紹聞聽得母親這個話，眞正痛入骨髓，恨不的自己把自己一刀殺了，哭道：『娘，我算不的一個人了。』王氏道：『自己孩子，沒啥意思。誰家牛犢不抵母，誰家兒子不惱娘。你只好好的，那七八十串錢值什麼。你那氣性也太大，再休嚇我。』這譚紹聞越發哭的連一句話兒也答不出來」（見第二十六回），也就是說他不是不明白他的所作所爲不恥於人，尤其當他明白自己被人哄酒圈賭輸錢之後，把「醉後歡字、悅字、恰字，都趕到爪窪國去了；卻把那悔字領了頭，領的愧字、惱字、恨字、慌字、怕字、怖字、愁字、悶字、怨字、急字，湊成半部小字彙兒」，只好用「出逃」的辦法來躲避債務，並幾乎因此送命（見第四十四回）。而且當墳樹已鬖，「王氏抱悔哭墓碑」（見第八十一回）之時，譚紹聞夫妻反目王氏因思念孔慧娘而痛哭之時，譚紹聞未嘗不曾良心發現：「『我原不成人，怪不的娘心裏難過。娘只要開一點天恩，把我打一頓，就打死了，也不虧我。娘只休哭，留下我改志成人的一條路兒。』王氏方住了哭聲，紹聞卻嗚嗚咽咽的哭將起來」（見第八十三回），悔恨之心溢於言表。李綠園把它歸結爲「人性皆善，紹聞雖陷溺已久，而本體之明，還是未嘗息的。一個平旦之氣攙回來，到孝字路上，一轉關間，也就有一個小小的『誠

則明矣』地位」（見第八十六回）。當譚紹聞得知譚紹衣於荊州爲官未嘗沒有去打抽豐的想法，只是被盛希僑喝破其「上人家衙門嘴唇下求憨水」（見第八十六回）之實而作罷；譚紹衣於河南爲官，譚紹聞亦想「再查個按季爵秩本頭」，被張正心以「清白門第，斷不至於設招權倚勢之心」（見第八十八回）相規而絕此念。至此，譚紹聞以讀書重振家聲之志遂堅。

以上是譚紹聞墮落的環境和他自新的環境。這兩種環境在小說中並非是並列關係，更多的時候是因果關係，而且彼此互相襯托。這兩種環境在書中互相交錯，呈現螺旋陞進的態勢：匪友因財起意而算計譚紹聞，譚紹聞也因年少無知缺少定力而墮入圈套，賭博欠債後追悔莫及，父執和義僕的良言規勸讓他感到羞愧，而母親的溺愛無形之中又縱愈了他的放任，於是他墮落——反省——再墮落——再反省形成了惡性循環，而且一次比一次陷得更深，直至山窮水盡，走投無路。李綠園正是將處在成長發展期的譚紹聞置於兩種環境之中，刻畫出譚紹聞「心嫩面軟的性情」，優柔寡斷的性格和輸錢後想撈回本錢並希求通過再賭扭轉困境不料只能雪上加霜只好煉丹灶、鑄私錢做些「利令智昏」的行爲。

眾所周知處於形成過程中的人物性格是很難刻畫的，李綠園一方面將譚紹聞置於環境之中，另一方面在這種環境之中李綠園又通過各種手法來達到其性格刻畫的目的：比如寫義僕王中，主要通過行爲來表現其愛主心切，倔強而又戇氣十足，如當王氏和譚紹聞的面痛罵夏逢若（見第五十三回），知夏逢若出主意讓譚紹聞鑄私錢而「憤激毆匪人」（見第七十六回）；而寫譚紹聞悔過，則多通過心理描寫來展示，最有代表性的是譚紹聞自縊前的心理鬥爭：「譚紹聞坐在軒上，心中左盤右算，這宗賭債難完。若說撒賴，那虎鎮邦是個魯莽兵丁，時候兒還不許遲，可見數目兒也不能短少的。且這宗銀子，無處起辦，若是說賣城內市房，鄉里土地，那得有一說便成的主兒？若是說街上鋪子賒貨走當還賭債，怎的到客商邊開口？不說原情，賒貨何干？說了原情，商家未必肯拿血本與別人周旋賭賬。若說家裏裝幾個皮箱走當，母親妻妾面前說個什麼？且僅僕家人輩不成個看相。左難右難，忽然一個短見上來。拍著桌子道：『不如死了罷！我見許多欠賭債的尋死上弔，想必就是我今日這個光景。只可惜我譚紹聞門戶子弟，今日也走了這條路徑。』忍不住痛上心來，暗哭了一場。尋了一條大麻繩，縛在梁上面，向家中低聲哭道：『娘呀，我閃了你也！』搬了一個杌子，站在上面，分開繩套兒，才把頭伸，忽的想

道：『我現有偌大家業，怎的為這七八百銀子，就尋了無常？死後也叫人嗤笑我無才。』忽的又想道：『父親臨終時節，千萬囑咐，教我用心讀書，親近正人。我近今背卻父命，弄出許多可笑可恥的事，這樣人死了何足惜！』哭了一聲：『爹爹，不肖子願到陰曹受責也。』」，最後，譚紹聞「把足頓了一頓，狠的一聲歎，將頭伸入繩套之中，蹬翻小馬杌子，早已昏昏沉沉，到了不識不知地位」（見第五十九回）。這一段文字寫得非常細膩，它把譚紹聞進退兩難、內外交困、騎虎難下的情形入情入理地寫出來，讓讀者覺得可信。如果說譚紹聞為避賭債而出走亳州時尚對自己前途存在幻想的話，那麼自縊之舉則意味著他已無路可走，李綠園實際上通過譚紹聞的出走和自縊兩個情節昭示了浪子墮落的必然結局。

「播種一種行為，收穫一種習慣；播種一種習慣，收穫一種性格；播種一種性格，收穫一種命運」（見薩克雷的《紐克姆一家》）。正是心軟面嫩、優柔寡斷的性格將譚紹聞推向了因賭敗家的絕境；但臨此絕境並不意味著浪子再無回頭的可能，走投無路的譚紹聞也正是這種可塑的性格最終讓他迷途知返，重新回歸主流社會，於是歧路之燈得以長明。李綠園的高明之處就在於他寫譚紹聞墮落並非不可救藥，而是墮落之時總有反省跟隨其後，而反省之後又總有各種誘因致使其再度墮落，而後是再反省，再墮落，再墮落，再反省，直至窮途末路至山窮水盡而後蜂回路轉柳暗花明。

第三節　《歧路燈》中的教化內容

確定了教育目的，隨後要解決的問題就是通過什麼樣的教育內容來培養人的問題。客觀地說，《歧路燈》中所反映出來的教化內容很多，也很龐雜，但大致說來，不外乎理學和實學兩方面內容。在李綠園看來，理學是人成長的內在根基，如果沒有理學的基礎，其後則「學無根腳」，李綠園把理學作為人的成長的精神內核而首要強調的；實學是理學中所講的「術」，聖人之道不僅在於知，更在於行，而行須以術以全其道，這就是李綠園的理解。如果說「理學為體」，那麼「實學為用」，理學和實學是李綠園教育內容中的重中之重。此外在《歧路燈》中李綠園還涉及了法制、吏治、女子教育等內容，而且在其教育內容中亦透露出他對教育內容的某種個人選擇的傾向性。

一、治世：理學爲體，實學爲用

李綠園通過譚孝移給自己的兒子精心選擇老師之初就已經確定了讓兒子學什麼：「先叫他讀《孝經》，及朱子《小學》，此是幼學入門根腳，非末學所能創見。王伯厚《三字經》上說的明白，『《小學》終，至《四書》。《孝經》通，《四書》熟，如《六經》，始可讀。』是萬世養蒙之基」（見第十一回），而後來學院獎勵背誦《五經》出色的譚紹聞時「一部是《理學淵源錄》，一部是本朝列聖御製群臣賡和詩集，一部是先司農的文集」（見第七回）。這裡李綠園提到的雖是蒙學內容，但這些內容卻又是和清代的教育形式直接相關的。

清代的學校分爲官學和私學兩種，官學又分爲中央官學和地方官學，私學則以書院和私塾爲主。對於課程，以國子監爲代表的中央官學主要以《四書》、《五經》和《性理大全》、《資治通鑑綱目》等爲基本教學內容，此外還要學習十三經、二十一史以及朝廷日常使用的公文如詔、誥、表及判、策論等。以府、州縣學爲代表的地方官學則除上面提及的《四書》、《五經》、《性理大全》、《資治通鑑綱目》之外，還有《大學衍義》、《歷代名臣奏議》、《文章正宗》等內容。李綠園《歧路燈》中在譚紹聞準備參加科舉考試時所反映出的學習內容與當時的科舉考試內容在一定程度上是相吻合的。清代的教育主要以私學爲主，官學只是一種形式，除了給生員一定的應試資格之外，儘管在不同時期其所起的作用不太相同，但總體而言遠不如私學在教育中的作用重要，科舉考什麼，自然士子要學什麼，與改革開放後恢復高考制度至今的基礎教育應試趨同。

李綠園在《歧路燈》中如此地讓書中人物選擇理學教材作爲教學內容，也是和康乾盛世提倡理學的歷史背景分不開的。

清朝統治者入關後面臨的主要問題就是如何改變明末清初社會秩序動盪、人心渙散、世風敗壞等不堪的社會局面。清初的學者把這種情況歸咎於明季陽明「致良知」之說，認爲是陽明心學造成了士子猖狂恣肆，「滿街皆是聖人，酒色財氣，不礙菩提路」（李贄語），「無事袖手談心性，臨危一死報君王」（顏習齋語）。「高者談性天，纂語錄，卑者疲精斃神於八股，不惟聖道之禮樂兵農不務，即當世刑名錢穀懵然罔識，而搦管呻吟，遂曰有學」（李塨《恕谷後集》卷九《書明劉戶郎墓表後》）。熊賜履曾上奏言及「學校極其廢弛，而文教因之日衰也。今庠序之教缺焉不講，師道不立，經訓不明。士子惟揣摩舉業，爲弋科名掇富貴之具，不知讀書講學、求聖賢理道之歸。高明者或

汎濫於百家，沉淪於二氏，斯道淪晦，未有甚於此時者也。乞責成學院、學道，統率士子，講明正學，特簡儒臣使司成均，則道術以明，教化大行，人才日出矣。」「考諸六經之文，監於歷代之跡，實體諸身心，以爲敷政出治之本」，「非聖之書不讀，無益之事不爲」，因其明經術、倡理學實是爲康熙針對時局施良政指出了切實可行的對策而深得康熙之稱賞，命理學大臣李光地續修《朱子全書》、《周易折中》及《性理精義》等書。康熙認爲「理學之書，爲立身根本，不可不學，不可不行。朕嘗潛玩性理諸書，若以理學自任，則必至於執滯己見，所累者多。反之於心，能實無愧於屋漏乎？宋、明季代之人，好講理學，有流入於刑名者，有流入於佛老者。昔熊賜履在時，自謂得道統之傳，其沒未久，即有人從而議其後矣。今又有自謂道統之傳者，彼此紛爭，與市井之人何異？凡人讀書，宜身體力行，空言無益也。」（見《康熙起居注‧康熙五十四年十一月十七日》）因此後人稱之「有明末之空疏，始有清初之敦實；有明末之蔑視讀書，始有清初之提倡經術；有明末之輕忽踐履，始有清初之躬行；此皆明學反動之結果也。故清代學術之成立，在消極方面言之，明季之學風，實爲重大之背境也〔註40〕。」

眾所周知，清代獨尊程朱理學並非是作爲一種學術文化思想，而是作爲一種政治和道德信條頒行天下，規範人心。像李綠園這樣在入清之後出生並在這樣的氛圍中成長起來的士子，在心理上對程朱理學有著很深的認同感。李綠園認爲「六經精義，多在總注。如詩經之精義，盡在國風、雅、頌及某章句之下。陋師只令讀比興賦及詩柄而已，完部矣，程子所謂未讀時是此等人，既讀時仍是此等人〔註41〕」，指出學問根基之所在，亦是其本人讀書心得。李綠園爲宋足發《性理粹言錄》所作的序言最能體現他對理學的見解：「近今學者，聖明儁異，不乏其人，率皆疲力於辭章藻繪，而性理一編，或且迂而置之，即肄業及之者，率以尋摘爲一代科名計，則亦昧於知本者矣」（見宋足發《〈性理粹言錄〉序》）。

李綠園在提倡理學的同時，對假道學給予不遺餘力的諷刺和嘲笑。所謂的假道學實指假借道學欺世盜名者，可指人也可指其所行之事。因爲「從來道德、文章原非二事，能文之士必須能明理，而學道之人亦貴能文章」，「觀周、程、張、朱諸子之收，雖主於明道，不尚詞華，而其著作體裁簡要，晰

〔註40〕 蕭一山，清代通史（第一冊）〔M〕，臺灣商務印書館，1963，頁941。

〔註41〕 〔清〕李綠園，家訓諄言（第三條）〔A〕，歧路燈〔M〕，乾隆本。

理精深，何嘗不文質燦然，令人神解意釋。至近世則空疏不學之人，借理學以自文其陋……岸然自負為儒者……可陋〔註42〕」。清儒所提及的「假道學有三種：一則外竊會義之聲，內鮮忠信之實者，謂之外假；一則內有好善之心，外無力善之事者，謂之內假；又有一種似是而非之學，內外雖符，名義亦正，而於道日隔，雖真亦假〔註43〕。」

紀昀在《閱微草堂筆記》中曾多處記載假道學，這裡僅舉二例：

其一：「有兩塾師鄰村居，皆以道學自任。一日，相邀會講，會徒侍坐者十餘人。方辯論性天，剖析理欲，嚴詞正色，如對聖賢。忽微風颯然，吹片紙落階下，旋舞不止。生徒拾視之，則二人謀奪一寡婦田，往來密箚也〔註44〕」。

其二：「會有講學者，陰作訟牒，為人所訐。到官昂然不介意，侃侃而爭。取所批《性理大全》核對，筆跡皆相符，乃叩額伏罪。太守徐公，諱景曾，通儒也。聞之笑曰：『吾平生信佛不信僧，信聖賢不信道學。今觀之，灼然不謬〔註45〕』」，可見清代假道學的盛行。

在《歧路燈》中李綠園塑造了一個很典型的假道學——塾師惠人也的形象。惠人也原名惠養民，「是府學一個『敕封』三等秀才」，人家贈他「惠聖人，原是嘲笑他，他卻有幾分居之不疑光景」，言必稱「誠意正心」「道德文章」，雖在第一次赴宴時為四歲小兒索果露出腐儒酸怯之色，但最能暴露其偽道學的卻是他聽信其妻滑氏之言，在藏私房錢之後和兄長分家，全不顧兄長為其娶妻欠債難還、一家困窘度日的事實，更不去考慮兄長對他無私的關照。惠人也以為他的事情「朋友已覷破自己底裏」，「自此以後便得了羞病，神志癡呆，不敢見人」（見第四十一回），所以李綠園給他一個評語：「這是惠養民終日口談理學，公然冒了聖人之稱，只因娶了這個再醮老婆，暗中調唆，明處吵嚷，一旦得了羞病，弄得身敗名裂，人倫上撤了座位」（見第四十一回）。

李綠園對假道學不以為然並非了無依據，這和清代統治者的主張不無關係：清高宗曾於乾隆五年諭諸臣講求宋儒之書，謂正人心、厚風俗，為國家

〔註42〕 參見《康熙起居注》第二冊〔Z〕，北京：中華書局，頁1313。
〔註43〕 陳確，陳確傳〔M〕，北京：中華書局，1979，頁111。
〔註44〕 〔清〕紀昀，紀曉嵐文集（第二）〔M〕，石家莊：河北教育出版社，1995，頁81。
〔註45〕 〔清〕紀昀，紀曉嵐文集（第二）〔M〕，石家莊：河北教育出版社，1995，頁451。

元氣所繫：「諭稱，近來留意詞章之學者不乏人，而究心理學者概不多見。『無治統原於道統，學不正則道不明』，朱儒程、朱之學用乃入聖之階梯，求道之途轍，不可不講明而切究之。考據典章固不可廢，但經術之精微，必得宋儒而闡發之。講學之人誠者不可多得，而偽者欺世盜名，漸啓標榜門戶之害，然不可因噎廢食，以假道學獲罪名教而輕棄理學〔註46〕」。我們知道有清一代重視理學，什麼樣的才是真理學呢？

在李綠園看來：「這潛老（婁潛齋）才是正經理學。你聽他說話，都是布帛菽粟之言，你到他家滿院都是些飲食教誨之氣，所以他弟兄們一刻也離不得，子侄皆恂恂有規矩。自己中了進士，兒子也發了，父子兩個有一點俗氣否？即如昨日我的東鄰從河間府來，路過館陶，我問他到館陶衙門不曾？他說：『與婁潛齋素無相交，惹做官的厭惡，如何好往他衙門裏去？』」「（他的朋友與他）相處二十多年，潛老有一句理學話不曾？他做的事兒，有一宗不理學麼？偏是那肯講理學的，做窮秀才時，偏偏的只一樣兒不會治家；即令僥倖個科目，偏偏的只一樣兒單講陞官發財。所以見了這一號人，腦子都會疼痛起來。更可厭者，他說的不出於孔孟，就出於程朱，其實口裏說，心裏卻不省的。他靠住大門樓子吃飯，竟是經書中一個城狐社鼠！」像惠人也之流「不會治家，其實善分家」，像董公之流「不會做官，卻極想陞官。」「更有一等，理學嘴銀錢心，拗住印把時一心直是想錢，把書香變成銅臭」（見第三十九回）足見李綠園對假道學發自內心的厭惡與鄙視。

李綠園儘管不反對八股取士，但對八股的空疏無用也持有異議，他認為：「若是專弄八股，即是急於功名，卻是欲速反遲；縱幸得一衿，也只是個科歲終身秀才而已。總之，急於功名，開口便教他（指譚紹聞）破、承、小講，弄些坊間小八股本頭兒，不但求疾反遲，抑且求有反無；況再加以淫行之書，邪蕩之語，子弟未有不壞事者」（見第十一回），也就是說他反對形式上的急功近利，認為兒童學習要以真理學的東西來奠定其為學與為人的根基，在此基礎上再去求取功名，而不是正好相反。

對於八股取士，吳敬梓在《儒林外史》中明確表態：「禮部議定取士之法：三年一科，用《五經》、《四書》、八股文」，「這個法卻定的不好！將來讀書人既有此一條榮身之路，把那文行出處，都看得輕了。」（第一回）事實也確實

〔註46〕李文海，清史編年〔Z〕（卷五上），北京：中國人民大學出版社，2000，頁102～103。

如此。在《儒林外史》中吳敬梓「觀照了正史『儒林傳』的背面和底裏。他透視了八股取士這種人才選舉制度從根本上毀滅了人才，造成了人才的非『人』化和非『才』化，在獵取功名富貴中變得道德墮落和才性枯槁，給數代士人帶來了精神荒謬和荒蕪的厄運〔註 47〕」，正如閒齋老人所說：「其書以功名富貴爲一篇之骨，有心豔功名而媚人下人者；有倚仗功名富貴而驕人者；有假託無意功名富貴自以爲高，被人看破恥笑者；終乃以辭卻功名富貴，品地最上一層爲中流砥柱」（見閒齋老人《〈儒林外史〉序》）李綠園的見解與此論雖不相同，但他的確是實實在在看到了八股取士對士人階層的負面影響。

李綠園不但提倡理學，而且還積極提倡實學作爲學習內容。廣義的實學是指自先秦以來注重現實、經世致用的學問，狹義的實學則是指自北宋中葉以來至晚清洋務運動之前綿延達數百年之久的實體達用之學，是針對明末理學及王學末流所造成的種種積弊進行理性反思和深層批判的基礎上形成的一股社會變革思潮和思想解放運動〔註 48〕。」「實學這一概念的內涵非常豐富，與實學相近的詞還有『實事』、『實務』、『實政』、『實行』、『實功』、『實踐』、『實習』等等。綜觀明清之際學者的論點，取其普遍認同的看法，實學思潮的基本精神、主要內涵，蓋有三點，一曰博學，二曰致用，三曰實測。博學是根基，致用是目的，實測是手段〔註 49〕」。無論是在《歧路燈》中還是在現在保存下來的李綠園的有限的作品中，都無法對李綠園的實學主張作如此細緻的劃分，這種局限是李綠園所處的社會階層決定的。李綠園關於實學的主張有二，一是要讀聖賢書，二是要身體力行：「朱子注論語『學』字曰：學之爲言效也。如學匠藝者，必知其規矩，然後親自做起來。今人言學，只有知字一邊事，把做字一邊事都拋了。試思聖賢言孝、言悌、言齊家、言治國，是教人徒知此理乎？抑教人實做其事乎〔註 50〕？」而李綠園的主張，和當時康乾盛世提倡實學的思潮是不可分開的。

經世致用是中國文化中一以貫之的思想傳統，是中國知識分子實現其價值目標和道德思想的內在精神，它在不同時期具有不同的含義：有時強調主體的道德修養，有時強調治國安邦平天下，有時強調實行實用，有時強調事

〔註 47〕楊義，中國古典小說史論（《楊義文存》第六卷）〔M〕，1998，頁 452。
〔註 48〕王杰，哲學動態〔J〕，2001（1）。
〔註 49〕陳伯海主編，近四百年中國文學思潮史〔Z〕，東方出版中心，1997，頁 61。
〔註 50〕〔清〕李綠園，家訓諄言（第五條）〔A，歧路燈〔M〕，乾隆刻本。

功趨利。客觀地說，明清實學思潮是批判理學空談性理的產物，它來自於理學，但又有別於理學，「是理學中所包含的實學思想的繼承、改造與發展，二者既有密切的聯繫，又有嚴格的區別」「明清實學家大多數是出自理學陣營，他們曾信奉理學，又深知其弊端。他們對理學有因有革，有批判有繼承。是『入其壘，襲其輜』，揚棄其空談心性的陋習，繼承、改造、發展其注重踐履的實學精神〔註51〕。」他們或以經學濟理學之弊，以復興古學（經學）為己任，或獨闢蹊徑開諸子學研究之風氣，或探究「要用於世」的學問心求實功實用，或會通西學傾心於「質測之學」的研究。但其共同特點就是在抨擊理學空疏之弊的同時，竭力提倡經世致用、實學實用，從學風學術上呈現出崇實黜虛捨虛務實的風氣〔註52〕。

主張崇實，提倡經世致用，是清代實學思潮的主旋律：「救弊之道，在實學，不在空言」（見《顏元集（卷三）·存學編·性理評》），實學的內容在顏元看來就是「三事」「三物」，為學之道就在於「實習」和「實行」。所謂「三事」即「正德、利用、厚生」，所謂「三物」即六德（知、仁、聖、義、忠、和）、六行（孝、友、睦、姻、任、恤）和六藝（禮、樂、射、御、書、數），除「三事」「三物」，「此外無道，學即學此，習即習此，時習即時時習此也」（見《顏元集·朱子語類評》），「道不虛談，學貴實效」（見李顒《二曲集（卷十四）·盩厔答問》）。在李綠園看來，經乃是聖賢書，這是為學之根基，只有基礎打牢，才可旁鶩其他，唯其如此，才可以做端方醇儒的秀才，為官時成為經濟良臣，最次的也還得個博雅文士，「窮經所以致用，不僅為功名而設；目不識經，也就言無根柢……若是專弄八股，即是急於功名，卻是欲速反遲；縱幸得一衿，也只是個科歲終身秀才而已」（見第十一回）。《歧路燈》中所塑造的以婁潛齋為主的官吏形象大多都表現出其對「經世致用」的理解。

婁潛齋通達世情最初表現在他成全譚孝移舉「賢良方正」一事上：當時婁潛齋是「譚孝移的西席」，於「明倫堂上親見商量保舉耘軒、孝移的話，喜的是正人居官，君子道長。回到碧草軒中，欲待要將這事兒告於孝移，又深知孝移恬淡性成，必然苦辭；辭又不准，反落個欲就故避舊套。欲待不告孝移說，這保舉文移，還得用錢打點，打點不到，便弄出申來駁去許多的可厭。

〔註51〕黃德昌、唐積柏，理學知行觀與明清實學〔J〕，四川大學學報（哲學社會科學版）。2002（1）。

〔註52〕王杰，論明清之際的經世實學思潮〔J〕，文史哲，2001（4）。

又想到若不早行打點，孝移知道保舉信兒，必然不肯拿出銀子，有似行賄，反要駁壞這事。然行至而名不彰，又是朋友之恥」，於是背著譚孝移請譚的帳房先生「閻相公來，大家商量，預先打點明白，學裏文書申起去，只要順手推舟，毫不費力」，待譚孝移「想不應時，生米已成熟飯。」「日後算帳時，開銷上一筆，就說是我的主意。」至於文書是要過的那幾道衙門如「學裏，堂上，開封本府，東司裏，學院裏，撫臺，這各衙門禮房書辦，都要打點到」，需要花多少銀兩他也大概地有個估計（見第五回）。譚孝移因此而得以順利地保舉「賢良方正」，事成之後譚孝移暗稱「婁潛齋家居秀才，料事如此明鑒。將來發達，必是諳練事體之員」（第七回），由此可知李綠園對他眼中處世圓融人情通達者的肯定。

李綠園對婁潛齋的肯定還遠不止如此而已，他最肯定的就是婁潛齋爲官的政聲，即事功：婁潛齋的「鄰居說：『滿館陶境內個個都是念佛的，連孩子、老婆都是說青天老爺』」；他使他的朋友「知交們有光彩」，是「祥符一個大端人」（見第三十九回）並提及婁潛齋爲官律己之嚴。即使在譚紹聞留居衙內與其飲酒期間見有民事「稟帖」前來，也不肯因私事而廢了公務（見第七十一回）。

至於實學思潮的主要趨向在學術上則表現爲回歸古學，復興經學。明末清初錢謙益提出「聖人之經即聖人之道」的主張，認爲「漢儒謂之講經，而今世謂之講道。聖人之經，即聖人之道也。離經而講道，賢者高自標目，務勝於前人，而不肖者汪洋自恣，莫可窮詰。則亦宋之諸儒掃除章句者，導其先路也」（見錢謙益《牧齋初學集·新刻十三經注疏序（卷二十八)》），也就是說欲求聖人之道，須回到經學本身，即治經「必以漢人爲宗主」。而顧炎武則在提出復興經學的主張的同時，亦在治學方法和研究領域作了新的探索，從而當一百多年的政治穩定、國家統一、經濟發展、文化繁榮而思想箝制嚴重的康乾盛世出現時，明末清初的實學逐漸轉向樸實的考經證史並最終演變成一代樸學。

回歸古學，復興經學之所以能成爲明末清初實學思潮的主要趨向，其根本原因在於清初的學界在走出宋明理學後無法在當時中國占統治地位的社會經濟中找到新的出路。而當時有限的西方科技知識亦無法改變中國傳統文化的結構和內容，先進的思想家們囿於其所處的時代的局限而不得不回到歷史中去尋找可以借鑒的思想，於是走向復古之路。但其表面上以復古的面目出

現，其實質卻遠非復古本身，而是新思想的另一種合理的表達方式〔註53〕。

行文至此，我們回過頭來觀照本節第一個問題中所談及的理學：「清興，崇宋學之性道，而以漢儒經義實之〔註54〕」，因此可以確認李綠園在《歧路燈》中所倡導的理學絕非原初意義上的程朱理學，而是重理學中之性道的具有實學意義的理學。

由此可見，李綠園《歧路燈》所表現出來的實學思想其實質是通過對儒學「經世致用」優良傳統的繼承進而爲現實服務，但還遠不止如此，《歧路燈》中李綠園還滲透出了科技教育、科技救國的思想的萌芽。

第一百四回《譚貢士籌兵煙火架・王都堂破敵普陀山》中譚紹聞以「新正元宵節，要在定海寺門前放煙火架」之由，要「水上戰」，要火燒倭兵及其戰船，「火藥箭矢，是他私爲創造以備火攻者」，待戰事起，「倭寇祖胸露乳，手執大刀闊斧長矛銳剗，飛也似奔來。這邊火箭齊發，著胸者炙肉，著衣者燒身，著篷者火焰隨起，入艙者逢物而燃。且出其不備，目不及瞬，手不能格。一隻餘艎雖大，除火箭落水者不計，頃刻已矢集如蝟」，「到了日落，直是星宿海中漂著幾攢祝融峰，冉冉沒訖。那些後到的餘艎，以船碰船，都著了藥兒，」取得了抗倭的勝利。火藥是中國古代的四大發明之一，《歧路燈》把它用於抗倭中，用現在的眼光來看不能不說是科技成果的有效轉化與運用。

儘管如此，但綜觀清代學校教育中，有關實學的內容在鴉片戰爭前卻依舊未能堂而皇之地走進官學和私學的教學內容之中，這和中國千百年來儒家的教育傳統直接相關，更與科舉取士內容規定直接相關。明清二朝「家家程朱注，人人套文鈔，子午科也，卯酉科也。乾坤全壞於無用」（見清顏元《習齋記餘（卷九）》）。

眾所周知，康熙末年、雍正統治時期以及乾隆統治時期，西學東漸之風愈刮愈烈，康熙自己對西學興趣濃厚，他看到了西學強大的生命力並曾預言其後世子孫將因此而受西人之累，但康熙對西學的興趣在雍、乾二人這裡並未得到積極響應，羅馬教廷由於未能就傳教問題與清政府達成共識而導致西方傳教士在雍、乾二朝不斷被逐，中西方的文化交流渠道被阻隔，而值康雍乾百年盛世之時，正是西方資本主義經濟、科學與文化日新月異的快速發展

〔註53〕參見黃愛平，樸學與清代社會〔M〕，石家莊：河北人民出版社，2003，頁1～16。

〔註54〕趙爾巽，清史稿，卷四百八十，列傳二百六十七，儒林一〔M〕，北京：中華書局，1977。

的時期，閉關鎖國使清政府拉大了與西方的距離，失去了一個泱泱大國融入世界的最佳時機。反映在當時的教學內容之中，除了應試之外，科技內容無立足之地。科技內容介入教學內容之中，準確地說是在鴉片戰爭之後。

雖然今天我們無法確定李綠園去世五十多年之後爆發的鴉片戰爭的失敗與中國忽視科技教育的傳統有直接關係，也無法確認鴉片戰爭的失敗和滿清的「富而不教」「教而失當」的政府行為有直接的關係，但「落後就要挨打」的屈辱教訓卻是我們整個民族用血的代價換來的，這是無法否認和抹殺的歷史事實。我們今天反觀歷史，李綠園當年的思考仍然可以給我們許多啟迪。

二、治吏：反腐倡廉，勤政愛民

「治國就是治吏。吏治和國運有著密切的聯繫。如果吏治清明，人民生活就比較安定，經濟也能不斷發展。相反，如果吏治敗壞，官吏貪墨成風，必將導致人民生活困苦，社會道德滑坡，甚至還會造成國家機器的癱瘓。正因為「一守賢則千里受其福，一令賢則百里受其福」，所以自古以來吏治為中國歷朝歷代的統治者所看重並成為小說家們筆下很重要的素材〔註55〕」，李綠園也不例外。

清朝官制分中央和地方兩種，中央官制中有中樞機構，如內閣〔註56〕、通政使司〔註57〕；掌文官任免的吏部〔註58〕；掌禮儀祭祀的禮部〔註59〕與鴻

〔註55〕皋於厚，明清小說中的吏治思想〔J〕，明清小說研究，1990（3）。

〔註56〕「禮部奏，為遵旨速議事。臣部於二月二十七日申刻，接到內閣奉朱批：『這所保舉賢良方正，其如何甄別擢用之處，著該部速議明白具奏。欽此』。臣部欽遵」（見第十回）。

〔註57〕「王都憲忭，協同文員則左布政使譚紹衣，及彼堂弟河南副榜譚紹聞，武將則總兵俞大猷、湯克寬，及麾下參、遊、守、把等弁，用火箭之法，焚毀了閩匪林參所私造艅艎，全殲普陀山賊匪數十起，攻佔普陀山寨賊巢，斬首、縛背各有成數。大功克立，理宜奏聞。乃交與管章疏的幕友擬本。書辦繕寫畢，九聲連珠炮響，望北九叩，拜了本章。齎奏官騎上驛馬，日行六百里，到了京師。交與通政司衙門，送呈大內。嘉靖皇上展折詳看」（見第一百零五回）。

〔註58〕「這譚紹聞，論副榜該是禮部的事，論選官該是吏部的事，因以軍功引見該是兵部的事，此例甚奇。」「譚紹聞領憑赴任，心裏想探望母親。盛希瑗也想譚紹聞途經祥符，家書之外，帶些口信，便慫恿投呈吏部，以修墓告假一月。吏部收呈公議，以黃岩方被倭騷，黎民正待安輯。難以准假」（見第一百零五回）。

〔註59〕「原來嘉靖之時，禮部是最忙的，先是議興獻皇帝的典禮，數年未決。繼又辦章聖皇太后葬事，先營大峪山，後又祔葬純山。又兼此時，皇上崇方士邵

臚寺〔註 60〕；有掌管文化教育的國子監〔註 61〕、詹事府〔註 62〕、翰林院〔註 63〕和庶常館〔註 64〕，掌管軍事政令的兵部〔註 65〕以及如刑部〔註 66〕、都察院〔註 67〕等司法監察機構。地方則又分為文武衙門、幕僚和胥吏四種形式，文官衙門主要有順天府〔註 68〕、巡撫衙門〔註 69〕、布政使司〔註 70〕、按察使

元節，繼又崇方土陶仲文，每日齋醮，草青詞，撰祈文，都要翰林院、禮部辦理」（見第七回）。

〔註 60〕 「原來譚姓本族，在丹徒原是世家，隨宋南渡，已逾三朝。明初有兄弟二人，長做四川宜賓縣令，次做鴻臚寺正卿，後來兩房分派，長門稱宜賓房，次門稱鴻臚房」，第一回；「到了次日。長班早飯後來了，鄧祥套車已定，孝移上了車，德喜跟著，直進正陽門，上鴻臚寺來」（見第七回）。

〔註 61〕 「說了些國子監規矩，京都的盛明氣象，旅邸守候之苦，資斧短少之艱的話說」，第四回；「伏讀高皇帝刊碑於國子監之門曰：『宋訥為祭酒，教的秀才，後來做官，好生的中用。』迨相沿既久，而科、歲之試，鄉、會之場，競視為梯榮階祿之地，而『做官中用』四個字，遂相忘於不覺矣」（見第九十三回）。

〔註 62〕 「老爺鄉親舊友，或是某部某司，翰、詹、科、道，開與小的個單子，小的都是知道寓處的」，第七回；「即如妻世兄，異日自是翰詹仙品，那就不用說了；萬一就了民社之任，即照令尊這樣做官，就是個治行譜」（見第七十一回）；「戚老先生已升為宮詹大轎」，（見第九十九回）。

〔註 63〕 「撰祈文，都要翰林院、禮部辦理」，第七回；「卻說妻樸貢字五號卷子，分到書經二房翰林院編修邵思齊字肩齋房裏，這邵肩齋是江南微州歙縣一個名士，嘉靖二年進土，散館告假修墳，假滿來京，授職編修。這人有長者之風，意度雍和，學問淹貫，辦事謹密」（見第一百零二回）；「譚篑初卷子，彌封了筵字三號。分房在翰林院編修吳啓修《春秋》房」（見第一百零八回）。

〔註 64〕 「金殿傳臚以後，欽點翰林院庶吉士」（見第一百零八回）。

〔註 65〕 「後殿試，引見，選入兵部職方司主事」（見第一百零二回）；「妻公中了進士，點了兵部。報子到省，想已共知」（見第一百零三回）；「譚紹聞著兵部引見，問話來說」（見第一百零五回）。

〔註 66〕 「嗣後，邊公定了監候絞罪名。連口供編敘成詳文，申到臬司，諮了刑部。刑部匯齊天下罪名，啓奏了。勾到之日。刑部清吏司諮回河南省」（見第六十四回）；「山東張表兄，現在刑部郎中，乃郎文新得館選，在順城門大街住，可做東道主」（見第九十九回）。

〔註 67〕 「老爺居住已妥，這拜客以及投文各樣事體，須得陸續辦來。老爺鄉親舊友，或是某部某司，翰、詹、科、道，開與小的個單子，小的都是知道寓處的」，這裡「道」指監察御史（見第七回）。

〔註 68〕 「忽聽一個風言，說場中搜出夾帶來了，東轅門說柳在西轅門，西轅門說柳在東轅門，又一說押往順天府府尹衙門去了，又一說御史叫押在場內空房裏，俟點完審辦哩」（見第一百零二回）。

〔註 69〕 「忽一日有個省城信息，說皇上命山東巡撫、都御史王忬提督浙江軍務，星速到任」（見第一百零四回）；「未出三日。聖旨又頒：『河南巡撫，著譚紹衣去。欽此』」（見第一百零七回）。

〔註 70〕 「次日卯刻，司、道以及各官上院回來，就在開封府衙門會齊。這首府二堂，

司〔註71〕和學院〔註72〕、道員衙門〔註73〕及知府衙門〔註74〕、知州衙門〔註
75〕和知縣衙門〔註76〕。

　　清朝有龐大的官吏隊伍，《歧路燈》對此均有反映，李綠園在《歧路燈》中塑造了很多官吏的形象，但集中塑造的卻多是下層官吏的形象，這和他自己身處社會下層，一生只做一任知縣的爲官經歷有直接的關係。儘管李綠園所塑造的官吏形象均未離開浪子回頭這一主題，但透過這些官吏的形象我們可以透析李綠園的吏治思想。在前面的作者論部分我們已知李綠園平生以「循吏」自許，而他自己在《歧路燈》中所表現出的吏治思想既以此爲基礎，同時又遠遠地超出「循吏」的範疇。

　　眾所周知，清朝的吏治腐敗非常嚴重，有「三年清知府，十萬雪花銀」之稱。清代的吏治腐敗究其原因有三：

　　　　早已安排的齊齊整整大小十副公座。各委員排次，打躬入座。第一位是河南承宣布政使司布政使陳宏漸」「，第二位是提刑按察使司按察使江雲，第三位便是這督理河南開歸陳許、驛、鹽、糧道布政司參政譚紹衣……」（見第九十一回）。

〔註71〕「第二位是提刑按察使司按察使江雲」（見第九十一回）；「嗣後，邊公定了監候絞罪名。連口供編敘成詳文，申到臬司，詳了刑部」，臬司也就是按察使（見第六十四回）。

〔註72〕「原來科場已畢，新學院上任，交代之畢，即要坐考開祥。這些關防詐僞，以及場規條件，剔弊革奸告示，不用瑣陳」（見第七回）；「單講河南撫臺，因欽差學院歲、科已完，只有注生監冊送鄉試一事，衙內閒住，送知會二司兩道，公同備酌奉邀。先期遣了差官，投了四六請啓，訂了十一日潔樽恪候」（見第九十五回）。

〔註73〕「總爲大人做道員時，驛上草料豆子，公買公賣，分毫不虧累民戶；漕糧易得交納，只要曬乾揀淨，石斗升合不曾浮收」（見第一百零七回）。

〔註74〕「聽說知府衙中，有請的江南名醫，叫沈曉舫」，「一來知府衙門，侯門深似海」（見第四十七回）；「晚鼓時，知府至學臺處稟見面話，一茶方完，知府打躬道：「大人命巡捕押送槍手，審訊之下，口角微露科目字樣。卑職怕是同人們窮極生巧，或者可以寬縱？未敢擅便，稟候大人鈞奪」（見第九十三回）；「兩旁金座是開封府知府楊鼎新，河南府知府王襄，衛輝府知府王秉鈞」（見第九十一回）。

〔註75〕「許州知州於棟」（見第九十一回）；「將入東門，只見一個官員，騎一匹掛纓子馬，飛出城來。跟從衙役，馬前馬後擁著奔來。趕到城外，路旁打躬。觀察知道是鄭州知州季偉」（見第九十四回）。

〔註76〕「宣德年間有個進士，叫譚永言，做了河南靈寶知縣，不幸辛於官署，公子幼小，不能扶柩歸里」（見第一回）；「那老周是個古董蟲，偏偏他如今升到江南做知縣了」（見第三十四回）；「現這鴻臚派一支，又添了一輩人，你也做了黃岩知縣，將來還要升遷。有了兩個侄兒，該續在家譜上」（見第一百零七回）。

其一，薪俸太低是官吏貪污腐敗的動因。清朝俸祿制度的重大缺陷之一就是薪俸太低，低到官吏難以養家糊口的程度，貧困無疑成為官吏貪污腐敗的主要動因。我們參見下表就可對清代的俸祿情況一目了然〔註77〕：

唐明清三朝官俸對照表

官級	唐官員月俸（米石）	明官員月俸（米石）	清官員月俸（米石）	唐俸、明俸分別為清俸的倍數
正一品	110	87	22.5	4.9 和 3.87
正二品	90	61	19.38	4.65 和 3.15
正三品	60	35	16.25	3.7 和 2.15
正四品	40	24	13.13	3.1 和 2.83
正五品	36	16	10	3.6 和 1.6
正六品	24	10	7.5	3.2 和 1.33
正七品	21	7.5	5.63	3.73 和 1.33
正八品	18.5	6.5	5	3.7 和 1.3
正九品	15	5.5	4.13	3.63 和 1.3

高薪未必能養廉，但低薪卻有可能逼廉為貪。難說有清一朝貪腐成風與低薪俸不成正比，但至少高薪有可能養廉，高薪可減貪為廉，是為吏治商參。

其二，奢侈的社會風氣是吏治腐敗滋生的溫床。康乾百年盛世社會經濟長足發展使人們有足夠的經濟能力用於消費，而康、乾二帝愛好出行，南巡、東巡、西巡、木蘭秋獮不絕，康熙六次南巡開支十分龐大，好大喜功的乾隆更是無以復加，中間的雍正帝雖罷鷹犬之貢不事遊獵、巡幸，但對大興土木亦不惜民脂民膏。「上有所好，下必甚焉」，上自王公貴族、文武百官，下至地主、商人同樣趨之若鶩。而這種惡性的消費必然要以雄厚的經濟作為強大的後盾，而僅靠微薄的俸祿顯然是無法滿足這種奢華的生活，於是權力「尋租」，政以賄成，貪污公行的現象成為必然。

其三，清政府的放縱有效地催化了吏治的腐敗。康熙統治晚年因其「從政為寬」而使吏治日濁，以致於「各省庫項虧空，動盈千萬」（清實錄）。雍正上臺後力革積弊，採取「清查虧空」、「火耗歸公」和「養廉銀制度」來取締陋規陳俗，不但改善了清政府的財政狀況，減輕了百姓的負擔，而且也使

〔註77〕薛瑞錄，清代養廉制度簡論〔A〕，清史論叢第 5 輯〔C〕，北京：中華書局，1984。

吏治敗壞情況大有好轉。但因雍正統治只有短短的十三年時間，乾隆執政又重拾乃祖之風，主張「寬嚴並濟」，而「主於寬」，對雍正朝因錢糧虧空而受到懲處的二千一百多名官吏給予寬赦，這無異於是對貪官污吏行為的默許和縱容。鑒於以上原因，清代吏治問題已冰凍三尺不容忽視。

筆者經過對視野所及範圍內所獲取的資料的耙梳整理可以確定，李綠園並沒有系統完整的關於其吏治觀念的表述，其所有關於吏治思想的主張均需要從其小說《歧路燈》的人物身上進行總結和提煉，而且筆者是通過李綠園在《歧路燈》中對各級各層官吏所作所為的否定與肯定之中闡釋其吏治思想的。李綠園的吏治觀念不外乎八個字：反腐、倡廉、勤政、愛民。

其一，反腐。

《歧路燈》在譚紹聞浪子回頭之後參與抗倭並立有戰功頗持獎賞態度：「副榜譚紹聞復畫火攻之策，以其自製火箭九百萬笱獻軍前。設法之奇，為向來韜鈐所未載。緣箭輕易攜，點放應手，較之虹霓炮便宜多多。……恰遇普陀山倭寇數十起，駕閩奸林參私造艅艎海船二十餘艘來犯，臣營伺其及岸半渡，出其不意，點放火箭，一時俱發，一時遞發。賊人救火，揉衣掀棚，愈翻愈熾，登時艅艎自焚，賊寇落水滾火者不計其數。間有未焚之船，搖櫓擺舵，徑投普陀山，還保山寨。……水師艨艟尾追，夜半抵山，照前燃放火箭，山上山下登時一片火海，寇賊茅棚席窩，一時俱焚。兩總兵乘勝進殺，直搗賊巢。黎明搜剔俱盡。查倭賊痍傷，共斬首二百五十三級，俘獲三百四十三人。凡係日本面貌，暫拘繫寧波，俟皇命裁奪。凡面龐聲音有似閩浙者，一體解省嚴訊，以窮其通倭種類。……河南丁酉科副榜譚紹聞；密訪通倭姓名，秘造火箭，功莫大焉，當列首薦」（見第一百零五回）。

事雖如此，但卻未得到應有的獎賞，原因是「譚紹聞，論副榜該是禮部的事，論選官該是吏部的事，因以軍功引見該是兵部的事，此例甚奇。那兵部當該書辦，覺得奇貨可居，豈不是八十媽媽，休誤了上門生意？因此這不合例，那不合例，刁難一個萬死。婁厚存雖幾次面諭，書辦仍自口是心非。看官試想，文副貢叫兵部引見，向本無例，銀子不到書辦手，如何能合朝廷的例？這譚紹聞如今已經過交戰殺人的事體，胸中也添了膽氣，就有幾分動火。盛希瑗幾番勸解說：『部裏書辦們，成事不足，壞事有餘；勝之不武，不勝為笑。這是書辦們十六字心傳，他仗的就是這。』譚紹聞則仗著欽取，只是不依。盛希瑗遂偷墊了二百四十兩，塞到書辦袖裏。次日書辦就送信說，

明日早晨引見。書辦心裏想，是譚紹聞通了竅；譚紹聞心裏想，是書辦轉了環；惟有盛希瑗心裏暗笑：『此乃家兄（指孔方兄）之力也。』」（見第一百零五回）字裏行間李綠園揭示出功高者難賞、官員們百般刁難、唯憑孔方兄開道的吏治腐敗現狀。

而此後當「譚紹聞上了任，與前令交代」時又展示出清官吏的腐敗：「那前令是個積慣猾吏，看新令是個書愚初任，一凡經手錢糧倉庫諸有虧欠之處，但糊塗牽拉，搭配找補，想著顧預結局，圖三兩千金入囊。這譚紹聞原是正經人家子弟，浮浪時耗過大鈔，一旦改邪歸正，又遇見兄藩臺是個輕財重義的手段，面軟心慈，也曉的前令瞞哄，曲為包涵，希圖斬截。爭乃前令刻薄貪漁，向來得罪於一縣之士民胥吏。這書辦們，或是面稟，說某項欺瞞多少。或是帳稿，開某項折損若干。舊令便要鎖拿書辦，說他們捨舊媚新。這書辦那裡肯服。本來『三個將軍抬不動一個理字』，舊令只得又認些須。支吾遷延，已將愈限，上憲催督新令具結。到無可再緩之時，舊令徑過官署，面懇寬收，以全寅好。譚紹聞只得認了一半，草率結局。舊令解韜脫樊而去，譚紹聞方得振起精神做官。」而當譚紹聞「留心體察衙役，沒有一個不持票殃民；稽查書辦，沒有一個不舞文枉法；上臺照拂，無非漁利之計；紳士網纓，不免陽鱐之憎。作了一年官，只覺握印垂綬，沒一樣不是作難的，沒一宗不是擔心的。這宅門以內，笨的不中用，精的要哄官」（第一百零六回）。

在上述二例中李綠園隻字未提反腐二字，但通過對貪官污吏的不法行徑的細緻描述我們可能清晰地感受到李綠園內心反腐的脈動。

其二，倡廉。

與反腐相對應的行為就是倡廉。筆者在作家論中曾提及李綠園「知縣是父母官。……為爹娘的饞極了，休吃兒女的肉，喝兒女的血」的為政綱領。對具體如何執政，李綠園深有體會：

「做了官，人只知第一不可聽信衙役」，「又須知不可過信長隨。衙役，大堂之長隨；長隨，宅門之衙役。他們吃冷燕窩碗底的海參，穿時樣京靴，摹本元色緞子，除了帽子不像官，享用不亞於官，卻甘垂手而立稱爺爺，彎腰低頭說話叫太太，他何所圖？不過錢上取齊罷了。這關防宅門一著不可等閒。要之也不中用。宅門以內濫賭，出了外邊惡嫖」；

「做官請幕友也是最難的事。第一等的是通《五經》、《四書》，熟二十一史，而又諳於律例，人品自會端正，文移自會清順、暢曉，然著實是百不獲

一的。下一等幕友，比比皆是，託他個書箚」，卻又「俗氣厭人，卻又顧不得改，又不好意思說它不通」，「託他辦一宗告示稿」，他又難以做到「婦孺可曉，套言不陳。」而且「這宗幕友，是最難處置的，他謀館不成，吃大米乾飯，挖半截鴨蛋，箸頭兒戳豆腐乳；得了西席，就不飲煤火茶，不吃柴火飯，炭火煨銅壺，罵廚子，打醜門役，七八個人伺候不下。將欲攆出去，他與上司有連手，又與上司幕友是親戚，咱又不敢；少不得由他吆喝官府，裝主文的架子身份。別的且不說，只這大巳牌時，他還錦被蒙頭不曾醒來；每日靸著踩倒跟的藤鞋，把人都厭惡死了。他反說他那是幽閒貞靜之貌」；

「衙門中，第一以不抹牌、不唱堂戲爲高，先消了那一等俗氣幕友半個厭氣光景。還有一等人，理學嘴銀錢心」，「尤宜察之」；

「審問官司，也要有一定的拿手，只以親、義、序、別、信爲經，以孝友、睦姻、任恤爲緯，不拘什麼戶婚田產，再不會大錯，也就再不得錯」。「做官之法，只六個字：『三綱正，萬方靖。』」（第一百零五回）。

「做官只留下自己人品，即令十年不擢何妨？後來晚生下輩，會說清白吏子孫，到人前氣長些。若喪了自己的人品，即令一歲九遷，到卸卻紗帽上床睡時，只覺心中不安；子孫後來氣短。不見章惇爲相，子孫不敢認他是祖宗」（第七十一回）。

李綠園不但有心得，在婁潛齋身上還踐行著他的綱領。他通過婁潛齋之口道出其爲官的清廉：「前輩說：子弟不可隨任讀書，不惟無益，且壞氣質。惟我這個衙門，紗帽下還是一個書生，二堂後仍然是一個家居。迂腐兩個字，我捨不得開撥了；俗吏兩個字，我卻不肯聊復爾爾。我時常在省下與同僚相會，見有幾個恁的光景，自謂得意官兒。我今日也不忍把他那形狀，述之於子侄門人，傷了您類村伯所說的『陰騭』兩個字。所以我這衙門，尚是子弟住得的」（第七十一回）。

婁潛齋知譚紹聞來他府上打抽豐，請他銷售東西，就明言相告相勸：「一來我不銷貨，不薦人，從不曾開此端；二來也不肯叫你溜到這個地位。但既來投任，豈肯叫你自傷資本。這五十兩便是物價，你連物件東西帶回。或留自用，或仍返鋪家。不必以仍返物件爲羞。」但同時又贈銀二百兩給譚紹聞，幫他度過困境，告訴他這二百兩「乃朝廷與我的養廉，沒有一分一釐不明白的錢。我今以師贈弟，亦屬理所當然」，師者之心、廉吏形象躍然紙上（見第七十二回）。

　　無外乎他手下的幕僚評價婁「是一個最祥慈最方正的。即如衙門中，醫卜星相，往往交薦，直是常事」，婁「遇此等事，刻下就送程儀，從不會面。即有薦筆墨、綢緞、山珍海味的書箚」，「總是留得些須，十倍其價以贈之。或有送戲的，署中不過一天，請弟們（指手下衙役）同賞。次日便送到隍廟，令城中神人胥悅去了。三日之後，賞他十兩銀，就完局。若戲子求別為吹噓」，「從不肯許，也不見旦腳磕頭的事。久之，諸般也漸稀疏，近日一發全無。」言行出處若此，「異日自是翰詹仙品」，「萬一就了民社之任」，「就是個治行譜」（見第七十一回）。

　　譚紹衣任河南觀察，先貼出「關防詐偽」告示以安民，鑒於「江南之與中州，雖分兩省，實屬接壤。恐有不法之徒，指稱本遣姻親族眾名目，改習土語，變換儒衣，或潛居寺觀，喬寓逆旅。視爾河南為誠樸之區，椎魯之民，不難展拓伎倆，或言訟獄可以上下其手，或言錢糧可以挪移其間，徇情盡可關說，遇賄即可通同。殊不知本道族清威貴，或仕宦遠方而久疏音問，或課誦家塾而不出戶庭，從無此蓬轉宇內，萍棲署中之惡習也。為此出示遍諭僧寮道舍，以及店房客寓、茶坊酒肆等區，各自詳審言貌舉止，細默行裝僕從，少有可疑，即便扭轅喊稟，以憑究治。倘敢任意收留，甚至朋謀撞騙，或經本道訪聞，或被旁人首發，本道務必嚴刑重懲。除將本犯斃之杖下，至於牽連旁及者，亦必披根搜株，盡法懲治。本道言出如箭，執法如山，三尺法不能為不肖者宥也」（第八十八回）。

　　其三，勤政。

　　在李綠園心中反腐倡廉固然是吏治的前提，但僅有這兩個前提還是不夠的，作為官吏還要有政績，而政績的獲得需要官吏具備勤政的能力和素質。李喬在《清代官場百態》〔註78〕中指出：「所謂『勤』，即視國事如家事，時時持未雨綢繆之思，懷痛癢相關之念，審理公務要勤，查禁賭博要勤，治水要勤，防盜要勤，勤以補拙，勤以寡過」。

　　《歧路燈》中勤政的官吏形象很多：

　　婁潛齋與前來衙門打抽豐的譚紹聞「正飲酒間，忽的小廝拿一張稟帖來，上邊寫的：『為報明事』……乃是南鄉四十里，鄉民毆打，登時殞命的案情。婁潛齋即吩咐相驗，叫仵作刑房伺候前往。紹聞道：『天色已晚，明日早去何如？』潛齋道：『賢契那知做官的苦衷。從來獄貴速理。人命重情，遲此一夜，

〔註78〕李喬，清代官場百態〔M〕，北京：中國人民大學出版社，1990，頁46。

口供就有走滾，情節便有遷就。刑房仵作胥役等輩，嗜財之心如命，要錢之膽如天。惟有這疾雷不及掩耳之法，少可以杜些弊竇，且免些鄉民守候死戶，安插銀錢之累』」（第七十一回）。爲能詳察案情，婁潛齋渾不顧天色已晚，自己的學生遠道而來，以民事爲要，棄贅出行。

荊公原是一縣之尊，人稱「荊八坐」，何以得此稱謂？其「爲人，存心慈祥，辦事明敏，眞正是一個民之父母。嘗對幕友說：『我做這個衝繁疲難之缺，也毫無善處，只是愛惜民命，扶持人倫。一切官司也未必能聽斷的如法，但只要緊辦速結，一者怕奸人調唆，變了初詞；二者怕點役需索，騙了愚氓；三者怕窮民守候，誤了農務。』所以荊公堂上的官司，早到早問，晚到晚審，百姓喜的極了，稱道說『荊八坐老爺』——是說有了官司，到了就問，問了就退，再到再問，一天足坐七八回大堂。所以稱道是個『荊八坐』」（見第三十一回）。

譚紹衣任河南道臺，「觀風當日半夜時，得了撫院大人密委，帶了二十名幹役，陸總爺帶兵三百名，四更天出南門去了，說有緊急密事。今日才有信息，說是南邊州縣有了邪教大案在今辦的將次回來，衙役皀快正打算撥人夫去接，說今晚接到尉氏。道臺八九天並沒在衙門，那個放榜。原來邪教一案，撫院得了密揭，委了守道和中軍參將，速行查拿。」拿到之後，「道臺吩咐縣令，叫本地鄉保、兩鄰跟著，審訊對質」，後「進省隨即上院，將拿獲邪教情形稟明。……撫院當晚委牌下來，委在省各員會審。並將該縣密揭內，保長鄰佑首狀情節，隨牌發出」，次日卯刻，司、道以及各官上院回來，就在開封府衙門會齊」（見第九十一回）。勤政不計時地如此。

其四，愛民。

在李綠園看來，勤政行爲的出發點和歸宿是愛民。州縣官爲民之父母，「因其有教養之責，與民休戚相關，故稱其父母。使其顧名思義，常存惠愛之心，爲牧令者，當以目前之赤子，如膝下之兒孫。民之所好者好之，民之所惡者惡之。惡丁役之虐我民，則管束不得不嚴；惡盜之劫我民，則緝盜不得不力；惡差徭之累我民，則支應不得不減；惡稼穡之苦我民，則催科不得不愼；惡荒歉之乏民食，則倉儲不得不備；惡旱潦之害民田，則水利不得不行；惡詞訟之妨民事，則審理不得不速」〔註79〕這是清代《牧令須知》明確規定的，也可以作爲清代的州縣官箴。

〔註79〕李喬，清代官場百態〔M〕，北京：中國人民大學出版社，1990，頁15。

譚紹衣到河南勘災，下轎不見有人來接，卻見到季刺史貼的賑災告示，當譚紹衣「將入東門，只見一個官員，騎一匹掛纓子馬，飛出城來。跟從衙役，馬前馬後擁著奔來。趕到城外，路旁打躬。觀察知道是鄭州知州季偉」，季刺史「鼻拗耳輪中，俱是塵土，足徵勤勞辛苦」，眾人告訴譚紹衣季刺史「才來時，是一個胖大的身材，只因連年年成不好，把臉瘦了一多半子」，如此好官使得百姓不「捨得叫他升」職，感動得季刺史「眼中雙淚直流」，如此的「官民相得，如同慈母赤子，季刺史不愧古人矣」！（見第九十四回）

在李綠園的思想中，愛民不僅體現在賑災這種非常時期，而且還表現為對百姓日常生活的關心之中：邊公正在審案，「忽的有一人自東角門飛跑進來，上了堂口，慌張的稟道：『常平倉街口失了火了。老爺作速駕臨，催督救護。』這邊公此驚非小，即離公座。急吩咐道：『這一干賭犯暫行押住，等回來發落。』邊公急坐肩輿，徑向倉巷來。只見烏煙撲地，紅焰烘天，喊叫之聲不斷。城內官員，凡有地方之責者，早已陸續到了。鄉地壯丁人等，麻搭挽鈎，抬的抬，搬的搬。本街士民，挑水救護。井邊挨擠不上，一個大池塘，人都排滿了，運水潑火。婦女搬移箱籠，哭、喊之聲，也無分別。各官率領衙役，催督救護。邊公差幹役到當鋪搬錢五十串，有一擔水，賞錢二十文，好不慌忙人也」（見第六十五回）。滅火後，邊公讓下屬立查起火原由，並繼續審案。

《譚觀察拿匪類曲全生靈》的情節很能體現李綠園為官的民本意識：

譚紹衣受令捉拿邪教人士，為全其性命而在審理時囑招房「虛供不用寫」，並向知府以「這個死囚，是因漁色貪財起見，假設妖像，枉造妖言，煽惑鄉愚」之名相通融，後「把妖言惑眾的王蓬，哄騙愚人情節，說個簡而明，質而真」，並求撫臺大人：「重犯不可久稽顯戮，到大人衙門過了堂，即宜恭請王命正了典刑。會同按臺大人申奏時，並伊所造神像軸子，所製教主令旗呈銷」，不讓撫臺追究黨羽，打消撫臺「萬一傳薪復燃」的疑慮，以「首犯陷法，那受愚之輩無不栗栗畏法，方且以舊曾一面為懼，毫無可慮」來說服撫臺了結此案。而他自己回署，「上燭時分。坐在簽押房內，取出靴筒黃本兒，向燭上一燃，細聲歎道：『數十家性命，賴此全矣』，將證據銷毀，以清除後患，終了此事。李綠園評語稱譚紹衣「為群迷一乞饒，渠魁殲卻案全銷。狀元只為慈心藹，楚北人傳救蟻橋」（見第九十一回）。

李綠園對吏治腐敗深惡痛絕，但即使在他所塑造的廉潔自律的好官身上

也並非不存在徇私枉法之事，如他塑造的邊公，在譚紹聞因賭博出命案一事的處理上就不免法外開恩，拿邊公自己的話來說，「臨潼趙天洪強盜案內來關金鐲賊贓，就有這譚紹聞。後管貽安因奸致命案內，又有一點他的瓜葛。彼時怕命案牽扯人多，不容管貽安說旁話。我昨日因過蕭牆街，兩個小游手兒竟是吃醉了，公然打到我轎前，豈不是有天沒日頭的光景？問起來，就是譚家賭場中小夥計。我若是疏縱了這譚紹聞，便是寬的沒道理了，且將來正是害了他」（見第六十五回）。邊公之所以遷怒於人一方面是因爲他「在先人齒錄上依稀記得，開封保舉的是一位姓譚的，這個譚紹聞莫非是年伯後裔？但宗宗匪案，都有此人腳蹤，定然是個不安本分、恣意嫖賭的後生。但劉春榮這宗命案，罪名太重，若聽任管貽安的攀扯，一一引繩批根，將來便成瓜藤大獄，怎生是妥？不如就事論事，單著管九兒一人承抵，真贓實犯，叫他一人有罪一人當，久後好細細追查譚紹聞的實落。進了本署，向書架上取出保舉孝廉的齒錄一看，紹聞果係譚孝移之子，主意遂定」（第六十四回），另一方面是因爲「動了憐才之念」，之所以「格外施仁」，是擔心「若是一板子打在身上，受過官刑，久後便把這個人的末路（讀書爲官）都壞了」（第六十五回）。

程公「原是個嚴中寓慈，法外有恩的心腸」，他痛責譚紹聞「被這一干不肖無賴之徒誘賭，輸下賭欠，且又私自遠揚。以致被白興吾、賈李魁屠沽廝役毆辱踐踏。且又轟至公堂，鳳鸞鴟鴉咬做一團」，用他自己的話來說「本縣若執『物腐蟲生』之理究治起來，不說你這嫩皮肉受不得這桁楊摧殘，追比賭贓不怕你少了分文。只你終身體面，再也不得齒於人數。本縣素聞你是箇舊家，祖上曾做過官，你父也舉過孝廉，若打了板子，是本縣連你的祖、父都打了。本縣何忍？並不是爲你考試，像你這樣人，還作養你做什麼？嗣後若痛改前非，立志奮讀，圖個上進，方可遮蓋這場羞辱。若再毫末干犯，本縣不知則已，若是或被匪案牽扯，或是密的訪聞，本縣治你便與平民無異，還要加倍重懲，以爲本縣瞽目之戒」（見第四十七回）。

邊公與程公二人對譚紹聞法外開恩，表面上一是念其祖上蔭德二是憐惜其前程，但實際所反映出的卻是嚴格的階層等級觀念，平民百姓事實上無法享此特權。法重公允，公允不在，何以服民心？由此可見李綠園對法不容情這一法理缺乏深刻的理解和認識，其吏治觀念在情與理問題的處理上偏向於以情度理，尚情輕法，《歧路燈》中表現出其爲政從寬的執法意向，與其在印

江知縣任上「興利除弊」、「疾盜若仇」的實際行為相去甚遠，反映出其吏治觀念的矛盾性。

三、治家：尚德尚貞，尚孝尚工

傳統的中國社會，是以男性為核心的社會，「婦人，從人者也，幼從父兄，嫁從夫，夫死從子」（見《周禮・儀禮・禮記》），從根本上框定了女子一生「三從」的行止。對婦女的要求多以德容言功四者衡量之：「清閒貞靜，守節整齊，行己有恥，動靜有法，是謂婦德。擇辭而說，不道惡語，時然後言，不厭於人，是謂婦言。盥浣塵穢，服飾鮮潔，沐浴以時，身不垢辱，是謂婦容。專心紡織，不好戲笑，潔齊酒食，以奉賓客，是謂婦功」（見〔東漢〕班昭《女誡・婦行第四》）。作為正統的道學家的李綠園，將這種傳統奉為金科玉律，體現在他的作品中亦與傳統儒家的婦女教育思想一脈相承，只是因時代的變遷而體現出其某些時代特徵。《歧路燈》文本所傳達出來的李綠園的婦女思想觀念，主要體現在尚德、尚貞、尚孝、尚工幾個方面，而且李綠園的婦女思想觀念在很大程度上是與當時的社會道德規範相吻合的，但其中也不乏迂腐落後的成分。

其一、尚德（賢）

在李綠園的心目中，一個婦女的賢德應該表現在「幼從父兄，嫁從夫」的行為上，這在孔慧娘身上體現最明顯。

「父者，子之天也」（見《周禮・儀禮・喪服傳》）。「女子在堂，敬重爹娘。每朝早起，先問安康」，「父母有疾，身莫離床。衣不解帶，湯藥親嘗」，「莫學忤逆，不敬爹娘」（見宋若莘《女論語》）。《歧路燈》第二十回「孔耘軒暗沉腹中淚」，「原為女婿結拜盛公子」，因為「人人都說：譚孝移一個好端方人，生下一個好聰明兒子，那年學院親口許他要中進士，不知怎的，被盛宅敗家子弟勾引到他家，一連醉了七八次，迷戀的不止一個土娼——反把盛宅常往來的妓女，又添進三四個，一宗輸了三十千，一宗輸了一百五十兩，將來也是個片瓦根椽不留的樣子。你傳我添出些話說，我傳你又添出些確證，不知不覺傳到耘軒兄弟耳朵裏。耘軒一聞此信，直把一個心如跌在涼水盆中，半晌也沒個溫氣兒。一來心疼女兒，將來要受奔彼淒苦。二來想起親家恁一個人，怎的兒子就如此不肖。」「耘軒聽說女婿匪闢，連自己老婆也不好開口對說。只是看著女兒，暗自悲傷。女兒見了父親臉上不喜，又不知是何事傷

心，只是在膝前加意殷勤孝敬。這父親一發說不出來，越孝敬，把父親的眼淚都孝將出來。」

「夫者，妻之天也」（見《周禮・儀禮・喪服傳》），「夫者天也，天固不可逃，夫固不可離也」，「敬順之道，為婦之大禮也。夫敬非它，持久之謂也。夫順非它，寬裕之謂也。持久者，知止足也；寬裕者，尚恭下也」（見〔東漢〕班昭，《女誡・婦行第四》）。李綠園認為「從來『三綱五常』聖人有一定章程，王者有一定的制度，自然是國無異政。只因民間有萬不通情達理者，遂爾家有殊俗。即如男女居室，有言「夫妻」者，有言「夫婦」者。妻者齊也，與夫敵體也。婦者伏也，伏於夫也。男家取妻，父納采，婿親迎，六禮俱備，以承宗祧，故男先於女。曰「奠雁」，曰「御輪」，是齊字一邊事。女家遣嫁，定申送門之戒，仍是寢地之心，是伏字一邊事」（見第八十五回）。孔慧娘對丈夫的「伏」表現為她瞭解到丈夫夜半宿皮匠妻，被皮匠抓個正著，其婆婆拿銀子領兒子之事後，「把臉白了，一聲兒沒言語」，李綠園認為「這不是孔慧娘女子之性，善怒多惱，正是他聰明處」（第二十九回）。她所能做的就是「仍舊執他的婦道，只是臉上笑容便減，每日或叫冰梅引興官到跟前玩耍，強為消遣」，因為她的婆婆溺愛兒子，她「曉得婆婆心裏，沒有什麼分曉」（見第三十回）。得知丈夫因賭吃官司，她「把臉漸漸黃了，黃了又白了，也顧不的興官兒，坐不住了，暈倒在地」，因為她「在家做閨秀時，雖說不知外事，但他父親與他叔叔，每日謹嚴飭躬，清白持家，是見慣的；父親教訓叔叔的話，也是聽過的。今日于歸譚宅，一向見丈夫做事不遵正道，心裏暗自生氣，又說不出來。床笫之間，時常婉言相勸，不見聽信。今日清晨起來，見丈夫上衙門打官司，芳魂早失卻一半。一時德喜兒回來，說夏家挨了二十五板；一時雙慶回來，探的茅拔茹也挨了三十板，嬌怯膽兒只怕丈夫受了刑辱。及見丈夫回來那個樣子，心中氣惱。正經門第人家，卻與那一班無賴之徒鬧戲箱官司，心中委的難受。兼且單薄身體，半天不曾吃點飯兒，所以眩暈倒地，」「孔慧娘雖說不怨」，但由此「憂夫成鬱症」（見第三十五回）。丈夫讓僕人王中揭息債還賭帳遭到王中拒絕，惱怒之下趕王中離家，「王中回頭看見少主母在東樓門內，心中道：『好一個賢慧少主母。』向東樓門磕了一個頭。這孔慧娘此時，直如一個癡人一般」（第三十二回）。為了能讓丈夫將忠實無過的僕人請回來，她夜半「款酌匡夫」，目的是給王中說情，她先是問及「趙大兒兩口子作弊不作弊」，待丈夫承認「那作弊二字他兩口子倒萬不相干。只是王中

說話撞頭撞腦的，惹人臉上受不的」，她見縫插針給丈夫指出「手下的人，怎的得恁樣十全。大約甜言蜜語之人，必然會弄詭道。那不作弊的，他心中無私，便嘴頭子直些，卻不知那也是全使不的」（見第三十五回）的用人道理，爲王中重回譚府打下伏筆，直到丈夫自己說出「我仔細想來，王中畢竟沒啥不好的意思，千萬爲的是我。我如今一定要把他收留回來」（見第三十六回），孔慧娘的目的到此達成。因此李綠園評價孔慧娘：「人生當年幼時節，父子兄弟直是一團天倫之樂，一經娶妻在室，朝夕卿噥，遂致父子亦分彼此，兄弟竟成仇讎。所以說處家第一，以不聽婦言爲先。看來內眷若果能如孔慧娘之賢，就是事事相商而行，亦是不妨的。總之勸丈夫孝敬父母，和睦兄弟的，這便是如孔慧娘之賢的」（第三十六回）。

在李綠園看來，一個女子的賢德還表現爲她對丈夫的侍妾及其子女的接納和寬容的態度上。

張類村納妾杜氏，因「杜氏生的姿態頗佳，張類村雖是迂板性情，也未免有些『情之所鍾，正在我輩』意思，以此遂擅專房」，但其妻梁氏並不嫉妒。杜氏「後來生了一女。自從不用乳食之後，這梁氏育同己出，也就在樓上，同梁氏睡成了貼皮肉的母子。這女娃兒叫做溫姑娘，已七八歲，視生母還不如嫡母親呢。每日叫一個丫頭杏花兒——已十七八歲——伺候著。這三口兒成了一家。張類村與杜氏成了一家。張類村從不登樓，梁氏毫不介意。這杜氏也甚喜溫姑娘離手離腳，自己獨諧伉儷。卻一家兒日遊太和之宇」（見第六十七回）。

冰梅原是王氏買來的婢女，譚紹聞因與盛希僑交友而「添的是聲色嫖賭之事」，「生出來許多奇思異想，漸漸有了邪狎之心。況從侯冠玉讀書時，已聽過《西廂》《金瓶》的話頭」，所以「詭謀狎婢女」（見第十九回），後生子興官（譚簣初），待娶孔慧娘過門，「王氏看在眼裏，心中恐怕新人知曉興官兒來歷，或是害羞，或是生妒，惹出不快。就故意尋些事兒叫冰梅、趙大兒做」，擔心「萬一多嘴多舌，露出話來，人家（指孔慧娘）一個年輕娃子，知他性情怎樣的？久而久之，慢慢知曉便罷」（見第二十八回），待「紹聞把冰梅興官兒話露了口角，這慧娘便把冰梅另樣看起來了。冰梅到樓下，慧娘就叫坐了。見無人時，便與興官兒裹栗玩耍。只是害羞，不好意思抱過來。後來漸漸廝熟，這興官兒偏要撲孔慧娘，慧娘忍不住抱在懷裏，由不的見親。冰梅再要抱時，這興官兒偏不去。恰好王氏進樓見了，慧娘抱著興官兒急忙

立起來。王氏說道：『看污了衣裳。』慧娘道：『不妨事。』王氏向冰梅說道：
『還不抱過去？』冰梅來抱，這興官兒一發嘻嘻哈哈摟住慧娘脖子再不肯去。
大家齊笑起來。王氏這一場喜，較之新娶時真正又加了十分」（見第二十八
回）。「孔慧娘栗棗哺兒」，消除了王氏的顧慮。

較比之下，李綠園對張類村的妾杜氏的悍妒則持否定態度。

張類村的妾杜氏此後再不生育，「梁氏望子情切，少不的不得已而思其
次，意中便想把杏花兒作養了罷，爭乃杏花兒眇目麻面，矬身粗腰，足下也
肥大的要緊」，她勸張類村「將就些，萬一杏花兒生一男半女，豈不是萬世良
策？」梁氏之語，動了張類村廣種無不薄收的意思。於是梁氏得了一個空兒，
暗中作成此事。「也是張類村積善有素，天命不叫他中絕，春風一度，恰中吉
期。後來杏花兒便想咸惡酸，害起『一月曰胚，三月曰胎』症候來。」杜氏
「並不知老兩口子，秘地做了這殺人冤仇之事。總緣杏花兒生的醜蠢，也就
毫不防範。況且本自獨寵專房，因此諸事俱不小心。忽一日看見杏花兒腰肢
粗上加粗，不像向來殷勤。又細勘確察了兩日，心內忽一聲道：『是了！是了！』
這杜氏是不許街頭賣夜壺的性情，一但窺其所以，便氣的一個發昏章第十
一」，借由頭與杏花吵打，並單打的杏花肚子，並因此和梁氏吵罵。杏花產下
「麒麟子」，張類村家「無人不喜」，「惟有杜氏一個，直如添上敵國一般，心
中竟安排下「漢賊不兩立」的主意」，「每日想結交卦姑子，師婆子，用鎮物，
下毒蠱。爭乃張類村是三姑六婆不許入門的人家，無緣可施」，後「心生一計，
說屋裏箱內不見了一匹紅綢子，要向杏花兒根究。梁氏攔阻不住，竟是暗藏
小刀子」，去到張類村侄兒家找杏花及其兒子，並又和張正心（張類村侄）發
生衝突，回頭又「與張類村招駕起來」，並用最惡毒的語言咒罵張類村和他的
「麒麟子」（見第六十七回），表現出一個悍妒婦人的形象。

李綠園所理解的賢德實是封建禮教桎梏下被壓抑扭曲了人性的賢德，是
以私有制為基礎的婚姻前提下男尊女卑式的賢德，是婦女對「幼從父兄，嫁
從夫」古訓無原則的服從，他筆下的孔慧娘與其前吳敬梓《儒林外史》中沈
瓊枝根本無法相提並論，由此可知李綠園關於婦女賢德的觀念無論在當時還
是現在都不足取。

其二，尚貞。

中國社會是一個以男性為主的社會，對於男子而言，「夫有再娶之義，婦
無二適之文」（見〔東漢〕班昭《女誡》），被視為理所當然；而對婦女而言，

「信，婦德也。一與之齊，終身不改，故夫死不嫁」（見《禮記‧郊特牲》）。「婦人之不失節者曰貞，未嫁而不失節者亦曰貞，蓋言其有節操也，故貞可賅節而言之〔註80〕。」關於中國古代女子的貞操觀，最有代表性的是程顥的診斷：「章氏之子與明道之子，王氏婿也。明道子死，章納其婦，先生曰：『豈有生爲親友，死娶其婦者？』他日，王氏來餽送，一皆謝遣。章來欲見其子，先生曰：『母子無絕道，然君乃其父之罪人也』」（見《二程遺書》卷十一）。「問：『或有孤霜貧窮無所託者，可再嫁否？』曰：『只是後世怕寒餓死，故有是說。然餓死事小，失節事極大』」（見《二程遺書》卷二十二下）。《女範捷錄》中有「忠臣不事兩國，烈女不更二夫。故一與之醮，終身不移。……是故艱難苦節謂之貞，慷慨捐生謂之烈」。在《歧路燈》中李綠園塑造了一個貞婦韓氏的形象，透過這一人物形象可以判斷李綠園的婦女貞節觀。

韓氏是一個無兒無女從二十五歲開始守寡的女人，和一個瞽目婆婆相依爲命，靠每日織布紡棉，以供菽水。「也有幾家說續弦的話，韓氏堅執不從，後來人也止了念頭」。婆婆病故，她把她的全部家當「織布機子，紡花車兒，一個箱子，一張抽斗桌，七湊八湊」和「幾匹布」全賣掉來葬婆婆。人們還猜測她婆婆「今日黃金入櫃，他的事完」，她是不是「各人自尋投向」，人們評價她：「孩子也算好，眞正把婆婆送入了土，就各人尋個投向，也算這孩子把難事辦完，苦也受足了。難說跟前沒個兒花女花，熬什麼呢？」希望「將來大家照看，尋個同年等輩，休叫韓大姐跳了火坑。」

文本分析至此，我們可以瞭解到李綠園並非反對婦女再婚，而是這種再婚是有條件的，一是無兒女，二是把該盡的義務盡完。這在當時，不能不說是一種相對開明的婦婦貞節觀。

但人們想錯了，葬完婆婆韓氏回家自縊身亡。如果說行文至此，也僅能透露出李綠園對韓氏之死的惋惜，那麼接下來的部分則反映出李綠園對韓氏這種行爲的褒揚：一是韓氏之死的消息傳出，「把一個省會都驚動了。有聽說嗟歎稱奇的，有聽說含淚代痛的」。二是韓氏死後有異常祥瑞出現：其一是韓氏所居的「甜漿巷」「異香撲鼻」，被稱爲是「中州正氣所鍾」；其二是「韓氏面色如生，笑容可掬」（一般情況下自縊者相惡）；三是政府官員對韓氏稱賞有加，除親自致祭厚葬韓氏，將甜漿巷改爲「天香巷」外，還希望「轉達天

〔註80〕　〔清〕徐珂，清稗類鈔，貞烈類，張淑儀守禮全貞，北京：中華書局，1984
～1986。

聽，求皇上一個褒典」（見第四十一回）。行文至此，李綠園的婦女貞節觀全部顯現出來：即李綠園對婦女從一而終有著深刻的認同感。

其實，在中國古代，像韓氏這樣守節的婦女很多，據統計：「宋代節婦有152人，而清代有9482人；宋代烈女有122人，清代則高達2841人〔註81〕」。可見在清代這並非是極個別的現象，《儒林外史》中更有甚者，王玉輝的大女兒因丈夫去世而依他生活，他的三女兒剛剛死了丈夫，卻不願步長姊後塵，要「尋一條死路，跟著丈夫一處去」，王玉輝不但不勸阻，反而支持女兒的選擇，認為「這是青史上留名的事」，待女兒死信傳來，他「仰天大笑道：『死的好！死的好！』」只有當女兒被送入烈女祠，「通學人要請了王先生來上坐，說他生這樣好女兒，為倫紀生色。王玉輝到了此時轉覺心傷，辭了不肯來」（見《儒林外史》第四十八回）。如果我們拉開一定的距離來審視此事，我們不得不承認這樣一個事實，那就是傳統的貞操觀已讓一個父親泯滅了最起碼的人性，較比之下，李綠園的貞操觀相對比較開明些。他雖褒揚韓氏，但並未讓韓氏循從一而終之路前行，而是通過眾人之口尚給韓氏這樣節孝雙馨的婦女以出路。

李綠園對貞節烈婦韓氏褒譽有加的同時，他對婦女再婚所持態度由以下兩個例子可以顯現出來：

滑氏是譚紹聞的老師的繼室，惠養民五年前喪妻後娶已有婚史的滑氏為妻。滑氏婚後對自己親生孩子和前妻的骨肉採取的是厚此薄彼的態度，她唆使惠養民留私房錢並和因替其娶妻而負貸的兄長分家，結果卻是滑氏的私房錢被其弟騙走，有去無回；惠養民也因其「暗中調唆，明處吵嚷」，「得了羞病，弄得身敗名裂，人倫上撤了座位」（第四十一回）。最終又是惠養民的兄長重新收留了他們。在李綠園的筆下，滑氏成了一個地道的反面人物，無一可取之處。

魯姜氏則因「男人害的童子癆症，看看垂危，氣息奄奄，他家說要喜事沖沖。娶到家未足三日，男人就死了，把這個上得畫的女娃兒，閃的上不上，下不下。他家也覺良心難昧，只等一個讀書人家子弟，等年同輩，情願把舊妝奩陪送」（第四十八回），話雖這樣說，但姜氏所作所為在李綠園筆下形象又是如何呢？

譚紹聞見到姜氏卻是在瘟神廟看戲，「拴白頭繩」的姜氏「手中拿著一條

〔註81〕董家遵，歷代節婦烈女的統計〔J〕，現代史學，1937 第 3 卷第 2 期。

汗巾兒，包著瓜子，口中吐瓜子皮兒，眼裏看戲」，因她長得「柳眉杏眼，櫻口桃腮」，深得譚紹聞心許，當譚紹聞熱茶傾身，姜氏借汗巾傳情，更讓譚紹聞心醉（見第四十八回）。姜氏如此出場，實在有違她「文君新寡」的身份，在李綠園看來，「這世上可有女人家拿著寸絲（指汗巾）定男人家麼？不過是個女人無恥罷了」（見第五十回）。後來姜氏嫁了馬九方，但「見了譚紹聞，想起瘟神廟遞汗巾的舊事，未免有些身遠神依之情」（見第七十回）。在幫夏逢若料理母喪時還希望「憑這幾個盤碟精潔，默寄我（指姜氏自己）的柔腸曲衷罷」，當得知譚紹聞因事他往，姜氏「茫然如有所失。口中半晌不言。有兩個貓兒，繞著廚桌亂叫，姜氏將鵪鶉丟在地下，只說了一句道：『給你吃了罷』」（見第七十回）。後來當「廚房單單撇下姜氏、紹聞二人。紹聞低聲道：『後悔死我！』姜氏歎道：『算是我福薄』」（見第七十三回）。待譚紹聞娶了巫翠姐，姜氏隨夏逢若之妻來譚府，「到了巫氏樓下，只是偷瞧床上帳幔被枕，細看巫氏面目腳手，此中便有無限難言之隱」，後「默然無言」而回（見第七十七回）。至此姜氏割不斷理還亂的心態被細緻入微地刻畫出來。

李綠園不反對無子女並葬完婆婆的韓氏再婚，但他對韓氏的節烈行為表現出的贊許在一定程度上反映出他對女子從一而終行為的提倡。與他對韓氏的褒揚態度所不同的是他對滑氏的不賢和姜氏這種自售行為顯出不齒，而且對二個再婚婦女表現出鄙夷的態度，究其實質還應歸因於他對女子貞操觀的推重，是他道學家本色使然，從這一點上來說李綠園的婦女貞操觀念並不先進。因為，在中國古代，「改嫁之說，袁簡齋先生極論之，歷舉古人中改嫁之人，若漢蔡中郎女文姬改嫁陳留董祀。新唐書諸公主傳，其改嫁者二十有六人。又權文公之女改嫁獨孤郁，其實蓼也。韓昌黎之女，先適李漢，後適樊宗懿。范文正公之子婦，先嫁純禮，後適王陶。文正母謝氏，亦改適朱氏。陸放翁夫人為其母太夫人之侄女，太夫人出之，改嫁趙氏。薛居正妻柴氏，亦攜貲改嫁。而程伊川雲婦人寧餓死，不可失節，乃其兄明道之子婦亦改嫁，不一而足」，「宋以前不以改嫁為非，宋以後則以改嫁為恥，皆講道學者誤之。總看門戶之大小，家之貧富，推情揆理，度德量力而行之可也，何有一定耶？沈圭有云：『兄弟以不分家為義，不若分之以全其義，婦人以不再嫁為節，不若嫁之以全其節也〔註82〕』」。

〔註82〕〔清〕錢泳，履園叢話（卷下）。雜記（上）〔M〕，北京：中華書局，1982，頁 611～612。

私有制基礎下的男權社會，女子無非是婚姻的附屬品；女性基於經濟上的依附關係，致使婚姻成爲「制度化的賣淫」（恩格斯語）。無論古今中外，男子皆可三妻四妾，「家裏紅旗不倒，家外彩旗飄飄」，且以此爲榮；西方有貞節帶，中國有三寸金蓮，在兩性文明中男權變態到以這種病態審美來解決雄性文明沒落帶來的危機，李綠園的「尙貞」觀無非是逐其流而揚其波罷了。女子一旦經濟獨立，隨之而來的人格獨立，不但衝擊既有的婚姻制度，而且必然使男權主導的社會發生顚覆性的變化。

其三，尙孝

「子婦孝者敬者，父母、舅姑之命勿逆勿忘。若飲食之，雖不耆，必嘗而待。加之衣服，雖不欲，必服而待」，「婦事舅姑，如事父母」（見《周禮・儀禮・禮記》），「姑雲不爾而是，固宜從令；姑云爾而非，猶宜順命，勿得違戾是非，爭分曲直」（見《女誡》）。李綠園在《歧路燈》中極力刻畫的孔慧娘就是這樣一個孝的典型。

孔慧娘「憂夫成鬱症」，「王氏素愛其賢」，見其病勢日漸沉重，就聽信人言去鄉下拜神討藥，討藥回來，「向慧娘說了原因。慧娘不欲吃，心中感激婆婆仁慈，不勝自怨，因婆婆親身拜禱，只得將神藥服訖。笑道：『這藥倒不苦不鹹』」（見第四十七回）」，在這裡，她對婆婆的孝體現爲順從。當她夜半「款酌匡夫」爲王中說情丈夫已允的情況下，她亦不忘提醒丈夫「王中意思固然爲著你，你也是千萬爲著咱爹爹。但你既要留他，也要到樓上對咱娘說一聲。不得說要趕就趕，要留就留，顯得是咱們如今把家兒當了」（見第三十六回）在這裡，她對婆婆地孝表現爲對長輩得體的禮敬。當她臨終時，亦「病榻叮嚀」譚紹聞的妾冰梅「頭一件，照管奶奶茶飯。奶奶漸漸年紀大了，靠不得別人」，對自己到譚家「不能發送爺爺入土，不能伺候奶奶，倒叫奶奶伺候」，如今「且閃了自己爹娘。這個不孝，就是陰曹地府下，也自心不安」（見第四十七回），這時她的孝表現出晚輩對長輩應盡義務未能達成的歉意。

如此一個孔慧娘，「孝順」二字從她婆婆王氏口中就說出四次：

第一次是婆婆王氏在孔慧娘被兒子劣行氣得暈倒之時喊「我那孝順的兒呀，你快過來罷！」（第四十六回）。

第二次是孔慧娘死後其父孔耘軒與王氏提及「『小女自到府上，不曾與府上做一點兒事，今日反坑累人，想是府上少欠這個福薄丫頭。棺木裝殮，一切俱聽府上尊便，不必從厚，只遮住身體，便算便宜了他。』王氏哭道：『我

可也是不肯呀，這娃兒才是孝順哩，我如何忘得他？』說罷又大哭起來」（見第四十七回）。

第三次是當巫氏因與譚紹聞手吵一怒之下攜子回了娘家時，王氏憂心之下「猛想起孔慧娘那個亡媳，到底是書香人家賢媛，舉動安詳，言語婉轉，就如畫在面前一般。又想孔慧娘活著，他委曲在丈夫面前勸解，也未必就由福兒弄到這個田地。忽而一陣心酸，不覺眼流慟淚，歎道：「我那好孝順媳婦呀！」忍不住了，便放聲哭將起來」（見第八十三回）。

第四次也是最讓王氏揪心的是王氏被巫氏以孫子生病誆到巫家，不但受巫氏之母的奚落，還受自己兒媳婦的冷落，還要聽巫氏表弟當自己的而罵自己不爭氣的兒子譚紹聞，王氏「一怒起身」，「坐轎而回，氣得一個發昏章第十一。下轎從後門到院內，上的堂樓，坐個低座，手拿扇子，畫著砌磚，忽的一聲哭道：『我那姓孔的兒呀！想死我了。我今夜還夢見你，想是我那孝順媳婦，你來瞧我來了？我再也不能見你了，我的兒呀！』」（見第八十五回）

前文提到的韓氏，也是一個對婆婆極其孝敬的媳婦，她對婆婆的孝表現在以下幾個方面：

一是盡最大努力和最平和的心態來贍養婆婆。丈夫死後她沒有拋下瞽目的婆婆選擇再婚，而是「每日織布紡棉，以供菽水」，「晝操井臼，夜勤紡績，隔一日定買些腥葷兒與婆婆解解淡素」，在她守寡的「七年之中，鄰家婦女實在也稀見面，不但韓氏笑容不曾見過，韓氏的戚容也不曾見過。」

二是盡其所能殯葬婆婆。「錢氏病故，韓氏大哭一場。央及鄰捨去木匠鋪買了一口棺材，不要價錢多的，只一千七百大錢。乃是韓氏賣布三匹買的。」這一千七百大錢可能是她所能拿出來的最多的錢。但棺材「抬到院裏，韓氏一見，說道：『我只說一千多錢買的棺材，也還像個樣兒，誰知這樣不堪，如何盛殮得我的婆婆？有煩鄰親，再買一口好的來。』」於是傾其全部家當，將織布機子，紡花車兒，一個箱子，一張抽斗桌，幾匹布賣掉，只因她「殯葬婆婆，是我替俺家男人行一輩子的大事」。文中程公說「這是節婦自備藏身之具，你們彼時不能知曉節婦深心」，是有道理的。

三是她對自己盡心侍奉婆婆並不滿意，「跪在（婆婆）墓前，哭了一聲道：『我那受屈的娘呀……』第二句就哭不上來了」；她之所以未隨其亡夫而去，從她「在丈夫墓前，哭道：『你在墓裏聽著，咱的事完了……』」一句可以推斷出是她對婆婆的責任心使然。

　　李綠園在褒揚孔慧娘和韓氏的孝的同時，對巫氏的不孝也指責有加。最典型的就是當被詆來的婆婆來到巫氏家中時，「巫氏在廂房出來，見了婆婆也不萬福，也並無慌張之意，說：『怎麼來了？』」表現出缺乏家教和修養；當王氏勸她「『您兩口子各氣，我叫回來消消氣兒。再住一半月，接你回去，或是這邊送去。我做婆婆的不曾錯待了你，爲甚的奚落起我來。』巫氏道：『您家不要我了，說明白送我個老女歸宗，不過只爭一張休書』」（見第八十五回），如此衝撞翁姑的媳婦，在清代是無論如何不允許的，既使是現在，也是缺調少教的行爲。所以李綠園說巫氏「小戶人家」女，言外之意，難登大雅之堂，因其家教止於此。

　　由此觀之，除了現在我們強調殯葬尚簡之外，李綠園孝的觀念對我們今天仍有一定的現實借鑒意義。

　　其四，尚工〔註83〕

　　「工」一般指以下兩種情況，一是指日常家務，即「潔齊酒食，以奉賓客」，一是指針女紅即紡織縫紉和刺繡等。《顏氏家訓》明確指出「婦主中饋，惟事酒食衣服之禮耳，國不可使預政，家不可使干蠱；如有聰明才智，識達古今，正當輔佐君子，助其不足，必無牝雞晨鳴，以致禍也」（見〔北齊〕顏之推《顏氏家訓‧治家第五》）。

　　日常家務事情繁雜，《歧路燈》中譚府雇有傭婦，故像王氏、孔慧娘、巫翠姐等可以於此稍離，但還須有操持家務的能力。孔慧娘「款酌匡夫」，親自與冰梅下廚給譚紹聞做麵，「去不移時，麵已到了，細如髮，長如線，雞霍爲羹，美而且熱」，譚紹聞稱「強如掛麵萬倍。」（第三十五回）。不但做飯，還要將碗勺等收拾乾淨。像僕人王中的妻子和女兒就更是事必躬親，譚紹聞去南園看王中，趙大招待他的「是一盤韭菜，一盤萵苣，一盤黃瓜，一盤煎的雞蛋，中間放了一大碗煮熟的雞蛋，兩個小菜碟兒，兩個小鹽醋碟兒，一盤蒸食。品數雖甚家常，卻精潔樸素，滿桌都是敬氣」（見第八十五回），而且她們還要協助王中做些農活。

　　李綠園《家訓諄言》第六十七條明確提出「家中婦女，必身親紡織經絡之事，古人所以載弄之瓦也。若婦女不知此事，無知者謂之享福，有識者謂之樂禍。」紡紗織布是女子常做的，前文韓氏「晝操井臼，夜勤紡績」指的就是紡紗織布，她靠此贍養婆婆。孔耘軒作爲紳衿之家婦女完全可以不學這

〔註83〕專心紡織，不好戲笑，潔齊酒食，以奉賓客，是謂婦功。

些，但譚孝移和婁潛齋二人去拜訪孔耘軒，「推開二門時，只見三個女眷，守著一張織布機子，卷軸過杼，接線頭兒。那一個丫頭，一個爨婦，見有客來，嘻嘻哈哈的跑了。那一個十來歲的姑娘，丟下線頭，從容款步而去」（見第四回），讓孔慧娘學織布，只為防其養成驕惰之性，才有「孔慧娘半年後自娘家回來，帶的偷縫的小帽兒、小鞋兒，與興官兒穿戴」（見第二十八回）之事。

在清代也有女人靠做針線女紅過活，如《歧路燈》第四回提到的「薛家女人，針線一等，單管著替這鄉宦財主人家做鞋腳，枕頭面兒，鏡盒兒，順袋兒」，又提及巫翠姐女紅很好。但李綠園對此有些不以為然：「布履棉襪，盡可適足。今人多繡雲物花卉於其上，靡矣。婦女何知，只知逞巧耳。豈偉丈夫而必以此鬥靡耶？緞襪亦不必用，況織雲知於上耶？直足刺識者之目耳。至於擦汗，何必綢幅？帶束腰腿，何必華采？亦宜戒之」（見《家訓諄言》第二十條），反映出李綠園出身農家個性尚樸的傾向。

此外，李綠園的婦女教育內容還表現在主張女子接受教育，但對女子的行動嚴加限制。

中國古代歷來強調「女子無才便是德」，但到清代，一些中上層家庭相對比較重視女子教育，強調「女學之要有四：曰去私，曰敦禮，曰讀書，曰治事……讀書則見禮明透，知倫常日用之事」（見李晚芳《女學言行錄・總論》）。李綠園不反對女子讀書，《歧路燈》中的薛全淑就是一個知書達理「有學問的」女子，她嫁給譚簀初後，有「一張全淑畫桌，筆精墨良，每印臨《洛神賦》，摹管道升竹子」，黃昏則陪簀初「課畫談帖，偶然鬮韻聯句」（見第一百零八回）。就連小戶之女出身商家的巫翠姐也還能教小興官讀《三字經》。中國的傳統社會雖不鼓勵婦女接受教育，但李綠園卻認為女子的教育對於家庭的建設有重要意義，從譚孝移為兒擇婦一事上就能顯現出李綠園的這種個人傾向，在金錢與書香門第之間，譚孝移選擇的是後者，事實上從孔慧娘和巫翠姐二人身上也確實體現出家教的懸殊差異。表面上是文中人物在選擇，實際上卻是作家思想無形的流露。正如李綠園自己在《家訓諄言》中所說的那樣：「結親不可貪富貴之家，一定要有些詩書之澤才好〔註84〕。」

儘管李綠園主張女子在家庭中接受教育，但他反對女子走出家庭拋頭露面。《歧路燈》第四十九回通過「巫翠姐廟中被物色」一事，李綠園提出他的看法：「阿嬌只會深閨藏，看戲如何說大方；試問梨園未演日，古來悶死幾嬌

〔註84〕〔清〕李綠園，家訓諄言（第三十一條）〔A〕，歧路燈〔M〕，乾隆刻本。

娘？」連王氏提及做閨女時三月三逛廟會的事，都被譚孝移揶揄了她父親「好家法」（見第三回）。毫無疑問，在李綠園眼裏女子走出家門拋頭露面這是有傷風化的行為。《儒林外史》中「杜少卿大醉了，竟攜著娘子的手出了園門，一手拿著金杯，大笑著，在清涼山岡子上走了一里多路。背後三四個婦女嘻嘻笑笑跟著，兩邊看的人，目眩神搖不敢仰視」（見第三十三回）。雖然李綠園這種觀念在今天看來迂腐可笑，但是清中葉社會風氣普遍如此，只能說李綠園也未能免俗。

第四節　《歧路燈》中的教育形式

　　《歧路燈》高揚教化至上的主旋律。前面先後回答了李綠園通過《歧路燈》所表達出來的培養人的目的和通過什麼樣的內容來培養人的問題。作為教育，其內容必須通過一定的形式才能為受教育者所接受進而指向教育目的的達成，《歧路燈》中所展示出的是有清一代最具典型特色的以私學為輔、官學為主的教育形式（無論是私學還是官學，亦或是性質所屬經常發生變化的書院都屬於教育制度範疇）。科舉考試作為評價與甄選人才的一種手段，對教育形式起著調控和主導作用，成為這一系統不可缺少的組成部分。

　　中國的教育發展到清代實際上進入了一個整理階段。「首先，以儒學教育為核心的學校教育系統，其相互之間的聯結更加密切。地方儒學向國學貢送學生的做法被固定下來，地方儒學的學生成為國學學生的重要來源。其次，更為基礎的教育形式社學、義學等等的廣泛設立，不僅擴大了教育範圍，而且在客觀上建立起了基礎教育同更高等的地方儒學教育之間的聯繫。第三，書院以其相對靈活的辦學方式，既起到了彌補官方正規教育不足的作用，也發揮了對正規教育質量進行微調的作用。第四，科舉制進一步完善了它的各項措施，並在多數時候成為國家選拔人才的首要方式〔註85〕」，當然其各種弊端也已達到了極點，所有這些在《歧路燈》中均有反映。

一、官學為主：科舉指向，徒有虛名

　　清代的官學分為中央官學和地方官學兩種形式，中央官學主要有國子

〔註85〕馮鏞，中國教育制度通史（卷五）。總序〔M〕，濟南：山東教育出版社，2000，頁13。

監，地方官學則有府州縣學之分，而府州縣學又是和國子監及科舉考試相互銜接的。

（一）國子監

《歧路燈》裏提及國子監的有十多處〔註86〕，清代的國子監即太學，實際上是我國古代最後也是最高的學府，清承明制，略有變革。它主要負責管理本監及附屬的八旗官學和算學，是以培養官僚為主的高等學府，《清朝文獻通考》卷八十三稱其「掌成均之法，以時程課諸生；每歲仲春、仲秋上丁祀先師，則總其禮儀；天子幸學則執經進講；新進士釋褐則坐受拜焉」，此外還要在每次鄉試前，負責全國貢生和監生的預考即錄科考試和錄科後對他們的短期密集型模擬科舉考試訓練。即其職能有四：教學、禮儀、宣傳教化和充當科舉考試的訓練與預考機構。

國子監在明朝即被視為入官正途，《歧路燈》第九十六回譚紹衣告訴譚紹聞：「如必以功名為顯親之階，就要上京入國子監，煞用苦功，春秋二闈，都在京中尋上進的路。」，監生可以不通過科舉考試直接考職得官，祥符教諭周東宿「到京坐監，選了祥符教諭」，所以才會和孔耘軒「說了些國子監規矩，京都的盛明氣象，旅邸守候之苦，資斧短少之艱的話說」（見第四回）也可肄業後回原籍候選教職，雖因科舉日重而考職所得官職低微，但「為廣就職之例，五貢一體以直隸州州判，按察、鹽運經歷，散州州判、經歷，縣丞，分別註選，或分發試用。蓋五貢終清之世，未嘗廢棄也〔註87〕。」當然，更多的國子監生還依舊走通過科舉為官之路。

清朝的國子監最初把增益滿洲官員子弟當作首要任務，後也招收有功的

〔註86〕 見第七回：東宿考譚紹聞和婁樸二人《御頒五經》，二人回答令學正滿意，於是「取童生冊頁二紙，細問兩人，填了三代、年貌，廩保上填了蘇霈，業師上填了婁昭名字。即刻照學院來文傳稿謄真，用印簽日。申到學院去。東宿賞了湖筆二封，徽墨兩匣，京中帶的國子監祭酒寫的扇子兩柄。喬齡獎賞了糖果四封」。
見第九十三回：府試前張貼有「釐正文體」的「紅告示」，其中提及「伏讀高皇帝（指順治皇帝）刊碑（指《臥碑文》）於國子監之門」。
見第九十五回：「盛希僑國子監生」。
見第九十九回：「譚紹聞自閻仲端僦居前院，這家事又多一層照應，遂動了上京入國子監肄業之念」。
見第一百零一回：「譚紹聞、盛希瑗合伴婁樸，準擬正月初六日赴京入國子監肄業」。
〔註87〕 趙爾巽，清史稿，卷一百六，志八十一，選舉一〔Z〕，中華書局，1976～1977。

官員子弟（恩蔭生）及七品以上的官僚子弟，隨著地方官學的重建與發展及地方官學向中央貢舉人才制度的恢復，國子監的生員主要有貢生和監生兩種，貢生是從地方和科舉考試中招收恩貢、拔貢、歲貢、副貢、優貢等生員，監生則是品類繁雜，從而使其生員逐步多樣化和平民化。

《歧路燈》中涉及到國子監的生員主要有以下三種：一是歲貢，限府州縣學的正式生員，即廩膳生〔註88〕；二是拔貢，是通過考試選拔的貢生〔註89〕；三是副貢，指清順天用各省鄉試，除正卷之外可取中若干名為副榜，考中副榜者准作貢生，升入太學〔註90〕；此外，《歧路燈》中未涉及到而清代事實上還有以下幾種生員：一是恩貢〔註91〕，二是優貢〔註92〕，三是例貢〔註93〕；而五貢是指除例貢外的恩、拔、副、歲、優，他們區別於雜流，是為科舉考試之外入仕的正途。監生主要有四種：一是恩監〔註94〕，二是蔭監〔註95〕，三是優監〔註96〕，四是例監〔註97〕。

在清代貢生作為在校生其含義已淡化很多，更多的是一種身份的象徵，有了這種身份就可以當地方官，或以這種資格參加科舉考試，《儒林外史》中的周進因為「叩閽」惹人同情而眾人幫助「捐他一個監進場」（見第三回），是幫周進買一個參加科舉考試的資格；而嚴貢生則是利用其貢生身份作為為禍鄉里的本錢。因例貢、例監可通過捐銀（折色）、捐「本色（糧食）」獲得，一方面降低了生員的素質，從而導致教育質量下降，另一方面生員資格化，

〔註88〕如第六十二回「新歲貢程嵩淑祀土」。
〔註89〕如第一回「到了譚忠弼，十八歲入祥符庠，二十一歲食餼，三十一歲選拔貢生」。
〔註90〕如第一百零五回「文副貢叫兵部引見，向本無例，銀子不到書辦手，如何能合朝廷的例？」。
〔註91〕凡遇慶典吉事，如天子登基等，由皇帝下詔，以本年歲貢為恩貢，次貢為歲貢，非固定生員。
〔註92〕清制，各省學政三年任期滿，例應舉報生員優劣，其優生保題到部，送國學肄業，是為優生。
〔註93〕此沿明綱粟入監之例，由廩、附生捐納者為例貢生。
〔註94〕主要選拔一些身份較特殊的生員，如八旗官學、算學中滿漢肄業生。
〔註95〕有恩蔭、特蔭和難蔭之別，恩蔭指在京文官四品在外文官三品以上，武官二品以上者可送一子於監，是為恩蔭；內外大臣效力多年，皇帝特令其一子入監，是為特蔭；三品以上官三年已滿，勤事以死，可蔭一子入監，是為難監。
〔註96〕指由各直省府州縣學附生、武生由各教官申報，學臣核定，禮部及國子監匯考錄取的生員。
〔註97〕由府州縣學的俊秀即未取得生員資格的平民子弟報捐，是為例監。

生員數量減少，縮小了辦學規模。清國子監沿襲明制，分設六堂作爲教學單位，每堂又分內外二班，內班住學，外班走讀，內班每堂二十五人，外班每堂二十人，每堂由一助教和一學正（或學錄）負責管理。其教學有講書、自習指導和考試等形式，有季考和月課，但其教學從內容到形式均模擬科舉考試，這也是國子監變爲科舉訓練機構的最主要的特點。

國子監教官的任用一般側重分最高領導和最基層教官。國子監的監事大臣一般由皇帝從親王、大學士、尚書、內閣學士等貴戚和高級官員中挑選，祭酒則由吏部在科甲出身的詹事府庶子、翰林院侍讀、侍講、國子監司業等官員中由皇帝挑選任命，對監丞、博士和下層官員如典薄、典籍，則依照選官制度，用銓選和提升的方法任用，而對最基層的助教、學正、學錄，則由吏部在進士、舉人、貢生及各部筆帖式中考選。一般堅持引見制，有一定的資格要求，而且一定是德才兼備者，而且非終身制，不同級別的教官根據其守（操守、品德）、才（才幹）、政（工作態度和業績）、年（年齡和任職年限）每三年一次分稱職、勤職、供職三等進行考評決定其升遷和留用，對有貪酷、罷軟、無爲、不謹、年老、有疾、浮躁、才力不及的八種情況予以處理。由於國子監的教官屬於國家官員，因此根據其身份和官職而分八級來領取與其身份和官職相應的俸祿以保證其日常生活。

綜觀清代的國子監，對生員從錄取到考試、考核、學風、紀律等均有嚴格的要求，考試與考核結合，成績與學風、紀律全面衡量，整體上比以往歷朝歷代更爲周密和完善，且存在用經濟手段控制生員遵守學規的先例，在表現出某種進步傾向的同時亦留下以金錢解決教育問題的隱患。但上有政策下有對策，以考試作弊爲例：「點名之日，這個家人手提籃籠，那個小廝肩背氈包，到了貢院轅門。覓個空閒地面，把氈條鋪下，這三人將籃子內物件，一一齊擺出來仔細瞧看，或者寸紙，或者隻字，鑒影度形，一概俱無，又仍一件一件裝入籃內。忽聽一個風言，說場中搜出夾帶來了，東轅門說枷在西轅門，西轅門說枷在東轅門，又一說押往順天府府尹衙門去了，又一說御史叫押在場內空房裏，俟點完審辦哩。人多口雜，以謊傳眞。這舉子一點疑心，只像進場籃兒是個經書麓筒，不知有多少筆笤在內，沾泥帶水不曾洗刷於淨。幸而點名到轅門以內，獨自又行展氈細搜，此時功名得失之念，又置之九霄雲外，但求不犯場規免枷號褫革之辱，這就算中了狀元一般。所以說窮措大中了狀元，滿肚皮喜歡，那眼裏淚珠兒，由不的自己只管滾出來」（第一百零

二回）。

由於整個清代其教育都是以科舉為導向，以功名為誘餌，因此出現了士子醉心功名而不重言行出處的弊端，《儒林外史》充分暴露了清中葉當時的這種現狀，連乾隆皇帝自己都很無奈地說：「士為四民之首，而太學者教化所先，四方於是觀型焉。比者聚生徒而教育之，董以師儒，舉古人之成法規條，亦既詳備矣。獨是科名聲利之習深入人心，積重難返，士子所為汲汲皇皇者，惟是之求，而未嘗有志於聖賢之道，不知國家以經義取士，使多士由聖賢之言，體聖賢之心，正欲使之為聖賢之徒工，而豈沾沾焉文藝之末哉！」（見《欽定國子監志》卷首）

（二）地方官學

清代的地方官學主要有按地方行政區劃設立的府學、州學、縣學，按軍隊編制設立的衛學及在鄉鎮設立的社學，為孤寒兒童及少數民族子弟設立的義學等，以上各級各類的地方官學均稱儒學。《欽定大清會典・禮部》（卷三十一）明確規定了府州縣學規制：「凡學皆設學官以課士，府曰教授，州曰學正，縣曰教諭，皆以訓導副之。凡生員有廩膳生，有增廣生，有附生，各視其大學、中學、小學以為額。奉恩詔則廣額，巡幸亦如之。其永廣之額，則視其事以為差。簡學政以董教事。及按試，嚴以關防。歲試、科試，各別其文之等第，以賞罰而勸懲之，取其童生之憂者以入學。……凡教學，必習其禮事，明其經訓，示其程序，敦其士習，正其文體。……凡學，皆設樂舞生，贊禮生。聖賢名臣祠墓所在，擇其裔設祀生」。

《歧路燈》整個故事發生在河南省開封府祥符縣，所以，其所涉及的地方官學只有府學和縣學兩級。

關於府學，文中稱譚孝移的朋友中「一個叫婁昭字潛齋，府學秀才」（見第一回），而婁潛齋的哥哥問譚孝移：「『當年府學秀才，大漢仗，極好品格，耳後有一片朱砂記兒，是譚哥什麼人？』孝移道：『是先父。』」（見第二回），在祥符縣保舉賢良方正一事上曾提到「拔貢」「沈文焯」是「一個府學」（見第五回）。

關於縣學，文中提及譚孝移的朋友另「一個叫孔述經字耘軒，嘉靖乙酉副車；一個縣學秀才」（見第一回）；至於譚孝移本人，也是「一個縣學」（見第五回）。當譚紹衣觀風時，「兩個府學，各持一個紅單帖說：『大人親書題目，諸生是《『君子不重則不威』全章》，童生是《因不失其親，亦可宗也》。』」又

說：『大人吩咐，詩賦策論題，少刻即到。』各生童鋪巾注硯磨墨吮毫，發筆快的，早已有了破題、承題、小講；構思深的，還兀自凝神定志。兩個縣學老師，押定廚丁茶僮，送上點心熱茶」（見第九十回）。文中還提到「盛希瑗已補得南陽縣學教諭，來告回豫日期」（見第一百零八回）一事。

有清一朝的地方官學比較發達，在府州縣都設有官學，但是生員資格是通過考試獲得的，而且對考生的身份有嚴格的限制，「童生入學，乃進身之始，不可不嚴為之防。或係娼、優、隸、卒之家，及曾問革，變易姓名，僥倖出身，訪出嚴行究問黜革。若教官納賄容隱，生員扶同各結者，一體究革治罪」（見《欽定學政全書・區別流品（卷四三）》）。而且生員名額亦有嚴格規定，《清會典事例・禮部・學校》（卷三七〇）中記載：「各省例定學額，為士子登進之階」，表面上是控制地方官學的學額，但其實質未嘗不是控制朝廷的未來編制，以求中央官學和地方官學與當時的經濟發展情況相適應。

地方官學的生員既是未來科舉考試的考生，又是國子監貢監生的潛在生源，他們是清朝官僚的後備力量，因此清政府對生員階層予以特殊的優厚的待遇：「生員犯小事，府州縣行教官責懲；犯大事者，申學政黜革，然後定罪。如地方官擅責生員，該學政究參」；「生員關係取士大典，若有司視同齊民撻責，殊非恤士之意。今後如果犯事情重，地方官先報學政，俟黜革後，治以應得之罪。若詞訟小事，發學責懲」（見《欽定學政全書・約束生監（卷三一）》）。譚紹聞幾次觸法，地方官均未革除其生員資格，其挽救譚紹離之意即在此，因為一旦革除生員資格，生員將無法參加科舉考試，亦終身無法為官，等於從此沒有了前途和出路。此外，生員還有自己的法定服裝，可以得到生活費即廩膳，優免丁糧，優免差役等。正是這些特權使得士子們對生員資格及科舉趨之若鶩。

與這些特權相對應的是清代嚴格的生員管理制度，如《臥碑文》、《御製朋黨論》等都嚴格規定生員不得出入衙門，不得聚眾結社，禁止包攬詞訟等。這種嚴格的打拉結合的生員管理制度一方面有利於社會的安定，但同時也造成了思想僵化、視野狹隘、「萬馬齊喑」的局面，而且前者是暫時的，而後者是長期且致命的，它造成了清代社會的停滯和落後，拉大了中國與西方國家在經濟與文化、科技與教育方面的差距。

清朝的地方官學依據其級別一般採取自下而上的升級考試的方式，縣學裏的優等生員可以被推薦到府學，《歧路燈》第七回提到：「及考完，各縣《五

經》童生，隨縣進了七人。其未入榜者，學院有撥入府學的話兒」，而且「學院又叫來登榜者，說道：『你們場完時，五人俱撥府學』」（見第七回），講的就是由縣學升薦到府學的事情。然後，由府學再上薦到國子監。

地方官學中的考試很多，常見的是童試，即學生的入學考試，未取得生員資格的士子，無論年齡大小，一律稱童生，童試每三年內舉行兩次，丑未辰戌年為歲考，寅申巳亥年為科考。童試又分為縣試、府試和院試三級，層層篩選，每級考試又包括正考和復試，童生需要逐級通過縣試府試和院試才能被錄取，成為地方官學的生員。而且童生報考，須有保人，以同考五人互相結保，另須有一名廩生出結識認，以防頂替冒認等舞弊現象發生。和國子監一樣，地方官學也實行季考和月課這種日常評估方式，由於三年一次的歲科考試是科舉考試前的資格考試，有選拔成分在其中，所以一般說來歲試和科試對於生員而言意義重大，且其考場規則也模仿科舉。生員歲試成績分為六等，即「六等黜陟法」，根據成績等級和學校的廩膳名額決定生員地位的變化。

除童試外，還有拔貢和優貢的考試。拔貢每十二年一次，由國子監題請下旨，行各省學政考選，府學二名縣學一名，經學政考選後送禮部，參加朝考。考取一、二等者在保和殿復試，再考一、二等者或以七品京官分部學習，或以知縣分發試用，其餘以教職或佐貳等官用，復試未經入選及原考列三等者，送國子監肄業，文理荒謬者斥革。優貢是地方官學保送的優生，送國子監肄業，以示鼓勵，內具生員品行，外要文理通者，才可入選。

這種升貢制度，既使國子監生源廣泛，又能使當朝統治者及時瞭解各地教育狀況，為生員提供了除科舉之外的另一條晉身之路。

《歧路燈》中還有一處提及了義學：「我實對賢弟說罷，這走衙門探親的，或是個進士，尚可懇薦個書院，吹噓個義學。那小人兒，就不必黏那根線。若是個秀才，一發沒墨兒了」（第八十六回）。

社學和義學等是清代官學中最基層的一種地方官學，屬於官辦的義務教育，它既有普遍性，又有方向性，主要面向鄉村和少數民族地區，重在普及教育。《清朝文獻通考·學校考八》記載：「舊例各州、縣於大鄉巨鎮各置社學，凡近鄉子弟年十二以上二十以下有志學文者，令入學肄業。至是復經申定，將學生姓名造冊申報」，《清會典事例·學校·各省義學（卷三九六）》有：「每鄉置社學一區，擇其文意通曉、行誼謹厚者，補充社師，免其差役，量給廩餼養贍，提學按臨日，造姓名冊申報查考。」所謂的義學最初設在京師，

後來各省府、州、縣紛紛設立，成爲孤寒生童或少數民族子弟秀異者接受教育的機構。關於義學清代有明確的規定：首先學習「《聖諭廣訓》，俟熟習後再令誦習詩、書。以六年爲期，如果教導有成，塾師准作貢生。三年無成，該生發回，別擇文行兼優之士。應需經書日用，令該督撫照例辦給」（參見《清朝文獻通考‧學校考八》）可見，爲保證質量，清政府入學年齡、教學內容、與官學的銜接以及師資的獎懲標準等方面都作出了明確的規定。

社學、義學和這裡我們要談及的私學，都是府、州、縣學教育的重要補充，多數的城鎮鄉村士子都在這類機構中接受教育，尤其是廣大農村中的蒙童教育，大多由這類機構承擔，因此，這些初等教育機構在清代教育中起著重要作用。

清朝對地方官學實行學政管理制度，由朝廷派學政駐各地掌管學務，學政按臨意味著代表朝廷主持地方歲科考試並檢查地方官學情況，考核教官，因其責任重大且涉及很多利害關係，爲防止舞弊現象發生，清政府制定學政關防以嚴格學政出巡時的程序和紀律。而且清廷還採取地方與中央、督撫與禮部二級管理制度：在地位上，學政與督撫平級；在組織上，學政與督撫平行；學政不得干預政務，督撫也不得干預學務，但督撫負責考核學政。而且清政府通過統一的學政養廉制度，以使學政堅持操守，盡心教職，且待遇優厚。

最基層的教務則由教官負責管理，教官一般負責季考、月考，講解刑名製度，於節慶日帶諸生禮祭，朔望宣講以正視聽，舉報生員操行優劣，發放學租等。和中央官學一樣，地方官學的教官也吃國家俸祿，且根據學行俱優、學問疏淺、老病不堪、鑽營鄙污四個標準進行嚴格的考核以定去留。

但無論是國子監這種中央官學還是地方官學李綠園對官學這種教育形式都持不以爲然的態度，《歧路燈》第一百零二回集中表現出這一點：

盛希僑來京國子監給「胞弟送金」，其弟捨不得他要跟他住在外面：「盛希僑道：『不怕先生麼？』紹聞道：『這與外州縣的書院一般，學正、學錄與書院的山長一般，不過應故事具虛文而已。要出去住五七天，稀鬆的事』」（第一百零二回），國子監尚如此，地方官學有名無實亦可想而知，以致於生員對其態度如此。

李綠園多次參加科舉考試，對官學應有深刻的認識，故有此論。

二、私學爲輔：蒙養訓練，專經研習

　　清代的社學在順治後期就已爲義學所取代了，眞正在蒙學中扮演重要角色的是清政府廣爲設置的義學，直至清末。最早的義學是康熙四十一年禮部議准在京師崇文門外設立的，選五城各小學的「成材者」入學就讀，並頒賜御書「廣育群才」匾額（參見《欽定學政全書（卷六十四）》）。義學與社學和一般私塾不同之處在於它以招收孤寒子弟爲主，一般不收「束脩」（即學費），有的還發給學習用品。義學分官立和民辦兩種，前者教師由國庫開支，後者以捐田、捐銀和捐房維持，《紅樓夢》中賈府義學就屬於後者。清政府大力提倡義學是因爲「近因各鄉村蒙館太少，義學不設，以致風俗獷悍，好勇鬥狠，輕生犯上，皆由蒙童失教之故。……勸諭紳耆，就地設義學，以教貧民子弟，成爲安身良民〔註98〕」。

　　清代的私塾分三類：一類是家塾，也稱門館，即未能中舉而頗有文化的知識分子以自己的家作爲私學的校舍或租借館舍教學，自己便是塾師；另一類是村塾或族塾，由一村一族集資延師擇址，教授該村、該族出資人家的兒童，李綠園辭官歸田後去新安馬行溝從事教職，其所任職的就是這類村塾；還有一類是坐館或稱教館，是富有人家獨家出資延聘教師在自己家中教育自家子弟或親屬子弟，《歧路燈》中譚紹聞接受教育的方式即屬此種。

　　清政府推廣義學目的如上所述，而譚孝移爲子延師是出於兩方面的考慮：一是譚孝移去丹徒祭祖回來發現天黑時兒子依舊不在家在外邊玩耍，令他想起「丹徒本家，此時正是小學生上燈讀書之時」，他「一來惱王氏約束不嚴，二來悔自己延師不早」（見第一回）而萌生了給兒子請「端方正直博雅，盡足做幼學楷模」（見第二回）的婁潛齋爲師，而且他到婁家準備請婁潛齋出山時正趕上婁不在家，而他又目睹了婁的兒子讀書和待客恭敬而不失禮儀的行爲，更堅定了請婁坐館，讓婁的兒子和王氏的外甥附館就讀的意願；二是譚孝移被保舉「賢良方正」進京後曾夢見兒子從樹上跌死而擔心「兒子耽擱讀書」，他希望兒子通過「用心讀書，親近正人」能夠「在做秀才時，便是端方醇儒；到做官時，自是經濟良臣；最次的也還得個博雅文士」（見第十一回），

〔註98〕參見清襄陽知府周凱手訂《義學章程》，在周凱的《勸諭襄陽士民設立義學告示》也提及設立義學的原因是「鄉村蒙館太少，義學不設，（民間子弟）自幼未嘗讀書，不受師長之薰陶，不聞聖賢之大道，以致爲血氣所拘，陷於法而不自知」。

透露出一個道學家形象的父親對兒子的殷切希望。

　　婁潛齋因官辭館後，無論是因為「王經紀糊塗薦師長」（見第八回）而來的侯冠玉、還是此後譚紹聞請「孔耘軒城南訪教讀」（見第三十八回）請來的為稻梁謀的酸腐的惠人也，還是「報亡友程嵩淑慷慨延師」（見第五十五回）而請來的智周萬，這幾個塾師均是因私人延師而坐館授學，學生也由最初婁潛齋教的三個，到婁潛齋辭館後只剩譚紹聞一個。雖然在清代這種私塾教師一般都是由三種人擔任，一是民間自學成材的知識分子，一是告老還鄉或離職歸鄉的官員收徒講學，三是邊作官邊授徒講學的官員，《歧路燈》中的塾師並非完全在此列。婁潛齋是一府學秀才，惠人也也是府學三等秀才，侯冠玉的出身文中未做介紹，而智周萬則是歲貢程嵩淑的同年。除侯冠玉之外，婁、惠、智三人都是地方官學培養出來的知識分子，既非自學成才者，又非政府官員，但這種情況在清代卻有一定的代表性，只因仕宦人家有足夠的經濟能力延師坐館授徒，自然與上述情況會有所不同，《牡丹亭》中杜麗娘的老師廩生陳最良也屬此例。而《儒林外史》中的童生周進「卻是不曾中過學」的，在今天算是自學成才的教師，他也因此而在中舉前當塾師時備受折辱。

　　坐館的塾師其教學計劃一般因學生家長要求的不同而呈現不同的差異。由於學生家長對教學情況往往缺乏感性認知，因此更多的情況下是由塾師針對學生的具體情況規定課程，隨意性大是其最主要的特點。一方面，這種坐館形式如果主（學生、學生家長）賓（教師）雙方合作默契，且教師又學問很好足以授徒達到其從學目的者，則塾師坐館的時間會相對較長，否則很短，如《歧路燈》中的塾師侯冠玉不學無術，教學方法又急功近利，加上對學生放任自流，不能為人師表，卻又推諉過失於學生，最終被學生自己解聘。另一方面，這種坐館形式也會因塾師自身的原因而中止，如婁潛齋在授徒過程中自己還要參加科舉考試，中舉之後為官要走馬上任而不得不終止其與譚紹聞的教學關係；再如智周萬因為不想被譚紹聞的損友栽贓陷害而主動求去，也只能中止這種教學關係。此外，這種坐館形式也會因為學生自身的緣故而半途而廢，如譚紹聞不想讀書就謊稱自己肚子痛，想出去賭博就會找出各種藉口以搪塞學習。總之，私學的教學隨意性很大。

　　一般說來，私學的教學內容因人而異，有的只求粗識些文字，養成行為規範，就走上謀生之路，如商人之子王隆吉；也有的為升入高一級的教育機構，如進書院或把這種私學形式當成科舉應試童生的預備教育而以四書五

經、性理大全等爲主，譚紹聞屬於後者。由此也可以看出清代的私學一般分爲兩個階段，即蒙養教育階段和專經研習階段。儘管譚孝移爲兒子擇師之初是希望兒子既能於爲人爲學兩方面均有根基，以求長大安身立命，但因私學的蒙養性質和科舉考試指揮棒的作用無法排除，以及其譚孝移去世後譚紹聞因交友不慎而誤入歧途等因素的影響而未能達成：既然是蒙養教育，其程度自然不會很高；既然科舉是指揮棒，其教學內容自然被圍於理學範疇；既然學生自身誤入歧途，其學習時間和質量自然無法得到保證。

就譚紹聞而言，接受蒙養教育和專經研習兩個階段的側重點實際上是不同的。前者重在集中識字、閱讀訓練和作文訓練，《歧路燈》第七回中學院問譚紹聞和婁樸：「『你二人前日爲何卷不完幅，只有一個破承小講呢？』婁樸、譚紹聞跪下稟道：『童生並不曾讀文字，不曉得文字是怎麼做的。先生還說，讀《五經》要講明白。《五經》之外，還讀幾部書，才教讀文章哩』」，提到的其實就是閱讀和作文訓練相結合的教學進程。而且在這階段譚孝移重在使兒子「明人倫」，進行以孝悌爲主的道德教育，讓兒子讀《孝經》、《論語》等，由譚孝移對婁潛齋兒子行爲的讚賞可以看出他希望自己的兒子通過讀書能夠言行符合他的理想規範。後者專經研習階段《歧路燈》提及甚少，一是譚府因賭落敗之後譚紹聞已無力再爲自己請老師，二是以譚紹聞以往的經歷他只能通過自學以收心性，有意識地洗心革面，文中提到他將自己所做的時文、制藝不斷地拿給書院的老師和他父親的朋友們指點，只爲走通科舉考試這條榮身之路。而且在《歧路燈》中沒有反映詁經精舍和學海堂這樣的在私學中層次較高的專習經史和樸學的私學。

在私學中教師的作用至關重要，因爲課程、教材、教法大多出自教師之手，因此教師的優劣在一定程度上影響著學生的前途和命運，一般家長都對擇師持愼審的態度，尤其是蒙師，要求：

「端品：爲師之道，端品爲先，模範不端，則不模不範矣。不惟立言制行，隨時檢點，即衣冠瞻仰，亦須道貌岸然。盡心：品固端矣，而不勤課學徒，則勤者雖知奮勉，莫知指南；惰者日事荒誕，叢生弊竇。素餐尸位，過將誰歸？專嚴：官箴有清、愼、勤三字，師範則有專、嚴二字。然嚴而不專，肅於外者，無所得於中。專則督課勤而無不嚴矣。故師道尤以專爲主〔註99〕。」可謂講出了對蒙師品德、工作態度及專業水平等綜合素質的要求。

〔註99〕〔清〕張行簡，塾中瑣言，嘯孫軒攢存〔M〕，光緒刻本。

譚紹聞有一個嚴父譚孝移（也可算作譚紹聞的啟蒙老師）和兩個好的啟蒙老師婁潛齋和智周萬，良好的蒙養使得他在每次墮落之後都能反省自己，希望自己能重新做人，儘管每一次他都未能逃脫匪友們的圈套，但畢竟為其山窮水盡走投無路之時懸崖勒馬浪子回頭提供了一定的幫助，這不能不說是其蒙師之事功。同樣，不學無術無所不為的侯冠玉將譚紹聞在思想上引向歧路，軟弱迂腐虛榮放任的惠人也無視譚紹聞墮落之實，一心只為稻粱謀，等於將譚紹聞向墮落之路上又推了一把，直至把他推到絕路，譚紹聞的墮落與這兩位師「尊」缺乏師德脫不了干係。

由上述分析可知李綠園對私學這種教育形式持肯定態度，他認為擇師是保證私學教學質量的關鍵，通過婁潛齋和智周萬兩人的師道尊嚴與侯冠玉和惠人也兩人的素位尸餐進行對比，對私學教師的瀆職行為及其教學的隨意性提出批評。

三、書院補充：官學傾向，多攻製藝

清代除官學和私學之外還有一種教育形式就是書院，李綠園的次子李蘧曾因「移病歸里，病瘼，兩典山右書院，被其指授者，多發名於世〔註100〕」，而且《歧路燈》中亦有幾處提及書院這種教育形式，如第八十六回盛希僑勸譚紹聞不要去譚紹衣那裡打抽豐：「我實對賢弟說罷，這走衙門探親的，或是個進士，尚可懇薦個書院，吹噓個義學。那小人兒，就不必黏那根線。若是個秀才，一發沒墨兒了。何況賢弟是個大童生？」（見第八十六回）可見書院在清代還是比較重要的教育形式。

一般說來，書院不屬於國家正式的教育機構，它以自主辦學、自由講授和研究學術為主要特徵。清政府在統治初期對書院採取限制與籠絡並行的政策，直到雍正後期才實行推進發展與加強控制相結合的政策。但清代書院一個最顯著的特點就是官學化傾向嚴重。

所謂官學化是指尚未成為官學，但已有官學的某些特徵和向官學發展的趨勢，即朝廷及地方官對於相當大一部分書院在教育目的、教學內容、教學方法、教師選聘、學生錄取等環節，尤其重要的是對書院的經費進行全面的干預和控制，使書院向中央和地方官學靠攏，成為科舉考試的附庸。當然也

〔註100〕〔清〕李彷梧、耿興宗纂修，寶豐縣志，人物志，李蘧傳（卷十二）〔M〕，道光刻本。

有一部分書院因其經費自主，而在人事權和教學、研究方面在一定程度上保留了其自主權。

《歧路燈》中譚紹衣以道臺的身份觀風（即今天的視學），提出「此番觀風，祥符爲附郭首邑，單考祥符一等秀才。其二三等秀才，以及各屬縣之在書院肄業，並在省教書者，俱准其自願報名，一體觀風。祥符童生前二十名，不許一名不到。其後列者，亦准其自願報名，一體就試」（見第八十九回），揭示出這裡的書院沒有被正式納入清政府的教育系統，這也就意味著在書院就學的學生也享受不到地方官學學生在升貢、補廩等方面的待遇和權利。

在清代有四種類型的書院，一種是以講求理學爲主的書院，如清初李顒講學的關中書院；第二種是以學習制藝（即八股文）爲主的書院，主要爲應科舉考試，其形式與官學沒有大的區別；第三種就是反對學習理學和帖括而以學習經世致用之學爲主的書院，如顏元主持的漳南書院；還有一種就是以博習經史詞章爲主的書院。在這四種書院中，第一、二種最爲普遍。由於書院類型不同，其教學形式亦各有差異：

理學書院的教學內容多以道德修養爲主，堅持學爲聖賢的教育目的，強調其培養的人才要符合儒家的道德規範，如嵩陽書院的「立志、存養、窮理、力行、虛心、有恆」爲學六則就很有代表性，而且這類書院多以講會作爲教學的重要形式，平時以自學爲主，考試則一般由山（院）長出題，限時交卷。這類書院反對以時文爲主，主張研讀本經，但不反對學生參加科舉考試。

制藝書院則是單純以考課爲教學形式，以訓練寫八股文參加科舉考試爲辦學目的。這類書院多有固定的考期，並有相應的如命題、考課、閱卷、獎懲等一整套嚴密的考課制度，其考課分官課和師課，官課是由官府出題、評卷和決定獎懲，如果出資者爲多個官府則其官課須輪流進行。師課是書院山長出題考試。這類書院是四類書院中考試制度最爲完善者。

博習經史詞章的書院是針對書院專習八股空談心性的積弊而不制科舉，以鑽研經史、訓詁和詞章爲主，最有影響的是阮元創辦的詁經精舍和學海堂。

經世致用的書院最有代表性的是顏元主持的漳南書院，設「文事」、「武備」、「經史」、「藝能」四齋，學習禮、樂、書、數、天文、地理、兵法、十三經、誥制章奏、詩文、工學、象數等內容，對後代的科技教育產生直接的影響。

有清一朝對書院的教育目的、教學內容、師生選擇的標準、選擇方法及

其師生的出路都曾有嚴格的規定：

「居講席者，固宜老成宿望，而從遊之士，亦必立品勤學，爭自滌磨俾相觀而善，庶人材成就，足備朝廷使，不負教育之意。若僅攻舉業，已為儒者末務，況藉為聲氣之資，遊揚之具，內無益於身心，外無裨於民物，即降而求文章成名，足希古之立言者亦不多得，寧養士之初旨耶！該部即文行各省督撫、學政，凡書院之長，必先經明行修、足為多士模範者，以此聘請。

負笈生徒，必擇鄉里秀異，沉潛學問者，肄業其中。其恃才放誕佻達不羈之士，不得濫入。書院中酌仿朱子《白鹿洞規條》，立之儀節，以檢束其身心；仿《分年讀書之法》，予之程課，使用權貫通乎經史。有不率教者，則擯斥毋留。

學臣三年任滿，諮訪考核。如果教術可觀，人材興起，各加獎勵；六年之後，著有成就，奏請酌量議敘。諸生中材器尤異者，准令薦舉一二，以示鼓舞」（參見《清會典事例·禮部·學校·各省書院》卷三九五）。

正如趙爾巽在《清史稿》中總結的那樣：「各省書院之設，輔學校所不及，初於省會設之。世祖頒給帑金，風勵天下。厥後府、州、縣次第建立，延聘經明行修之士為之長，秀異多出其中。高宗明詔獎勸，比於古者侯國之學。儒學浸衰，教官不舉其職，所賴以造士者，獨在書院。其裨益育才，非淺鮮也〔註101〕。」

《歧路燈》中第一百零二回盛希僑來國子監探弟盛希瑗，他擔心弟弟去看自己的住處會受到先生的責問，不料譚紹聞道：「這與外州縣的書院一般，學正、學錄與書院的山長一般，不過應故事具虛文而已。要出去住五七天，稀鬆的事」（見第一百零二回）這句話卻透露出了國子監在管理上的問題。國子監尚且如此，拾人牙慧仰人鼻息的書院可想而知。

但不管怎樣，處於官學與私學之間性質經常發生變化的書院為清代教育的發展所做出的貢獻是不容忽視的。

綜上所述，整個作品論部分，筆者一改時賢通過文學視角或以有限的教育理論來解析《歧路燈》的慣例，從教育學的視角透過《歧路燈》的創作實踐來全面解析李綠園其「以小說行教化」的創作觀念的實質即其教育思想：李綠園想解決的是經濟繁榮時期的康乾盛世教育要培養什麼人、通過什麼內容和形式培養人、及怎麼培養人的問題，他以道學家、師者和循吏的社會身

〔註101〕趙爾巽，清史稿，卷一百六，志八十一，選舉一〔Z〕，中華書局，1976～1977。

份，用「富教並重」和「教化至上」給那個社會穩定卻世風日下、經濟繁榮
卻人心不古的時代，交上了一份問心無愧的完滿的答卷。時至今日，李綠園
給康乾盛世解決社會問題開出的藥方，依舊能令我們這些後人掩卷深思、感
悟良多、獲益匪淺……

結　語

　　青少年的教育問題是個重大的社會問題，古今中外，只要有人類社會存在，就會有關於個體成長教育的問題存在，這是人類社會無法迴避且必須解決的問題，李綠園當年的思考對於我們今天的教育仍有著十分重要的借鑒意義：

　　　　李綠園的《歧路燈》（1777）是與法國盧梭的《愛彌爾》（1762年）、瑞士裴斯泰洛齊的《林哈德與葛篤德》（1781～1787 年）同一時代的教育小說，但是這三位作家及其作品對各自國家的影響卻大不相同。

　　　　李綠園在中國封建社會後期志在讓浪子洗心革面，回歸主流社會，強調社會經濟發展到一定程度後國家和社會更要重視教育，但他的作品和他本人卻在當時的社會中被冷落；盧梭在法國資本主義初期志在通過《愛彌爾》呼籲如何培養新人以適應社會的發展需求，在當時的法國乃至歐洲產生巨大影響；裴斯泰洛齊和盧梭一樣，志在培養新人，但他通過《林哈德與葛篤德》把目光指向了家庭教育，其在歐洲的影響直到今天。

　　　　表面上的一冷一熱，早晚必然因果全現。如果說康雍二朝時中國與世界的距離尚未拉得太遠，那麼可以肯定一點的是乾隆統治晚期適值西方工業革命，閉關鎖國的政策從根本上割（切）斷了中國與先進思想和先進科學技術的聯繫，清政府以天朝大國自許，固步自封畫地為牢墨守成規抱殘守缺的教育觀念、教育內容和教育形式

更加大了這種差距，於是中國的大門終於在半個世紀後被堅船利炮打破……

任何一部文學作品，都可以從人性的角度和審美的角度來衡評其文學價值。單純以《歧路燈》的作用和影響來衡定其文學價值，實難超越「文以載道」的窠臼，亦未必為時人所樂聞。拉開距離，把李綠園及其作品放回康乾盛世的時代座標系中，可以讓這種衡評歸於客觀和理性。

同處康乾盛世，吳敬梓〔註1〕認為清代的社會問題是八股取士制度造成了士人群體精神的墮落，《儒林外史》在對科舉制度進行百年反思中，呼喚「瞬息煙塵中的真儒理想和名士風流」即「以真儒名賢理想，提升清朝名士的人格品位；又以六朝名士風流，沖淡真儒名賢理想的刻板和迂腐，追求一種道德和才華互補兼濟的人生境界〔註2〕」。

同處康乾盛世，曹雪芹看到了清代的社會問題是基於上層社會不思進取腐化墮落導致的黑暗和罪惡，《紅樓夢》借助寶黛愛情悲劇既表現對貴族叛逆者追求朦朧新理想的歌頌，也預見了這個王朝行將崩潰和必然走向覆滅的命運，為理想幻滅和王朝解體唱出一首無奈而憂傷卻充滿詩意的輓歌。

吳敬梓出身名門望族，曹雪芹出身簪纓世家，二者皆屬處社會中上層，是那個時代和社會的既得利益者，但即便是這樣的中流砥柱，也未能準確定位社會問題的由來，更未能提出有效化解社會問題之良策，應了那句「肉食者鄙，未能遠謀」的讖語。反而是出身於社會底層的李綠園，以其敏銳的目光將社會問題定位於官方「富」與「教」關係處理失當，將解決社會問題挽救危亡的對策鎖定在「富教並重」「教化至上」，試圖通過改造舊人培養新人來「挽狂瀾於即倒，攬巨舟於將覆」。在這個意義上來說，李綠園才是那個時代的忠誠衛士，李綠園才是那個社會貨真價實的壓艙石；在這個意義上來說，《歧路燈》的價值要遠遠高於《紅樓夢》與《儒林外史》，因為教育對一個國家和民族、對於人才培養的重要性於全球化的今天早已是不爭的事實。

〔註1〕 吳敬梓曾祖吳國對是清初的探花，官至翰林院侍讀，提都順天學政。曾祖兄弟五人，有四人是明末清初的進士。祖父吳旦以監生考授州同知，祖父的兩個兄弟是康熙年間進士和榜眼。曾祖父和祖父兩代人間，他們一家「科第仕宦多顯者」，這也是吳敬梓在《移家賦》中所稱的「五十年中，家門鼎盛」的黃金時代。吳父諱霖起是康熙年間的拔貢，出任江蘇贛榆縣教諭。

〔註2〕 楊義，楊義文存（卷六）中國古典小說史論〔M〕，北京：人民出版社，1998，頁 447～477。

　　環顧當今世界，國與國的競爭，歸根結底是人才的競爭，教育對人才培
養對國力增強的重要作用顯而易見。尤其改革開放近四十年來，經濟繁榮伴
生的社會階層分化、道德行為失範、精神信仰缺失等問題越來越成為影響人
成長的突出社會問題而積重難返，我們面臨著與生活在康乾盛世的李綠園相
似的語境。

　　李綠園揭示出青少年教育與經濟發展之間必然的關係，指出「富教並重」
「教化至上」的重要性；因為他意識到教育是一個立體化的影響系統，只有
各種影響因素綜合起作用，才能達到培養人的目的；而且教育的內容與形式
要與個體的發展、與時代的要求相適應。

　　李綠園的教育思想既帶有鮮明的時代性，又有超前的預見性。由於李綠
園所處的社會地位決定了他的教育思想只能在一定程度上代表中下層平民的
利益，雖有一定的合理性，卻無法得到統治者的重視，更無法從根本上付諸
實施，難以兌現其時效性。

　　李綠園之所以將其注意力鎖定在「浪子回頭」這一老生常談的教育母題，
其根本原因在於他對康乾盛世經濟繁榮背後教育極度缺失，已有教育失當的
深重的憂患意識和其作為正統的道學家「為天地立心，為生民立命，為往聖
繼絕學，為萬世開太平」不遺餘力的體認與躬行，其淑世情懷表現了一個師
者對那個時代義不容辭的使命感，其濟世行為展現了一個循吏對那個社會責
無旁貸的擔當精神。

　　李綠園耗時三十年寫出的《歧路燈》時至今日依舊不被讀者所稱道，究
其根本的原因在於其文學價值不足，即李綠園以小說行教化的創作觀念使得
他的小說行文所到之處皆主題先行，甚至不惜以意害文、以道德說教代替人
物形象的塑造，以致於違背了小說創作規律而讓人難以卒讀；再加之立意取
常：「《紅樓夢》言情，而《歧路燈》說理，理不勝情，所以一顯一晦〔註3〕」。
正因為它文學價值不足而少有問津者，自然無法實現李綠園「善者可以激發
人之善心，惡者可以懲創人之逸志」的創作目的。不能否認：

　　《歧路燈》是李綠園以小說行教化的一次大膽而有益的創作嘗試，它的
成敗從正反兩方面為我國後來教育小說的創作提供了一定的借鑒作用。《歧路
燈》是我國古代浪子回頭題材的集大成者，是我國古代第一部長篇白話教育

〔註3〕　郭紹虞，照隅室古典文學論集〔M〕，上海：上海古籍出版社，1983，頁171。

小說，它在文學史上對小說題材的貢獻不容忽視，應該而且必須給予它在文學史上以應有的地位。

《歧路燈》透過譚紹聞成長歷程所展示出來的康乾盛世廣闊的社會生活為我們解讀當時的中國教育提供了很好的依據，而且李綠園「富教並重」「教化至上」的教育思想，無疑是對中國教育史和世界教育史的一大貢獻。

綜上所述，無論從古今時間的維度上，還是從中外空間的維度上，李綠園的教育思想及其《歧路燈》的創作觀念展現出來的憂患意識、家國情懷、社會道義、擔當精神都有助於我們承前啓後、繼往開來，更有助於促進民族的興旺發達、國家的繁榮富強。

第四部分：附錄

李綠園及其《歧路燈》文獻研究

【附錄一】　李綠園年譜〔註1〕

　　〔摘要〕李綠園，名海觀，字孔堂，號綠園，晚年別號碧圃老人，河南寶豐人。

　　清乾隆《汝州續志・選舉志》載：「舉人寶豐李海觀，字孔堂，號綠園，乾隆丙辰科」。

　　清道光《寶豐縣志・人物志》（卷十二）有：「李海觀，字孔堂，祖居新安，遷於縣七里宋家寨。乾隆丙辰恩科舉人。沉潛好學，讀書有得，及凡所閱歷，輒錄記成帙。每以明趨向、重交遊，訓誡子弟。襄城劉太史青芝，稱其『有志斬伐俗學，而有力涸筋疲於茹古』，非虛也。任貴州印江縣知縣，以老告歸」。

　　鄭士範纂《印江縣志・官師志》中錄：「知縣：李海觀，寶豐舉人。（乾隆）三十七年任。李海觀字綠園。能興除利弊，疾盜若仇。乾隆己丑秋，邑大旱，步禱滴水崖，雨立沛。百姓設筵迎勞，海觀教之食時用禮，以度歲歉。歉如也。」道光《思南府續志・職官志》（卷四）也有相似的記載。

　　李時燦撰《中州先哲傳・文苑傳》記：「李海觀，字孔堂，號綠園，寶豐人，先祖世居新安。祖玉琳，世稱尋母李孝子，始遷寶豐之魚山，著春秋文

〔註1〕　「李綠園1欒星做過詳實的「李綠園年譜」，鑒於其參考文獻出處不全，筆者將其考據過的內容與原文獻一一對照，確切標明出處，旨在為後來研究者提供方便。考據結果大同小異，略有出入。

匯。海觀沉潛好古，志在斬伐俗學，爲文希方孝孺新奇之旨，去盡陳言。負
詩名，與新安呂公溥往來講論詩學，呂氏自侍郎履恒光祿謙恒以下，世以詩
傳，幫海觀詩有淵源。乾隆元年中式鄉試，年逾六十選貴州印江知縣。在官
不廢吟詠，風土山川悉說以詩，其說黔三十首，物俗民風，體驗入微，即詩
志也。自序其詩曰：『詩以道性情，裨名教，凡無當於三百之旨者，費辭也』……
海觀學問淹博，尤洞達人情物理。乃以覺世之心，自託於小說稗官，爲《歧
路燈》一書，閱三十年，凡數十萬言。著人生成敗之由，窮極世態，人爭傳
寫之。著綠園詩文集、拾捃錄、家訓。乾隆五十五年卒，年八十四」。

　　清楊淮《國朝中州詩鈔》（卷十四）載：「李海觀，字孔堂，號綠園。寶
豐人。乾隆丙辰舉人，官貴州印江知縣。先世自新安遷寶豐。與新安呂寸田
往來，講論詩學，故詩有淵源。然每獨抒所見，雖風韻不逮諸呂，其別具生
面，掃盡陳言，亦非尋常人所能及。寶豐前有吳侍講、王農部，皆稱風雅百
有餘年，其講論幾於無徵。而寶豐詩傳實自綠園，肇之孫於潢，又足繼其傳。
淮也幸生斯地，得少通韻，語者皆綠園之流澤也。綠園之詩，每以逞才使氣
角勝，不善學者，則失之風雅之旨矣！其官印江也，撫民如子，有循吏稱。
老年酒後耳熱，每自稱通儒。著有《拾捃錄》、《綠園詩稿》、《綠園文集》。又
著《歧路燈》一書，歷二十年，凡數十萬言。書論譚姓之事，其父子興敗之
由，歷盡岐曲，凡世之所有幾無不包。且出以淺言絮語，口吻心情，各如其
人，醒世之書也」。

康熙四十六年　丁亥（1707）一歲

　　〔時事〕康熙第六次南巡。

　　四十六年丁亥春正月丁卯，詔：「南巡閱河，往返舟楫，不御室廬。所過
勿得供億。」二月戊戌，次臺莊，百姓來獻食物。召耆老前，詳詢農事生計，
良久乃發。癸卯，上閱溜淮套，由清口登陸，如曹家廟，見地勢毗連山嶺，
不可疏鑿，而河道所經，直民廬舍墳墓，悉當毀壞。詰責張鵬翮等，遂罷其
役，道旁居民驩呼萬歲。命別勘視天然壩以下河道。三月己未，上駐江寧。
乙巳，上駐蘇州。夏四月甲申，上駐杭州。詔曰：「朕頃因視河，駐蹕淮上。
江、浙二省官民籲請臨幸，朕勉徇群情，涉江而南。方今二麥垂熟，百姓沿
河擁觀，不無踐踏。其令停迎送，示朕重農愛民之意。」五月壬子朔，上次

山陽，示河臣方略。癸酉，上還京〔註2〕。

是年八月，貴州三江苗人作亂，討平之。

八月甲辰，次洮爾畢拉，賜迎駕索倫總管塞音察克、杜拉圖及打牲人銀幣。貴州三江苗人作亂，討平之〔註3〕。

是年九月癸亥，上駐和爾博圖噶岔。甲子，閱察哈爾、巴爾虎兵丁射〔註4〕。

是年冬十月辛巳，以江蘇、浙江旱，發帑市米平糶，截漕放賑，免逋賦。己亥，戶部議增雲南礦稅，命如舊額〔註5〕。

是年孔尚任六十歲，客居山西平陽。

秋，孔尚任離家赴山西平陽，過太谷縣時，知縣孔興誥留飲觀劇，有詩《太谷署中族孫遠猷留飲觀劇有感》等篇。冬，孔尚任客平陽，助知府劉棨修《平陽府志》。有詩《臘日客平陽劉青岑太守設鮮鰒魚享客詩以誌異》、《平陽郡署主人贈袍》、《除夕平陽署館同吳青霞、劉岩遇、弟佃野分韻》等篇。時尚任六十歲〔註6〕。

是年，康熙帝命杜詔、樓儼等纂修《歷代詩餘》，得一百二十卷〔註7〕。

吳敬梓七歲〔註8〕。

〔紀年〕李綠園於此年農曆十二月初一寅時出生於河南寶豐宋家寨。

據徐玉諾《歧路燈及李綠園先生遺事》關於李綠園出生的時間與地點，文中有「據李家祠堂木主，綠園先生於康熙丁亥（遷到這裡以後三年，即西一七〇七年）十二月初一日寅時生於魯山之水牛屯（這個小村座落於魚齒山對岸，在沙河之北，在徐營正東七里地方）」；關於李綠園的家庭：「魚齒山關公廟內有李綠園先生乾隆三年所作重修關壯繆祠碑記云：『……且予初讀書其上……康熙癸未（康熙四十二年即西一七〇三年）之歲，先王父——李甲，

〔註2〕 趙爾巽，清史稿（卷八，本紀八，聖祖本紀三，四十六年丁亥）〔Z〕，北京：中華書局，1976～1977。

〔註3〕 同上。

〔註4〕 趙爾巽，清史稿（卷八，本紀八，聖祖本紀三，四十六年丁亥）〔Z〕，北京：中華書局，1976～1977。

〔註5〕 同上。

〔註6〕 吳文治，中國文學大事年表〔Z〕，合肥：黃山書社，1987，頁2648。

〔註7〕 同上。

〔註8〕 魯迅，中國小說史略〔M〕，上海古籍出版社，1998，頁156。

亦名拔貢，曾掌教寶豐——自新邑卜居是鄉，以此山爲環居講學之籍〔註9〕」，由此可知其父曾爲人師。因其所居爲鄉間，而清代鄉一級只有私塾，故可斷言其父爲塾師。關於李綠園的出生時間，唯徐玉諾文中提到的時間最爲具體和詳盡。

李綠園的出生時間，李綠園詩《宦途有感寄風穴上人二首》（乾隆癸巳暮春印江署中作）：「（其一）竹筇扶步叩禪關，峰嶺千層水一灣。禍不可攖聊遠害（余以運鉛之役，缺匱部項，幾頻於險），盜何妨作只偷閒。猶誇循吏頻搖首，但號詩僧亦赧顏。易地皆然唐賈島，兩人蹤跡一般般。（其二）自在庵中自在身，法名妙海憶前因（餘生彌月，先妣贈公抱之寺，師冷公和尚賜名妙海，實菩薩座下法派也）。菜根咬官疏葷酒，藤蔓芟除絕喜嗔。向日繁華均長物，此時聲瞶亦陳人。福田但得便宜討，僧臘還能度幾春（時年六十有七）」，乾隆癸巳爲一七七三年，以當時李綠園六十七歲（按虛歲）計算，可以推斷李綠園出生的時間爲康熙丁亥年即一七〇七年。

《綠園詩鈔自序》殘卷卷首有「乾隆四十二年三月既望，七十一歲老綠園，書於北冶之陶穴甕牖下」字樣，乾隆四十二年即一七七七年，由此也可以推斷出李綠園的出生時間爲一七〇七年。

《綠園詩鈔》殘卷卷首的呂公溥《綠園詩序》中有「綠園與余叔父向山先生同年生，今年七十一，精神矍鑠，健談終日不倦」語，末署時間爲「乾隆四十二年歲次丁酉七月」，由此也可推出李綠園的出生時間爲一七〇七年。

呂公溥《寸田詩草》卷七《戊戌九老詩會》中載：「乾隆四十三年秋，九老會我橫山頭。九人六百六十二，形則矍鑠神則遒。……。吾家阿叔七十二，綠園同庚膠漆投（叔父向山先生與李孔堂，皆七十二）。……四千四百八甲子，冬夜夏日相周流。從此耄耋期頤壽，年年歲歲觀無休。」乾隆四十三年爲一七七八年李綠園虛歲七十二，其當出生於一七〇七年。

吳文治《中國文學史大事年表》載：「1707，丁亥，李海觀生（～1790）」。

康熙四十七年　戊子（1708）二歲

〔時事〕捕殺朱三太子父子。

夏四月戊午，山東巡撫趙世顯報捕獲朱三父子，解往浙江。上曰：「朱三父子遊行教書，寄食人家。若因此捕拿，株連太多，可傳諭知之。六月丁未，

〔註9〕樂星，歧路燈論叢（二）〔C〕，鄭州：中州古籍出版社，1984，頁271～275。

上駐蹕熱河。丁巳，九卿議覆大嵐山獄上，得旨：「誅其首惡者，朱三父子不可宥，緣坐可改流徙〔註10〕。」

六月丁卯，清文鑑成，上製序文〔註11〕。

康熙廢太子胤礽。

九月乙亥，上駐布爾哈蘇臺。丁丑，召集廷臣行宮，宣示皇太子胤礽罪狀，命拘執之，送京幽禁。己丑，上還京。丁酉，廢皇太子胤礽，頒示天下。十一月辛巳，副都御史勞之辨奏保廢太子，奪職杖之。丙戌，召集廷臣議建儲貳。阿靈阿、鄂倫岱、揆敘、王鴻緒及諸大臣以皇八子胤禩請。上不可。戊子，釋廢太子胤礽。己丑，王大臣請復立胤礽為皇太子〔註12〕。

六月丁卯，清文鑑成，上製序文〔註13〕。

孔尚任離平陽，返曲阜，酌定《桃花扇》全文。

正、二月，孔尚任客平陽，與修《平陽府志》大體告成，離平陽返曲阜。有詩《戊子元旦客平陽》、《正月三十日送窮詩》等，並作《平陽竹枝詞》五十首、《平陽柳枝詞》十首，及散文《清音亭記》、《山依亭記》等。三月，天津佟鋐遊曲阜時走訪孔尚任，索閱抄本《桃花扇》，讚歎不已，表示願出資刊行《桃花扇》。尚任遂酌定全文，並作《桃花扇小識》、《桃花扇本末》諸文，署諸卷端，付梓〔註14〕。

康熙四十八年　己丑（1709）三歲

〔時事〕復立原太子胤礽為皇太子

三月辛巳，復立胤礽為皇太子，昭告宗廟，頒詔天下〔註15〕。

六月，康熙帝下令禁「淫詞小說」。

六月庚子朔史部議覆江南道監察御史張蓮條奏疏言。一午門前官員會集，體統攸關，理宜嚴肅。乃多有閒雜人奔馳往來，略無顧忌。請敕守門兵弁，嚴查禁止。一民間設立香會，千百成群，男女混雜。又或出賣淫詞小說

〔註10〕趙爾巽，清史稿（卷八，本紀八，聖祖本紀三，四十七年戊子）〔Z〕，北京：中華書局，1976～1977。

〔註11〕同上。

〔註12〕同上。

〔註13〕同上。

〔註14〕吳文治，中國文學大事年表〔Z〕，合肥：黃山書社，1987，頁2649～2650。

〔註15〕趙爾巽，清史稿（卷八，本紀八，聖祖本紀三，四十八年己丑）〔Z〕，北京：中華書局，1976～1977。

及各種秘藥，引誘愚民，請敕地方官嚴行禁止〔註16〕。

孔尚任遊大梁，到湖北。

五月，孔尚任遊大梁，過儀封，作《遊大梁贈徐太守》、《過儀封訪學正族孫端午留宴》二詩。十月，孔尚任過湖北安陸，舟行經潛江，至武昌。有詩《安陸步月至玉橋》、《晚泊龍潭對月小酌抒懷》、《江行阻風》等篇〔註17〕。

康熙四十九年　庚寅（1710）四歲

〔時事〕帝諭禁奢侈。

帝諭八旗，內閣及院部大臣等：今見八旗忽於生計，習爲奢侈，皆由該管之人不能約束。所支之米，不運至家，惟圖微利，一時即行變賣。自是以後，務將所支之米，力加節省，必用於下次支米之時，才不至於落入富商囤米圈套。今後八旗官兵支米之時，撥人監管，務令到家。兵丁有先期典賣者亦應禁止〔註18〕。

是年春正月庚寅，命修滿蒙合璧清文鑒〔註19〕。

三月乙亥，上命編纂字典〔註20〕。

康熙詔免錢糧。

冬十月甲子，詔曰：「朕臨御天下垂五十年，誠念民爲邦本，政在養民。迭次蠲租數萬萬，以節儉之所餘，爲渙解之弘澤。惟體察民生，未盡康阜，良由生齒日繁，地不加益。宜沛鴻施，藉培民力。自康熙五十年始，普免天下錢糧，三年而遍。直隸、奉天、浙江、福建、廣東、廣西、四川、雲南、貴州九省地丁錢糧，察明全免。歷年逋賦，一體豁除。其五十一年、五十二年應蠲省分，屆時候旨。地方大吏以及守令當體朕保乂之懷，實心愛養，庶幾昇平樂利有可徵矣。文到，其刊刻頒佈，咸使聞知〔註21〕。」

孔尚任歸曲阜，遊石門山。

正月，孔尚任客武昌，旋北歸山東曲阜。三月，同有遊石門山，作《暮

〔註16〕清實錄（卷二三八），北京：中華書局，1985，頁376。
〔註17〕吳文治，中國文學大事年表〔Z〕，合肥：黃山書社，1987，頁2653～2654。
〔註18〕李文海，清史編年〔Z〕（卷三下），北京：中國人民大學出版社，2000，頁347。
〔註19〕趙爾巽，清史稿（卷八，本紀八，聖祖本紀三，四十九年庚寅）〔Z〕，北京：中華書局，1976～1977。
〔註20〕同上。
〔註21〕同上。

春同人遊石門山》詩〔註22〕。

康熙五十年　辛卯（1711）五歲

〔時事〕是年戴名世南山集獄起。

冬十月趙申喬疏劾新科編修戴名世恃才放蕩，語多悖逆，下部嚴審〔註23〕。

方孝標因著《鈍齋文集》、《滇黔紀聞》，極多悖逆語，戴名世見而喜之。所著《南山集》，集中多採錄孝標所紀事。雲鍔、正玉及同官汪灝、朱書、劉岩、餘生、王源皆有序，板藏於方侍郎苞家。又其《與弟子倪生》一書，論修史之例，謂「本朝當以康熙壬寅爲定鼎之始，世祖雖入關十八年，時三藩未平，明祀未絕，若循蜀漢之例，則順治不得爲正統」云云。時趙忠毅公申喬方爲都諫，奏其事，九卿會鞫，中戴名世大逆法，至寸磔，族皆棄市，未及冠笄者發邊。朱書、王源已故，免議。尤雲鍔、方正玉、汪灝、劉岩、餘生、方苞以謗，論罪絞。時孝標已死，以名世之罪罪之。子，登峄、雲旅，孫，世樵並斬。方氏有服者皆坐死，且剉孝標屍。尚書韓文懿公菼、侍郎趙士麟、御史劉灝、淮揚道王英謨、庶吉士汪份等三十二人並別議降謫。疏奏，聖祖惻然，凡議絞者改編戍，灝以曾效力書局，赦出獄，苞編管旗下，雲鍔、正玉免死，徙其家，方氏族屬止謫黑龍江。菼以下平日與名世論文牽連者，俱免議。是案也，得恩旨，全活者三百餘人。此康熙辛卯壬辰間事也〔註24〕。

江南科場案起。

冬十月辛巳，命張鵬翮置獄揚州，按江南科場案〔註25〕。

具體情形是：十月初九日甲子（11月18日）江南鄉試，正主考官左必藩，副主考官趙晉。本日發榜，因主考官徇私受賄作弊，士論大嘩。二十四日，諸生數百集玄妙觀，抬擁五路財神直入學宮。有作打油詩諷考官者，其中有「左邱（丘）明兩眼無珠，趙子龍一身是膽」之語。或以紙糊貢院之匾，改

〔註22〕吳文治，中國文學大事年表〔Z〕，合肥：黃山書社，1987，頁2653～2654。
〔註23〕趙爾巽，清史稿（卷八，本紀八，聖祖本紀三，五十年辛卯）〔Z〕，北京：中華書局，1976～1977。
〔註24〕〔清〕徐珂，清稗類鈔，獄訟類，戴名世南山集案〔M〕，北京：中華書局，1984～1986。
〔註25〕趙爾巽，清史稿（卷八，本紀八，聖祖本紀三，五十年辛卯）〔Z〕，北京：中華書局，1976～1977。

「貢院」二字爲「賣完」。江寧織造曹寅摺奏：今年文場秀才等甚是不平，中者甚是不公，顯有情弊，因而揚州秀才擾攘成群，將左必藩祠堂盡行拆去。江南鄉試主考官、副都御史左必藩疏報：撤闈後聞輿論喧傳，有句容知縣王日俞所薦之吳泌、山陽知縣方名所薦之程光奎皆不通文理之人，臣不勝駭愕。有旨命該部嚴察〔註26〕。

　　冬十月辛巳，命張鵬翮置獄揚州，按江南科場案〔註27〕。

　　蒲松齡八十一歲，始成歲貢生〔註28〕。

康熙五十一年　壬辰（1712）六歲

〔時事〕提升朱熹地位

　　五十一年壬辰二月丁巳，詔宋儒朱子配享孔廟，在十哲之次〔註29〕。

　　具體情形是：二月初四丁巳（3月10日）帝謂大學士等曰：「宋儒朱子注釋群經，闡發道理，凡所著作及所編纂之書皆明白精確，歸於大中至正，經今五百餘年，學者無敢疵議。朕以爲孟子之後有裨斯文者，朱子之功最爲弘鉅。」七月間，《朱子全書》成，有旨：朱熹宜躋位四配之次。李光地奏：「朱子造詣誠與四配伯仲，但時勢相後千有餘載，一旦位先十哲，恐朱子必有未安。」乃定朱子牌位從孔廟東蕪先賢之列移至大成殿十哲之次〔註30〕。壬午，詔曰：「承平日久，生齒日繁。嗣後滋生戶口，勿庸更出丁錢，即以本年丁數爲定額，著爲令〔註31〕。」

　　是年重新廢太子胤礽。

　　九月，皇太子胤礽復以罪廢，錮於咸安宮。十一月丁未，以復廢皇太子胤礽告廟，宣示天下〔註32〕。

〔註26〕李文海，清史編年〔Z〕（卷三下）。中國人民大學出版社，2000，頁374～375。
〔註27〕趙爾巽，清史稿（卷八，本紀八，聖祖本紀三，五十年辛卯）〔Z〕，北京：中華書局，1976～1977。
〔註28〕吳文治，中國文學大事年表〔Z〕，合肥：黃山書社，1987，頁2658。
〔註29〕趙爾巽，清史稿（卷八，本紀八，聖祖本紀三，五十一年壬辰）〔Z〕，北京：中華書局，1976～1977。
〔註30〕李文海，清史編年〔Z〕（卷三下），北京：中國人民大學出版社，2000，頁382～383
〔註31〕趙爾巽，清史稿（卷八，本紀八，聖祖本紀三，五十一年壬辰）〔Z〕，北京：中華書局，1976～1977。
〔註32〕趙爾巽，清史稿（卷八，本紀八，聖祖本紀三，五十一年壬辰）〔Z〕，北京：中華書局，1976～1977。

是年二月詔定滋生人丁，永不加賦。時各省人丁二千四百十七萬。

孔尙任助修《萊州府志》。

三月，孔尙任應萊州知府陳謙聘，去萊州助修《萊州府志》。秋，孔尙任客萊州知府陳謙幕，有詩《萊署秋夜》、《東萊二首》等〔註33〕。

〔紀年〕**李綠園的同窗襄城劉伯仁生。**

「仁生於康熙壬辰正月初二日，卒於乾隆丁卯八月初六日，即以是年十一月初六葬於祖塋之次〔註34〕。」

康熙五十二年　癸巳（1713）七歲

〔時事〕**詔封西藏班禪。**

五十二年癸巳春正月戊申，詔封後藏班禪胡土克圖喇嘛爲班禪額爾德尼〔註35〕。

〔紀事〕**李綠園幼時曾在寶豐七里義學讀書。**

寶豐縣志記載魚山有寺，寺有僧，寶豐義學設在山寺。

李綠園詩《立夏登村右魚齒山》：「取次將完九十村，晴光萬里更宜人。鳥聲銜字喉偏滑，柳蔭垂絲色倍勻。今日山頭方展齒，客年江上正船脣。抱書此地童齡慣，坐數青山藉草茵。」由此可知其村右有義學，童子多在此讀書，李綠園也不例外。

從李綠園另一首《乙未三月登村右魚齒山》：「歸老懸車慣習閒，忽聞春盡一登山。風超楚國雌雄外，日介晉卿愛畏間。碑歷兩朝多蘚跡，僧逾八袠尙童顏。擎茶笑說垂髫日，抱得書囊日往還」中也可以得到證實。

康熙五十三年　甲午（1714）八歲

〔時事〕**王鴻緒進明史列傳。**

是年二月丁巳，前尙書王鴻緒進明史列傳二百八十卷，命付史館〔註36〕。

〔註33〕吳文治，中國文學大事年表〔Z〕，合肥：黃山書社，1987，頁2659～2660。

〔註34〕〔清〕劉青芝，江村山人續稿〔M〕（卷二）。乾隆刻本。

〔註35〕趙爾巽，清史稿（卷八，本紀八，聖祖本紀三，五十二年癸巳）〔Z〕，北京：中華書局，1976～1977。

〔註36〕趙爾巽，清史稿（卷八，本紀八，聖祖本紀三，五十三年甲午）〔Z〕，北京：中華書局，1976～1977。

查禁淫辭小說，毀書銷版，違者徒、流有差。

康熙五十三年初四日乙亥：「帝諭禮部：「朕治天下以人心風俗為本，欲正人心，厚風俗，必崇尚經學而嚴絕非聖之書」，「近見坊間多賣小說淫辭，荒唐俚鄙，殊非正理，不但誘惑愚民，即縉紳士子，未免遊目而蠱心焉。所關風俗者非細，應即通行嚴禁。」於是規定，凡坊肆出售之「小說淫辭」，由內外文武官弁嚴查禁絕，刻板與書一併盡行銷毀。如仍行刻印者，官員革職，兵民杖一百，流三千里。如仍出售者，杖一百徒三年。該管官夫察者罰俸降級〔註37〕」。吳敬梓隨父赴贛

是年，吳敬梓父任贛榆縣學官，敬梓隨往，作《觀海》〔註38〕。

康熙五十四年　乙未（1715）九歲

〔時事〕準噶爾汗策旺阿喇布坦攻哈密，旋敗走。

夏四月己卯，師懿德奏策旺阿拉布坦兵掠哈密，游擊潘至善擊敗之。命尚書富寧安、將軍席柱率師援剿，祁里德赴推河，諭喀爾喀等備兵。庚辰，徵外藩兵集歸化城，調打牲索倫兵赴推河。己丑，諭議政大臣：「朕曾出塞親征，周知要害。今討策旺阿拉布坦進兵之路有三：一由噶斯直抵伊里河源，趨其巢穴；一越哈密、吐魯番，深略敵境；一取道喀爾喀，至博克達額倫哈必爾漢，度嶺扼險。三路並進，大功必成。」……乙未，命富寧安分兵戍噶斯口，總兵路振聲駐防哈密〔註39〕。

蒲松齡卒（1630～1715），年八十六〔註40〕。

康熙五十五年　丙申（1716）十歲

〔時事〕是年備征新疆策旺阿拉布坦。

冬十月癸巳，詔：「近以策旺阿拉布坦侵入哈密，徵兵備邊，一切飛芻輓粟經過邊境，不無借資民力。所有山西、陝西、甘肅四十八州縣衛應徵明年銀米穀草及積年逋欠，悉與蠲除。」丁酉，詔肅州與布隆吉爾毗連迤北西吉

〔註37〕李文海，清史編年（第三卷）〔Z〕，北京：中國人民大學出版社，1988，頁420。
〔註38〕吳文治，中國文學大事年表〔Z〕，合肥：黃山書社，1987，頁2665。
〔註39〕趙爾巽，清史稿（卷八，本紀八，聖祖本紀三，五十四年乙未）〔Z〕，北京：中華書局，1976～1977。
〔註40〕吳文治，中國文學大事年表〔Z〕，合肥：黃山書社，1987，頁266。

木、達里圖、金塔寺等處，招民墾種〔註41〕。

　　〔紀年〕李綠園少時曾遊嬉魚山腳下東漢黃門吉苞墓址，摩挲奇獸
　　　　　　辟邪石像。

　　李綠園詩《辟邪歌》中有「我昔十齡慣摩挲，我今七褰猶拍摭：辟邪辟
邪爾無恙，我自鬌齡已傴僂〔註42〕」。

康熙五十六年　　丁酉（1717）十一歲

　　〔時事〕策旺阿拉布坦攻擾西藏拉薩

　　秋七月丙辰，策旺阿拉布坦遣其將策零敦多布侵掠拉藏〔註43〕。

　　從廣東總兵陳昂請，再禁天主教

　　夏四月丙申，碣石鎮總兵陳昂奏天主教堂各省林立，宜行禁止，從之〔註
44〕。

　　河南官逼民反，清政府嚴屬處之。

　　九月辛未，以路振揚署四川提督。河南奸民亢珽滋事，官兵捕之，珽走
死。命尚書張廷樞、學士勒什布往鞫，得前巡撫李錫貪虐激變狀以聞。李錫
褫職論死，賊黨伏誅〔註45〕。

康熙五十七年　　戊戌（1718）十二歲

　　〔時事〕策旺阿拉布坦攻擾西藏

　　五月丁巳，額倫特奏拉藏汗被陷身亡，二子被殺，達賴、班禪均被拘。
九月將軍額倫特、侍衛色楞會師喀喇烏蘇，屢敗賊，賊愈進，師無後繼，矢
竭力戰，歿於陣〔註46〕。

　　河南蘭陽白蓮教案結。

〔註41〕趙爾巽，清史稿（卷八，本紀八，聖祖本紀三，五十五年丙申）〔Z〕，北京：
　　　　中華書局，1976～1977。
〔註42〕〔清〕李彷梧、耿興宗，道光寶豐縣志，藝文志（卷十五）。道光刻本。
〔註43〕趙爾巽，清史稿（卷八，本紀八，聖祖本紀三，五十五年丁酉）〔Z〕，北京：
　　　　中華書局，1976～1977。
〔註44〕趙爾巽，清史稿（卷八，本紀八，聖祖本紀三，五十五年丁酉）〔Z〕，北京：
　　　　中華書局，1976～1977。
〔註45〕同上。
〔註46〕趙爾巽，清史稿（卷八，本紀八，聖祖本紀三，五十五年戊戌）〔Z〕，北京：
　　　　中華書局，1976～1977。

四月二十日戊戌（5月19日）處理河南李雪臣白蓮教案。經尙書張廷樞審理，刑部等議覆，除李雪臣已經杖斃外，爲首之袁進即朱復業照謀反律凌遲處死。郭英撫袁進爲子，照謀反之祖父律斬立決。爲從之李興邦等二十二人，俱照謀反律斬立決，孫丙等四人絞監候，洪知所等發三姓地方給披甲人爲奴。行令各地方官，凡有白蓮等「邪教」，均嚴查治罪〔註47〕。

《桃花扇》作者孔尙任（1648～1718）卒〔註48〕。

康熙五十八年　己亥（1719）十三歲

〔時事〕西藏亂起，議平亂。

九月乙未，諭西寧現有新胡畢勒罕，實係達賴後身，令大將軍遣官帶兵前往西藏安禪〔註49〕。具體情形是：九月二十六日乙未（11月7日）先是，拉藏汗所立之達賴喇嘛伊喜嘉措爲準噶爾兵囚，噶桑嘉措時在青海，稱「駐錫古木布廟胡必汗」，支持朝廷派兵討伐準噶爾以安西藏。都統法喇駐兵打箭爐，奏稱里塘至西藏敬噶桑嘉措〔註50〕。

浙江正考官、編修索泰因得賄舞弊論斬。

五月，浙江正考官索泰賄賣關節，在籍學士陳恂說合，陳鳳墀夤緣中式，均論死，並罪其保薦索泰爲考官者〔註51〕。

曹雪芹生於南京〔註52〕？

〔紀事〕李綠園入城應童子試。

李於潢《春綠閣筆記》中錄李綠園《李秋潭遺墨幅間題語》有「余十三齡入城當童子試，先生於海觀有瓜葛姻誼，遂主於其家」的記載〔註53〕。

〔註47〕李文海，清史編年（第三卷）〔Z〕，北京：中國人民大學出版社，1988，頁506～507。

〔註48〕吳文治，中國文學大事年表〔Z〕，合肥：黃山書社，1987，頁2672。

〔註49〕趙爾巽，清史稿（卷八，本紀八，聖祖本紀三，五十八年己亥）〔Z〕，北京：中華書局，1976～1977。

〔註50〕李文海，清史編年〔Z〕（卷三下）。中國人民大學出版社，2000，頁528。

〔註51〕趙爾巽，清史稿（卷八，本紀八，聖祖本紀三，五十八年己亥）〔Z〕，北京：中華書局，1976～1977。

〔註52〕魯迅，中國小說史略〔M〕，上海古籍出版社，1998，頁170。

〔註53〕〔清〕李綠園，李秋潭墨幅間題語〔A〕，李於潢，春綠閣筆記〔M〕，道光刻本。

康熙五十九年　庚子（1720）十四歲

〔時事〕對西藏用兵，藏事悉平。

春正月，以宗室延信爲平逆將軍，領兵進藏，以公策旺諾爾布參贊軍務。二月癸丑，命噶爾弼爲定西將軍，率四川、雲南兵進藏。十一月辛巳，詔：「大兵入藏，其地俱入版圖，山川名號番、漢異同，應即考訂明覈，傳信後世〔註54〕。」

對新疆用兵。

三月丙申，命靖逆將軍富寧安進師烏魯木齊，散秩大臣阿喇衲進師吐魯番，祁里德領七千兵從布婁爾，傅爾丹領八千兵從布拉罕，同時進擊準噶爾。九月，富寧安兵入烏魯木齊，哈西哈回人迎降，軍回至烏蘭烏蘇〔註55〕。

冊封達賴並送達賴入西藏坐床。

二月癸丑，冊封新胡畢勒罕爲六世達賴喇嘛。九月壬申，平逆將軍延信以兵送達賴喇嘛入西藏坐床〔註56〕。

康熙六十年　辛丑（1721）十五歲

〔時事〕山東鹽民王美公起事，稱大將軍，被俘死。

二月，山東鹽徒王美公等作亂，捕斬之〔註57〕。

臺灣朱一貴起事，兵敗被俘，檻送京師，被磔於市。

五月丙寅，臺灣奸民朱一貴作亂，戕總兵官歐陽凱。六月，福建水師提督施世驃平臺灣，擒朱一貴解京〔註58〕。

康熙六十一年　壬寅（1722）十六歲

〔時事〕康熙帝不增火耗。

九月，甲午，年羹堯、噶什圖請量加火耗，以補有司虧帑。上曰：「火耗

〔註54〕趙爾巽，清史稿（卷八，本紀八，聖祖本紀三，五十九年庚子）〔Z〕，北京：中華書局，1976～1977。

〔註55〕趙爾巽，清史稿（卷八，本紀八，聖祖本紀三，五十九年庚子）〔Z〕，北京：中華書局，1976～1977。

〔註56〕趙爾巽，清史稿（卷八，本紀八，聖祖本紀三，五十九年庚子）〔Z〕，北京：中華書局，1976～1977。

〔註57〕趙爾巽，清史稿（卷八，本紀八，聖祖本紀三，六十年辛丑）〔Z〕，北京：中華書局，1976～1977。

〔註58〕同上。

只可議減，豈可加增？此次虧空，多由用兵。官兵過境，或有餽助。其始挪用公款，久之遂成虧空，昔年曾有寬免之旨。現在軍需正急，即將戶部庫帑撥送西安備用〔註59〕。」

清聖祖崩，四子雍親王胤禛嗣，是爲世宗憲皇帝。

十一月戊子，上不豫，還駐暢春園。庚寅，命皇四子胤禛恭代祀天。甲午，上大漸，日加戌，上崩，年六十九。後葬景陵〔註60〕。

吳敬梓居全椒。

袁行霈《中國文學史》（卷四）有「康熙六十一年（1722），規矩方正的吳霖起被罷除了縣學教諭，吳敬梓隨父回到全椒（安徽）」的記載〔註61〕。

雍正元年　癸卯（1723）十七歲

〔時事〕頒諭十一道，訓飭督撫、提鎮以下文武百官。

雍正元年癸卯春正月辛巳朔，頒詔訓飭督、撫、提、鎮，文吏至於守、令，武將至於參、遊，凡十一道〔註62〕。

修改戶籍制度，詔修明史。

秋七月，除紹興惰民丐籍。壬寅，命隆科多、王頊齡監修明史，徐元夢、張廷玉爲總裁〔註63〕。

建立儲制度。

八月甲子，召王大臣九卿面諭之曰：「建儲一事，理宜夙定。去年十一月之事，倉卒之間，一言而定。聖祖神聖，非朕所及。今朕親寫密封，緘置錦匣，藏於正大光明匾額之後，諸卿其識之〔註64〕。」

是年巡視東城御史湯之旭奏：「律例最關緊要，今六部見行則例，或有從重改輕，從輕擬重，有先行而今停，事同而法異者，未經畫一。乞簡諳練律例大臣，專掌律例館總裁，將康熙六十一年以前之例並大清會典，逐條互訂，

〔註59〕趙爾巽，清史稿（卷八，本紀八，聖祖本紀三，六十一年壬寅）〔Z〕，北京：中華書局，1976～1977。

〔註60〕同上。

〔註61〕袁行霈，中國文學史〔Z〕，北京：高等教育出版社，1999，頁337。

〔註62〕趙爾巽，清史稿（卷九，本紀九，世宗本紀，元年癸卯）〔Z〕，北京：中華書局，1976～1977。

〔註63〕同上。

〔註64〕趙爾巽，清史稿（卷九，本紀九，世宗本紀，元年癸卯）〔Z〕，北京：中華書局，1976～1977。

庶免參差。」世宗允之，命大學士朱軾等爲總裁，諭令於應增應減之處，再行詳加分晰，作速修完。三年書成，五年頒佈〔註65〕。

吳敬梓以周益山畫冊請葉舒璐題詩，葉爲作六詠〔註66〕。

雍正二年　甲辰（1724）十八歲

〔時事〕是年二月丙午，御製聖諭廣訓，頒行天下〔註67〕。

是年閏四月丁丑，續修（大清）會典〔註68〕。

是年秋七月丁巳，御製朋黨論，頒示諸臣〔註69〕。

是年，以山西巡撫諾敏、布政使高成齡請提解火耗歸公，分給官吏養廉及其他公用。火耗者，加於錢糧正額之外。至是諾敏等復以爲言。詔從其請。諾敏又請限定分數。帝以「酌定分數，則將來竟成定例，必致有增無減。今耗羨與正項同解，州縣皆知重耗無利於己，孰肯加徵？若將應得之數扣存，勢必額外取盈，浮於應得之數〔註70〕」。於是定爲官給養廉之制。

〔紀事〕呂守曾（李綠園友呂公溥之父）中進士。

雍正三年　乙巳（1725）十九歲

〔時事〕年羹堯事起，案結。

三月辛酉，年羹堯表賀日月合璧，五星聯珠，將「朝乾夕惕」寫作「夕惕朝乾」。詔切責之曰：「年羹堯非粗心者，是直不以朝乾夕惕許朕耳。則年羹堯青海之功，亦在朕許與不許之間，未可知也。顯係不敬，其明白回奏。」夏四月己卯，調年羹堯爲杭州將軍。秋七月壬戌，杭州將軍年羹堯黜爲閒散旗員。九月丙辰，逮繫年羹堯下刑部。十二月甲戌，廷臣議上年羹堯罪九十二款。得旨：「年羹堯賜死，其子年富立斬，餘子充軍，免其父兄緣坐〔註71〕。」

〔註65〕同上。

〔註66〕吳文治，中國文學大事年表〔Z〕，合肥：黃山書社，1987，頁2681。

〔註67〕趙爾巽，清史稿（卷九，本紀九，世宗本紀，二年甲辰）〔Z〕，北京：中華書局，1976～1977。

〔註68〕同上。

〔註69〕同上。

〔註70〕趙爾巽，清史稿（卷一百二十一，卷九十六，食貨二，賦役倉庫）〔Z〕，北京：中華書局，1976～1977。

〔註71〕趙爾巽，清史稿（卷九，本紀九，世宗本紀，三年乙巳）〔Z〕，北京：中華書局，1976～1977。

《大清會典》書成〔註72〕。

十二月辛巳，汪景祺以謗訕處斬〔註73〕。

雍正四年　丙午（1726）二十歲

〔時事〕查嗣庭獄起。

九月乙卯，侍郎查嗣庭以謗訕下獄〔註74〕。

江浙人因汪、查二案受牽連被停試。

冬十月甲子，設浙江觀風整俗使。命鄉試五經取中之副榜及兩次取中副榜，准作舉人。十一月乙卯，詔浙江士習敝壞，工爲懷挾，停其鄉會試〔註75〕。

雍正五年　丁未（1727）二十一歲

〔時事〕申納繳、禁用、禁鑄黃銅器皿

正月，敕八旗交納銅器，三年限滿，隱匿者罪之〔註76〕。

查嗣庭案結。

查嗣庭死於獄，戮其屍〔註77〕。

《大清會典》頒佈〔註78〕。

〔紀年〕對李綠園影響最大，李綠園以師事之的襄城劉青芝中進士。

雍正丙午，需次銓選，猶以兄故不肯行。其兄華岳迫之，乃就道。明年成進士，選庶吉士，時年已五十三〔註79〕。

〔註72〕趙爾巽，清史稿（卷一四二，志一百十七，刑法一）〔Z〕，北京：中華書局，1976～1977。

〔註73〕趙爾巽，清史稿（卷九，本紀九，世宗本紀，三年乙巳）〔Z〕，北京：中華書局，1976～1977。

〔註74〕趙爾巽，清史稿（卷九，本紀九，世宗本紀，四年丙午）〔Z〕，北京：中華書局，1976～1977。

〔註75〕同上。

〔註76〕趙爾巽，清史稿（卷九，本紀九，世宗本紀，五年丁未）〔Z〕，北京：中華書局，1976～1977。

〔註77〕同上。

〔註78〕趙爾巽，清史稿（卷一四二，志一百十七，刑法一）〔Z〕，北京：中華書局，1976～1977。

〔註79〕〔清〕楊淮，國朝中州詩鈔（卷十三）〔Z〕，道光二十三年（1843）刻本。

雍正六年　戊申（1728）二十二歲

〔時事〕八月丁未，詔復浙江鄉會試〔註80〕。

冬十月丁亥，以鄂爾泰剿平廣西八達寨逆苗，兼督雲、貴、廣西三省，發帑銀十萬犒滇、黔兵〔註81〕。

十二月丙申，大清律集解附例成〔註82〕。

雍正七年　己酉（1729）二十三歲

〔時事〕出兵準噶爾。

三月，上以準噶爾噶爾丹策零稔惡藏奸，終為邊患，命傅爾丹為靖邊大將軍，北路出師，岳鍾琪為寧遠大將軍，西路出師，征討準噶爾〔註83〕。

曾靜、張熙獄起，波及已故呂留良，特赦曾、張二人，免死遣回籍，因頒《大義覺迷錄》刊佈天下，列之學宮。

五月乙丑，先是，岳鍾琪疏言有湖南人張熙投遞逆書，訊由其師曾靜所使。命提曾靜、張熙至京。九卿會訊，曾靜供因讀已故呂留良所著書，陷溺狂悖。至是，明詔斥責呂留良，並令中外臣工議罪〔註84〕。

上命編次為大義覺迷錄，令杭奕祿以靜至江寧、杭州、蘇州宣講〔註85〕。

謝濟世獄起，謝被罰充苦役。

七月，世宗諭內閣：「據順承郡王錫保，以在軍前效力之謝濟世注釋《大學》譏謗程朱參奏前來，朕觀謝濟世所注之書，意不止譏謗程朱，乃用《大學》內『見賢而不能舉』兩節，言人君用人之道，藉以抒寫其怨望誹謗之私也。其注有『拒諫飾非必至拂人之性，驕泰甚矣』等語，觀此，則謝濟世之存心昭然可見。謝濟世於公正任事之田文鏡，則肆行誣參，於婪贓不法之黃振國，以及黨護鑽營之李紱、蔡珽、邵言綸、汪誠等，則甘聽其指使而為之

〔註80〕趙爾巽，清史稿（卷九，本紀九，世宗本紀，六年戊申）〔Z〕，北京：中華書局，1976～1977。

〔註81〕同上。

〔註82〕同上。

〔註83〕趙爾巽，清史稿（卷九，本紀九，世宗本紀，七年己丑）〔Z〕，北京：中華書局，1976～1977。

〔註84〕同上。

〔註85〕趙爾巽，清史稿（卷九，本紀九，世宗本紀，七年己丑）〔Z〕，北京：中華書局，1976～1977。

報復，乃直顛倒是非，紊亂黑白，好惡拂人之性者矣。天理國法，所不能容，
菑已及身，而猶不知省懼，何其謬妄至於此極！夫拒諫飾非之說，乃朕素所
深戒，然必責難陳善，忠言讜論，而後可以謂之諫，若乃排擠傾陷之私言，
奸險狡惡之邪論，豈可以直諫自居，而冀朕之聽受耶？試問謝濟世，數年以
來，伊爲國家敷陳者何事？爲朕躬進諫者何言？朕所拒者何諫？所飾者何
非？除處分謝濟世黨同伐異誣陷良臣之外，尚能指出一二事否乎？謝濟世以
應得重罪之人從寬令其效力，乃仍懷怨望，恣意謗訕，甚爲可惡，應作何治
罪之處，著九卿翰詹科道秉公定議具奏〔註86〕。」

曹雪芹居北京。

曹頫從枷號中得到釋放。與曹雪芹母子、祖母等眷屬，住在北京崇文門
外蒜市口〔註87〕。

雍正八年　庚戌（1730）二十四歲

〔時事〕三月丁亥，命張廷玉、蔣廷錫管理三庫事務。甲午，以史
　　　　貽直署兩江總督，頒行聖祖御纂書經傳說，上製序文〔註
　　　　88〕。

吳敬梓居南京。

十二月除夕，吳敬梓在南京度歲，作詞《庚戌除夕客中》，追憶少年時生
活〔註89〕。

《中國文學史》（卷四）有「在家鄉親友的譏笑和世俗輿論壓力下，他（指
吳敬梓）在 33 歲時，懷著決絕的感情，變賣了在全椒的祖產，移家南京，開
始了賣文生涯」的記載〔註90〕。

〔紀事〕李綠園友王爾鑒中進士。《中州詩徵》載：

王爾鑒，字在茲，號熊峰。盧氏縣人。雍正八年進士。官山東滕縣知縣，
遷曹州府同知。落職。以薦起發四川，遷夔州府知府。著有《二東詩草》、《巴

〔註86〕〔清〕徐珂，清稗類鈔，訟獄類，謝濟世以謗訕獲咎，北京：中華書局，1984
　　　　～1986。
〔註87〕吳文治，中國文學大事年表〔Z〕，合肥：黃山書社，1987，頁 2691。
〔註88〕趙爾巽，清史稿（卷九，本紀九，世宗本紀，八年庚戌）〔Z〕，北京：中華書
　　　　局，1976～1977。
〔註89〕吳文治，中國文學大事年表〔Z〕，合肥：黃山書社，1987，頁 2693。
〔註90〕袁行霈，中國文學史〔Z〕，北京：高等教育出版社，1999，頁 337。

蜀詩草》等稿〔註91〕。

雍正九年　辛亥（1731）二十五歲

〔時事〕對西北準噶爾用兵。

六月丙午，傅爾丹奏准噶爾入寇扎克賽河，率兵迎擊。辛亥，岳鍾琪奏准噶爾犯吐魯番，率兵赴援，賊遁，留兵屯戍。秋七月癸酉，傅爾丹奏官兵進擊準噶爾不利，退至科布多。岳鍾琪奏督兵進烏魯木齊。八月甲寅，岳鍾琪奏兵至納鄰河，距烏魯木齊二日程，探知賊遁，大兵即旋。冬十月，準噶爾入寇克魯倫，侵掠游牧，親王丹津多爾濟、額駙郡王策淩合兵擊之，擒斬無算〔註92〕。

十二月己酉，聖祖實錄、聖訓告成〔註93〕。

雍正十年　壬子（1732）二十六歲

〔時事〕對西北準噶爾用兵。

二月庚子，岳鍾琪奏准噶爾犯哈密，遣總兵曹勷往援，敗之，賊由無克克嶺遁。七月辛丑，準噶爾入犯烏孫珠爾，傅爾丹迎擊失利，下大將軍錫保覈敗狀以聞。八月壬申，北路副將軍親王丹津多爾濟、額駙親王策淩奏追擊準夷至額爾得尼招，殺賊萬餘，賊向推河遁去〔註94〕。

呂留良案結。

十二月乙丑，治呂留良罪，與呂葆中、嚴鴻逵俱戮屍，斬呂毅中、沈在寬，其孫發邊遠為奴，朱羽採等釋放〔註95〕。

雍正十一年　癸丑（1733）二十七歲

〔時事〕正月，命各省建立書院，並撥經費，由此書院成為官學。

十一年癸丑春正月戊子，命海望、李衛察勘浙江海塘。修范公堤。壬辰，

〔註91〕李時燦，中州詩徵〔Z〕，民國二十五（1936）年刻本。開封：經川圖書館。
〔註92〕趙爾巽，清史稿（卷九，本紀九，世宗本紀，九年辛亥）〔Z〕，北京：中華書局，1976～1977。
〔註93〕同上。
〔註94〕趙爾巽，清史稿（卷九，本紀九，世宗本紀，九年壬子）〔Z〕，北京：中華書局，1976～1977。
〔註95〕趙爾巽，清史稿（卷九，本紀九，世宗本紀，九年壬子）〔Z〕，北京：中華書局，1976～1977。

頒直省書院膏火銀各千兩〔註96〕。具體情形是：正月初十日壬辰（2月23日）各省建立書院。設於省會，各賜帑銀一千兩，為讀書士子膏火之用。謂稱：「近見各省大吏漸知崇尚實政，不事沽名邀譽之為。而讀書應舉者亦頗能摒棄奔竟之習。則建立書院，擇一省文行兼優之士讀書其中，使之朝夕講誦，整躬勵行，有所成就，俾遠近士子觀感奮發，亦興賢育才之一道也。」本年五月，廣東督撫奏：於總督駐地之肇慶府修整端溪書院，於巡撫駐地之廣州府修整粵秀書院。六月間，福建原有螯峰書院，擬選士子百人課讀，帑銀千兩交鹽驛道發鹽場生息，添補膏火。十二年五月，廣西於桂林北面獨秀峰之後建立書院，於江浙延請館師，選各州縣文行可觀士子入院讀書。六月，湖南報修整長沙之得價值，俟本省秋成後買穀還項。朱批：「朕嘉悅覽之，是當嶽麓書院。十三年元月，河南報修整豫章書院〔註97〕。」

　　四月，於烏里雅蘇臺築城屯兵，以控制西北邊地。

　　四月初九日庚申（5月22日）建烏里雅蘇臺城。從錫保等奏，因察罕廋爾附近柴草不敷，大軍已移駐烏里雅蘇臺，應於該地以土、木建城，俟明年將察罕廋爾所貯銀、米、軍裝、火藥等運往。烏里雅蘇臺，在察罕廋爾之北百餘里，烏里雅蘇河北岸〔註98〕。

　　《大清會典》成書。

　　《大清會典》二百五十卷。起崇德元年迄康熙二十五年，聖祖敕撰。自康熙二十六年至雍正五年，世宗敕撰，雍正十年刊〔註99〕。

雍正十二年　甲寅（1734）二十八歲

〔時事〕河南學政俞鴻圖以受賄營私伏誅

　　三月丁丑，工部尚書范時繹免。戊戌，河南學政俞鴻圖以婪贓處斬，其父侍郎俞兆晟褫職〔註100〕。

〔註96〕趙爾巽，清史稿（卷九，本紀九，世宗本紀，十一年癸丑）〔Z〕，北京：中華書局，1976～1977。
〔註97〕李文海，清史編年〔Z〕（卷三下）。中國人民大學出版社，2000，頁528。
〔註98〕同上，頁572。
〔註99〕趙爾巽，清史稿（政書類，卷一百四十六，志一百二十一）〔Z〕，北京：中華書局，1976～1977。
〔註100〕趙爾巽，清史稿（卷九，本紀九，世宗本紀，十二年甲寅）〔Z〕，北京：中華書局，1976～1977。

吳敬梓爲徐紫芝《玉巢詩草》作序〔註101〕。

雍正十三年　　乙卯（1735）二十九歲

〔時事〕夏四月乙巳，聖祖文集刊成，頒賜廷臣〔註102〕。

準噶爾事定。

閏四月丁酉，準噶爾遣使臣納木喀賫表進貢。敕令定界。十二月己卯，以準噶爾遣使請和，命喀爾喀紮薩克等詳議定界事宜〔註103〕。

雍正帝崩，乾隆即位，是爲高宗皇帝。

八月丁亥，上不豫。戊子，上大漸，宣旨傳位皇四子寶親王弘曆。己丑，上崩，年五十八〔註104〕。

追討曾靜、張熙。

冬十月乾隆帝命治曾靜、張熙罪。十二月甲申，磔曾靜、張熙於市〔註105〕。

乾隆元年　　丙辰（1736）三十歲

〔時事〕噶爾丹入貢、入覲。

乾隆元年春正月，準噶爾臺吉噶爾丹策零遣使貢方物。丁未，準噶爾貢使吹納木喀入覲。二月甲戌，遣準噶爾來使歸，詔以遵皇考諭旨，酌定疆界，齎示噶爾丹策零。乙卯，賜準噶爾臺吉噶爾丹策零敕書，斥所請以哲爾格西喇呼魯蘇爲界，及專令喀爾喀內徙〔註106〕。

河南水災。

五月丁未，賑河南永城縣水災。八月乙卯，賑河南南陽等五縣水災〔註107〕。

乾隆帝立儲。

秋七月甲午，召總理事務王大臣九卿等，宣諭密書建儲諭旨，收藏於乾

〔註101〕吳文治，中國文學大事年表〔Z〕，合肥：黃山書社，1987，頁2700。
〔註102〕趙爾巽，清史稿（卷九，本紀九，世宗本紀，十三年乙卯）〔Z〕，北京：中華書局，1976～1977。
〔註103〕同上。
〔註104〕同上。
〔註105〕趙爾巽，清史稿（卷九，本紀九，世宗本紀，十三年乙卯）〔Z〕，北京：中華書局，1976～1977。
〔註106〕趙爾巽，清史稿（卷十，本紀十，高宗本紀一，元年丙辰）〔Z〕，北京：中華書局，1976～1977。
〔註107〕同上。

清宮正大光明匾額上〔註108〕。

　　吳敬梓不應「博學鴻詞」試〔註109〕。

　　〔紀事〕李綠園赴恩科鄉試，中舉。

　　《乾隆汝州續志·選舉志》中有「舉人，寶豐李海觀，字孔堂，號綠園。乾隆丙辰科」。

　　李彷梧、耿興宗纂《道光寶豐縣志·選舉志》中也有相關的記載：「李海觀，乾隆丙辰科（舉人）。字孔堂。貴州印江知縣」。

　　民國《新安縣志·人物志·綠園傳》：「李海觀字孔堂，號綠園。馬行溝人。乾隆丙辰舉於鄉」。

　　劉青芝爲李綠園寫《李孔堂制義序》：「寶豐孔堂李子，與余侄兒伯仁，同舉丙辰鄉試」，故此可知李綠園於此年中舉〔註110〕。

　　劉青芝的《江村山人續稿》中《寶豐文學李君墓表》也有「海觀爲余侄伯仁丙辰同年，時往來余舍，情好甚篤」的記載〔註111〕。

　　李綠園的朋友劉伯仁中舉〔註112〕。

　　李綠園友屈啓賢舉孝廉方正。道光《汝州全志·人物志·屈啓賢傳》載：

　　屈啓賢，寬敬止。康熙癸酉例貢。辛巳吏部會同翰林院在瀛州亭考試，授翰林院孔目。乾隆丙辰，舉孝廉方正。

　　李綠園友郭裕中舉〔註113〕。

　　李綠園友何復善中舉〔註114〕。

乾隆二年　丁巳（1737）三十一歲

　　〔時事〕河南部分地區有水災，免其中四縣額賦。

　　五月乙未，賑河南南陽等十二州縣水災。閏九月癸亥，免河南西華等四縣本年水災額賦〔註115〕。永定河決口，撫恤災民。

〔註108〕同上。

〔註109〕吳文治，中國文學大事年表〔Z〕，合肥：黃山書社，1987，頁2703。

〔註110〕〔清〕劉青芝，江村山人續稿，李孔堂制義序（卷一）〔M〕，乾隆刻本。

〔註111〕〔清〕同上。

〔註112〕同上。

〔註113〕〔清〕施誠修，童鈺纂，河南府志，選舉志〔Z〕，乾隆刻本。

〔註114〕〔清〕蕭應植纂修，山東濟源縣志，嘉慶刻本。

〔註115〕趙爾巽，清史稿（卷十，本紀十，高宗本紀一，二年丁巳）〔Z〕，北京：中華書局，1976～1977。

秋七月戊子，以永定河決，遣侍衛策楞等分赴盧溝橋、良鄉撫恤災民。癸卯，命侍衛松福等往文安、霸州等處撫恤災民。乙未，命顧琮勘永定河沖決各工〔註116〕。

〔紀年〕歲逢會試，李綠園赴京，落第而歸。

有詩《贈汝州屈敬止》：「君不見隆中名流擬管樂，抱膝長吟志澹泊。又不見希文秀才襟浩落，早向民間尋憂樂。一日操權邀主知，功垂青史光爍爍。男兒有志在勳業，何代曾無麒麟閣？……莫耽讀騷嗅蘭苣，須念國計與民瘼。安石已符蒼生望，不許東山戀丘壑」，鼓勵屈敬止要志有入世之行，不可有隱逸之想，同時在詩中展示自己的抱負與志向。

乾隆三年　戊午（1738）三十二歲

〔時事〕高宗詣太學釋菜禮，復臨辟雍講學。

三月甲寅，上詣太學釋奠，御彝倫堂，命講中庸、尚書〔註117〕。

河南部分地區因旱災免賦。

十一月癸丑，免河南信陽等八州縣旱災額賦〔註118〕。

吳敬梓到當塗，送鄭江解學使職北還〔註119〕。

〔紀年〕李綠園居寶豐，為重修關壯繆祠作碑文。

徐玉諾《歧路燈及李綠園先生遺事》載：「李綠園先生原籍新安縣馬行溝。卻是魯山縣的娃娃；現在魚齒山關公廟內有李綠園先生乾隆三年所作重修關壯繆祠碑記〔註120〕」。

李綠園友寶豐張仙（揖東）鄉試中舉。

乾隆《汝州續志·選舉志》載：舉人，寶豐張仙，字揖東。乾隆戊午科〔註121〕。

〔註116〕趙爾巽，清史稿（卷十，本紀十，高宗本紀一，二年丁巳）〔Z〕，北京：中華書局，1976～1977。
〔註117〕趙爾巽，清史稿（卷十，本紀十，高宗本紀一，三年戊午）〔Z〕，北京：中華書局，1976～1977。
〔註118〕趙爾巽，清史稿（卷十，本紀十，高宗本紀一，三年戊午）〔Z〕，北京：中華書局，1976～1977。
〔註119〕吳文治，中國文學大事年表〔Z〕，合肥：黃山書社，1987，頁2708。
〔註120〕徐玉諾，歧路燈及李綠園先生遺事〔A〕，欒星，歧路燈論叢（二）〔C〕，鄭州：中州古籍出版社，1984，頁274。
〔註121〕〔清〕宋名立、韓定仁纂修，汝州續志，乾隆刻本。

乾隆四年　己未（1739）三十三歲

〔時事〕二月庚子，準噶爾臺吉噶爾丹策零請以阿爾泰山為界，
　　　　許之〔註122〕。

河南部分地區因災免賦。

秋七月辛酉，賑河南祥符等四十七州縣水災。八月辛巳，賑河南商丘等州縣水災。九月戊申，賑河南祥符等三十七州縣水災有差。賑河南鄧州等四州縣水災。十一月以雅爾圖為河南巡撫。十二月，免河南羅山旱災額賦。癸未，免河南祥符等四十四州縣水災額賦。庚寅，免河南商丘等十州縣水災額賦〔註123〕。

吳敬梓客儀徵〔註124〕。

〔紀事〕李綠園友宋足發為是年歲貢〔註125〕。

李綠園友郭裕中進士〔註126〕。

乾隆五年　庚申（1740）三十四歲

〔時事〕河南部分地區因災免賦。

八月免河南中牟等十四州縣水災額賦〔註127〕。

高宗諭諸臣講求宋儒之書，謂正人心、厚風俗，為國家元氣所繫。

十月十二日己酉（11月30日）教訓諸臣精研理學。諭稱，近來留意詞章之學者不乏人，而究心理學概不多見。「無治統原於道統，學不正則道不明」，朱儒程、朱之學用乃入聖之階梯，求道之途轍，不可不講明而切究之。考據典章固不可廢，但經術之精微，必得宋儒而闡發之。講學之人誠者不可多得，而偽者欺世盜名，漸啓標榜門戶之害，然不可因噎廢食，以假道學獲罪名教而輕棄理學〔註128〕。

〔註122〕趙爾巽，清史稿（卷十，本紀十，高宗本紀一，四年己未）〔Z〕，北京：中華書局，1976～1977。

〔註123〕同上。

〔註124〕吳文治，中國文學大事年表〔Z〕，合肥：黃山書社，1987，頁2709。

〔註125〕〔清〕董作棟修，武億纂，魯山縣志選舉志（卷五）〔Z〕，嘉慶刻本。

〔註126〕〔清〕施誠修，童鈺纂，河南府志·選舉志，乾隆刻本。

〔註127〕趙爾巽，清史稿（卷十，本紀十，高宗本紀一，五年庚申）〔Z〕，北京：中華書局，1976～1977。

〔註128〕李文海，清史編年〔Z〕（卷五上），北京：中國人民大學出版社，2000，頁

乾隆六年　辛酉（1741）三十五歲

〔時事〕貴州苗、瑤民起事，是年事結。

三月十三日戊寅（4月28日）貴州黎平府永從縣爆發苗民、瑤民反清起事。據署理貴州總督張允隨奏稱：「廣西逆瑤潛入黔境，勾結頑苗，燒殺毀永從縣衙舍倉廠。」古州鎮總兵韓勳續奏：為首者係石金元、吳老四、石滿元，起初在廣西起事，只有一百二三十人，後至黔省南江地方，人數漸多，由此可見，此次貴州黎平苗瑤起義係上年楚粵苗瑤起義的餘波〔註129〕。

吳敬梓《文木山房集》刻印〔註130〕。

乾隆七年　壬戌（1742）三十六歲

〔時事〕河南部分地區因災免賦受賑。

夏四月庚寅免河南永城等三縣上年被水額賦。甲寅，除河南洧川等十一縣水沖地賦。十月己酉，

河南永城等十三州縣饑〔註131〕。

重明史纂輯。

十一月丙辰朔，大學士等奏纂輯明史體例。上曰：「諸卿所見與朕意同。繼春秋之翼道，昭來茲之鑒觀，我君臣其共勉之。〔註132〕」

糾正薦舉唯近之風。

十二月丁亥，命考試薦舉科道人才。周學健舉三人皆同鄉，諭飭之〔註133〕。

乾隆八年　癸亥（1743）三十七歲

〔時事〕廷忌滿漢之議。

八年春正月辛卯，以考選御史，杭世駿策言內滿外漢，忤旨褫職〔註134〕。

102～103。

〔註129〕李文海，清史編年〔Z〕（卷五上），北京：中國人民大學出版社，2000，頁112。

〔註130〕吳文治，中國文學大事年表〔Z〕，合肥：黃山書社，1987，頁2712。

〔註131〕趙爾巽，清史稿（卷十，本紀十，高宗本紀一，七年壬戌）〔Z〕，北京：中華書局，1976～1977。

〔註132〕同上。

〔註133〕同上。

〔註134〕趙爾巽，清史稿（卷十，本紀十，高宗本紀一，八年癸亥）〔Z〕，北京：中華書局，1976～1977。

河南部分地區因災免賦、受賑和停征錢糧。

閏四月辛酉，免河南鄭州等十三州縣本年水災額賦。五月丁亥，命河南停征上年被水地方錢糧。九月丙申賑河南祥符等二十一州縣旱災，並免額賦有差。免河南帶徵乾隆七年以前民欠〔註135〕。

翰詹考試不用詩賦。

六月壬子朔，御史陳仁請以經史考試翰詹，不宜用詩賦，上嘉之〔註136〕。

重教化官民。

九月乙巳，上詣文廟釋奠。幸講武臺大閱。諭王公宗室大臣等潔蠲禮典，訓導兵民，毋忘淳樸舊俗。冬十月庚戌朔，上諭王公宗室等革除陋習，恪守舊章〔註137〕。

〔紀事〕李綠園居寶豐。

李綠園為宋足發《性理粹言錄》作跋。因跋末有「乾隆八年十二月臘日夜，時漏下四鼓，魚山後學李海觀謹跋」字樣，故此可知。

乾隆九年　甲子（1744）三十八歲

〔時事〕九年春正月，訓飭各省州縣教養兼施〔註138〕。

上怒營伍廢弛。

三月，以訥親奏查閱河南、江南營伍廢弛，上曰：「可見外省大吏無一不欺朕者，不可不懲一儆百〔註139〕。」

九月，河南蝗災〔註140〕。

乾隆十年　乙丑（1745）三十九歲

〔時事〕改會試時間。

春正月丙子，召大學士、內廷翰林於重華宮聯句。改會試於三月，著為

〔註135〕同上。
〔註136〕同上。
〔註137〕趙爾巽，清史稿（卷十，本紀十，高宗本紀一，八年癸亥）〔Z〕，北京：中華書局，1976～1977。
〔註138〕趙爾巽，清史稿（卷十，本紀十，高宗本紀一，九年甲子）〔Z〕，北京：中華書局，1976～1977。
〔註139〕同上。
〔註140〕同上。

令〔註141〕。

　　五月，頒御製太學訓飭士子文於各省學宮，同世祖臥碑文、聖祖聖諭廣訓、世宗朋黨論朔望宣講〔註142〕。

　　河南部分地區因災受賑〔註143〕。

　　九月乙亥，賑河南永城等五縣水災。冬十月戊申，賑河南商丘等五縣水災〔註144〕。

　　十一月壬午，準噶爾臺吉噶爾丹策零卒〔註145〕。

　　冬，吳敬梓在南京蘆渡園與吳培源、戴瀚、朱卉等舉行消寒會〔註146〕。

乾隆十一年　　丙寅（1746）四十歲

〔時事〕河南部分地區因災受賑。

　　二月丙辰，免河南永城等五縣水災額賦。九月賑河南鄭州等三州縣水災，賑河南鄢陵等二十六州縣水災〔註147〕。

　　十一月乙未，以河南學政汪士鍠考試瞻徇，褫職〔註148〕。

　　四川大乘教事起。

　　秋七月壬寅，四川大乘教首劉奇以造作逆書，磔於市。庚戌，周學健奏捕天主教二千餘人。上以失綏遠之意，宥之〔註149〕。

　　雲南事起。

　　癸亥，以雲南張保太傳邪教，蔓延數省，諭限被誘之人自首，其仍立教堂者捕治之〔註150〕。

〔註141〕趙爾巽，清史稿（卷十，本紀十，高宗本紀一，十年乙丑）〔Z〕，北京：中華書局，1976～1977。

〔註142〕同上。

〔註143〕同上。

〔註144〕同上。

〔註145〕同上。

〔註146〕吳文治，中國文學大事年表〔Z〕，合肥：黃山書社，1987，頁2720。

〔註147〕趙爾巽，清史稿（卷十一，本紀十一，高宗本紀二，十一年丙寅）〔Z〕，北京：中華書局，1976～1977。

〔註148〕同上。

〔註149〕同上。

〔註150〕趙爾巽，清史稿（卷十一，本紀十一，高宗本紀二，十一年丙寅）〔Z〕，北京：中華書局，1976～1977。

乾隆十二年　丁卯（1747）四十一歲

〔時事〕河南部分地區因災免賦受賑。

二月壬午，除河南孟縣沖坍衛地額賦。三月，賑河南水災。九月乙巳，賑河南通許等二十七州縣，壬子，賑河南許州水災〔註151〕。

〔紀年〕李綠園的朋友襄城劉伯仁卒，時年三十六。「仁生於康熙壬辰正月初二日，卒於乾隆丁卯八月初六日，即以是年十一月初六葬於祖塋之次〔註152〕。」

乾隆十三年　戊辰（1748）四十二歲

〔時事〕高宗東巡至曲阜。

二月己卯，上釋奠禮成，謁孔林。詣少昊陵、周公廟致祭。命留曲柄黃傘供大成殿，賜衍聖公孔昭煥及博士等宴。壬午，上駐蹕泰安府。癸未，上祭岱嶽廟，奉皇太后登岱〔註153〕。

河南部分因災免賦。五月丁酉，免河南通許等二十八州縣水災額賦〔註154〕。

定內閣人員數額。

十二月甲申，定內閣大學士滿、漢各二員，協辦大學士滿、漢一員或二員，改所兼四殿二閣為三殿三閣〔註155〕。

〔紀年〕李綠園居寶豐，丁父憂。後赴襄城乞表墓辭於劉青芝，劉青芝為其撰寶豐文學李君（綠園父）墓表。

李綠園於此年動筆撰寫《歧路燈》。

《〈歧路燈〉自序》中有「蓋閱三十歲以迨於今而始成書」，末署「乾隆丁酉八月白露之節，碧圃老人題於東皋麓樹之陰」，定稿的當年以一年算，由此可以推斷出《歧路燈》於此年動筆。

〔註151〕趙爾巽，清史稿（卷十一，本紀十一，高宗本紀二，十二年丁卯）〔Z〕，北京：中華書局，1976～1977。

〔註152〕〔清〕劉青芝，江村山人續稿〔M〕（卷二）。乾隆刻本。

〔註153〕〔趙爾巽，清史稿（卷十一，本紀十一，高宗本紀二，十三年戊辰）〔Z〕，北京：中華書局，1976～1977。

〔註154〕同上。

〔註155〕同上。

劉青芝撰《江村山人續稿・寶豐文學李君墓表》（卷二）（見乾隆刻本）中有「乾隆戊辰，寶豐李子海觀將葬其父文學君，乃先以狀，來乞表墓之辭於余」的記載。

乾隆十四年　己巳（1749）四十三歲

〔時事〕吳敬梓《儒林外史》脫稿。

《中國文學史》（卷四）有「《儒林外史》主要是在移家南京之後寫作的，大約在乾隆十四年（1749）49歲時已基本完稿」的記載〔註156〕。

乾隆十五年　庚午（1750）四十四歲

〔時事〕二月辛丑，採訪經學遺書。

巡幸河南，並免河南賦。

九月丙辰，免河南經過地方額賦十分之三。癸卯，再免河南歉收地方額賦十分之五。癸卯，再免河南歉收地方額賦十分之五。己巳，免河南祥符等縣明年額賦。冬十月辛未，幸嵩山。丙子，上奉皇太后駐蹕開封府。戊寅，上幸古吹臺〔註157〕。

平西藏亂。

十一月癸丑，珠爾默特那木紮勒謀作亂，駐藏都統傅清、左都御史拉布敦誘誅之。其黨卓呢羅布藏紮什等率眾叛，傅清、拉布敦遇害。甲寅，命策楞、岳鍾琪率兵赴藏，調尹繼善赴四川經理糧餉，命侍郎那木紮勒同班第駐藏。逮紀山來京，命舒明駐青海，眾佛保署之。乙卯，宣諭珠爾默特那木紮勒戕其兄車布登及悖逆諸狀。命侍郎兆惠赴藏，同策楞辦善後事宜。戊辰，以捕獲卓呢羅布藏紮什等，亂已定，止岳鍾琪進藏，命駐打箭爐〔註158〕。

乾隆十六年　辛未（1751）四十五歲

〔時事〕高宗初次南巡。

〔註156〕袁行霈，中國文學史〔Z〕，北京：高等教育出版社，1999，頁338。

〔註157〕趙爾巽，清史稿（卷十一，本紀十一，高宗本紀二，十五年庚午）〔Z〕，北京：中華書局，1976～1977。

〔註158〕趙爾巽，清史稿（卷十一，本紀十一，高宗本紀二，十五年庚午）〔Z〕，北京：中華書局，1976～1977。

春正月辛亥，上奉皇太后南巡，以初次南巡故減免所經省份的賦額〔註159〕。

河南部分地區因水災受賑。

秋七月己卯，河南陽武十三堡河決。八月己未，賑河南商丘等十四縣水災。辛卯，賑河南上蔡等州縣水災。十一月甲戌，賑河南祥符等五縣水災〔註160〕。

乙丑，定明年二月各省舉行恩科鄉試〔註161〕。

乾隆十七年　壬申（1752）四十六歲

〔時事〕河南因災受賑。

五月庚辰，賑河南祥符等十四縣水災。九月，賑河南被災饑民。十二月，賑河南武陟縣水災〔註162〕。

嚴懲鄉試舞弊。

八月丙申，順天鄉試內簾御史蔡時田、舉人曹詠祖坐交通關節，處斬〔註163〕。

乾隆十八年　癸酉（1753）四十七歲

〔時事〕河南水災。

二月丙午，免河南夏邑等五縣十六年被水額賦。九月壬戌，河南陽武十三堡河決〔註164〕。

十一月癸亥，江西生員劉震宇以所著治平新策有「更易衣服制度」等語，處斬〔註165〕。

〔註159〕趙爾巽，清史稿（卷十一，本紀十一，高宗本紀二，十六年辛未）〔Z〕，北京：中華書局，1976～1977。

〔註160〕同上。

〔註161〕同上。

〔註162〕趙爾巽，清史稿（卷十一，本紀十一，高宗本紀二，十七年壬申）〔Z〕，北京：中華書局，1976～1977。

〔註163〕同上。

〔註164〕趙爾巽，清史稿（卷十一，本紀十一，高宗本紀二，十八年癸酉）〔Z〕，北京：中華書局，1976～1977。

〔註165〕同上。

乾隆十九年　甲戌（1754）四十八歲

〔時事〕**準噶爾兵事。**

二月乙巳，準噶爾烏梁海庫本來降。三月，準噶爾臺吉阿睦爾撒納等與達瓦齊內閧。夏四月，命準噶爾臺吉車凌等入覲。五月，以準噶爾內亂，諭兩路進兵取伊犁。十一月，準噶爾克爾帑特臺吉阿布達什來降。遣官招烏梁海。丁亥，輝特臺吉阿睦爾撒納、杜爾伯特臺吉訥默庫等率降眾於廣仁嶺迎駕。是日，上召見阿睦爾撒納等賜宴，賞賚有差。戊戌，上還京師〔註166〕。

吳敬梓客死揚州，年五十四。

《中國文學史》（卷四）有「乾隆十六年（1754）農曆十月二十八日在揚州與朋友歡聚之後，溘然而逝」的記載〔註167〕。

乾隆二十年　乙亥（1755）四十九歲

〔時事〕**平準噶爾叛亂。**

正月進征準噶爾。二月庚申，準噶爾噶勒雜特部人齊倫來降。三月壬寅，準噶爾臺吉噶勒藏多爾濟等來降。五月甲申，準噶爾宰桑烏魯木來降。戊子，阿勒圖沁鄂拓克宰桑塔爾巴來降〔註168〕。

湖南胡中藻詩獄案起，同年案結，胡被殺。

三月，召大學士、九卿、翰詹、科道，諭胡中藻詩悖逆，張泰開刊刻、鄂昌唱和諸罪，命嚴鞫定擬。鄂昌褫職逮問。四月甲寅，胡中藻處斬〔註169〕。

〔紀年〕**李綠園以師事之、對其影響最大的襄城劉青芝卒，**
**　　　　年八十一。**

「劉青芝，字芳草，號實夫，晚號江村。襄城人。少負異才，年十六補博士弟子員。時，群從六人，皆績不能文，而芳草又為秀，出試輒上等，一時六劉之名，轟噪兩河。康熙乙酉舉鄉試，赴禮闈不第，疾馳出都門，以父母年高，不上公車者，十有七年。侍起居色養備至。比親歿，哀毀幾滅性，

〔註166〕趙爾巽，清史稿（卷十一，本紀十一，高宗本紀二，十九年甲戌）〔Z〕，北京：中華書局，1976～1977。

〔註167〕袁行霈，中國文學史〔Z〕，北京：高等教育出版社，1999，頁338。

〔註168〕趙爾巽，清史稿（卷十一，本紀十一，高宗本紀二，二十年乙亥）〔Z〕，北京：中華書局，1976～1977。

〔註169〕同上。

非杖不能起。雍正丙午，需次銓選，猶以兄故不肯行。其兄華岳迫之，乃就
道。明年成進士，選庶吉士，時年已五十三。居無何，念其兄不置，數請假
不得，適華岳蹋雪二千里，以憶弟來都，入門相見，且喜且悲即引疾，與兄
並駕歸，遂不復出，閉戶著書近三十年。四方學者宗之，歸然爲中原名儒。
爲文離奇變化，不名一體。尤長傳記，得史法。所著有《江村山人稿》及《尚
書辨疑》、《學詩闕疑》、《周禮質疑》、《史記紀疑》、《史記異同是非》、《古氾
城志》、《擬明代人物志》、《江村隨筆》若干卷。與鄢縣王豐川，秀水張瓜田，
錢塘桑韜甫，時以學問文章相劘切。韻語非其所好，間一爲之，即棄去不存。
茲編細加搜輯，史得五篇。然一鱗片甲，神物正自不同，識者固不必入昆圃、
鄧林，始知其寶也〔註170〕。」

乾隆二十一年　丙子（1756）五十歲

〔時事〕高宗巡山東，至曲阜

二月辛亥，上啓蹕謁孔林。乙卯，上幸山東，詣孔林。三月己巳朔，上
至曲阜，謁先師孔子廟。庚午，釋奠禮成。謁孔林、少昊陵、元聖周公廟。
免曲阜丁丑年額賦〔註171〕。

遣兵進擊阿睦爾撒納，盡復伊犁地，阿敗走哈薩克。清廷以哈薩克不縛
獻阿睦爾撒納，遣兵擊之〔註172〕。

乾隆二十二年　丁丑（1757）五十一歲

〔時事〕高宗南巡。

春正月癸卯，上奉皇太后南巡。二月乙亥，上奉皇太后渡江。癸未，幸
宋臣范仲淹高義園。甲申，上奉皇太后幸蘇州府。乙酉，上奉皇太后臨視織
造機房。丙戌，上閱兵於嘉興府後教場。丁亥，上閱兵於石門鎮。己丑，上
奉皇太后幸杭州府。三月己酉，上奉皇太后幸江寧府〔註173〕。

〔註170〕〔清〕楊淮，國朝中州詩鈔（卷十三）〔Z〕，道光二十三（1843）年刻本。
〔註171〕趙爾巽，清史稿（卷十二，本紀十二，高宗本紀三，二十一年丙子）〔Z〕，
　　　　北京：中華書局，1976～1977。
〔註172〕同上。
〔註173〕趙爾巽，清史稿（卷十二，本紀十二，高宗本紀三，二十二年丁丑）〔Z〕，
　　　　北京：中華書局，1976～1977。

三月丁酉，噶勒藏多爾濟陷伊犂，命成袞紥布討之〔註 174〕。

哈薩克降，阿睦爾撒納逃至俄羅斯，並卒於此。伊犂復定。至此天山北路之地，全入清版圖〔註 175〕。

段昌緒因收藏吳三桂檄文並加評贊被殺。

夏四月辛巳，以夏邑生員段昌緒藏吳三桂偽檄，命方觀承赴河南會同圖勒炳阿嚴鞫之。〔同上〕

康熙癸丑，平西王吳三桂叛，傳檄遐邇。檄有流傳於河南夏邑者，乾隆時，司存成、司淑信昆仲得之，以示段昌緒，昌緒加評而圈點之。乙亥，高宗南巡，道夏邑，民人劉元德以縣令不職，賑恤不周等情訴於行在。高宗以元德爲鄉愚，必有指使，嚴訊之，以昌緒對。大怒，命有司派員捕之，因於昌緒臥室，起出三桂檄文，窮治之，乃斬昌緒，並置存成、淑信於重典〔註 176〕。

彭家屏因藏明末野史被賜死。

六月戊辰，彭家屏論斬。秋七月癸卯，賜彭家屏自盡〔註 177〕。

「高宗以段昌緒之評點吳三桂檄文也，而聯想及於彭家屏。家屏者，夏邑人，嘗開藩江右，以編纂族譜曰《大彭統記》至觸高宗之怒，謂「大彭」二字，類似國號，指爲狂悖，而革職家居者也。至是，又疑之，且以家屏曾奏汴撫圖南炳之諱災，遂並查抄其私宅，搜獲明季野史數種，於是家屏論大辟，並及其子〔註 178〕」。

〔紀年〕李綠園從此年開始「舟車海內」的生活，《歧路燈》因此輟筆，《歧路燈》僅完成前半。

《〈歧路燈〉自序》中有「前半筆意綿密，中以舟車海內，輟筆者二十年〔註 179〕」，據此時間推斷，其輟筆當從此年始。由李綠園的詩稿可以斷定其此

〔註 174〕趙爾巽，清史稿（卷十二，本紀十二，高宗本紀三，二十二年丁丑）〔Z〕，北京：中華書局，1976～1977。

〔註 175〕趙爾巽，清史稿（卷十二，本紀十二，高宗本紀三，二十二年丁丑）〔Z〕，北京：中華書局，1976～1977。

〔註 176〕〔清〕徐珂，清稗類鈔，獄訟類，段昌緒以吳三桂檄文論斬〔M〕，北京：中華書局，1984～1986。

〔註 177〕同上。

〔註 178〕〔清〕徐珂，清稗類鈔，獄訟類，彭家屏以明季野史論斬〔M〕，北京：中華書局，1984～1986。

〔註 179〕〔清〕李綠園，歧路燈〔M〕，乾隆本。

後足跡遍及冀、魯、蘇、浙、皖、湘、贛、鄂（詩《襄陽發程抵新野北望口
占》、《黃州》）、川、滇、黔、津（詩《天津丙德庵夜坐》）、京（詩《陶然亭
同江南杜梅塢少年》）、渝等地。

乾隆二十三年　戊寅（1758）五十二歲

〔時事〕命兆惠等經略回疆，移師進擊大小和卓木

庚寅，命兆惠、車布登紥布剿沙喇伯勒，雅爾哈善、額敏和卓征回部。
癸丑，命雅爾哈善為靖逆將軍，額敏和卓、哈寧阿為參贊大臣，順德訥、愛
隆阿、玉素布為領隊大臣，征回部。秋七月庚寅，霍集占援庫車，雅爾哈善
等擊敗之。九月庚寅，右部哈薩克圖里拜及塔什干回人圖爾占等來降。甲辰，
哈喇哈勒巴克回部來降。庚戌，和闐城伯克霍集斯等來降。壬子，烏什城降。
十一月辛丑，克裏雅伯克阿里木沙來降〔註180〕。

〔紀年〕李綠園「舟車海內」。

乾隆二十四年　己卯（1759）五十三歲

〔時事〕兆惠攻克回疆諸城，大小卓木被殺，回疆平。至此天山南
　　　　路亦歸清版圖，命駐伊犁統兩疆

冬十月丁酉，諭：「國家承平百年，休養滋息，生齒漸繁。今幸邊陲式廓
萬有餘里，以新辟之土疆，佐中原之耕鑿，又化凶頑之敗類為務本之良民，
一舉而數善備。各督撫其通飭所屬，安插巴里坤各城人犯，分別懲治，勿以
縱釋有罪為仁，使良法不行。」十一月辛亥，以平定回部，上率諸王大臣詣
皇太后壽康宮慶賀。御太和殿受朝賀。頒詔中外，覃恩有差〔註181〕。

六月丙子，英吉利商船赴寧波貿易，莊有恭奏卻之。諭李侍堯傳集外商，
示以禁約〔註182〕。

〔紀年〕李綠園「舟車海內」。

〔註180〕趙爾巽，清史稿（卷十二，本紀十二，高宗本紀三，二十三年戊寅）〔Z〕，
　　　　北京：中華書局，1976～1977。
〔註181〕趙爾巽，清史稿（卷十二，本紀十二，高宗本紀三，二十四年己卯）〔Z〕，
　　　　北京：中華書局，1976～1977。
〔註182〕趙爾巽，清史稿（卷十二，本紀十二，高宗本紀三，二十四年己卯）〔Z〕，
　　　　北京：中華書局，1976～1977。

乾隆二十五年　　庚辰（1760）五十四歲

〔時事〕於烏魯木齊、伊犁屯田駐防。

三月丁未，試辦伊犁海努克等處屯田。設烏魯木齊至羅克倫屯田村莊。甲寅，頒阿桂關防，駐伊犁辦事，常亮等協同辦事。八月壬辰，以阿桂總理伊犁事務，授爲都統〔註 183〕。

〔紀年〕李綠園「舟車海內」。

乾隆二十六年　　辛巳（1761）五十五歲

〔時事〕河南部分地區因水災受賑，上命治河。

秋七月，丙寅，河南祥符等州縣河溢。八月庚辰，命高晉赴河南協辦河工。九月戊申，河南懷慶府丹、沁二河溢入城，沖沒人口千三百有奇，賑被災人民；乙丑，賑河南祥符等五十四州縣本年水災。十一月己亥，河南楊橋漫口合龍；丁未，免河南祥符等四十三州縣漕糧漕項有差〔註 184〕。

九月乙卯，以寶光鼎於會讞大典，紛呶謾罵，下部嚴議〔註 185〕。

〔紀年〕李綠園「舟車海內」。

乾隆二十七年　　壬午（1762）五十六歲

〔時事〕高宗第三次南巡。

春正月丙午，上奉皇太后南巡。二月庚辰，上奉皇太后渡江，閱京口兵。辛巳，上幸焦山。乙酉，上奉皇太后臨幸蘇州府。三月甲午朔，上奉皇太后臨幸杭州府。乙未，上幸海寧閱海塘。癸卯，上奉皇太后臨視織造機房。夏四月庚午，上閱高家堰，諭濟運壩至運口接建磚工〔註 186〕。

高宗至曲阜，祭孔。

夏四月庚辰，上祭孟子廟，謁先師廟。辛巳，上謁孔林〔註 187〕。

〔註 183〕趙爾巽，清史稿（卷十二，本紀十二，高宗本紀三，二十五年庚辰）〔Z〕，
　　　　　北京：中華書局，1976～1977。
〔註 184〕趙爾巽，清史稿（卷十二，本紀十二，高宗本紀三，二十六年辛巳）〔Z〕，
　　　　　北京：中華書局，1976～1977。
〔註 185〕同上。
〔註 186〕趙爾巽，清史稿（卷十二，本紀十二，高宗本紀三，二十七年壬午）〔Z〕，
　　　　　北京：中華書局，1976～1977。
〔註 187〕同上。

河南因災免賦受賑。

春正月，賑河南祥符等州縣災民有差。二月丙戌，免河南祥符等四十三州縣上年水災額賦〔註188〕。

曹雪芹卒。

《中國文學史》（卷四）有「乾隆二十七年（1762），幼子夭亡，他陷於過度的憂傷和悲痛，臥床不起。到了這年除夕，終因貧病交加而離開人世」的記載〔註189〕。

《紅樓夢》甲戌本第一回脂評：「能解者方有辛酸之淚，哭成此書。壬午除夕，書未成，芹為淚盡而逝。余嘗哭芹，淚亦待盡。……甲午八日淚筆。」壬午即乾隆二十七年。

〔紀年〕李綠園雖「舟車海內」，但據呂公溥《李綠園詩序》載：「歲壬午，晤於大樑旅舍，匆匆別〔註190〕」，知李綠園曾一度返回河南並客居汴梁。

乾隆二十八年　癸未（1763）五十七歲

〔時事〕春正月壬辰，命方觀承赴河南會勘漳河工程〔註191〕。

〔紀年〕李綠園「舟車海內」，中間回到家鄉寶豐，為宋村牛臯祠作碑記，上有「宋村宋名將牛伯遠戰捷之舊區也，忠孝芳躅，宜俎豆以為邑里光。乾隆丁丑潪陽孔孝子祠建於應濱。越癸未，宋統制祠落成，屬余記之。亦可見忠孝根於人心，雖歷千載而不能磨澌有如是也。鄉前輩王明經歌九陳詩、張諸生誠齋問政，雖奄忽已久，例當備書，所以明圖史之有自。而癸未之襄厥事者，咸得題名於碑陰」的記載，碑文至今猶存，由此知其此時曾在寶豐家鄉停留。

《道光寶豐縣志·輿地》（卷三）和《道光汝州全志·古蹟》（卷九）中均有記載。

〔註188〕同上。
〔註189〕袁行霈，中國文學史〔Z〕，北京：高等教育出版社，1999，頁338。
〔註190〕〔清〕蘇源生，國朝中州文徵〔Z〕，道光二十五年刻本。
〔註191〕趙爾巽，清史稿（卷十二，本紀十二，高宗本紀三，二十八年癸未）〔Z〕，
　　　　北京：中華書局，1976～1977。

乾隆二十九年　　甲申（1764）五十八歲

〔時事〕重修《大清一統志》。

在乾隆八年敕撰的基礎上，將三百四十卷的《大清一統志》增補完善為五百卷〔註192〕。

〔紀年〕李綠園「舟車海內」。

乾隆三十年　　乙酉（1765）五十九歲

〔時事〕高宗第四次南巡〔註193〕。

平新疆烏什回人亂。

閏二月乙卯，烏什回人作亂，戕辦事大臣素誠。命明瑞進剿烏什。庚申，命明瑞、額爾景額總理烏什軍務，明瑞節制各軍。三月，觀音保剿烏什逆回失利。六月己巳，諭明瑞勿受烏什逆回降。九月，烏什叛回以城降。辛卯，以明瑞等未將烏什叛人殄誅，送往伊犁，下部嚴議。十一月，明瑞等以盡誅烏什附逆回眾奏聞〔註194〕。

〔紀年〕李綠園「舟車海內」。

李綠園次子李蘧登拔萃科，年二十三歲。李彷梧、耿興宗纂修的《寶豐縣志・選舉制（道光刻本）》有關於「李蘧，乾隆乙酉科（拔貢）」的記載。

乾隆三十一年　　丙戌（1766）六十歲

〔時事〕緬甸攻掠內地，詔攻緬甸。

正月丙戌，雲南官軍剿莽匪於猛住，失利。夏四月辛丑，楊應琚奏大猛養頭人內附，官軍進取整欠、孟艮。壬寅，以莽匪整欠平，宣諭中外。九月乙未，楊應琚赴永昌受木邦降。冬十月壬戌，增設雲南迤南道〔註195〕。

〔紀年〕李綠園「舟車海內」

〔註192〕趙爾巽，清史稿（卷一百四十六，志一百二十一，藝文二）〔Z〕，北京：中華書局，1976～1977。

〔註193〕趙爾巽，清史稿（卷十二，本紀十二，高宗本紀三，三十年乙酉）〔Z〕，北京：中華書局，1976～1977。

〔註194〕同上。

〔註195〕趙爾巽，清史稿（卷十三，本紀十三，高宗本紀四，三十一年丙戌）〔Z〕，北京：中華書局，1976～1977。

乾隆三十二年　丁亥（1767）六十一歲

〔時事〕對緬戰事不利。

春正月乙亥，雲南官軍剿緬匪於新街，失利。二月丙午，雲南官軍與緬匪戰於底麻江，失利。五月丙子，雲南官軍失利於木邦，楊寧等退師龍陵。閏七月丙辰，緬匪渡小猛侖江入寇雲南茨通〔註196〕。

是年高宗巡視水師，怒革官員。

高宗巡幸津澱，是日大風，勢難操演。時都統為奉義侯英俊，已衰老，所傳號令俱誤，技藝既疏，隊伍復亂，喧嘩不絕。上怒，立加裁汰，英俊等降革有差〔註197〕。」

是年，蔡顯以詩句論斬。

蔡顯，華亭舉人也，著有《閒漁閒閒錄》，以論祀鄉賢祠節孝一條，為郡紳所嫉，郡守鍾某亦惡之。乾隆丁亥，摘其所作詩有「風雨從所好，南北杳難分」句，又《題友袈裟小照詩》有「莫教行化烏腸國，風雨龍王行怒嗔」句，謂為隱約怨誹，情罪甚重，刑部擬以凌遲，改斬決。其門下士遣戍者聞人卓之俵、劉素庵、朝棟等二十四人，並其妾朱氏。顯有子三人，長曰必昭，雋才也，年十七，亦與書賈吳秋漁同遣戍〔註198〕。

〔紀年〕李綠園「舟車海內」。

乾隆三十三年　戊子（1768）六十二歲

〔時事〕對緬用兵。

二月丙寅，諭用兵緬甸，輕敵致衄，引為己過，令明瑞等班師。命鄂寧回雲南，阿里袞署雲貴總督，駐永昌。緬人陷木邦，珠魯訥死之。丙戌，明瑞等敗績於猛育，死之。十一月戊戌，以緬人來書不遜，諭阿里袞籌進剿〔註199〕。

〔紀年〕李綠園「舟車海內」

〔註196〕趙爾巽，清史稿（卷十三，本紀十三，高宗本紀四，三十二年丁亥）〔Z〕，
　　　　北京：中華書局，1976～1977。
〔註197〕〔清〕徐珂，清稗類鈔，兵刑類，天津水師〔M〕，北京：中華書局，1984
　　　　～1986。
〔註198〕〔清〕徐珂，清稗類鈔，獄訟類，蔡顯以詩句論斬〔M〕，北京：中華書局，
　　　　1984～1986。
〔註199〕趙爾巽，清史稿（卷十三，本紀十三，高宗本紀四，三十三年戊子）〔Z〕，
　　　　北京：中華書局，1976～1977。

乾隆三十四年　　己丑（1769）六十三歲

〔時事〕對緬甸用兵。

春正月庚寅，以緬人書詞桀驁，命副將軍阿桂與副將軍阿里袞協助傅恒征剿。壬辰，阿里袞等敗緬人於南底壩。九月丙戌，阿桂進抵蠻暮。傅恒奏猛拱土司渾覺率眾來降。十二月乙卯，傅恒等奏緬酋猛駁稱臣納貢。諭俟來京時降旨〔註200〕。

〔紀年〕李綠園「舟車海內」。

乾隆三十五年　　庚寅（1770）六十四歲

〔時事〕正月己卯朔，以上六十壽辰，明歲皇太后八十萬壽，詔普蠲各省額徵地丁錢糧一次〔註201〕。

〔紀年〕李綠園「舟車海內」

乾隆三十六年　　辛卯（1771）六十五歲

〔時事〕高宗東巡，謁孔廟。

二月丙申，上奉皇太后禠岱嶽廟，上登泰山。乙巳，上至曲阜謁先師孔子廟。丙午，上釋奠先師孔子。丁未，上謁孔林。祭少昊陵、元聖周公廟。賜衍聖公孔昭煥族人銀幣有差〔註202〕。

土爾扈特部自俄羅斯回歸

六月戊寅，命巴圖濟爾噶勒赴伊犁辦土爾扈特投誠事宜。己卯，諭土爾扈特投誠大臺吉均令來避暑山莊朝覲，命額駙色布騰巴勒珠爾馳驛迎之。癸巳，命土爾扈特部眾暫駐博羅博拉。九月乙巳，土爾扈特臺吉渥巴錫等入覲，賞頂戴冠服有差。辛亥，封渥巴錫為烏納恩素珠克圖舊土爾扈特部卓哩克圖汗，策伯克多爾濟為烏納恩素珠克圖舊土爾扈特部布延圖親王，舍楞為青塞特奇勒圖新土爾扈特部弼哩克圖郡王，巴木巴爾為畢錫呼勒圖郡王，餘各錫

〔註200〕趙爾巽，清史稿（卷十三，本紀十三，高宗本紀四，三十四年己丑）〔Z〕，北京：中華書局，1976～1977。

〔註201〕趙爾巽，清史稿（卷十三，本紀十三，高宗本紀四，三十五年庚寅）〔Z〕，北京：中華書局，1976～1977。

〔註202〕趙爾巽，清史稿（卷十三，本紀十三，高宗本紀四，三十六年辛卯）〔Z〕，北京：中華書局，1976～1977。

爵有差〔註203〕。

〔紀年〕李綠園「舟車海內」。

李綠園次子李蘧鄉試中舉，時年二十九歲。李彷梧、耿興宗纂修《寶豐縣志・選舉制》（見道光刻本）載：「李蘧，……乾隆辛卯科（舉人）。」

李綠園的朋友呂中一中舉。清楊淮《國朝中州詩鈔》載：「呂燕昭（即呂中一），字仲篤，號玉照。新安人。乾隆辛卯舉人，官至江寧府知府。著有《福堂詩草》、重修《江寧府志》〔註204〕。

乾隆三十七年　壬辰（1772）六十六歲

〔時事〕三月己酉，河南羅山縣在籍知縣查世柱，以藏匿明史輯要，論斬〔註205〕。

〔紀年〕李綠園時任思南府印江知縣。

清鄭士範纂《道光印江縣志・官師志》載：「知縣，李海觀，寶豐舉人。（乾隆）三十七年任。李海觀字綠園。能興除利弊，愛民如子，疾盜若仇」。

清夏修恕、蕭琯纂修《道光思南府續志・職官志》（卷四）載：「印江知縣：李海觀，字綠園，寶豐縣舉人。乾隆三十七年任。興利除弊，愛民如子，疾盜若仇。適縣旱，步禱滴水崖，雨立沛。」

民國《新安縣志・人物志・綠園傳》（卷十一）有「李海觀字孔堂，號綠園。馬行溝人。乾隆丙辰舉於鄉，……官印江知縣。」

楊淮《中州詩鈔》（卷十四）有「李海觀，字孔堂，號綠園。寶豐人。乾隆丙辰舉人，官貴州印江知縣」的記載。

李綠園友新安呂公滋中進士。

呂公滋，字碩亭。新安人。靖州知州宣曾子。乾隆壬辰進士，官介休縣知縣。告歸，屏絕人事，自挈瓶灌竹木間，從田老村豎嬉遨，以適其適，而泳漾涵肆，乃益暢其所學。南遊吳越，縱覽山川都邑，悉發之於吟詠。著有

〔註203〕趙爾巽，清史稿（卷十三，本紀十三，高宗本紀四，三十六年辛卯）〔Z〕，北京：中華書局，1976～1977。

〔註204〕參見〔清〕楊淮，國朝中州詩鈔（卷二十）〔Z〕，道光二十三（1843）年刻本。

〔註205〕趙爾巽，清史稿（卷十三，本紀十三，高宗本紀四，三十七年壬辰）〔Z〕，北京：中華書局，1976～1977。

《碩亭詩稿》，武虛谷極稱之〔註206〕。

乾隆三十八年　癸巳（1773）六十七歲

〔時事〕**小金川事起，對小金川用兵。**

五月乙巳，阿桂等奏金川番賊陷喇嘛寺糧臺，襲據底木達、布朗郭宗。己酉，鄂寶奏金川番賊襲據大板昭。七月丙戌，諭阿桂先復小金川，分三路進剿。十一月丁卯，阿桂等奏進剿小金川，攻克資哩山梁等處，收復沃克什官寨。己巳，阿桂等奏克復美諾，命進剿金川〔註207〕。

開四庫全書館。

三十八年，開四庫全書館，大學士劉統勳舉昀及郎中陸錫熊為總纂。從永樂大典中搜輯散逸，盡讀諸行省所進書，論次為提要上之，擢侍讀。上覆命輯簡明書目〔註208〕。

〔紀年〕**李綠園在印江為官。**

李綠園有詩《宦途有感寄風穴上人二首・乾隆癸巳暮春印江署中作》：「竹節扶步叩禪關，峰嶺千層水一灣。禍不可攖聊遠害（余以運鉛之役，缺匱部項，幾頻於險），盜何妨作只偷閒。猶誇循吏頻搖首，但號詩僧亦赧顏。易地皆然唐賈島，兩人蹤跡一般般」，「自在庵中自在身，法名妙海憶前因（餘生彌月，先妣贈公抱之寺，師冷公和尚賜名妙海，實菩薩座下法派也）。茱根咬斷疏葷酒，藤蔓苃除絕喜嗔。向日繁華均長物，此時聲瞶亦陳人。福田但得便宜討，僧臘還能度幾春（時年六十有七）〔註209〕」，由此可知李綠園此時在印江為官。

乾隆三十九年　甲午（1774）六十八歲

〔王倫〕**山東王倫起事，逾月敗。**

九月乙卯，山東壽張縣奸民王倫等謀逆，命山東巡撫徐績剿捕之。戊午，命舒赫德先赴山東剿捕王倫。庚申，命額駙拉旺多爾濟、左都御史阿思哈帶

〔註206〕〔清〕楊淮，國朝中州詩鈔（卷二十）〔Z〕，道光二十三（1843）年刻本。
〔註207〕趙爾巽，清史稿（卷十三，本紀十三，高宗本紀四，三十八年癸巳）〔Z〕，北京：中華書局，1976～1977。
〔註208〕趙爾巽，清史稿（卷三百二十，列傳一百七，紀昀）〔Z〕，北京：中華書局，1976～1977。
〔註209〕〔清〕趙林成、白明義纂修，汝州全志（卷十）藝文志〔Z〕，道光刻本。

侍衛章京及健銳、火器二營兵，往山東會剿王倫。辛酉，王倫圍臨清，屯閘口。丙子，山東臨清賊平，王倫自焚死〔註210〕。

〔紀年〕李綠園告老歸田，由黔經鄂返豫。

李綠園有詩《襄陽發程抵新野北望口占》：「半生擾擾幾關津，此日方歸萬里身。老去渾無難了事，古來盡有未傳人。桃李園中花正好，雞豚社裡酒應醇。但知晚趣皆天與，臘霰秋風總是春。〔註211〕」，反映出李綠園經由湖北返回河南時的心態。

乾隆四十年　乙未（1775）六十九歲

〔時事〕是年對金川用兵，多克舉〔註212〕。

河南因災免賦。

三月辛亥，蠲河南信陽等五州縣三十五年旱災額賦〔註213〕。

〔紀年〕李綠園居寶豐。

李綠園詩《乙未三月登村右魚齒山》：「歸老懸車慣習閒，忽聞春盡一登山。風超楚國雌雄外，日介晉卿愛畏間。碑歷兩朝多蘚跡，僧逾八秩尚童顏。擎茶笑說垂髫日，抱得書囊日往還〔註214〕」，知其此時已告老辭官歸寶豐。

約於此年，李綠園續寫《歧路燈》，因李綠園辭官歸田有足夠的閑暇時間續做此事，故有此論。

次子李蘧中進士，以主事身份在吏部學習，時年三十三。

李時燦撰《中州先哲傳・文苑傳》（見民國刻本）中有「蘧字衛多，號祉亭，工詩古文。乾隆四十年進士，除吏部主事」。

李彷梧、耿興宗纂《道光寶豐縣志・人物志》載「李蘧字衛多。印江縣知縣海觀子。乾隆乙未進士，除吏部主事」。

清楊淮《國朝中州詩鈔》記李蘧生平「李蘧字衛多，號祉亭。寶豐人。乾隆乙未進士，以主事用，分吏部學習。」

〔註210〕趙爾巽，清史稿（卷十三，本紀十三，高宗本紀四，三十九年甲午）〔Z〕，北京：中華書局，1976～1977。
〔註211〕〔〔清〕楊淮，國朝中州詩鈔（卷十三）〔Z〕，道光二十三（1843）年刻本。
〔註212〕趙爾巽，清史稿（卷十三，本紀十三，高宗本紀四，四十年乙未）〔Z〕，北京：中華書局，1976～1977。
〔註213〕同上。
〔註214〕〔清〕楊淮，國朝中州詩鈔（卷十三）〔Z〕，道光二十三（1843）年刻本。

乾隆四十一年　丙申（1776）七十歲

〔時事〕高宗東巡，至曲阜。

三月丙戌，上駐蹕泰安，謁岱廟。丁亥，上登泰山。乙未，上至曲阜，謁孔子廟。丙申，釋奠先師孔子，告平兩金川功。丁酉，上謁孔林〔註215〕。

金川戰事結。

夏四月丙寅，獻金川俘馘於廟社〔註216〕。

乾隆丙申，大小金川平，頭人七圖葛拉爾思甲布傳送行在。高宗命軍機大臣問爲逆狀，對甚悉〔註217〕。

乾隆丙申，平定兩金川，孝聖後御寧壽宮，高宗侍膳，賜將軍阿桂、豐升額等功績最著者三十六人宴於階下，爲歷來未有之盛典〔註218〕。

命改毀《四庫全書》。

十一月甲申，命四庫全書館詳覈違禁各書，分別改毀。諭曰：「明季諸人書集詞意牴觸本朝者，如錢謙益等，均不能死節，妄肆狂猖，自應查明毀棄。劉宗周、黃道周立朝守正，熊廷弼材優幹濟，諸人所言，若當時採用，敗亡未必若彼其速，惟當改易字句，無庸銷毀。又直臣如楊漣等，即有一二語傷觸，亦止須酌改，實不忍並從焚棄〔註219〕。」

十二月庚子，命戊戌年八月舉行翻譯鄉試，次年三月舉行會試〔註220〕。

〔紀年〕李綠園續寫《歧路燈》。

李綠園詩《丙申今有軒夢餘口占》：「歸田賦就剩閒身，扶杖里門兩度春。友憶前歡如隔世，詩翻舊稿似他人。老覺文章終有價，宦惟山水不曾貧。夢中偶到印江地，猶見籲呼待撫民〔註221〕」，李綠園對其所著《歧路燈》頗得意，由《〈歧路燈〉自序》中「友人皆謂於綱常彝倫間，煞有發明」語不難確定這

〔註215〕趙爾巽，清史稿（卷十四，本紀十四，高宗本紀五，四十一年丙申）〔Z〕，北京：中華書局，1976～1977。

〔註216〕趙爾巽，清史稿（卷十四，本紀十四，高宗本紀五，四十一年丙申）〔Z〕，北京：中華書局，1976～1977。

〔註217〕〔清〕徐珂，清稗類鈔，恩遇類，董天弼隨征金川〔M〕，北京：中華書局，1984～1986。

〔註218〕〔清〕徐珂，清稗類鈔，恩遇類，寧壽宮賜宴功臣〔M〕，北京：中華書局，1984～1986。

〔註219〕同上。

〔註220〕同上。

〔註221〕〔清〕楊淮，國朝中州詩鈔（卷十三）〔Z〕，道光二十三（1843）年刻本。

一點，據此兩點可推知其在續寫《歧路燈》。

《〈歧路燈〉自序》中有「後半筆意不逮前茅，識者諒我桑榆可也〔註222〕」，由此可以判斷李綠園續寫《歧路燈》的大概時間。

李綠園詩《辟邪歌》中有「我今七袠猶拍摵」之句，故知作此詩時李綠園年七十〔註223〕。

受新安族人邀請，約於本年末或次年初去新安。

李綠園友呂公滋在山西介休爲官。張賡麟《介休縣志・官師志》（卷四）載：「高宗四十一年丙甲（申）：呂公滋，河南新安縣進〔註224〕」。

乾隆四十二年　丁酉（1777）七十一歲

〔時事〕江西王錫侯獄起，以大逆論死。

丁酉十一月，新昌王瀧南呈首舉人王錫侯刪改《康熙字典》，另刻《字貫》，補字典之不足，本爲當時諸儒所嫉。高宗閱其進呈之書，第一本序文、凡例，將聖祖、世宗廟諱及御名字樣開列，實爲大逆不法，命鎮押解京，交刑部審訊。錫侯及其子孫並處重刑，毀其板，且禁售賣，然其後流傳日本矣〔註225〕。

〔紀年〕李綠園居新安。

李綠園在新安馬行溝應族人之情做塾師，餘暇整理自己的詩稿。稿成，做自序，序末署「乾隆四十二年，三月既望，七十一歲老綠園，書於北冶之陶穴壅牖下」，由此知其詩稿成於三月。後由呂公溥爲其詩寫序，序中有「綠園與余叔父向山先生同年生，今年七十一，精神矍爍，健談終日不倦。厥族邀之課子侄，適余遊泰山最，往侯之，相見泊如也六月來橫山，出向所爲詩示余，復與劇談數晨夕，相樂無間云」，末署「乾隆四十二年歲次丁酉七月橫山呂公溥寸田書〔註226〕」。

李綠園於平日累積，輯成《家訓諄言（八十一條）》。

續寫《歧路燈》結尾部分並於八月脫稿，自述作書旨趣並顛末成序。

《〈歧路燈〉自序》序末署有「乾隆丁酉八月白露之節，碧圃老人題於東

〔註222〕〔清〕李綠園，歧路燈〔M〕，乾隆本。
〔註223〕〔清〕李彷梧、耿興宗，寶豐縣志，藝文志（卷十五）。道光刻本。
〔註224〕張賡麟，介休縣志，民國十九年排印本。
〔註225〕〔清〕徐珂，清稗類鈔，獄訟類，王錫侯以字貫被誅〔M〕，北京：中華書局，1984～1986。
〔註226〕〔清〕蘇源生，國朝中州文徵〔Z〕，道光二十五年刻本。

皋麓樹之陰」標記。因其時李綠園人在新安,且據考證「新安傳出本大多卷前附有《家訓諄言》或乾隆庚子過錄題識,並有並回減目現象,且多有刪省」(參見附錄《〈歧路燈〉版本考》),故知《歧路燈》成書後先由新安抄本傳出,後才有其他抄本問世。

四子葛登科拔萃科(拔貢)。

《道光寶豐縣志‧選舉制》載:「李葛,乾丁酉(拔貢)。字南耕,靈寶縣教諭。舉人李海觀第四子。」

乾隆四十三年　戊戌(1778)七十二歲

〔時事〕河南以災免賦。

夏四月辛卯,以河南旱,命減開封等五府軍流以下罪。壬寅,命先免河南四十五年田賦〔註227〕。

河南祥符水災。

閏六月癸亥,河南祥符河決。秋七月癸巳,河南儀封考城河決。乙未,命袁守侗往河南,會同河督姚立德、巡撫鄭大進查辦河工。十二月庚申,河南儀封堤工塌壞,高晉等下部嚴議〔註228〕。

十二月,山東出現義和拳。

十二丙寅,諭國泰嚴治山東冠縣義和拳教匪〔註229〕。

浙江徐述夔獄起,論斬。

冬十月甲戌,江蘇布政使陶易以徇縱徐述夔,褫職論斬〔註230〕。

東臺舉人徐述夔,著有《一柱樓編年詩》,多詠明末時事。《正德杯》云:「大明天子重相見,且把壺兒擱半邊。」又有「明朝期振翮,一舉去清都」之句。乾隆戊戌,東臺令上其事。廷旨謂:「壺兒即胡兒,含誹謗意,借朝夕之朝,作朝代之朝,且不言到清都,而言去清都,顯有興明朝去本朝之意,餘語亦多悖逆,實為罪大惡極。」時述夔已卒,命剖棺戮屍。其子懷祖以刊刻遺詩及孫食田等提解至京,命廷臣集訊,定以大逆不道正法。詩集悉銷毀。

〔註227〕趙爾巽,清史稿(卷十四,本紀十四,高宗本紀五,四十三年戊戌)〔Z〕,
　　　　北京:中華書局,1976~1977。

〔註228〕同上。

〔註229〕同上。

〔註230〕同上。

江蘇藩司陶易，揚州府知府謝啓昆等，亦悉置重典〔註231〕。

〔紀年〕李綠園客居新安。中間李綠園與朋友多次聚會。

有李綠園詩《戊戌春正月坐橫山惜陰齋與中牟胡藥船呂廿寸田話山水》、《戊戌七月下浣雨兼聞河決考城漂流數邑》、《戊戌八月初九雲水莊晚景》爲證。

呂公溥詩《戊戌九老詩會》中有：「乾隆四十三年秋，九老會我橫山頭。九人六百六十二，形則矍爍神則遒。維我老舅屬第一（舅氏王慶卜先生，七十六），同宗小阮年齒侔（王象山七十六）。皤皤白髮者難弟，問年相距差一籌（王肅公七十五）。再其次者宜公李，中虛一座爲君留（李宜公七十四，列名而未與會）。又有兩人書亥字，徐陵孟浩同優游（孟大山徐顯則皆七十二）。吾家阿叔七十二，綠園同庚膠漆投（叔父向山先生與李孔堂，皆七十二）。就是敏庵最年少，才過七十不扶鳩（孟敏庵七十一）。四千四百八甲子，冬夜夏日相周流。從此耄耋期頤壽，年年歲歲觀無休」，也可以佐證。

乾隆四十四年　己亥（1779）七十三歲

〔時事〕重視河南水災與河工。

春正月乙巳，命阿桂赴河南查勘河工。六月戊辰，河南武陟、河內沁河決。十二月癸丑，命侍郎德成至河南會辦河工〔註232〕。

命輯明季諸臣奏疏以爲鑒。

二月庚辰，命輯明季諸臣奏疏。論曰：「各省送到違礙應毀書籍，如徐必達南州草，蕭近高疏草，宋一韓披垣封事，切中彼時弊病者，俱無慚骨鯁。雖其君置若罔聞，而一時廢弛瞀亂之跡，痛切敷陳，足資考鏡。朕以爲不若擇其較有關係者，別加編錄，名爲明季奏疏，勒成一書，永爲殷鑒。諸臣在勝國言事，於我國家間有干犯之語，不宜深責，應量爲改易選錄，餘仍分別撤毀〔註233〕。」

〔紀年〕李綠園由新安返寶豐。

〔註231〕〔清〕徐珂，清稗類鈔，獄訟類，徐述夔一柱樓詩案〔M〕，北京：中華書局，1984～1986。
〔註232〕趙爾巽，清史稿（卷十四，本紀十四，高宗本紀五，四十四年己亥）〔Z〕，北京：中華書局，1976～1977。
〔註233〕同上。

李綠園有詩《己亥新安南旋過瀙河即景》可以證實其從新安返寶豐〔註234〕。

李綠園返回寶豐後不久就被當時在吏部爲官的次子李蘧第一次「迎養京邸」。

因李於潢《春綠閣筆記》所記李綠園《李秋潭遺墨幅間題語》中有：「睹此遺稿，手澤依然，不勝人琴之感，遂題六十三年前事於其幅間。後學李海觀敬書於阮氏書舍，時年七十有七」，李綠園七十七歲是乾隆四十八年，減去其中「客京師者六載」（李綠園是將其動身往返的時間各以一年來計算），由此可以確認李綠園於此年被次子李蘧第一次「迎養京邸」。

乾隆四十五年　庚子（1780）七十四歲

〔時事〕高宗第五次南巡，

春正月辛卯，上巡幸江、浙。三月癸未，上幸杭州府。甲申，上幸秋濤宮閱水師〔註235〕。

河南部分地區水災，並因災免賦。

正月辛巳，免河南儀封等十三州縣被災額賦。秋七月辛丑，河南考城河決。八月戊申，賑河南寧陵等四縣水災。冬十月辛酉，免河南儀封等六縣本年水災額賦〔註236〕。

夏四月壬子，山東壽光人魏塾以著書悖妄，處斬〔註237〕。

班禪額爾德尼自後藏入覲，未幾，疫卒於京。

秋七月丁酉，班禪額爾德尼自後藏入覲。十一月庚辰，命博清額爲欽差大臣，護送班禪額爾德尼往穆魯烏蘇地方。癸未，班禪額爾德尼卒於京師〔註238〕。

〔紀年〕李綠園居北京〔註239〕。

〔註234〕〔清〕李彷梧、耿興宗纂，寶豐縣志（卷十五）。藝文志〔Z〕，道光刻本。
〔註235〕趙爾巽，清史稿（卷十四，本紀十四，高宗本紀五，四十五年庚子）〔Z〕，北京：中華書局，1976～1977。
〔註236〕同上。
〔註237〕同上。
〔註238〕同上。
〔註239〕〔清〕李綠園，李秋潭遺墨幅間題語〔A〕，李於潢，春綠閣筆記〔M〕，道光刻本。

乾隆四十六年　辛丑（1781）七十五歲

〔時事〕命阿桂視河工。河南水災並因災受賑免賦。

二月癸亥，命阿桂勘視江南、河南河工。秋七月辛酉，命阿桂閱視河南、山東河工。夏四月辛未，免河南儀封等五縣水災額賦。秋七月己酉，河南萬錦灘及儀封曲家樓河決。秋七月賑河南儀封縣水災。冬十月戊子，賑河南祥符十三縣水災〔註240〕。

尹嘉銓以所著之書中多狂悖語而被處絞。

夏四月庚申，休致大理寺卿尹嘉銓坐妄請其父從祀孔廟及著書狂悖，處絞〔註241〕。

〔紀年〕李綠園居北京〔註242〕。

乾隆四十七年　壬寅（1782）七十六歲

〔時事〕河南部分地區因災免賦受賑。

五月辛丑，免河南祥符等六縣水災額賦。冬十月丁卯，賑河南汝陽等十六縣水災〔註243〕。

〔紀年〕李綠園居北京〔註244〕。

李綠園友童鈺卒。

葉銘《廣印人傳》（卷二）記載：「童鈺字璞巖，號二樹，又字二如，又號借庵子。山陰布衣，績學能文。早歲棄舉業，專攻詩古文與繪事。畫梅獨絕。所藏古銅印甚夥，尤工篆刻，為畫名所掩，故鮮知者。乾隆壬寅卒，年六十二，有《二樹山人詩稿》、《雪香齋遺稿》〔註245〕。」

〔註240〕趙爾巽，清史稿（卷十四，本紀十四，高宗本紀五，四十六年辛丑）〔Z〕，
　　　　　北京：中華書局，1976～1977。
〔註241〕趙爾巽，清史稿（卷十四，本紀十四，高宗本紀五，四十六年辛丑）〔Z〕，
　　　　　北京：中華書局，1976～1977。
〔註242〕〔清〕李綠園，李秋潭遺墨幅間題語〔A〕，李於潢，春綠閣筆記〔M〕，道
　　　　　光刻本。
〔註243〕趙爾巽，清史稿（卷十四，本紀十四，高宗本紀五，四十七年壬寅）〔Z〕，
　　　　　北京：中華書局，1976～1977。
〔註244〕〔清〕李綠園，李秋潭遺墨幅間題語〔A〕，李於潢，春綠閣筆記〔M〕，道
　　　　　光刻本。
〔註245〕〔清〕葉銘傳，廣印人傳〔M〕，西泠印社，宣統刻本。

乾隆四十八年　癸卯（1783）七十七歲

〔時事〕八月甲午，賜達賴喇嘛玉冊玉寶〔註246〕。

十一月壬寅，命劉峨查辦南宮縣義和拳邪教〔註247〕。

〔紀年〕李綠園於此年由北京返回寶豐。

《李秋潭遺墨幅間題語》中有「及先生捐館日，海觀適筮仕黔南，且客京師者六載，未獲執紼。抵里後心常歉仄。睹此遺稿，手澤依然，不勝人琴之感，遂題六十三年前事於其幅間。後學李海觀敬書於阮氏書舍，時年七十有七。」乾隆四十四年李綠園動身赴京到乾隆四十八年李綠園返豫，李綠園動身往返時必於陽曆與陰曆交年之際，故其本人往返時間各以一年算，前後累積共六年時間（實際上不超過五整年時間），由此可以確認李綠園於本年由北京返豫〔註248〕。

四子李葛應癸卯鄉試，被挑取四庫全書館謄錄。《道光乙酉科明經通譜》中有關於李葛「乾隆丁酉科拔貢，癸卯科挑取四庫館謄錄官。候選知縣，借補靈寶縣教諭」的記載。

乾隆四十九年　甲辰（1784）七十八歲

〔時事〕高宗第六次南巡。

二月壬戌，上幸泰安府，詣岱廟行禮。丙寅，上謁少昊陵。至曲阜謁先師廟。丁卯，釋奠先師，詣孔林酹酒。祭元聖周公廟。三月辛卯，上幸蘇州府。乙未，上詣文廟行禮。己亥，上幸海寧州祭海神。辛丑，上幸杭州府。戊申，上閱福建水師〔註249〕。

甘肅回民起事，是年，事平。

夏四月丙午，甘肅新教回人田五等作亂，命李侍堯、剛塔剿之。五月己巳，命福康安、海蘭察赴甘肅剿捕回匪。甲戌，命阿桂領火器、健銳兩營兵往甘肅剿叛回。以阿桂爲將軍，福康安、海蘭察、伍岱並爲參贊大臣。乙亥，

〔註246〕趙爾巽，清史稿（卷十四，本紀十四，高宗本紀五，四十八年癸卯）〔Z〕，北京：中華書局，1976～1977。

〔註247〕同上。

〔註248〕〔清〕李綠園，李秋潭遺墨幅間題語〔A〕，李於潢，春綠閣筆記〔M〕，道光刻本。

〔註249〕趙爾巽，清史稿（卷十四，本紀十四，高宗本紀五，四十九年甲辰）〔Z〕，北京：中華書局，1976～1977。

甘肅回匪陷通渭縣，尋復之。秋七月甲子，甘肅石峰堡回匪平，俘賊首張文慶等。八月辛丑，張文慶等伏誅〔註250〕。

夏四月甲辰，以河南衛輝等屬旱，免汲縣等十六縣逋賦。八月己丑，河南睢州河決，命阿桂督治之〔註251〕。

八月乙未，以河南偃師縣任天篤九世同居，賜御製詩御書匾額〔註252〕。

〔紀年〕李綠園居寶豐。

《呂公滋訪李孔堂》（遷居寶豐）詩有「訪問魚山路，相逢笑語頻。君爲名下士，我是故鄉人。風雨秋光暮，芝蘭臭味眞。何當勞解榻，花露浣衣塵」，知此時李綠園已由北京返回寶豐〔註253〕。

次子蘧補吏部文選司員外郎，時年四十二。

李時燦《中州先哲傳・文苑傳・李蘧本傳》有「蘧字衛多，號祉亭，工詩古文辭。乾隆四十四年進士，除吏部主事。大學士阿桂總理部務，深倚重之。四十九年，高宗幸熱河秋獮，至窟隆鷹山水暴漲，諸臣幾沒於水。駕歸，賞扈從諸臣，蘧獲賜特厚。補員外郎，擢郎中，出理七省漕務，歷江南道監察御史，工科給事中，嘉慶十一年授江西督糧道」（參見民國刻本）。

乾隆五十年　乙巳（1785）七十九歲

〔時事〕春正月丁亥，上釋奠先師，臨辟雍講學〔註254〕。

河南部分地區被災並因災受賑。

春正月戊子，免河南汲縣等十四縣逋賦。賑河南汲縣等十四縣旱災。三月辛酉，截河南、山東漕糧三十萬石，賑河南衛輝旱災。丙子，免河南商丘等六州縣上年水災額賦。夏四月，免河南汲縣等旱災額賦。賑祥符等州縣旱災。五月壬子，免河南祥符等十六州縣、鄭州等三十二州縣新舊額賦積欠。秋七月乙丑，撥戶部銀一百萬兩交河南備賑。八月乙酉，命阿桂赴河南勘災。

〔註250〕同上。
〔註251〕趙爾巽，清史稿（卷十四，本紀十四，高宗本紀五，四十九年甲辰）〔Z〕，北京：中華書局，1976～1977。
〔註252〕同上。
〔註253〕〔清〕呂公滋，碩亭詩鈔（卷下）〔M〕，乾隆刻本。
〔註254〕趙爾巽，清史稿（卷十四，本紀十四，高宗本紀五，五十年乙巳）〔Z〕，北京：中華書局，1976～1977。

冬十月賑河南永城等十二州縣旱災〔註255〕。

〔紀年〕李綠園居寶豐

李綠園跟四子分家。

李蓬於嘉慶三年所製的《置家祠祭田碑》所載：「吾家自乙巳年兄弟四人分居之時，所有祖遺房產蓬雖盡數推讓，而長門所得股分僅止房十餘間，薄田一頃，仍不足以備時獻而安先靈。今於本身自置產內，敬撥四頃（行糧一頃八）作爲祭田，並交給銀三百，空白宅基一處（本村西頭，第二處五間寬）以爲修建祠堂之地……此項祭田，既不許藉端日後瓜分營私，長遠作爲長門公產。倘蓬之子孫或有異議，長門子孫立即搨石鳴官治以不孝之罪，爰使立石以示來昆〔註256〕。」

乾隆五十一年　丙午（1786）八十歲

〔時事〕福建林文爽起事。

乾隆丙午，臺灣彰化縣有林爽文者，恃其所居大理坹地險族繁，恣爲盜賊。閩、廣間有所謂天地會者，爲奸徒結黨名目，爽文藉以糾不逞之徒而起事。知府孫景燧至，趣知縣俞峻、副將赫生額、游擊耿世文率兵役往捕，不敢入，駐營五里外之大墩。諭村民擒獻，否則村且毀，先焚數小村恟之，被焚者實無辜。爽文遂因民怨，集眾夜攻營，全軍覆，俞、赫、耿皆死，時十一月二十七日也。明日，賊乘勢陷彰化，孫及都司王宗武、同知長庚、前同知劉亨基、典史馮啓宗，悉爲所害。十二月六日，又陷諸羅，縣令董啓埏死之，淡水同知程峻亦被戕〔註257〕。

十二月丙寅，福建彰化縣賊匪林爽文作亂，陷縣城，知縣俞峻死之。命常青、徐嗣曾等剿辦〔註258〕。

秋七月戊申，免河南商丘等十二州縣上年旱災額賦〔註259〕。

〔註255〕同上。
〔註256〕李春林，李綠園生平及家世〔A〕，平頂山市文史資料研究委員會，平頂山市文史資料〔C〕，1987，第三輯。頁131。
〔註257〕〔清〕徐珂，清稗類鈔，戰事類，福康安柴大紀平臺灣〔M〕，北京：中華書局，1984～1986。
〔註258〕趙爾巽，清史稿（卷十五，本紀十五，高宗本紀六，五十一年丙午）〔Z〕，北京：中華書局，1976～1977。
〔註259〕同上。

〔紀年〕李綠園居河南。

長子李葂觸刑卒於開封。

徐玉諾《牆角消夏記》（其二）載：「《小說考證》筆記據《缺名筆記》言綠園歿後家道凋零；不知綠園在日，已經窮苦不堪。嘉慶十二年十二月十六日（綠園第四子李葛）夜苦不寐，即枕上作長短句四章。其一云：不寐苦，不寐苦，傷心乾隆歲丙午：長兄病歿汴梁城，客囊羞澀心無主；編丐諸舊遊，釀金廿四五；草草成殮畢，我攜侄兒扶櫬歸僕僕。……可憐孀嫂！從此食貧將孤撫；未及十年嫂亦古！父子姑媳葬西郊，此時果否會地府！這《不寐苦》，是馬術（應是馬街）司氏家藏李葛墨稿。乾隆五十一年丙午，綠園長子李葂卒於汴梁；綠園正八十歲，當在馬行溝教學。汴梁距魯山，汴梁距新安，均不過三百里地；即客囊羞澀，何至涼屍不能成殮！況且詩中還有食貧撫孤的話，並且綠園已經八十二三歲了，還得步行三百多里到新安老家去教學；家境若何，可想而知。」綠園此年八十，長子李葂卒於開封均可考，唯李綠園「在馬行溝教學」事不可考。

新安呂公滋遊吳越，其碩亭詩草刻於姑蘇。

次子蘧擢本司郎中，時年四十四。

李蘧，字衛多，號祉亭，寶豐人。乾隆乙未進士，以主事用，分吏部學習。時總理吏部阿文成公桂性嚴毅，祉亭獨邀特識，每事與籌。甲辰高宗純皇帝巡幸熱河，行秋獮禮。駕路窀窿鷹，山水暴漲，諸臣幾沒於水，歸，上賞扈從諸臣，蘧蒙賜甚厚，補文選司員外。丙午擢本司郎中，丁未出坐糧廳差，抵任，嚴禁七省運官，不得私貽書役，合署肅然〔註260〕。」

乾隆五十二年　丁未（1787）八十一歲

〔時事〕征剿福建林文爽。

春正月辛未，林爽文陷諸羅竹塹。癸未，林爽文陷鳳山，知縣湯大全死之。甲申，常青以守備陳邦光督義民守鹿仔港，收復彰化奏聞。二月壬寅，林爽文復陷鳳山，犯臺灣府，柴大紀督兵民御之〔註261〕。

湖南鳳凰廳苗作亂，總兵尹德禧討平之〔註262〕。

〔註260〕〔清〕楊淮，國朝中州詩鈔〔Z〕，道光二十三（1843）年刻本。
〔註261〕趙爾巽，清史稿（卷十五，本紀十五，高宗本紀五，五十二年丁未）〔Z〕，
　　　　　北京：中華書局，1976～1977。
〔註262〕同上。

〔紀年〕李綠園居河南。

次子蘧出坐糧廳差。楊淮《國朝中州詩鈔》中關於李蘧有「丙午擢本司郎中，丁未出坐糧廳差，抵任，嚴禁七省運官，不得私貽書役，合署肅然」，故知此年李蘧事。

乾隆五十三年　戊申（1788）八十二歲

〔時事〕林文爽兵敗被俘，押往京師。

二月甲午朔，獲林爽文，賞福康安、海蘭察御用佩囊，議敘將弁有差〔註263〕。

五月丁卯，蠲河南商丘等六州縣上年水災額賦有差〔註264〕。

高宗以五經試士。

高宗以相臺《五經》鏤板，特築《五經》萃室藏之。舊例，科場試士，士各習一經，至是始用《五經》〔註265〕。

〔紀年〕李綠園由豫進京，第二次被次子蘧「迎養京邸」。

《道光寶豐縣志・人物志・綠園傳》（卷十二）載「子蘧官御史，迎養京邸」。

次子蘧補都察院監察御史，時年四十六。

清楊淮《國朝中州詩鈔》中關於李蘧中有「戊申補山東道監察御史」的記載。

乾隆五十四年　己酉（1789）八十三歲

〔時事〕彰顯傅麟瑞七世同居之事

乾隆己酉夏四月，高宗以河南魯山縣生員傅麟瑞七世同居，特御製詩章、御書扁額以賜之〔註266〕。

安南獻表。

〔註263〕趙爾巽，清史稿（卷十五，本紀十五，高宗本紀五，五十三年戊申）〔Z〕，北京：中華書局，1976～1977。

〔註264〕同上。

〔註265〕〔清〕徐珂，清稗類鈔，考試類，高宗以五經試士〔M〕，北京：中華書局，1984～1986。

〔註266〕〔清〕徐珂，清稗類鈔，孝友類，傅麟瑞七世同居〔M〕，北京：中華書局，1984～1986。

乾隆己酉，福文襄王既受阮光平降，遷安南故王黎維祺宗族入京，入鑲黃旗漢軍旗分。其陪臣黎駉等四人不願剃髮改服，高宗怒，置諸獄〔註267〕。

八月乙丑，賑河南永城、臨漳等縣水災〔註268〕。

〔紀年〕李綠園居北京。

乾隆五十五年　庚戌（1790）八十四歲

〔時事〕高宗以八十歲普免天下錢糧。

春正月壬午朔，以八旬萬壽，頒詔覃恩有差。普免各直省錢糧〔註269〕。

高宗東巡，登泰山，至曲阜，謁孔林

二月己未，上詣東陵、西陵，巡幸山東。壬戌，上謁昭西陵、孝陵、孝東陵。庚午，上謁泰陵、泰東陵。三月乙酉，上登岱。甲午，上謁少昊陵。至曲阜謁先師廟。乙未，釋奠。賜衍聖公孔憲培及孔氏族人等章服銀幣有差。丙申，上謁孔林〔註270〕。

重刻石鼓置於北京國子監與熱河文廟

乾隆庚戌，御製集石鼓所有文，成十章，製鼓重刻，鼓凡十，在戟門外左右分列。辛亥，諭：「我朝文治光昌，崇儒重道，朕臨御五十餘年，稽古表章，孜孜不倦，前曾命所司創建辟雍，以光文教，並重排石鼓文，壽諸貞珉。而《十三經》雖有武英殿刊本，未經勒石，因思從前蔣衡所進手書《十三經》，曾命內廷翰林詳覈舛訛，藏弆懋勤殿有年，允宜刊之石板，列於太學，用垂永久〔註271〕。」

夏四月壬申，免河南永城五十四年水災額賦。秋七月賑河南永城、夏邑水災〔註272〕。

〔註267〕〔清〕徐珂，清稗類鈔，朝貢類，安南獻表〔M〕，北京：中華書局，1984
　　　　～1986。
〔註268〕趙爾巽，清史稿（卷十五，本紀十五，高宗本紀五，五十四年己酉）〔Z〕，
　　　　北京：中華書局，1976～1977。
〔註269〕趙爾巽，清史稿（卷十五，本紀十五，高宗本紀五，五十五年庚戌）〔Z〕，
　　　　北京：中華書局，1976～1977。
〔註270〕同上。
〔註271〕〔清〕徐珂，清稗類鈔，教育類，列聖重學〔M〕，北京：中華書局，1984
　　　　～1986。
〔註272〕趙爾巽，清史稿（卷十五，本紀十五，高宗本紀五，五十五年庚戌）〔Z〕，
　　　　北京：中華書局，1976～1977。

〔紀年〕李綠園卒於北京，年八十有四。

《道光寶豐縣志·人物志·綠園傳（卷十二）》中載：「李海觀字孔堂，號綠園。祖居新安，遷於縣七里宋家寨。乾隆丙辰恩科舉人。沉潛好學，讀書有得，及凡所閱歷，輒錄記成帙。每以時趨向、重交遊，訓誡子弟。襄城劉太史青芝，稱其『有志斬伐俗學，而力涸筋疲於茹古』，非虛也。任貴州印江縣知縣，以老告歸。著作詳後。……子蘐官御史，迎養京邸。卒年八十有四」。

清楊淮《國朝中州詩鈔》關於李蘐「庚戌丁艱家居」的記載，是年李蘐家居丁父憂。

徐玉諾《歧路燈及李綠園先生遺事》中記載：「據李家祠堂木主，綠園先生……乾隆五十五年庚戌（西一七九〇年）六月二十八日巳時壽終於米市胡同京邸；享年八十有四〔註273〕」。

欒星《李綠園家世生平再補》中：「李春林近在家祠宅基院內發現一塊嘉慶三年碑版，係李綠園次子蘐所制《置家祠祭田碑》……碑上載有玉琳以下李氏三代考妣的生辰與忌辰。綠園名下這樣記：『綠園公十二月初一日生辰六月二十八日忌辰，與玉諾所述吻合。可謂綠園生卒月日的鑿證〔註274〕。』」

吳文治《中國文學大事年表》載：「1790，庚戌，李海觀卒（1707～），年八十四。海觀字孔堂，河南寶豐人。著長篇小說《歧路燈》〔註275〕」。

【附錄二】　李綠園交遊考 〔註276〕

〔摘要〕知人方能論事。瞭解李綠園的交遊有助於理解李綠園的人生價值取向，為我們更好地瞭解李綠園其人、其文提供真實的可資憑藉的證據。李綠園一生交遊甚廣，他本人「每以明趨向、重交遊，訓誡子弟〔註277〕」。由於李綠園本人及其後人所保留下來的關於其交遊的資料極其有限，因此其交

〔註273〕徐玉諾，《歧路燈》及李綠園先生遺事〔J〕，明天（卷一期四），1928，11，11。

〔註274〕欒星，李綠園家世生平再補〔J〕，明清小說研究，1986（第3輯）。

〔註275〕吳文治，中國文學大事年表〔z〕，合肥：黃山書社，1987，頁2818。

〔註276〕欒星做過詳實的「李綠園交遊考」，鑒於其參考文獻出處不全，筆者將其考據過的內容與原文獻一一對照，確切標明出處，旨在為後來研究者提供方便。考據結果大同小異，略有出入。

〔註277〕〔清〕李彣梧、耿興宗纂修，寶豐縣志，道光刻本。

遊者多不可考，我們只能根據視野所及範圍內的李綠園的詩文或其他間接資料進行梳理，力求將其一生交遊可考知者作出細緻的考證，以便從中大體判斷李綠園爲人、爲官與爲文可能受到的影響。究竟這些人能在多大程度上代表李綠園的交往範圍、究竟這些人能給李綠園多大程度的影響，我們沒有辦法具體確定；但有一點可以確認，那就是我們可以從李綠園與這些人之間的交往互動中所表現出來的好惡傾向窺視其人生價值取向之一斑。

　　1、劉青芝，字芳草，晚號江村，襄城人。清代中原著名的學者與古文
　　　　家之一。

　　劉青芝，字芳草，號實夫，晚號江村。襄城人。少負異才，年十六補博士弟子員。時，群從六人，皆績學能文，而芳草又爲秀，出試輒上等，一時六劉之名，轟噪兩河。康熙乙酉舉鄉試，赴禮闈不第，疾馳出都門，以父母年高，不上公車者，十有七年。侍起居色養備至。比親歿，哀毀幾滅性，非杖不能起。雍正丙午，需次銓選，猶以兄故不肯行。其兄華岳迫之，乃就道。明年成進士，選庶吉士，時年已五十三。居無何，念其兄不置，數請假不得，適華岳蹋雪二千里，以憶弟來都，入門相見，且喜且悲即引疾，與兄並駕歸，遂不復出，閉戶著書，近三十年。四方學者宗之，巋然爲中原名儒。爲文離奇變化，不名一體。尤長傳記，得史法。所著有《江村山人稿》及《尙書辨疑》、《學詩闕疑》、《周禮質疑》、《史記紀疑》、《史記異同是非》、《古汜城志》、《擬明代人物志》、《江村隨筆》若干卷。與鄢縣王豐川，秀水張瓜田，錢塘桑韜甫，時以學問文章相剴切。韻語非其所好，間一爲之，即棄去不存。茲編細加搜輯，史得五篇。然一鱗片甲，神物正自不同，識者固不必入昆圃、鄧林，始知其寶也〔註278〕。」

　　《中州先哲傳‧文苑傳》載：「青芝字芳草，晚號江村山人，父宗泗，在儒林傳。青芝少負異才，康熙四十四年同從兄青震中式鄉試，以親老不赴會試，凡十七年。雍正五年成進士，上命總裁各薦可入翰林者，勵廷儀舉青芝引見，改庶吉士，居數月念兄青蓮，數請告不得。青蓮亦思弟入都，相向哭。力請得許。沈近思挽之曰：『閔子與王豐川張儀封書，經濟具見，方擬薦。何遽歸也？』青芝告以情，且誦兄詩：『今朝不盡團圞樂，那有來生未了因』，問曰：『尙忍留乎？』近思喟然曰：『東坡而後今見子矣！』偕兄歸，閉戶著

書垂三十年，四方宗仰，歸然為中原大師。其治詩貴平易，不崎嶇求合，注疏及儒先說可採朱傳，可疑者折以己意，著《學詩闕疑》二卷。其治書務求是信，經不信，注於蔡傳，不立異，不苟同，著《尚書辨疑》一卷。其治周禮政教典法可施諸世者，酌古準今論其得失，著《周禮質疑》五卷。其治史記義訓，法例所在，與古今箋注評隲，未允闡微釋滯，著《史記紀疑》二卷。其治漢書依史記參考異同，卻所異同，別其是非，著《史漢異同是非》四卷。其為文祖司馬遷、歐陽修，閒學元好問，鎔鑄變化，自成一家。尤長傳記，多史法因物賦形，務有聲光，不肯以文屈人。著江村山人未定稿、續稿、閏餘稿十八卷，擬《明代人物志》十卷，《古汜城志》十卷。其論文仿元好問錦機集，前人緒言釐為十科：曰源流，曰體裁，曰義例，曰法式，曰自得，曰評隲，曰竄改，曰譏賞，曰辯證，曰話言。著《續錦機》十五卷，用前例匯所未備，著《續錦機補遺》六卷，其《江村隨筆》十卷掇經史雜言及友朋箚牘而成，非其至也。詩非其專長，閒一為之，即棄去，不自存。青芝爽直明敏，不隨世浮沉。襄城運漕河朔往復千里，縣人大苦，請當事改三百里內運，本色餘歸正賦折納。立文社，啟發後學，通文事者踵接。老益篤學，以文未進於古為優，與方苞、沈德潛、彭啟豐講論不厭當代。方聞宿學，聞聲欽慕，或投贈詩篇，然不以虛聲標也。乾隆二十年年八十一著《知己》上下兩篇，上述四師勵廷儀、沈近思、史貽直、崔紀志知遇之感，下篇述鄢縣王心敬、秀水張庚、錢塘桑調元交遊始末。學行文章切劘，語尤摯，是年卒，門人私諡曰文愨〔註279〕。」

清汪運正纂修的《襄城縣志・選舉志》（卷五）中有載：「舉人，劉青芝，康熙乙酉見進士，雍正丁未翰林院庶吉士〔註280〕」。

袁枚《隨園詩話》中有「襄城劉芳草先生，名青芝，雍正丁未翰林。與兄青藜友愛，築江村七一軒同居。所謂『七一』者，仿歐陽六一居士之義，多一弟，故名七一。先生初入詞館，即請假省兄。座主沈近思留之曰：『頃閱子上張儀封書、與王豐川箚，知君有經濟之人，何言歸也？』先生誦其兄寄詩云：『今生不盡團圞樂，那有來生未了因？』沈憐而許之。丙辰秋，同徵友張雄圖引見先生於僧寺中，須已盡白，德容粹然。秀水張布衣庚為之立傳。

〔註279〕李時燦，中州先哲傳，文苑四（卷二十六）。民國刻本。
〔註280〕〔清〕汪運正，襄城縣志，選舉志〔Z〕，乾隆十一年刻本。

初，先生與張訣，脫珮玉爲贈。後聞訃，張奉玉爲位以哭雲〔註281〕。」劉青芝事兄之悌由此可見一斑。

其兄劉青蓮「字華岳，貢生。嗜書而更能刻勵於書義，一字一句必敝精疲神以思，得其解乃止。研究經傳折衷先儒學古文辭，爲詩文卓然自成一家。言至性友愛其弟芝尤甚。飲食寢興居處以及校讎典籍、構思爲文、晰疑賞奇，朝夕相依，如形與影。芝館選都下，別甫一載，蓮於隆冬蹋冰以六旬老人不遠二千里赴都省視，入門相向哭。芝以思兄亦預備請假，遂同歸焉。所著《七一軒稿》等集行世〔註282〕」。其堂兄劉青蓮有詩寫及劉青芝：

《江村七一軒初成與芳草遣興四首》：「羞將人世較窮通，偕入荒村一畝宮。書翰合宗宋坡谷，文章分勘漢西東。一灣綠水圍三面，萬柳清風著兩翁。吾道只應來曠野，不妨昏曉醉鄉中。課農才識老農艱，雨笠煙蓑若個閒。壟上揮鐮欲成陣，場邊納稼似爲山。夜寒零露飛霜裏，夏病紅塵赤日間。粒粒盤中誰解得？袞翁爲爾動愁顏。老屋東西愧士龍，詩書東閣卻爲農。村邊波瀾回一曲，樹杪煙霞麗五峰。四月新麰呼婦煮，三家古臼共鄰舂。殘年飯飽無他願，莫怪人間萬事慵。癡頑眞個是癡頑，不戀市朝戀碧灣？一舍中臨三匝水，八家斜面萬重山。野航搖艪聲常近，高柳垂堤手可攀。爲問兩翁忙底事，看雲直到夕陽還〔註283〕。」

《與芳草消暑二首》：「鵲噪簷前聒未休，淡雲纖月出樓頭。人稀語靜眠初穩，露冷風微意更幽。便約人間同省事，不從世上作閒愁。邇來莫怪頹唐甚，看破賢愚總一丘。自我前年號病夫，此身一付馬牛呼。倦來高枕尋殘夢，興到抾鬚看畫圖。文敏千松映樓閣，耕煙萬艘集江湖。誰云炎夏難消受？持國心涼意不珠。（千松、萬艘，董元宰、王石谷畫軸。皆軒中所有〔註284〕。）」

關於劉青芝，袁中立的《題七一軒》這樣記載：「襄城訪聖賢，曾經首山麓。自古爲名區，於今多甲族。宿聞太史家，兄弟連華屋。玉堂聚神仙，著書舊盈櫝。脊號傳經彥，藜光耿天祿。晚歲葉塤篪，觴詠偕空谷。卓哉華岳翁！興寄託濠濮。攜弟木天君，江村植花竹。縱情逍遙遊，蒙莊靜披讀。岸柳垂羃羃，園卉開樸㹀。室是羅幽玩，不讓歐陽獨。傲彼踽行士，七偏增於六。

〔註281〕〔清袁枚，隨園詩話（卷七）〔M〕，道光十三（1833）年刻本。

〔註282〕〔清〕汪運正纂修，襄城縣志，文苑傳〔Z〕（卷七）。乾隆十一年刻本。

〔註283〕〔清〕楊淮，國朝中州詩鈔〔Z〕，道光二十三（1843）年刻本。

〔註284〕〔清〕楊淮，國朝中州詩鈔〔Z〕，道光二十三（1843）年刻本。

巋然起新軒，瓣香擷芬馥。不異浣花村，葺茆臨江築。時當山雨至，泉林淨如沐。此地有精舍，爲滌塵千斛。柴門少俗客，眞能遠剝啄。翹首緬高風，如聽松謖謖〔註285〕。」

李綠園與劉青芝的次子劉伯仁是鄉試同年，二人過從甚密，李綠園以父師禮事劉青芝，而且李綠園以其自身品行之憂頗得劉青芝的賞識。劉青芝的《李孔堂制義序》載：

> 萬古文章有坦途，遺山論玉川子詩也。近世舉子竟務新奇，其險怪、陰晦、詭誕，至不可句讀。頃晤一考官，爲言場屋文，反覆數過而不得其解乃售。嗚呼！弱水陷河，人力難通，斯豈坦途也哉。黃河之險，大行之峻，當其風雲變幻，非無奇特之觀，新異之容，而名山大川之勝概，終非崩崖陰洞所可擬也。有明方正學嘗以新奇言文矣，發前人所未發謂之新，非常人思慮所及謂之奇。余謂陸士衡所云：怵他人之先我。非發前人所未發乎？韓退之所云：惟陳言之務去。豈常人思慮所及乎？斯言殆有合於古歟！寶豐孔堂李子，與余侄兒（因劉伯仁過繼給青芝兄，故青芝以此稱之）伯仁，同舉丙辰鄉試。一日以其制舉義質余，且乞一言冠其首。李子固有志斬伐俗學，而力涸筋疲於茹古者也。寧於制義獨不然。及披覽，果希正學之旨爲之，且憂世之懷，壯行之志殷殷時露行間。言爲心聲，不可於此占李子平生乎？李子向過余，儀觀甚偉，風氣非常。他年聳壑昂霄時，幸勿忘書生草茅數語，是即古人所謂坐而言起而行也。余少不自量，常懷仲舉不事一室，孟博登車攬轡之志，今年已耄而壯志蹉跎，殊用自愧。茲閱李子文，於我有戚戚，因爲李子有厚望焉〔註286〕。」

李綠園不僅以文向劉青芝請教，而且其行也受劉青芝影響頗深。李綠園向劉青芝所「乞」者並非只此一序，他還曾向劉青芝「乞」爲其父李甲墓撰寫碑文：

> 余嘗聞新安李孝子玉琳尋母事云：康熙辛未歲，大饑。玉琳兄弟，方謀奉母就食四方，會洛陽歲試，玉琳乃留試，遣弟玉玠負母赴南陽去矣。試竣，持七十錢，星夜奔跡，抵南陽之梅林鋪，音問渺然。值日將暮，計窮情急，

〔註285〕〔清〕楊淮，國朝中州詩鈔〔Z〕，道光二十三（1843）年刻本。
〔註286〕〔清〕劉青芝，江村山人續稿（卷一）〔M〕，乾隆刻本。

－297－

乃坐道旁呼天大號曰：「我新安李某也，尋親至此，已八百里，足繭囊竭，而親不可得，獨有死耳！」益大號。突有倉皇來前者，即玉玠也。玉玠已為土著延為作塾師。坐間，忽心動若有迫之者，曰：「起！起！汝兄至矣。」急出戶，聞號聲乃前，與玉琳相持泣歸。乾隆戊辰月日，寶豐李子海觀將葬其父文學君，乃先以狀，來乞表墓之辭於余。余讀狀，乃知文學君，即余向所聞尋母李孝子玉琳之子，而玉琳為海觀之王父也。玉琳自南陽歸，即卜居寶豐之魚山，家焉。文學君諱甲，因隸寶豐學，補博士弟子員。及玉琳歿，仍歸葬新安祖塋。寶距新六百里，文學君春秋霜露，祗薦頻繁，歷數十年不愆期。後以年暮，子弟請間歲行之，君已諾焉。夜半，忽招諸子榻前，涕淚橫流曰：「吾適夢入汝祖墓中，面如生存，至今恍然在吾目。」因仆地哭，不能起。黎明即就道，赴新安省墓。母病腿痛，君常翼之行，雨雪則負之。群兒相隨而笑，君亦笑謂之曰：「汝曹笑老叟負母耶？」時市果納母衣袖中，小兒女爭來索，母笑而分給之。母重聽，然喜聞里巷好事，君坐臥指畫，以色授母，母目之而省，時為頤解。其因時隨事委曲以博高堂之歡者，多此類也。海觀為余侄伯仁丙辰同年，時往來余舍，情好甚篤。今求表其父墓，至再至三，情詞懇惻，若恐其先人之行，不得暴揚明顯於來世，即無以自立於天地者，斯意豈可孤也哉！余故即舊所聞，與今所睹一家父子以孝相踵者，以表之。夫孝庸行也，而傳曰：通於神明。玉琳號天而遇母，甲也省墓而夢父，非所謂通於神明者乎？嗚呼！李氏之孝可以傳矣。海觀刻餘辭墓上，後世過而觀焉，自有歎息而弔之者〔註287〕。

由此可見劉青芝對李綠園「以孝相踵」家風之推重。而劉青芝自己的家風亦如此。《襄城縣志‧孝友傳（卷六）》如此記載其父劉宗泗：「字恭叔，舉人。年十四喪父，從兩兄奉母，克行孝悌四十餘年。與母連屋而居，屋內通以戶。夜聞聲咳必披衣坐，既以息乃復寢。或寂無聞，又必俟有伸欠聲殆終宵，疑懼幾不成寐也。兩兄以哀母氏卒，遂撫諸孤，勉之學，群從諸子各著名於世。其學主程朱，其持身躬謙恕，其篤行以孝悌為先，其性和厚，遇人必以禮所交，多海內名德鉅人。嘗曰：『書不在多讀，如君子之道四，數行熟味之終身可矣』，是其生平德修道明之得力工夫也〔註288〕。」而劉青芝本人事

〔註287〕〔清〕劉青芝，江村山人續稿（卷二）〔M〕，乾隆刻本。另見李時燦《中州先哲傳，孝友傳》（卷三十）。
〔註288〕〔清〕汪運正纂修，襄城縣志，孝友傳（卷六）〔Z〕，乾隆十一年刻本。

親至孝、事兄至悌，對李綠園的影響也是顯而易見的。《歧路燈》中孔耘軒喪親以致於「哀毀骨立」、婁潛齋事兄至悌、惟兄長之命是從，這些形象中都有劉青芝的影子。在這個意義上說，劉青芝在為文與為人方面對李綠園影響最大。

　　2、劉伯仁，又名伯常，襄城人。與李綠園同為丙辰舉人，劉青芝次子，
　　　　因過繼給青芝兄，故青芝以侄稱之。

　　清汪運正纂修的《襄城縣志·選舉志》（卷五）中有載：「舉人，劉伯仁，乾隆丙辰〔註289〕」。

　　劉青芝在《亡侄伯仁墓碣銘》全面記錄了劉伯仁的一生：「此余亡侄伯仁之墓。為余次男，出繼五兄華岳先生。本名伯常，伯仁其榜名也。由國子生中式乾隆元年丙辰恩科，本省鄉試第七十四名舉人。幼聰穎好勝，方十三四歲時，與同學角四書藝，兩人素不相下，仁殫精凝思，窮日竟夜，至於達旦。僅成一藝，必壓倒同學乃已。為文有苦思，時出警句。然讀書少沉潛，故未醇耳。性跅馳不羈，用財如糞土，有貧而文，旅寓不能生活者，揚譽縉紳間，不惜齒牙筆箚，有心艱窘告者，輒罄橐無留餘。至急人之難，奔走營救，百萬以周全焉，不必其相誠也。好持體統，遇胥役騎而衝於道，立抗首鳴於官，俾官懲之。於父母兄弟間，有至性。其觸於俄頃而發於不自覺者。孩提時真自在，固惻惻動人。而於朝夕儀文，疎略也。頻年病咯血症，幾死者屢矣，竟未死。今乃以病瘡殞其生耶。初病瘡，即時言身後事，偏招諸姊妹一夕俱集，語刺刺不休，淒淒然。別房嫂氏來省視，即不能多言，必有言以酬。及去，又曰：某語得無得罪某嫂耶？素號疎放矣，其慎如此。病劇，泣語叔母曰：『兒以送父母終，獨抱恨叔父叔母耳』，囑兄敬云云，囑弟魯云云。顧其子曾輝曰：『吾獨生汝，吾一生以未得著青衫進身為恨，汝好勉之』。及余往視，但含淚曰：『叔叔且歸休息。』卒無一語囑我，恐傷余懷也。尋卒。仁生於康熙壬辰正月初二日，卒於乾隆丁卯八月初六日，即以是年十一月初六葬於祖塋之次。嗚呼！汝得年三十有六，而余以七十三歲之老人含汝殮汝，何忍復執筆銘汝！然又何忍弗銘汝！銘曰：汝歸侍父，吾生奚度。為我寄語，願與兄聚。汝有豪氣，借百里吐，此志莫酬，將誰與訴？余也含淚銘汝，使後世知汝平生之所慕。汝有知耶，知我銘汝，應泣下如雨，恍若蒞政臨民，鋤強字弱，而快然於事之已自我作〔註290〕。」由此可知劉伯仁是一能急人之

〔註289〕〔清〕汪運正纂修，襄城縣志，選舉志〔Z〕，乾隆十一年刻本。
〔註290〕〔清〕劉青芝，江村山人續稿（卷一）〔M〕，乾隆刻本。

所難的慷慨豪士。李綠園與其交往甚深，劉青芝不止一次提及二人交情之篤，且李綠園與劉青芝的師生情誼也因劉伯仁而起。

3、呂公溥，字仁原，號寸田，呂守曾子，新安人。能詩，且詩有淵源。一生不務科名，素無宦情。其家藏書頗富，日坐一室，手披口吟不輟。工篆刻及詩，為乾隆間中州著名詩人，著有《寸田詩草》（八卷），附詩餘一卷〔註291〕。

李時燦《中州先哲傳‧文苑傳四》（卷二十六）載：

> 公溥字仁原，號寸田。守曾子。為詩嚴守唐宋之界，詞從己出，不以剿竊為能。與張開東、童鈺、張九鉞、何經愉酬唱。袁枚稱為詩中雄伯。詩工言情，真摯淒惋，入人心脾。於書無不窺，家藏萬卷，日坐一樓，手披口吟，朱墨燦然。素無宦情，依土塢闢別墅，曰掌園鏡亭館，水木之盛，逍遙其中。日命童子磨墨數升，操筆揮翰，神氣飛舞。巡撫某，遣人侍側年餘，所書片紙尺縑，悉取去。兼工篆刻。著寸田詩草四卷。晚主閿鄉荊山書院。歿後子孫不能守，圖書零殘，半歸寶豐楊淮。

而且清楊淮《中州詩鈔》（卷十五）也有這樣的記載：

> 呂公溥，字仁原，號寸田。新安監生。山西布政使守曾之子也。呂氏自司農、光祿二公，以詩名當世，松坪力園承之稱極盛。寸田更陶熔家學不懈而及於古。所著《寸田詩集》，古體音節鏗鏘，近體縱逸雅健，融貫三唐。此所以樹幟藝林，為呂氏後勁，雖老宿如隨園，亦以詩中雄伯推之。寸田以累世書香，縹緗滿一樓，日坐其間，披閱吟誦，每卷朱墨燦然。特工篆刻，刀法逼近文三橋。闢別墅名曰掌園。地倚土塢，上構孤亭，以俯流泉，下則留春洞也。環園題曰桃花岸，水外呼為楊柳堤。對面峰巒無數，嵐光雲氣互相往還。種花木，鋤芳草，逍遙其中。日令童子磨墨數升，操筆揮灑，神氣飛舞。大中丞某愛其書法，令人侍其側年餘，凡所書，雖片紙必取以去。寸田沒後，家計蕭條，不數年而園圃頹廢，圖書凋殘不堪問矣？其書半歸淮家，每見寸田手跡讀之，不勝有今昔之感云〔註292〕。

〔註291〕乾隆五十五年呂燕昭刻於江寧，袁枚為之序，譽為「詩中雄伯」，有傳本。

李綠園有詩《戊戌春正月坐橫山惜陰齋與中牟胡藥船呂廿二寸田話山水》：「人日明胱夜，飲我羊羔酒，云自汾陽來，半盞醉白叟。但覺雙頰生微熱，檢約嚬笑不敢苟。髯癡（寸田別號髯癡）今逾五十二，何得仍呼我小友（余初至橫山，寸田尚幼）？況歷山左登泰岱，掀髯大侈談天口：雞唱上聞兜率宮，赦輪初躍絕畫手，金霞萬縷紅潮湧，蘋實豈止大如斗。詡詡自頌雙瞳福，碧宇奇觀直鮮偶。有客新從秦關回（胡船藥監修華嶽廟工，因寸田爲子書根畢姻，藥船送媛至橫山），自云親摸十丈藕。晴日滿騰濟勝具，直上老聃舊離垢（俗云老聃離溝）。叔卿奕棋在絕巘，一局石罫今尚有（漢時衛叔卿）。昌黎永訣投書崖，繞及半山何曾陟？快哉俯看諸名山，幾點枝指而駢拇。方聞岱兮旋聞華，頓覺故見不足狃：蜀道之難上青天，黔南之山黑如黝，吳頭楚尾多岡嶺，齊郊魯域亦丘阜，若擬日觀落雁峰，總是臺有牛馬走。忽憶我道巫山峽，猶能彷彿十八九：白帝城下灩澦堆，黃陵廟邊十二培，狼頭惡淮石列姜，人鮓之甕凹如臼。劇談各騁夙所見，兼山習坎誰爲右？五嶽祝公岱爲宗，四瀆惟候江爲首，竹篼（寸田登岱乘篼）藜杖（藥船陟華杖筇）聊信宿，我坐舲窗逾年久，試將匆遽比暇豫，徐蟄雄濤君輸否？」反映他與呂公溥的交往（見李綠園詩鈔殘卷）。

但顯然李綠園和呂公溥的交情不止到此，從呂公溥給李綠園詩鈔作序可以確認這一點：

詩也者，情而已；無情而有詩，有詩亦無詩也。綠園李君，負詩名。先世居新安，後徙寶豐，家焉。年六十後，始筮仕黔之印江，以病告歸。歲壬午，晤於大樑旅舍，匆匆別，迄今二十年矣。精神猶矍爍，健談終日而不倦。其族人邀之課子侄，適余遊泰山歸，往候之，相見泊如也。六月來橫山，出向所爲詩示余，復與劇談數晨夕，相樂無間云。余嘗謂詩以言志，志之所至，詩亦至焉。古之人，必有所感於中而作焉者也，惟不能已，故不溢不隘，言之不足而長言之。究之猶有所未盡，使讀者會於言外。否則，其中本無纏綿惻怛之情，勉強爲之，或限韻拘體，以他人之愛憎爲起止，又安有所謂詩也耶？抑更有進焉者。詩之爲詩，固不徒存乎工與不工也，有時工於詩而不可爲詩，亦有時不工而無害其爲詩者，其詩異也。三唐詩稱極盛，然其間能本乎綱常倫紀之大，發而寫時狀景，雖鄙情瑣事，俱成大雅，是不期工而工者，杜工部一個而已。前則不忘兩晉之陶彭澤，後則不忘二聖之陸劍南。然其不工者亦頗多。淵明之詩，本不求工者也。劍南之詩，求工而不盡工者也。由

是以推，則漢魏以逮唐宋元明諸大家，凡詩之可以傳千古者，莫不各有必不得已之情在也，挹其情可以讀其詩矣。綠園既去，余展而讀之，諸體多爽勁流利。讀史二十三首，斷論嚴榷，可以論世。說黔三十首，物理人情，體驗入微，可備職方之探。至於黔蜀之篼輿，吳楚之帆棹，齊魯幽燕遊歷諸作，亦多大力磐礡，神與俱流。而其於友朋生死離別之際，拳拳懇懇，三致意焉。綠園其有情人哉！噫！遠宦數千里外，日手一篇於蠻煙瘴雨中，卒全其本來面目以歸。歸來依然故吾，見之者不知其為官，其胸中原自有不容已之情，故發而為詩，自有真詩，工不工非所計也。然其情至者，固又未嘗不工也。是則綠園之詩也夫。

　　這是清蘇源生撰《中朝中州文徵》中選錄的呂公溥的序，雖然文字整飭，但因對原稿有刪削，而將呂公溥對李綠園的感情淡化了許多。而《綠園詩鈔》殘卷卷首所存原序，雖有蟲蛀磨損，但大體不影響其原汁原味，可以更深入地咀嚼出呂、李二人的交情：

　　詩也者，情而已；無情而有詩，有詩亦無詩也。吾鄉常丈以庵，有情人也，少以詩□□□□□著勤園詩集，余受而讀□□□□□□綠園李君，負詩名，亦吾鄉□□□□□□□□□寶豐，遂家焉。□□□□□□□□□以病告歸。幼時曾來新□□□□□□□掌園諸昆訂莫逆。時余髫□□□□□歲壬午，晤於大樸旅舍，匆匆別，迄今二十年矣。綠園與余叔父向山先生同年生，今年七十一，精神矍爍，健談終日而不倦。厥族邀之課子侄，適余遊泰山歸，往候之，相見泊如也。六月來橫山，出向所為詩示余，復與劇談數晨夕，相樂無間云。余嘗謂，詩以言志，志之所至，詩亦至焉。古之人，必有所感於中，始發而為言，詩三百篇，大抵皆不能已於中而作焉者也。惟不能已，故不溢不渴，言之不足而長言之。究之猶所未盡，使讀者會於言外，□□□□□知其人矣。顧不學面牆，學之則□□□□□□詩之教也。否則，不可作也。□□□□□□□綿惻之心，勉而為之，或限韻拘體，以他人之愛憎為起止，又安有所謂詩也耶？抑更有進焉者。詩之為詩，固不徒存乎工與不工也，有時工於詩而不可為詩，亦有時不工而無害其為詩者，其情在也。三唐詩稱極盛，然其間能本乎常倫紀之大，發而寫時狀景，雖鄙情瑣事俱成大雅，是不期工而自工者，杜工部一人而矣。前則不忘兩晉之陶彭澤，後則不忘二聖之陸劍南。然其不工者亦頗多。淵明之詩，本不求工者也。劍南之詩，求工而不盡工者也。由是以推，則漢魏以逮唐宋元明諸大家，凡詩

之可以傳千古者，莫不各有必不得已之情在也，挹其情可以讀其詩矣。綠園既去，余展而與三侄中一共讀之，□二十日乃竟。集中諸體，多爽勁流利。讀史二十三首，論斷嚴権，可以論世。說黔三十首，物理人情，體驗入微，可備職方之採。至於黔蜀之筇篠，吳楚之帆棹，齊魯幽燕遊歷諸作，亦多大力磐礴，神與俱流。而其於友朋生死離別之際，拳拳懇懇，三致意焉。綠園其有情人哉！噫！遠官數千里外，日手一篇，於蠻煙瘴雨中，卒全其諸生之本來面目以歸。歸來依然故吾，見之者不知其為官，其胸中原自有不容已之情，故發而為詩，自有眞詩，工不工非所計也。然其尤佳者，固又未嘗不工也。是則綠園詩也。余獨惜以庵昨冬初歿，不及與綠園相晤，各出其不能已者相訂，豈非一大缺略事哉。茲者，余匆匆東去，叔父向山先生索觀今稿，在十八芝草堂中。想讀訖，必什襲而歸之東皋陶穴南窗下。乾隆四十二年歲次丁酉七月橫山呂寸田書。

李綠園辭官歸田後，呂公溥有詩相贈：

「吾鄉風教至今醇，萬里歸來一故人。流水高山清以越，太羹元酒淡而眞，忘言汋穆欣相對，得句推敲妙入神。惟我兄君君弟我，椳懸更解詎嫌頻？

雲嶺虛懸待叩鐘，誰尋逸響躡高蹤？兩齋弟子何須問，五柳先生未易逢。剩有通家孔文舉，愁無仙侶郭林宗。南陽耆舊知存幾，最愛躬耕老臥龍〔註293〕」，反映出山水依舊故人情。

而且對橫山之會，呂公溥也有詩《戊戌九老詩會》記載：

> 乾隆四十三年秋，九老會我橫山頭。九人六百六十二，形則矍鑠神則遒。維我老舅屬第一（舅氏王慶卜先生，七十六），同宗小阮年齒侔（王象山七十六）。皤皤白髮者難弟，問年相距差一籌（王肅公七十五）。再其次者宜公李，中虛一座為君留（李宜公七十四，列名而未與會）。又有兩人書亥字，徐陵孟浩同優遊（孟大山徐顯則皆七十二）。吾家阿叔七十二，綠園同庚膠漆投（叔父向山先生與李孔堂，皆七十二）。就是敏庵最年少，才過七十不扶鳩（孟敏庵七十一）。四千四百八甲子，冬夜夏日相周流。從此耄耋期頤壽，年年歲歲觀無休」。

由此可見，李綠園雖然年長於呂公溥，但二人實是志趣相投的忘年之交。

〔註293〕〔清〕楊淮，國朝中州詩鈔（卷十五）〔Z〕，道光二十三（1843）年刻本。

4、李秋潭，寶豐人，李綠園同鄉前輩，與李綠園有「瓜葛姻誼」。

李於潢《春綠閣筆記》中引錄李綠園《李秋潭遺墨幅間題語》提及此人：

余十三歲入城當童子試，先生於海觀有瓜葛姻誼，遂主於其家。晨起，攜余步北門認激水。反入七世同居坊，左入飯館，各盡漿粥二器。蓋先生素羸，懼晨炊之不佳也。爾時海觀雖髫齡，頗微窺默識其意。及先生捐館日，海觀適筮仕黔南，且客京師者六載，未獲執紼。抵里後心常歉仄。睹此遺稿，手澤依然，不勝人琴之感，遂題六十三年前事於其幅間。後學李海觀敬書於阮氏書舍，時年七十有七。

僅寥寥數語，李綠園的故人之情躍然紙上。

5、呂公滋，字樹村，號碩亭，新安人。乾隆壬辰進士，曾任山西介休知縣，後告歸，從田老村豎嬉遊，自挈瓶灌竹木間。曾南遊吳越，縱覽山川都邑，悉發之於詩。其詩甚為清代河南樸學家武億（虛谷）稱道。著有《碩亭詩草》（上下卷），乾隆五十一年刻於姑蘇，呂氏掌園藏板，有傳本；李綠園曾參與訂正其詩稿，《碩亭詩草》卷首訂正者中列有李綠園的名字。

張賡麟《介休縣志·官師志》（卷四）載：「呂公滋，河南新安縣進〔註294〕」。

張賡麟《介休縣志·名宦錄》（卷十八）載：「呂公滋，字碩亭，河南新安縣進士。振動文教，諸生肄業，書院者必按期親臨督課，時學宮樂舞祭品多廢缺，公悉補置。舉行士林爭仰焉。升本府通判〔註295〕。」

楊淮《中州詩鈔》有：「呂公滋，字碩亭，新安人。靖州知州宣曾子。乾隆壬辰進士，官介休縣知縣。告歸，屏絕人事，自挈瓶灌竹木間，從田老村豎嬉遊，以適其適，而泳漾涵肆，乃益暢其所學。南遊吳越，縱覽山川都邑，悉發之於詩。著有《碩亭詩稿》，武虛谷極稱之〔註296〕。」

袁枚《隨園詩話》（卷十四）中記載：「中州呂公滋，字樹村，宰介休歸；因從（侄）子仲篤宰上元，來遊白下，見贈云：『地兼白下三山勝，詩比黃初七子工。』讀三妹集云：『鴛鳥飛來因繡好，蠹魚仙去為香多。』年未老而乞病。有勸其再出者，乃作《老女嫁》云：『自製羅紈五色裳，晶簾低卷繡鴛鴦。不如小妹于歸日，阿母殷勤為理妝。』『檢點新妝轉自思，於今花樣不相宜。

〔註294〕張賡麟，介休縣志，民國十九年排印本。
〔註295〕同上。
〔註296〕〔清〕楊淮，國朝中州詩鈔〔Z〕，道光二十三（1843）年刻本。

嫁衣肥瘦憑誰剪，羞問鄰家小女兒。』《戲仲篤》云：『憐余增馬齒，看爾奏牛刀。』《潼關》云：『三峰天外立，一騎雨中行〔註297〕』」。

其侄呂中一有詩《喜樹村從叔至》：「幾番花樹滿城栽，聞道前年策蹇回。三徑已荒虛北望，片帆無恙喜南來。風塵乍覺鬢眉異，樽徐陪笑□笑語開。謝傅遺徽今尚在，隨行獨愧阮咸才（謂霞章三兄）〔註298〕」。

呂公滋較綠園年輕，他曾在遊歷途中取道寶豐，專程拜訪李綠園，有詩《呂公滋訪李孔堂》（遷居寶豐）：

「訪問魚山路，相逢笑語頻。君為名下士，我是故鄉人。風雨秋光暮，芝蘭臭味真。何當勞解榻，花露浣衣塵（見《碩亭詩鈔（卷下）》）。」從中可見呂、李二人志趣相投。

6、呂中一，名燕昭，字仲篤，又字中一，新安人。乾隆三十六年舉人，仕至江寧知府。為呂公溥的侄子，年歲較李綠園小。能詩。嘉慶年間姚鼐主纂的《江寧府志》，呂仲篤為主修。

清楊淮《國朝中州詩鈔》載：「呂燕昭，字仲篤，號玉照。新安人。乾隆辛卯舉人，官至江寧府知府。著有《福堂詩草》、重修《江寧府志》。按：『新安呂氏為中原望族，學術之醇、科第之盛甲於全豫，而詩學尤有薪傳。嘗見其印文曰『詩是吾家事』。一門揚風扢雅，刻羽引商者至數十人，皆有專集行世。自仲篤歿，家計蕭條，其詩幾不能付梓。盛衰之故，可勝浩漢！〔註299〕」

袁枚不但對呂公滋的詩很賞識，而且對呂氏後人呂仲篤的詩也很推崇：「余丙辰入都，猶及見中州少司農呂公耀曾，長髯鶴立，望而知為正人。後五十餘年，公曾孫仲篤來宰上元，其叔樹村亦從介休來，與余交好。已採其詩入《詩話》矣。近又得仲篤《登金山》云『山自中央出，江從萬里來。秋生揚子渡，人上妙高臺。鐵甕潮聲落，金陵霽色開。中泠泉莫辨，汲取試螺杯。』《泛舟城南》云：『野水蒹葭外，飄然一泛舟。波光凌日動，人影帶煙流。自得莊周意，能消宋玉愁。快談忘夜短，長嘯入高秋。』二首，皆不落宋、元以後。其他佳句，如：《和樹村》云：『三徑已荒虛北望，片帆無恙喜南來。』《寓齋即事》云：『汾水南來能到海，華山西去欲齊天。』仲篤，名燕昭。仲篤又有《夜坐》云：『秋入暮天碧，衣沾白露冷。不知山月高，先見

〔註297〕〔清〕袁枚，隨園詩話（卷一四）〔M〕，同治八年刻本。
〔註298〕〔清〕楊淮，國朝中州詩鈔（卷十五）〔Z〕，道光二十三（1843）年刻本。
〔註299〕〔清〕楊淮，國朝中州詩鈔〔Z〕，道光二十三（1843）年刻本。

梧桐影。』筆意高超，有『羚羊掛角』之意〔註300〕。」

在《隨園詩話（補遺）》（卷六）中有：

新安胡葆亭有句曰：「千里雄心空似驥，百年衰族可無鳩？」余愛其典雅。後其子雪蕉比部《聞鶯》云：「細雨乍移江上舫，好春又放故園花。」方知胡氏詩學家傳，淵源有自。雪蕉有弟岳見贈云：「隨口篇章皆絕調，及門弟子總傳人。」郭頻伽秀才見贈云：「生不佞人何況佛，事惟欠死恐成仙。」呂仲篤讀《隨園詩話》，贈云：「大海自能含萬派，名山眞不負千秋〔註301〕。」

呂公滋曾有詩《丙辰冬至日廿三侄燕昭以冬衣百襲分寄族人詩以志之》來稱讚呂中一的善行：「數世傳清白，吾宗半是貧。一官分薄俸，千里寄家人。雪落山村冷，衣添篰屋春。自慚林下臥，未得恤周親〔註302〕。」

呂中一的侄兒呂田也有《題趾園即呈廿三叔父仲篤先生》詩：「高天飛鳥倦飛還，爭羨去歸澗谷間。十畝初成新石室，廿年重理舊東山。沿堤楊柳含煙靜，滿案琴書帶月閒。時上平臺聊眺望，層巒曲水鎖柴關〔註303〕。」

民國《新安縣志·人物志·李元章傳》（卷十一）中也有關於呂中一的記載：「呂燕昭（即呂中一）遊陽岩石刻（石今尙存）猶云：「此遊李元章不在，此老若在，當更趣也。」以此可見其人。

呂仲篤和李綠園的交往都是通過其他人的記載來體現的。《歧路燈》乾隆庚子過錄本卷首所附原過錄人題語中有：「呂中一（仲篤）評《歧路燈》有曰：『以左丘司馬之筆，寫布帛菽粟之文』。允爲的評。」

呂公溥在爲李綠園詩鈔所作的序中也提到呂仲篤：「綠園既去，余展而與三侄中一共讀之，□二十日乃竟〔註304〕」。但呂仲篤的爲人只有《中州先哲傳·文苑傳四（卷二十六）》中提及：「燕昭字仲篤，乾隆三十六年中式鄉試，官江蘇□□知縣，擢通州知州，累遷江寧府知府。才敏，決獄如神。修江寧府志，重刻呂坤《呻吟語》，實政錄小兒語、閨訓、明職諸書，下縣興教勸俗。性豪爽，尤工詩。袁枚詩話多錄其詩，著《福堂詩文集》〔註305〕」，由此可知李綠園與呂中一實是道義相投之友，且常以詩與之切磋。

〔註300〕〔清〕袁枚，隨園詩話（卷七）〔M〕，道光十三年刻本。

〔註301〕〔清〕袁枚，隨園詩話補遺（卷六）〔M〕，同治八年刻本。

〔註302〕〔清〕楊淮，國朝中州詩鈔〔Z〕，道光二十三（1843）年刻本。

〔註303〕〔清〕楊淮，國朝中州詩鈔〔Z〕，道光二十三（1843）年刻本。

〔註304〕〔清〕李綠園，歧路燈〔M〕，乾隆本。

〔註305〕李時燦，中州先哲傳，文苑四〔Z〕（卷二十六）。民國刻本。

7、呂仰曾，字宗企，號芝堂，新安人。歲貢，能詩，精篆刻，是呂公溥的叔父。

呂仰曾，「字宗企，歲貢。少自刻苦讀書，輒徹底。是時群從十數人，皆靈運惠運之選。仰曾觀摩漸染諷乎大雅之音，嘗擬丹書十七銘，斑駁陸離，古音古節，識者歎賞。精篆刻，製印二百餘方，暇則印作長幅，遇相知，輒取以贈。著有《學生集》十二卷，《古文》一卷，《紫岩詩草》一卷，《立亭詩草》二卷，《向山摘句》一卷。卒，門人私諡曰貞文〔註306〕。」

清楊淮《國朝中州詩鈔》關於呂仰曾有這樣的記載：「呂仰曾，字宗企，號向山，新安歲貢。力園之少弟，孝友篤摯，里黨推服。讀書刻苦自厲，目不窺園，五更已轉，一燈熒熒，猶兀坐披誦也。當是時，呂氏方盛，昆弟數十人，皆靈運惠連之選。向山生乎其間，得以觀摩漸染。殆所謂蓬生麻中，不扶自直者與！嘗作擬古一卷，規仿丹書十七銘，斑駁陸離，古音古節，識者歎賞。精於篆刻，手製圖書二百餘方。暇則印作長幅，遇相知，輒取以贈人。多裝潢之，以作雅玩。向山吟詠之餘，兼工制藝，而文章憎命朱衣無靈，竟以白蠟明經終其身，惜哉！歿後，門人私諡曰：貞文。著有《學山集》十二卷，《古文》一卷，《紫岩詩草》一卷〔註307〕。」

呂公溥《李綠園詩鈔序》中有：「綠園與余叔父向山先生同年生，今年七十一，精神矍爍，健談終日而不倦」，「余獨惜以庵昨冬初歿，不及與綠園相晤，各出其不能已者相訂，豈非一大缺略事哉。茲者，余匆匆東去，叔父向山先生索觀今稿，在十八芝草堂中。想讀訖，必什襲而歸之東皋陶穴南窗下」（見李綠園詩鈔殘卷卷首）。這裡的向山先生就是呂仰曾。

呂公溥詩《戊戌九老詩會》中有：「乾隆四十三年秋，九老會我橫山頭。九人六百六十二，形則矍爍神則遒。維我老舅屬第一（舅氏王慶卜先生，七十六），同宗小阮年齒侔（王象山七十六）。皤皤白髮者難弟，問年相距差一籌（王肅公七十五）。再其次者宜公李，中虛一座為君留（李宜公七十四，列名而未與會）。又有兩人書亥字，徐陵孟浩同優遊（孟大山徐顯則皆七十二）。吾家阿叔七十二，綠園同庚膠漆投（叔父向山先生與李孔堂，皆七十二）。就是敏庵最年少，才過七十不扶鳩（孟敏庵七十一）。四千四百八甲子，冬夜夏日相周流。從此耄耋期頤壽，年年歲歲觀無休」，由此可知呂仰曾參加了這次

〔註306〕 李時燦，中州先哲傳，文苑四〔Z〕（卷二十六）。民國刻本。
〔註307〕 〔清〕楊淮，國朝中州詩鈔〔Z〕，道光二十三（1843）年刻本。

－307－

的詩會。呂、李二人爲同齡摯友，想必交往甚多。

8、李元章，新安馬行溝人，是一位極風趣的板話詩人。

民國《新安縣志‧李元章傳》（卷十一）載：

> 李元章，馬行溝人。業農，以家貧故，未讀書。而擅吟詠，立
> 能成章，一出天籟，妙語環生，俗不傷雅，而極風趣。時呂氏諸巨
> 公吟詩，有疑難，時輒取決焉。與呂公滋碩亭尤善。一日謁碩亭於
> 家，進門即跪曰：「元章跪塵埃，尊聲廿四宅。」碩亭驚問故，曰：
> 「小兒娶媳婦，借我兩石麥。」碩亭笑曰：「好！好！」邑學官某，
> 天津人，言語慣舉「做怎的」三字。值七旬晉壽辰，賓客滿座，詩
> 篇雜遝。好事者戲以「做怎的」三字押入壽詩，未能穩愜。眾皆難
> 之，曰：「非李元章不能。」即速之於郭姓家。甫入座，眾告以故，
> 應聲曰：「人生七十古來稀，老師今年七十一。一雙兒女都長大，我
> 還怕他做怎的。」合座爲之傾倒。碩亭者，固一代名士也。一日偕
> 元章遊於洛，知府某招碩亭飲。時承平久，士夫多耽吟詠。談次有
> 言，未見以不字作結韻者，碩亭曰：「吾縣李某或能之。」即招之至。
> 則以署內槐樹爲題，令押不字作結韻。元章立成曰「遠看一棵樹，
> 近看一摟粗。年年結槐豆，也有一年不。」眾爲之欣賞不置，遂延
> 之上座。他如碩亭作睦鄰詩，押人字未妥，質之元章，則曰：「推倒
> 牆頭一家人。」以不能作稿故，句多散佚。呂燕昭遊陽岩石刻（石
> 今尚存）猶云：「此遊李元章不在，此老若在，當更趣也〔註308〕」，
> 以此可見其人。

李綠園友呂公滋與李元章關係密切，曾爲李元章作《五善歌》，內容爲：

「元章元章善詼諧，四座一聞笑口開。自古曼倩滑稽輩，往往玩世諧俗
逞其才。元章元章善詩歌，倚馬卻嫌七步多。不必譜聲律，自爾天籟和，三
百皆從性情出，何用沈約之書費揣摩。元章元章善貨殖，市上一廛百貨集。
昔無家，今有室；昔無田，今有食；昔無衣與笠，今者披裘乘馬高出入。元
章元章善事母，貧時那有米可負？能得母歡心，不徒養體口。用勞用心盡其
誠，菽水承顏勝酒肉。元章元章善教兒，近市惟恐俗所移。十年閉戶延名師，
三鳳表表資格奇。積得一錢買一書，縹緗滿架日翻披。世人不識或輕侮，我

〔註308〕李庚白、李希白纂修，新安縣志（卷十一）。人物志，李元章傳，民國石印本。

爲慷慨作歌以傳之，元章元章兮天下知〔註309〕。」

李綠園友呂公溥《綠園詩鈔序》中有「厥族邀之課子侄，適余遊泰山歸，往候之，相見泊如也，」這裡的族人無疑也包括李元章在內，李綠園的學生中也包括李元章的兒子。李綠園與李元章的交往由此可見一斑。

李綠園《歧路燈》平易的風格，詼諧幽默的語言在某種程度上無疑是受到李元章的影響。

9、呂守曾，呂公溥父，新安人。雍正年間進士，曾任完縣知縣，歷官四川鹽驛道、浙江金衢嚴道、杭嘉湖道、甘肅按察使、山西布政使。

《中州先哲傳·文苑傳四》（卷二十六）載：「守曾字待叔號松坪，雍正二年進士。初知完縣，年未壯也。越二載，稱神君，擢宣化府知府，地鄰邊疆，運餉修城，調劑得宜，事舉而民不擾，升四川鹽驛道。母卒，服除，補浙江金衢嚴道，調杭嘉湖道，旋按察甘肅，遷山西布政使。守曾聰慧，夙具昆弟，中尤傑出。其詩主性靈，纏綿篤摯。與履恒宗尙稍異。履恒詩近雅頌漢禰魏，平視盛唐，於梁中晚等諸自檜以下，守曾往往取諸國風，含情有託，喜爲豔體，又浸淫齊梁降至中晚宋元亦供驅策，於家法不數然也。方楘如言有女郎詩，有傖父賦，有木客吟，有越巫祝遠，是四者與袁枚談詩最契，歎爲先輩典型著。《松坪詩草》十四卷任蘭枝曰：『夢月岩集無美不備，三公子各得其一體，憲曾得其渾厚，宣曾得其清明，守曾得其秀潤』，世爲知言〔註310〕。」

清楊淮《國朝中州詩鈔》載：

「呂守曾，字待孫。新安人。户部侍郎元素子也。賦質穎異，少即嶄然露頭角。雍正甲辰成進士，知完縣。母夫人教之曰：「汝父治陝西寧鄉時，常喻家人曰：『事事求便於己，則不便於民者，多矣，小子識之。』」治完二載，稱神君，晉宣化府知府，有惠政。歷官四川鹽驛道、浙江金衢嚴道、杭嘉湖道、甘肅按察使、山西布政使。所著《松坪詩集》〔註311〕」，由此可知呂公溥所受的家庭薰陶。

袁枚《隨園詩話》（卷十三）記載：「己未年，余乞假歸娶，見呂觀察守曾於完顏臬使署中。讀其《松坪集》，樂府最佳。如云：『雨

〔註309〕〔清〕呂公滋，碩亭詩草〔M〕（卷上）。乾隆刻本。

〔註310〕李時燦，中州先哲傳，文苑傳四〔Z〕（卷二十六）。民國刻本。

〔註311〕〔清〕楊淮，國朝中州詩鈔〔Z〕，道光二十三（1843）年刻本。

雪思見晛，觀去淚如霰。來時笑相迎，啼時歡不見。夏日冬之夜，
猶有旦暮時。與郎情難滿，如醑釃漏卮』。《登雲山》云：『石徑巉岩
花氣紛，偶乘余興送斜曛。不知絕壑何人嘯，遙帶鐘聲入暮雲。』
未二年，署布政使，以盧案受內臣周內，憤而雉經；非其罪也〔註
312〕。」

　　呂守曾為呂公溥的父親，新安諸呂為書香世家，幾代人為官有清名，工
詩，有「詩為吾家事」之說。李綠園與呂守曾交往不見記載，只有李綠園與
呂公溥交往的記載。

　　10、郭儞，字武德，郟縣人。布衣，能詩，有隱士之風。

　　清楊淮《國朝中州詩鈔》中有：「郭儞，字武德，郟縣布衣」的記載，並
有其《遊龍山》一首：「路近南山陲，處處得異境。葉落平林秋，水激峽石猛。
下馬謂行人，此地真箕穎。結茅三兩間，應教魂夢冷〔註313〕。」

　　耿宗興《中州珠玉錄》（卷二）載：「郭儞字武德。郟縣布衣。詩尚蘇黃，
不染宋人江湖派。亦工散體文。著《念先堂集》。」

　　李綠園辭官歸田後的隱者心態很難說與他和郭儞的接觸無關。

　　李綠園《〈歧路燈〉自序》中提及對《三國演義》的看法時提到了郭儞的
意見，二人對《三國演義》的見解相同：「三國志者，即陳承祚之書而演為稗
官者也。承祚以蜀而仕於魏，所當之時，固帝魏冠蜀之日也。壽本左祖於劉，
而不得不尊夫曹，其言不無閃灼於其間。再傳而為演義，徒便於市兒之覽，
則愈夫本來面目矣。即如孔明，三國時第一人也，曰澹泊，曰寧靜，是固具
聖學本領者。出師表曰：先帝知臣謹慎，故臨終託臣以大事。此即臨事而懼
之心傳也。而演義則曰附耳低言，如此如此，不幾成兒戲場耶？亡友郟城郭
武德曰，幼學不可閱坊間三國志，一為所溷，則再讀承祚之書，魚目與珠無
別矣。淮南盜宋江三十六人，肆暴行虐，張叔夜擒獲之，而稗說加以替天行
道字樣，鄉曲間無知惡少，仿而行之，今之順刀手等會是也。流毒草野，釀
禍國家，然則三世皆啞之孽報，豈足以蔽其教猱升木之餘辜也哉！〔註314〕」

　　11、張仙，字揖東，寶豐人。乾隆三年舉人。

　　乾隆《汝州續志‧選舉志》載：「舉人，寶豐張仙，字揖東。乾隆戊午科

〔註312〕〔清〕袁枚，隨園詩話（卷十三）〔M〕，同治八年刻本。
〔註313〕〔清〕楊淮，國朝中州詩鈔〔Z〕，道光二十三（1843）年刻本。
〔註314〕〔清〕李綠園，歧路燈〔M〕，乾隆本。

〔註315〕」。

李綠園《〈歧路燈〉自序》中提及二人對《金瓶梅》的看法相同：「若夫金瓶梅，誨淫之書也。亡友張揖東曰，此不過道其事之所曾經，與其意之所欲試者耳。而三家村冬烘學究，動曰此左國史遷之文也。余謂不通左史，何能讀此；既通左史，何必讀此？老子云：童子無知而朘舉。此不過驅幼學於夭笤，而速之以薅里歌耳〔註316〕。」

12、童鈺，字璞岩，浙江山陰人。畫家，能詩，曾應邀客居河南。

清楊淮《國朝中州詩鈔》載：「童鈺，字二樹，浙江山陰人。幼以穎異稱，性復嗜讀，有劉孝標書淫之目，尤熟於史事。或以史中至僻之人問，即朗誦其全傳，檢史閱之，無少差。二樹工古文詩詞，不樂仕進，以布衣終身。乾隆初，河南巡撫某公重其學，以書招之來。一時賢士大夫，得交二樹以主榮。當事者延修《河南府志》，世稱善書。二樹考訂之餘，兼好吟詠，與夏邑李東川、新鄭蘇惠波、祥符周伯揚相善，稱爲「中州三友」。歌什贈答，幾無虛日。二樹以畫梅名聞海內，酒醉興酣，解衣盤礴，頃刻數十幅，一幅贈一詩，無相復者。押腳印文曰「萬幅梅花萬首詩」。晚年，嫌萬爲成數，改其文曰「一幅梅花一首詩」。迄今得其畫者，以是印定先後焉。寓居中州幾十餘年，卒後，嵩陽馮璨裒輯其詩梓爲四卷，題梅之作，居其半焉。佳句如《舟次南湖》云：「苔深漁艇滑，樹近酒簾低。」《雨中曉起》云：「曉煙孤嶼小，秋寺遠鐘清。」《客夜》云：「夜涼燈影小，秋重拆（桿）聲孤。」《草堂會飲》云：「酒腸逢月大，詩骨入秋堅。」《新秋夕望》云：「新月劍清影，夕陽無定山。」《遊盛氏園林》云：「園林不數武，風水便成文。」《春郊》云：「探花蜂立帽，問水鷺隨人。」《新秋宴集》云：「白玉觴分花際露，紫檀槽撥樹頭風。一片雲歸微帶雨，二分月出淡含風。」《題梅》云：「雪和冷面香和骨，水寫清標月寫魂。寫入畫圖猶雪意，化來筆墨盡煙痛。雲宛轉來微有影，雪玲瓏處不勝春。千林月好欲昏夜，一塢云香何處春？」皆雅麗可湧（誦）。惜集隘不能多登爲憾。淮聞二樹狀貌清癯，有似寒梅，其母夢牛載梅兩株而生二樹，蓋梅中之仙云〔註317〕。

葉銘《廣印人傳》（卷二）記載：「童鈺字璞岩，號二樹，又字二如，又號借庵子。山陰布衣，績學能文。早歲棄舉業，專攻詩古文與繪事。畫梅獨

〔註315〕〔清〕宋名立修，汝州續志，選舉志〔Z〕，乾隆本。

〔註316〕〔清〕李綠園，歧路燈〔M〕，乾隆本。

絕。所藏古銅印甚夥，尤工篆刻，為畫名所掩，故鮮知者。乾隆壬寅卒，年
六十二，有《二樹山人詩稿》、《雪香齋遺稿》〔註318〕。」

呂燕昭《寫梅歌寄童二先生》：「十年之前見君畫，十年之後讀君詩。梁
苑騷壇執牛耳，東西遙遙寄相思。去年丁酉歲將晚，雪香齋中通積愊。冰心
玉骨姑射姿，大雅風流真不遠。偶然寫梅乃餘事，下筆潑墨神亦至。數點微
參天地心，群芳寂寞無生氣。君身是梅畫即真，能從寒谷發陽春。峰蝶尚知
親臭味，莫怪尋常問字人！我見畫梅即傾倒，願同霜雪共清曉。洛陽咫尺似
羅浮，天際徒教魂夢繞。於今驅馬走金臺，多見桃李少見梅。春風遠道長相
憶，隴頭驛使空溯洄。太行山高雲靉靆，回首蘭言誠可佩。萬幅之外寄一枝，
時時與君好晤對（先生有「萬幅梅花萬首詩」之印）〔註319〕。」

李樹谷有《聞童二樹山人病歿》詩：「一別安陽後，相思十九年。中州三
友具（山人及余及大樑周白陽，新鄭蘇蕙坡為中州三友，與余平生，惟於碭
山一會面，余尺書往還而已），海內幾人傳？尺素憑秋雁，長歌寄蜀箋。無端
聞遠訃，灑淚向江天〔註320〕。」

野蠶《畫梅歌贈童二樹》：

畫梅一去楊補之，後之畫者無一奇。童君寫此奇更絕，大箍作幹小草枝。
淅水深深家底處，繞屋但種梅花樹。生綃卷盡雪霜魂，卻化魚龍破廚去。擔
簦今我遊中州，六月邂逅池邊樓。是時潑墨正驚座，冰車玉碾輝簾鉤。蛛絲
掛葉苔色靜，鸛喙劃沙花光浮。瘦嶺羅浮寧獨峙，孤山元墓聊兼收。須臾掃
罷擲筆起，怪問密株胡來此？我亦殷勤通所以，相顧一笑春生紙。彭門使君
（指厚庵太守）君故人，向我稱君口不已。臨池繪事乃其餘，君才十倍桐江
水。吁嗟！終古詩人數獨奇，雙顛白矣徐天池，此情此抱復此際，除此梅花
知者誰〔註321〕？

蘇如湊也有兩首關於童鈺的詩：

《二樹山人畫梅有凍蜂來集秀水沈文學又希作歌紀事予亦次韻》：

有客耽吟時扗鬚，餘事兼寫羅浮株。即以詩法作畫法，如椽大筆淋漓濡。
古來畫苑稱逸品，貴得其意遺其膚。若使論畫以形似，胡盧知煞先髯蘇。山

〔註318〕〔清〕葉銘傳，廣印人傳〔M〕，西泠印社，宣統刻本。
〔註319〕〔清〕楊淮，國朝中州詩鈔（卷十九）〔Z〕，道光二十三（1843）年刻本。
〔註320〕〔清〕楊淮，國朝中州詩鈔（卷十九）〔Z〕，道光二十三（1843）年刻本。
〔註321〕〔清〕楊淮，國朝中州詩鈔（卷三十）〔Z〕，道光二十三（1843）年刻本。

人突起湖山秀，寓廬寂似孤山居。偶寫槎丫贈良友，霜豪中有春風俱。蜜官何來遽集此？感通不待群招呼。昔日梁園詫鳳子，異事今復傳洛都。曾聞山人吳下住，衹園高掛香雪圖。庭前老梅秋發蕊，寒香拂拂凌清虛。始知化工果在手，能與造化爭榮枯。蝶乎蜂乎乎小耳，由今準昔詎云誣？會見詩成萬首梅，萬幅直令元氣周浹盈寰區〔註322〕。

《寒食憶二樹》：「又逢寒食節，孤坐黯傷神。濁酒供清淚，新詩弔故人。懷君如一日，別我竟千春。南望揚州路，何曾薄奠陳〔註323〕？

呂仲篤侄兒呂田有《讀童山人二樹摘句圖詩書後》詩：「一片秋如洗，白云何處生？長吟城萬里，朗讀月三更。摩詰輞川意，浩然襄水情。清芬徒此捫，樽酒爲君傾〔註324〕。」

童鈺與李綠園的交往見於李於潢誌喜詩所記童鈺：

濟源何敦夫先生復善，先祖乾隆丙辰同年。山陰童二樹先生鈺，又綠意園中契友也。一旦購得兩先生眞跡，誌喜。何書童畫久珍奇，兩美兼收樂不支。人是荣根亭上客，我從拾捃錄中知。句吟滄海增遐想，墨染崇蘭發異姿。數典未能權話舊，柳家先生詎如斯〔註325〕。由此可推知童、李二人的交往，陰逸趣也。

13、宋足發，字若愚，魯山人。乾隆四年歲貢，官開封府訓導。著有《四書批註》、《讀史隨筆》、《性理粹言錄》等。是一理學篤信篤行者。

嘉慶年間的《魯山縣志・選舉志》（卷五）有載：「宋足發，乾隆乙未歲貢，開封府訓導〔註326〕。」

宋足發《性理粹言錄》中有李綠園的跋語：

「先生薈宋明儒先語錄，選其言之簡明切要者手輯一冊，余久聞之乃侄敬夫，而憾未睹其稿。茲過漫流，適於燭下得繙披而讀之，迨雞唱乃竟，因歎理學之薪傳，其備在於茲也。嗚呼！近今學者，聖明儁異，不乏其人，率皆疲力於辭章藻繢，而性理一編，或且迂現置之，即肄業及之者，率以尋摘爲弋科名計，則亦昧於知本者矣。先生是編，實於聖賢爲己工夫，煞曾體貼

〔註322〕〔清〕楊淮，國朝中州詩鈔（卷二十二）〔Z〕，道光二十三（1843）年刻本。
〔註323〕〔清〕楊淮，國朝中州詩鈔（卷二十二）〔Z〕，道光二十三（1843）年刻本。
〔註324〕〔清〕楊淮，國朝中州詩鈔（卷二十七）〔Z〕，道光二十三（1843）年刻本。
〔註325〕〔清〕李於潢，方雅堂詩集（卷四）。道光十七年（1837）刻本。
〔註326〕〔清〕董作棟修，武億纂，魯山縣志選舉志（卷五）〔Z〕，嘉慶刻本。

過來，故其萃集者，辭皆體要，而義已詳該，誠學者座右之珍哉！乾隆八年
十二月臘日夜，時漏下四鼓，魚山後學李海觀謹跋」，由此跋可推知宋足發爲
一道學先生，李綠園敬賞其於性理方面之心得。宋、李可謂「神交」。

14、屈啟賢，字敬止，汝州人。康熙年間例貢，翰林院孔目，曾舉孝
　　　廉方正。是一以操行見譽者。

道光《汝州全志・人物志・屈啓賢傳》載：

　　　屈啓賢，字敬止。康熙癸酉例貢。辛巳吏部會同翰林院在瀛州
　　亭考試，授翰林院孔目。乾隆丙辰，舉孝廉方正。

　　　乾隆八年的《汝州續志》爲屈啓賢所纂（參見《汝州續志》乾
　　隆刻本）。

李綠園有詩《贈汝州屈敬止》：

　　　君不見隆中名流擬管樂，抱膝長吟志澹泊。又不見希文秀才襟
　　浩落，早向民間尋憂樂。一日操權邀主知，功垂青史光爍爍。男兒
　　有志在勳業，何代曾無麒麟閣？君有學殖裕康濟，惟我能知君紳紳。
　　憶昔我登雙松堂，綠酒紅燈供小酌，把杯偶談天下事，捫虱侃侃似
　　景略。只因文章傳海內，致令藝苑稱淹博。昨年天子御極初，廣搜
　　楨幹及汝洛。君臣際會良非偶，薦章累累何能卻？承恩直上通明殿，
　　一人側席聽諤諤。天人三策邀睿鑒，聖心甘與縻好爵，即令褒書下
　　豫會，促君整裝攜鶴琴。莫耽讀騷喚蘭茝，須念國計與民瘼。安石
　　已符蒼生望，不許東山戀丘壑。

15、王爾鑒，字在茲，號熊峰，盧氏人。

《中州詩徵》載：

　　　王爾鑒，字在茲，號熊峰。盧氏縣人。雍正八年進士。官山東
　　滕縣知縣，遷曹州府同知。落職。以薦起發四川，遷夔州府知府。
　　著有《二東詩草》、《巴蜀詩草》等稿。

　　　乾隆二十五年，王爾鑒在巴縣任知縣時，主修巴縣志，志今存。

李綠園有詩《晚步覺林寺》：

　　　瀑飛石峽漲新流，緩步橋西續舊遊。菡萏花開香滿院，芭蕉葉
　　展綠遮樓。讀詩不覺悲熊耳（覽王熊峰石刻，不勝故友凋零之感），
　　看畫何妨認虎頭（山左徐大勳指畫，長丈餘，有滿壁滄州意）。落日

衍山猶未去，啜茶還爲已公留〔註327〕。

這裡的「王熊峰石刻」即指王爾鑒，詩中的「悲熊耳」之熊，也指王爾鑒。李綠園赴渝，是否與王有關，尚查無定論。但從這首詩中，能確認王爾鑒與李綠園的友誼。

16、郭裕，字倩饒，舞水人，乾隆丙辰舉人，己未進士，河南府教授（參見《河南府志》）

李綠園《光和詩》中提到此人：

舞水郭倩老（名裕字倩饒），贈我靈帝磚。何由知爲東漢物？上模光和之六年。橫書保子宜孫字，四行八顆肩相駢。借問得自何處所？云是昆陽廟堧邊。當年城中衛彈碑，到今剝泐溝壑堙。街衛互易未由辨（萬紅崖詩曰街彈，書畫譜曰衛彈碑），過者憑弔付村煙。偏是湊人遺令適，瓦礫拋擲字完全。有心幸如無心得，百里遠攜肯舍旃。雷煥豐城獄中劍，一留自佩一茂先（倩老得二磚，自留其一）。黝色彩粗質頑於石，棱鍔廉劌鐵比堅。珍之案頭人多笑，貴瑤貽誚奚取焉。毫非大令保母瓦，直等來旄桂旗憐。總爲程邈李斯後，晉索唐韓此其前，延熹光和建安際，著名碑版相蟬聯。苦縣西嶽太學經，一時規摹相續緣。若云此非大手筆，胡能瘦硬古而妍？縱不中郎定虎賁，愛禮正賴饋一牽。曾無姓字何至贋，不貴人間棗木傳（見李綠園詩鈔殘卷）

17、王陳詩，字歌九，寶豐人，雍正、乾隆間歲貢生。

道光《寶豐縣志・選舉志》（卷十）載：

歲貢　王陳詩字歌九。

李綠園《寶豐宋村宋統制牛伯遠祠碑記》中「乾隆丁丑滍陽孔孝子祠建於應濱。越癸未，宋統制祠落成，屬余記之。亦可見忠孝根於人心，雖歷千載而不能磨滅有如是也。鄉前輩王明經歌九陳詩、張諸生誠齋問政，雖奄忽已久，例當備書，所以明圖史之有自。而癸未之襄厥事者，咸得題名於碑陰」，這裡提到的「前輩王明經歌九陳詩」就是此人，他是李綠園的長輩〔註328〕。

18、張問政，字誠齋，寶豐人，諸生。

李綠園《寶豐宋村宋統制牛伯遠祠碑記》中有「乾隆丁丑滍陽孔孝子祠建於應濱。越癸未，宋統制祠落成，屬余記之。亦可見忠孝根於人心，雖歷

〔註327〕〔清〕楊淮，國朝中州詩鈔（卷十四）〔Z〕，道光二十三（1843）年刻本。
〔註328〕參見道光《寶豐縣志》（卷三）及道光《汝州全志》（卷五）。

千載而不能磨渻有如是也。鄉前輩王明經歌九陳詩、張諸生誠齋問政，雖奄忽已久，例當備書，所以明圖史之有自。而癸未之襄厥事者，咸得題名於碑陰」，這裡提及的「張諸生誠齋問政」就是此人，他也是李綠園的長輩。

19、高袞乾，字自亭，號黃厓，新鄭人。乾隆乙酉京闈舉人，
明大學士高拱七世孫。

李綠園有詩《石鼓篇》記載：

我生當髫齓，耳食聞獵碣，傳爲周宣代，籀書留鐫鍥。厥制惟鑾鑾，上世眞樸拙，雖乏蝌蚪狀，定非近古圬。少長攤硬黃，汝帖見倉頡（王宷集勒），神禹峋嶁碑，靈怪互變滅。寧考銅盤鉻，精光仰殊絕，近在吾豫土，拓本頻翻閱。畢竟疑贗古，摹勒出剝竊。惟茲石鼓文，舊質尚存設。初在陳倉野，炙日飽霜雪。歷漢迨至隋，蝸涎榛莽茁。越唐蘇吏部（勖），題志歎訛缺；虞（世南）褚（遂良）擅墨場，同聲稱孤子；昌黎韋蘇州，各爲歌一闋。韋歌濡紙脫，韓歌張生擷，俱從側理見，幾曾摸凹凸？鄠蘇官茲土（鳳翔推官），乃爲覼之切，手鉤求偏旁，太息不自報。後當道君代（大觀二年），輦載辭晻暧，珍之寶和殿，位置等綿蕝。曾歷靖康變，剔金無損折。元際皇慶初，甓序載門列。我抱嗜痂癖，耽古貪如餮。新鄭高自亭（袞乾），文襄孫七葉，邀余觀石鼓，聞之衷欲熱。凌晨詣北膠，闇者扃楔闃，法□森肅地，摩挲懼爲褻，余以袖阿堵，乃獲飽所□。石質糲而堅，古色黟於鐵，依牆矗有九，皮皴類蛙鱉，想因棄置日，牧犢樵火爇。其一位西北，齾□半已截，曾與礁磕伍，厥中坎臼穴，剜處留春痕，媼嫗□核屑，幸遇向傳師，始亡終不蔑。睟審剝泐字，斷柯間零節。或瘦如鶴鷺，或圓如黿鱉，或植如槙幹，或拖如緔蕝，或卓如鼎峙，或排如著撰，或睴如目䀮，或垂如鼻準，或蹲如獸踞，或斜如鳥傑，或貫如遊魚，或攢如簇蛭，或繁如蟹跪，或銳如薑蘗，或全如金甌，或半如玉玦。捫之難釋手，讀之乃箝口，子云奇字澀，德祖悟思竭。賴有釋注碑，愜山潘司業。茲外曾無他，空憶施與薛，已牌屆囷春，低徊未肯別，快快兩難狀，去去屢回瞥。因歎考古者，聚訟胡莫決？允矣成王論，支哉宇文說，擬秦復擬魏，唇吻互紛裂。文士逞博辨，云云誰能訐。事越三千年，根株萬難抉，不如渾其辭，陳罃掃疾颷，但稱古神物，歷劫不磨涅。高曾垂矩準，萬世識軌轍，

斯藐王次仲，已爲瓜之瓞，鴻都嶽廟碑，舉爲唪實結，下視魏晉後，
隸楷總涔垤。盤匜雖適用，焉與黃目絜，葅醢雖適口，難共太羹醨。
岱華參天半，群峰失嵯峨，渤海欻浩淼，眾流盡涓泄。呵護有鬼物，
從不憂危捏，能遠兵燹厄，無妨遷徙迭。聖恩留太學，諸生講解説，
預度知符印，斯言洵先哲〔註329〕。

由此可知高衷乾曾在北京曾邀李綠園同觀石鼓，「新鄭高自亭（衷乾），
文襄孫七葉，」指明了他的出身。

20、何復善，字敦夫，濟源人。乾隆丙辰舉人，山東清平縣知縣。
　　工書〔註330〕。

李於潢《誌喜詩》中有：「濟源何敦夫先生復善，先祖乾隆丙辰同年。山
陰童二樹先生鈺，又綠意園中契友也。一旦購得兩先生眞跡，誌喜。何書童
畫久珍奇，兩美兼收樂不支。人是荣根亭上客，我從拾捃錄中知。句吟滄海
增遐想，墨染崇蘭發異姿。數典未能權話舊，柳家先生詎如斯〔註331〕」，由此
可知何復善與李綠園的友誼。

21、王紳，字子猷，睢州人〔註332〕。例貢。湖北歸州知州，北京北城
　　兵馬司正指揮。

李綠園有詩《同蔣給諫霽園、王中翰秋浦、董工部小村話三峽山水》：
　　蒼雲釀雪大風起，瞪瞪階上鞋印底。垂幕蒸爐暖騰騰，挽我細
説三峽水。談虎自嫌色易變，幸獲無恙亦所喜。岷山西來走東海，
山靈掔縴讓奔駛。石性啎僵未肯平，直轟橫互不踰呎。巴渝遠下到
彝陵，處處險灘如櫛比。若教僕更詳厥狀，掛漏何能竟端委。君且
酌我寶頭酒，爲具崖略而已矣。白帝城下灔澦堆，忠州東去折尾子，
秭歸鄉邊人鮓甕，無義灘頭石齒齒，只見紅幫救生船，往來上下波
濤裏。天上風色少乖異，眾噪群呼面皆泚，自分此身奚所寄，船唇
倉皇茫無以。猛憶蜀中七字諺：鐵鑄篙工船是紙。若能善脱今日厄，
十千美酒槁羊豕。長年三老急陳辭，報賽馮夷豐禋祀。我輩幸得顒
毛莘，若個曾在床上死？天地大德曰好生，竊怪不宜竟有此。偏是

〔註329〕參見李綠園詩鈔殘卷。
〔註330〕〔清〕蕭應植纂修，山東濟源縣志，嘉慶刻本。
〔註331〕〔清〕李於潢，方雅堂詩集（卷四）。道光十七年（1837）刻本。
〔註332〕王紳孫，見清王枚輯《睢州志，選舉志》，民國本。

詩人耽奇趣，啼鵑嘯猿互相紀。巫山神女亦幻詞，行雲謬將峽氣指，
能令天下有心人，探奇濟勝意難已。詎知波臣寡親疏，鶄首魚腹寸
木遄。白也江陵一日還，捉月膽氣誰敢訾，幾回細向舵師問，閉目
掉頭鮮此理。惟有流寓杜拾遺，夔府瀼西互遷徙。掉閶盤渦雷霆鬥，
庶幾彷彿七八耳。倘疑茲言盍走伻，爲邀歸州老刺史（時睢州王子
猷寓京）（參見李綠園詩鈔殘卷）。

從這首詩中可以判斷李綠園與王子猷的交往，王子猷當時正在北京，在
內閣中書爲官。

22、蔣霽園、董小村

這兩個人的個人情況及其與李綠園的交往情況均不可考，李綠園只有《同
蔣給諫霽園、王中翰秋浦、董工部小村話三峽山水》（參見李綠園詩鈔殘卷）
這一首詩提及二人，且所寫的都是他們的號或字，只能從稱謂瞭解到蔣霽園
爲給事中，董小村在工部爲官。但有一點可以確認，即當時他們都在北京，
李綠園和他們也是在北京聚會的。

23、朱南崗，邵武人〔註333〕。

李綠園有詩《憶別邵武朱南崗》：「翼翼歸鳥（歸鳥），靄靄停雲（停雲），
臨路淒然（長沙），逝將離分（參軍）。濁酒半壺（時運），銜觴無欣（參軍），
曳裾拱手（勸農），良話曷聞（參軍）。」（參見《李綠園詩鈔‧集陶》殘卷）
朱南崗可能是李綠園在貴州印江爲官時的朋友，由詩中「臨路淒然」和「銜
觴無欣」可知他們之間不是泛泛之交。

24、金賢村，南籠人〔註334〕。

李綠園有詩《懷金南籠賢村》：「孔耽高軌（勸農），言息其廬（時運）。
豈無他人（停雲），樂是幽居（參軍）。匪惟諧也（柴桑），有琴有書（參軍）。
我之懷矣（榮木），眷然躊躇（長沙）」（參見《李綠園詩鈔‧集陶》殘卷）由
這首詩可知金賢村是李綠園的朋友，是李綠園在貴州印江爲官時的朋友。

25、其他人等：

尉氏：

李綠園的交遊中還有尉氏《尉氏早發》：「旅榻雞頻促，西山月半痕。鐘

〔註333〕〔清〕李正芳修，清張葆森纂，邵武縣志，咸豐刻本。
〔註334〕〔清〕李其昌纂修，南籠府志，乾隆抄本。

聲城外寺，燈影水邊村。疏密沿途柳，只雙記里墩。驅車過茅舍，兀自掩柴門〔註335〕。」

趙漢臣：

李綠園有詩《趙公子漢臣讀書西岩寺》：「依岩傍澳樹千株，爭說城西第一區。才欲推窗雲突入，偶思伏枕鳥徐呼。置身物外佳公子，埋首書中偉丈夫。淡薄方能明素志，一燈正好借僧廚〔註336〕」記錄了趙漢臣這樣一個被他以「偉丈夫」相稱的朋友。

杜氏：

李綠園有詩《陶然亭同江南杜梅塢少年》記載了他與杜姓少年同遊北京陶然亭：「獨倚雕欄日夕春，殘煙漠漠冷秋容。宦情本淡兼逢菊，歸志已堅況感蛩。亭上舊題時彼此，眼中小友齒渠儂。向南極目衡陽雁，飛過雲邊第幾峰〔註337〕？」

宋受徵：

宋受徵是誰已不可考，只知他是李綠園居北京時有過一定交往的人。李綠園人雖居北京，但卻惦記家中農況，惦記卻又看不到，於是將他所熟悉的人一一記錄下來，拿給朋友看，以慰思念。《京邸庚伏，偶憶家中農況，無由睹也，爲繪六絕句，示宋受徵〈村叟〉〈村嫗〉〈村丁〉〈村婦〉〈村童〉〈村姑〉》：

村叟：皤然兩鬢背生斑，因飼疲牛守阜間。兒輩極知農務急，尙嗔癡少肯偷閒。

村嫗：手拈團線坐蓬門，膝邊席地睡弱孫，只恐醒來啼索乳，喃喃附耳細溫存。

村丁：頂笠揮鋤臂半裎，剔除稂莠護嘉莖。今春社北逢村賽，學得新伶一兩聲。

村婦：隴畔禾垂小路叉，筍籃盛餅缶盛茶。餉婦阿嫂饒閒趣，攜贈小姑野草花。

村童：碧水溪頭綠柳坡，群兒鬥草襯新蓑，急呼黃犢申嚴囑，休齧南邊豆半科。

村姑：短髮新梳自覺妍，笑呼阿哥近門前：東家妹妹新衫好，儂有昨朝

〔註335〕〔清〕楊淮，國朝中州詩鈔（卷十四）〔Z〕，道光二十三（1843）年刻本。
〔註336〕〔清〕楊淮，國朝中州詩鈔（卷十四）〔Z〕，道光二十三年（1843）刻本。
〔註337〕〔清〕楊淮，國朝中州詩鈔（卷十四）〔Z〕，道光二十三（1843）年刻本。

賣繭錢。

　　叟、嫗、丁、婦、童、姑等人的聲色口吻無不各肖其人，由此可見李綠園對他們的熟悉程度。（參見李綠園詩鈔殘卷）

　　同里四叟：

　　李綠園有《憶同里四叟》詩：

　　　　西憶魚山麓，北憶湛水涘，東憶湛陂路，南憶鄢城址，古蹟星棊間，落落幾蓬蒿。蓁蓁者伊誰？王趙與孫李。不是士夫儔，三四田叟耳。田叟年幾何？長我一兩紀。或遠三里外，近則與同里。憶余三十後，諸叟頗親邇，或憩柳蔭下，或過蕭寺裏。寺中僧灶茶，樹下罏缶水。將欲申鳳解，羞澀鄙俚俗，徐徐扣所見，直驚古同揆。聞諺以爲經，觀劇以爲史，得失窮究竟，休咎溯緣起。憂勤惕厲心，吉凶消長理，不能澤以文，披陳蕖諸嘴。心本無枝葉，言自寡糠粃，幾多衿綏人，往往味所以。似此耆年叟，萬里念桑梓，時時樂與儔，只雙均所喜。何期十餘載，先後忽奄矣！斯人雖云亡，厥理終不死。

　　（參見李綠園詩鈔殘卷）

　　雖然這裡的四位鄰里老叟姓名已不可考，但李綠園對父老鄉親的這份深情卻躍然紙上。《歧路燈》中婁潛齋之兄這個人物形象就有四叟的影子。李綠園的純樸的本色也盡顯無遺。

　　綜上所述，李綠園的交遊主要可歸結爲三種人：

　　其一，李綠園家鄉的鄉村野老，言行樸直敦厚者。李綠園自始至終不蛻其農家子弟的底色多得益於此。

　　其二，李綠園「舟車海內」時的仕宦朋友，多是中下層官吏，且以下層官吏爲主。其中稍有知音者。

　　其三，河南省內的理學名家和以詩文見長的志同道合者。這是李綠園交遊中最重要的部分，對其一生言行影響最大。李綠園的道學家的本色固執多緣於此。

【附錄三】　李綠園卒地考

　　〔摘要〕清李綠園卒於何地，尚無定論。本文從李蘧兩次「迎養」父親、徐玉諾親見「綠園木主」、中國傳統的殯葬習俗、李氏「以孝相踵」的家風四

個方面考證李綠園卒於北京，歸葬於寶豐。

　　清李綠園（1707～1790），名海觀，字孔堂，號綠園，晚年別號碧圃老人，河南寶豐人，祖籍新安。乾隆丙辰舉人，官貴州印江知縣。為官期間「興利除弊，愛民如子，疾盜若仇〔註338〕」，素有「循吏」之稱。著有《拾捃錄》、《綠園詩稿》、《綠園文集》和《歧路燈》等，他對後世影響最大的是他的小說《歧路燈》。《歧路燈》的創作基於作者的「淑世之心」，借朱熹之語言之可謂「善者可以發人之善心，惡者可以懲創人之逸志」，該書是李綠園「閱三十歲以迨於今而始成書」，因為「中以舟車海內，輟筆者二十年〔註339〕。」《歧路燈》雖因各種原因而流傳不廣，但作為中國古代第一部白話長篇教育小說，堪與同一時期法國盧梭的《愛彌爾》和瑞士裴斯塔洛齊的《林哈德與葛諸德》相媲美。無論在中國文學史上，還是在中國教育史上，都宜有其應有的位置，對作者李綠園的研究，也宜深入。

　　關於李綠園卒於何地，目前仍有分歧。

　　《歧路燈作者李綠園先生》一文中的年譜部分有「乾隆55年，庚戌（1790）綠園卒。年八十四〔註340〕」之說，而《李綠園年譜》承襲此說，記載「綠園卒，年八十四〔註341〕」，未署卒於何地。

　　欒星在《李綠園傳》中提及李綠園「大約」在乾隆四十四年被次子李蘧「迎養京邸」，並認為「唯縣志所記『子蘧官御史』是誤記。這時李蘧仍在吏部，直至乾隆五十三年，才轉都察院做監察御史。綠園在北京約住四年左右，於乾隆四十八年返回寶豐。……李秋潭遺墨幅間題語，係由京返鄉後所寫。……唯他（指李綠園）所說『且客京師者六載』，與這次居京年數不符，……自此居寶豐，直至老死〔註342〕」，並確認李綠園卒於寶豐〔註343〕。在其《李綠園家事訂補》中根據李春林（李綠園第十一世孫）早年見過李家祠堂木主

〔註338〕參見〔清〕鄭士範纂修，印江縣志，官師志〔Z〕，道光刻本。
　　　　〔清〕夏修恕、蕭琯纂修，思南府續志，職官志〔Z〕，道光抄本。
　　　　二地方志均載有李綠園任印江知縣年份及政聲。
〔註339〕〔清〕李綠園，歧路燈自序〔A〕，歧路燈〔M〕，乾隆刻本。
〔註340〕董作賓，歧路燈作者李綠園先生〔J〕，中原文化，1934，創刊號。
〔註341〕欒星，年譜〔A〕，欒星，歧路燈研究資料〔C〕，鄭州：中州書畫社，1982年，頁65。
〔註342〕欒星，老死〔A〕，欒星，歧路燈研究資料〔C〕，鄭州：中州書畫社，1982年，頁29～30。
〔註343〕參見欒星，《《歧路燈》及其流傳》，文獻，1980，第3輯。

上有李綠園「卒於北京米市胡同，享年八十四歲」字樣，而「米市胡同為李
蘧在北京做官時的私寓」，加上李春林的族侄李建設談到李氏族塋在文革為
修白龜山水庫得政府資助搬遷，發開李綠園墓時只見女棺不見男棺，進而懷
疑李綠園寄厝北京並未歸葬寶豐，在《李綠園傳》中他闡述了自己產生懷疑
的依據：「其一，李蘧在北京的私寓為繩匠胡同，而非米市胡同，有李於潢
《過繩匠胡同舊居》可證。其二，綠園在七十七歲至七十九歲之間，確已由
北京返回寶豐，有綠園自己寫的《李秋潭遺墨幅間題語》及呂公滋詩《訪李
孔堂》可證。」但他又以李綠園在八十歲高齡難耐「寒暑與顛簸」的「長途
跋涉」為由否認李綠園有二次被迎養京邸的可能。同時，他認為以李氏這樣
「以孝相踵的家庭」和以李蘧居官的身份李綠園不可能寄厝北京而不歸葬，
並認為這難以解釋李蘧於乾隆五十五年「為了終三年之喪」「返回故鄉」之
舉〔註344〕。也就是說，欒星先是確認李綠園卒於寶豐，後又對自己的結論
產生懷疑。後來，他對自己前面的結論提出異議，最終認定李「綠園在新安
寫完《歧路燈》之後，兩度到北京久居，並老死京邸〔註345〕」。此後不久欒
星在其《李綠園家世生平再補》（見《明清小說研究》，1986年第3輯）中更
正為「卒於北京」。

　　認為李綠園卒於寶豐的還有其他一些研究者〔註346〕。

　　杜貴晨在《李綠園與歧路燈》一書中提到「乾隆四十四年（1779），李綠
園七十三歲，從新安撤帳歸來，不久由次子李蘧迎養去了北京。四年後，仍
歸寶豐。」並引自徐玉諾「據李家祠堂木主說李綠園『乾隆五十五年庚戌（1790）
六月二十八日巳時終於米市胡同京邸，享年八十有四』。」進而推論：「如果
這個記載不誤，李綠園八十歲以後又去了北京，並死在那裡。有人認為他死
後寄厝北京，未歸葬，但李蘧當時已是都察院監察御使，不會不歸葬他的父
親，而且據楊淮《國朝中州詩鈔》所記李蘧『庚戌丁艱家居』的話來看，李

〔註344〕參見欒星，李綠園家世訂補〔J〕，欒星，歧路燈論叢〔Z〕，中州古籍出版社，
　　　　1984，頁302。
〔註345〕參見欒星，李綠園家世生平再補〔J〕，明清小說研究，1986，第3輯。
〔註346〕參見（1）陳節，中國人情小說通史〔M〕，江蘇教育出版社，1998，頁197。
　　　　（2）田同旭、王增斌，中國古代小說通論綜解（下冊）〔M〕，中國文聯出版
　　　　公司，1999，頁979。
　　　　（3）段啟明，中國古代文學史長編（元明清卷）〔Z〕，2001，頁887。
　　　　〔韓國〕李昌鉉，李綠園與《歧路燈研究》〔M〕，蘇州大學博士論文，1999。

綠園死後還是歸葬於寶豐的〔註347〕。」杜先生也只是推斷，不能確認。

　　臺灣學者吳秀玉在其《李綠園與其〈歧路燈〉研究》中認為李綠園卒於北京，但又「以為於潢是道光年間的人，經過若干年後李蘧在北京的米市胡同私寓遷到繩匠胡同亦無不可，至於李蘧的『丁艱家居』中的『家』也許指的就是綠園生前所與同住的『米市胡同』私寓〔註348〕」，至於李綠園是否歸葬寶豐，存疑。

　　筆者個人認為：李綠園卒於北京，歸葬於寶豐。理由有以下幾個方面：

　　第一，李綠園在次子李蘧為官後曾兩次被「迎養京邸」，並於第二次被迎養後卒於北京。

　　李蘧第一次迎養父親是在李綠園由新安返回寶豐（即乾隆四十四年）後不久，直到乾隆四十八年由北京返回寶豐，這期間李蘧在吏部為官。李綠園此次從北京返回寶豐有「李於潢春綠閣筆記」所記李綠園《李秋潭遺墨幅間題語》：「睹此遺稿，手澤依然，不勝人琴之感，遂題六十三年前事於其幅間。後學李海觀敬書於阮氏書舍，時年七十有七」，李綠園七十七歲即是乾隆四十八年。至於其中有「客京師者六載」，欒星先生認為這與李綠園此次「居京年數不符」，也是有道理的，因為這一次準確地說，李綠園在北京的居留時間不超過五整年，至於「客京師者六載」在某種程度上李綠園是將其動身往返的時間各以一年來計算的，因此此句也不難理解。

　　李綠園第二次到北京是在次子李蘧任「山東監察御史」之後，即乾隆五十三年，此時李綠園八十二歲。《道光寶豐縣志人物志　綠園傳》卷十二載「子蘧官御史，迎養京邸」；楊淮《國朝中州詩鈔》所記《李蘧生平》中載「戊申補山東監察御史」，戊申為乾隆五十三年，即公元 1788 年，時年李綠園正好八十二歲。

　　欒星將李綠園被次子李蘧二次迎養當成唯一的一次迎養，不敢確認二次迎養，而第一次迎養時李蘧在吏部為官，因此認為《道光寶豐縣志人物志　綠園傳》卷十二載「子蘧官御史，迎養京邸」是誤記，而實際縣志上並非誤記。欒星之所以不敢確認二次迎養，還有一個原因，那就是他認為李綠園不可能在「八十歲高齡」（實為八十二歲）再次赴京，尤其是「在古代只能乘車、馬

〔註347〕杜貴晨，李綠園與歧路燈〔M〕，遼寧教育出版社，1992，頁 19～20。

〔註348〕吳秀玉，李綠園與其歧路燈研究〔M〕，臺灣師大書苑有限公司發行，1996，頁 72～74。

或肩輿的情況下」，八十歲高齡的老人難耐寒暑與顛簸，這種想法不無道理，但卻與事實相違。

中國是個傳統文化底蘊深厚的國家，讀書做官、光宗耀祖的觀念根深蒂固。李綠園出身於塾師之家，他與其次子李蘧走的均是讀書為官之路，《國朝中州文徵》卷三十五有劉青芝《寶豐文學李君墓表》，其上載有李綠園葬父求劉彰表其「以孝相踵」家風的事：「……寶豐李子海觀，將葬其父文學君，乃先以狀，來乞表葬之辭於余。……今求表其父墓，至再至三，情詞懇惻，若惟恐其先人之行，不得暴揚明顯於來世，即無以自立於天地者，斯意豈可孤也哉！余故即舊所聞，與今所觀一家父子間之以孝相踵者，以表之。」李蘧在其長兄李菡死後，再次迎養父親，乃屬為人子者盡孝之行，符合李氏「以孝相踵」的家風。

既然李綠園曾兩次被次子迎養京邸，且第二次迎養是在李綠園耄耋之年，那麼李綠園於乾隆五十五年（1790）卒於北京亦當是情理之中的事情，不難理解。

第二，徐玉諾所見「李家祠堂木主」和李綠園第七世孫李春林所言，均可旁證李綠園卒於北京。

徐玉諾是河南人，其家鄉與李綠園家鄉「隔沙河而居」，李住東寨，徐住徐營，「相去僅十餘里〔註349〕」，他曾應馮友蘭先生之託「對《歧路燈》的抄本和李綠園的生卒，作了不少收集、考釋、校訂等整理工作。徐玉諾「據李家祠堂木主，綠園先生於康熙丁亥十二月初一寅時生於魯山之水牛屯，乾隆五十五年庚戌六月二十八日巳時壽終於米市胡同京邸，享年八十有四〔註350〕。」這與李綠園第十一世孫李春林先生所說「他在幼年時，每逢臘月廿七、八，清潔家祠供奉的祖先牌位時，看到綠園木主凹（夾層內）用毛筆正楷寫著『康熙四十六年丁亥十二月初一寅時生，乾隆五十五年庚戌六月二十八日巳時卒』，及『卒於北京宣武門外菜市口米市胡同，享年八十四歲〔註351〕』」相吻合。至於李綠園是卒於米市胡同，還是繩匠胡同，因查實無據，暫付闕如。

〔註349〕徐玉諾，歧路燈及李綠園先生遺事〔J〕，明天（卷一期四），1928.11.11。

〔註350〕同上。

〔註351〕〔臺灣〕吳秀玉，李綠園與其《歧路燈》研究〔M〕，臺北：臺北師大書苑有限公司，1996，頁72～73。

另外，徐玉諾和李綠園第十一世孫李春林對李綠園「卒於北京」的說法，也正好旁證了楊淮《國朝中州詩鈔》所記李蘧生平中所載「庚戌丁艱家居」，即李綠園卒於乾隆五十五年。至於「家居」中的「家」，筆者個人認爲並非吳秀玉所指的李蘧在北京的私寓，而是河南寶豐——李綠園的家鄉。

因爲按中國人「入土爲安」的傳統殯葬風俗和當時李蘧官居監察御史的情況而言，李蘧歸葬父親當合乎情理，何況李氏是「以孝相踵」的家庭。因此，欒星先生才會產生「假若綠園寄厝北京，爲何李蘧於乾隆五十五年（庚戌）爲了終三年之喪而返回故鄉」的疑問，在其所制「李綠園家譜」中有乾隆五十五年「次子蘧、三子範、四子葛丁艱家居〔註352〕」之語。

雖然我們根據《國朝中州文徵》卷三十五劉青芝的《寶豐文學李君墓表》中的「寶豐」二字和其中提到「及玉琳（李綠園祖父）歿，仍歸葬新安祖塋」語中「仍」字的轉折語氣，我們難以指實李綠園的父親李甲卒後葬於寶豐，但《道光寶豐縣志‧人物志‧李蘧傳》中載有李蘧「置腴田四百畝，屬從子經理，爲祀先資」；《中州先哲傳 文苑傳 綠園本傳》中記載李蘧「嘉慶十一年授江西督糧道。越二年，移病歸里。兩任山右書院」，李蘧最後卒於寶豐卻是有據可查的。

李綠園一生二妻一妾〔註353〕，李春林說文革修建白龜山水庫遷塋時，李綠園墓乃是一個有首飾的女棺，二妻的墓亦找到，未見李綠園與其中之一合葬，故疑李綠園未歸葬寶豐；加上李氏同宗李孝恒謂：「解放北京時，他在廣安門駐紮，門內往西大街百米許路南會館內，東西廂房，南人寄棺百計，髹漆紅色，環壁置長凳上，棺首朝外，其上均有姓名〔註354〕」，另廣安門外又一處，往西里許環城鐵路內，有墓地碑碣成林，因此也難說李綠園不寄厝北京。因李春林的說法是推測、李孝恒又未親睹寄厝北京者中有李綠園棺或碑，故此二說不足憑。

若依二李之說爲準，則一難解釋李蘧「庚戌丁艱家居」，二難解釋李蘧「置腴田四百畝，屬從子經理，爲祀先資」，三不符合李氏家族「以孝相踵」的風範。因此，筆者個人認爲李綠園卒於北京，歸葬於寶豐。至於何以遷塋時未見男棺，姑且存疑。

〔註352〕欒星編，歧路燈研究資料〔Z〕，中州書畫社，1982年，第65頁。
〔註353〕朱一玄，明清小說資料選編〔Z〕，齊魯書社，1989年，第1035頁。
〔註354〕欒星編，歧路燈研究資料〔Z〕，中州書畫社，1984年，第72～73頁。

【附錄四】 《歧路燈》版本考

〔摘要〕清人李綠園於康乾盛世撰寫的《歧路燈》是我國古代第一部教育小說，該書自成書至今有許多版本。《歧路燈》的抄本主要出現在乾隆至民國初年，有乾隆庚子抄本、晚清抄本甲、舊抄本甲、舊抄本乙、安定筱齋抄本、晚清抄本丙和滎澤陳雲路家藏抄本、晚清抄本乙、馮友蘭本等；石印本則出現在民國 13 年，只有洛陽清義堂本一種；排印本出現在民國年間，有 1927年的樸社本和 1937 年上海明善堂本兩種；鉛印本則很多，從 1980 年至今至少有十四種，以中州古籍出版社版本爲最佳。從最初的抄本，到石印本，到排印本，再到鉛印本，反映了不同時期《歧路燈》的受眾群體和傳播的變化。

《歧路燈》自成書至今有許多版本，各版本之間在思想內容、藝術風格上並無多大差異，除文字上由於輾轉抄錄及抄錄者水平的原因而呈現錯脫漏訛現象以及個別地方語言表述上的不同外，各版本之間的差異大多反映在時間先後、保存回目的多少和序、跋、附錄、紙質、行次、傳出地等的不同上。

《歧路燈》的版本形式主要有四種，即抄本、石印本、排印本和鉛印本。根據時間先後可將其流播分成三個階段：第一階段是《歧路燈》成書至民國十三年洛陽清義堂石印本出現之前，爲抄本流傳時期，此時《歧路燈》的影響範圍極其有限；第二階段是洛陽清義堂石印本出現後至一九八二年之前，這期間爲石印本、排印本流傳時期，這時《歧路燈》的傳播範圍有所擴大；第三階段是一九八二年中州古籍出版社鉛印本的《歧路燈》出版至今，這時《歧路燈》才眞正流傳開來。

一

《歧路燈》的抄本原有很多種，流傳過程中由於各種原因不斷佚失，現能見到的有九種。其抄本的傳出途徑有三：一是新安傳出本，主要有乾隆庚子抄本和晚清抄本甲；新安傳出本大多卷前附有《家訓諄言》或乾隆庚子過錄題識，並有並回減目現象，且多有刪省。一是寶豐傳出本，主要有舊抄本甲、舊抄本乙、安定筱齋抄本、晚清抄本丙和滎澤陳雲路家藏抄本；寶豐傳出本卷前大多不附《家訓諄言》，卷端或題「父城（即寶豐）魚齒山綠園老人撰」字樣，多保留一百零八回回目。三是傳出地不詳本，一如晚清抄本乙；或是所據底本不詳本，如馮友蘭本；呈現出新安抄本和寶豐抄本合流的情況，從而形成第三種本子。

　　1、乾隆庚子抄本，也稱乾隆庚子過錄本，現由河南圖書館收藏。全抄本只殘存一～四十六回，四十回以後已無法揭視。抄寫形式爲半頁九行，行字二十～三十不等，無版框界格。紙質爲白綿紙。前有總目，回次作一百零八回，回目省併爲一百零七回。卷前冠有過錄人題語、《家訓諄言》八十一條和《歧路燈自序》，末署「乾隆丁酉白露之節碧圃老人題於東皋綠樹之蔭」。卷首有過錄人（李的學生）題語曰：「先生名海觀，字孔堂，筮仕南黔之印江。余於丁酉歲，從學於馬行溝」，「敬讀此書，始悟其文章之妙，筆墨之佳，且其命意措詞大有關於世道人心」，「呂中一評《歧路燈》有曰：『以左丘司馬之筆，寫布帛菽粟之文章』，允爲的評。學者欲讀《歧路燈》，先讀《家訓諄言》，便知此部書籍，發聾振聵，訓人不淺，非時下閒書所可等論也。」由於李綠園教書於馬行溝是在乾隆四十二年～四十四年，並於乾隆四十四年由新安返回寶豐，故此可斷定此書是乾隆四十五年的新安抄本，也是迄今爲止發現的最早的抄本。有的研究者認爲此抄本「不是新安的最早抄本，它必尚有祖本〔註355〕」是有道理的。既然是過錄本，理所當然尚有祖本，但遺憾的是祖本至今未被發現。

　　2、晚清抄本甲，也稱汴本，現由河南開封圖書館收藏。全部抄本分裝十四冊，題十四卷，每卷八回，末卷四回，共一百零八回。抄寫形式爲半頁九行，行字二十五，無欄框界格。紙質爲黃色薄竹紙。全書依次爲：《歧路燈自序》，序末有「乾隆四十六年七夕之次日綠園老人題於東皋麓樹之蔭，時年七十有一」字樣，《歧路燈》總目，正文，附《綠園家訓諄言》七十八條（其中有並條，內容不缺），課童常禮三十條，晉接常儀十三條，朱子讀書法六條，課子常宜並諸儒讀書十則。若依「乾隆四十六年」爲準，則李綠園當時不是七十一歲，而是七十五歲，正在北京，此時《歧路燈》已脫稿四年〔註356〕。若依「時年七十有一」爲準，則是乾隆四十二年，此時李綠園在馬行溝教書，

〔註355〕欒星，校勘說明——代跋〔A〕，見《歧路燈》，鄭州：中州古籍出版社，1982，頁1018。

〔註356〕清李於潢《春綠閣筆記》載《李秋潭遺墨》幅間題語中有「適筮仕黔南，且客京師者六載」末署「後學李海觀敬書於阮氏書舍，時年七十有七（1783）」語，李綠園「仕黔南」的時間爲乾隆三十七年（1772）。以此向後推，李綠園七十五歲時，當正在北京。至於道光寶豐縣志人物志（卷十二）李綠園傳記載：「子蘧官御史，迎養京邸」，楊淮國朝中州詩鈔（卷二十）記載李蘧「戊申補山東道監察御史」，戊申爲乾隆五十三年（1788）。則是李綠園被李蘧二次「迎養京邸」之時。

其行蹤有呂公溥《綠園詩鈔》為證，《歧路燈》正是此年脫稿。由此可以斷定「乾隆四十六年」是筆誤，當為乾隆四十二年，序末標識的當是《歧路燈》的成書時間。有的研究者認為此書抄於同治、光緒年間〔註357〕，實則不然；因書中諱「淳」為「渟」，而有清一朝唯有穆宗諱「淳」，故可界定此書抄錄於同治年間。也有的研究者根據附錄常禮、常儀、做人處世之道及讀書方法，斷定《歧路燈》在當時是被當作教材使用的〔註358〕，這實是一種誤解。因乾隆年間已有或由清地方政府設立、或由地主商人設立、或由市民、或由鄉民集資設立的義學、村塾面對十五歲以下兒童的教育機構，李綠園教書的新安馬行溝是一個偏僻的鄉村，李綠園到新安「其族人邀之課子侄〔註359〕」大半出於人情，所以這種教書屬於變相的「義塾」性質，並屬蒙學範疇。另外，清代蒙學承襲明制，其蒙學教材相對較完善，常見的有「三（字經）、百（家姓）、千（字文）、千（家詩）」、《蒙求》、《龍文鞭影》、《幼學瓊林》、《增廣賢文》等；程度較高的還有《東萊博議》、《唐宋八大家文鈔》、《古文觀止》、《聲律啟蒙》〔註360〕等，為學習作詩和作八股文以應科舉作準備，根本無需拿《歧路燈》作教材，而且《歧路燈》作為小說並不具備教材的性質；《歧路燈》因其富含教寓和懲戒意義只能被當作有益的課外讀物來使用，而不是當作教材使用。

3、晚清抄本乙，河南圖書館收藏，現已佚失。殘存一冊四回，回次為一百零一～一百零四，因到一百零四回故事已經結束，當為百零四回本。一說半頁十行，一說半頁九行；行字二十四。無欄框界格。紙質為白綿紙。難定抄錄時間。因原配置於乾隆抄本後，故有的研究者將之歸為新安傳出本〔註361〕，也有的研究者以「傳出地不詳」是為定論〔註362〕。筆者的態度傾向後者。

〔註357〕樂星，校勘說明——代跋〔A〕，見李綠園的《歧路燈》〔M〕，鄭州：中州古籍出版社，1982，頁1016。
　　　　另見吳秀玉，李綠園與其《歧路燈》研究〔M〕，臺灣師大書苑有限公司發行，1996，頁137，吳作亦採取此說。
〔註358〕吳秀玉，李綠園與其《歧路燈》研究〔M〕，臺灣師大書苑有限公司發行，1996，頁137。
〔註359〕呂公溥，綠園詩序〔A〕，清蘇源生，國朝中州文徵（卷二十）〔C〕。
〔註360〕毛禮銳、沈灌群，中國教育通史（卷三）〔C〕，濟南：山東教育出版社，1987，頁448～453。
〔註361〕吳秀玉，李綠園與其《歧路燈》研究〔M〕，臺灣師大書苑有限公司發行，1996，頁137。
〔註362〕樂星，校勘說明——代跋〔A〕，見《歧路燈》，鄭州：中州古籍出版社，1982，

4、舊抄本甲，河南圖書館收藏，現已佚失。因從葉縣傳出，故稱葉本。殘存一～十四回、四十六～五十八回，爲百零八回本。半頁十二行，行字二十四。無欄框界格。紙質爲竹紙。前有總目，標明一百零八回，回目引題下署「父城魚齒山綠園老人撰」，無序文，無《家訓諄言》。有的研究者認爲該抄本不諱清宣宗「寧」字名諱，並根據紙質、墨色，可判斷抄成於嘉慶年間〔註363〕。

5、舊抄本乙，鄭州圖書館收藏，現已佚失。也由葉縣傳出，因只存回目，故稱葉傳舊目。全書只殘存回目六頁，回次爲一百零八回。紙質爲白綿紙。該抄本正文全失，無序文，原夾置在舊抄本甲內。與舊抄本甲的回目對照，二者基本相同。故可併入嘉慶時抄本之列。

6、安定筱齋抄本，現由鄭州圖書館收藏，係由滎陽傳出，也稱滎本。全抄本分裝二十冊，題二十卷，共一百零八回。半頁十二行，行字二十六。無欄框界格。紙質爲薄綿紙。首冊封皮右下有「安定筱齋主人書」字樣。前有自序，序末署「乾隆四十六年七夕之次日綠園老人題於東皐麓樹之蔭，時年七十有一」，第一回回目下題「父城魚齒山綠園老人著」。該抄本與其他抄本的不同之處在於抄本內容間偶現讀書人心得。

7、晚清抄本丙，現由欒星收藏，因由許昌傳出，也稱許本。該抄本只殘存四十五回，即從第八～五十二回，且第十二回、第十八回、第四十一回和第五十二回中的末尾皆有脫文。無總回目。半頁九行，每行二十七～三十字不等。無欄框界格。紙質爲毛邊紙。

8、滎澤陳雲路家藏抄本，曾由欒星收藏，現已佚失。原爲陳氏散出者，也稱陳本。該抄本僅存二冊，共八回，即第五～十二回。半頁十一行，行字不等。無欄框界格。紙質爲白綿紙。封皮正下方鈐有「陳雲路印」小方章。

9、馮友蘭抄本，中華書局（滬）收藏，因由馮友蘭抄寫，故稱馮本。所據底本不詳。全書共一百零五回，第十回分上下篇，實爲一百零六回本。第四十回全缺，後半部也有多處缺失。前有李綠園的《歧路燈自序》，自序「兒戲場」誤作「弋陽」，無家訓諄言。用十行紙抄寫，行字不等。有欄框界格。約抄於一九二〇年左右。

頁 1016。

〔註363〕欒星，校勘説明——代跋〔A〕，見《歧路燈》，鄭州：中州古籍出版社，1982，頁 1016。

二

　　《歧路燈》成書後儘管有一些抄本，但流傳和影響的範圍及其有限，洛陽清義堂石印本和樸社排印本的出現，大大擴展了《歧路燈》的傳播和影響範圍，使之走進更多讀者的視域。在洛陽清義堂石印本出現之前，民國初年有郝廷寅石印本《李綠園先生家訓》，其中的《李綠園先生傳》多同於《道光寶豐縣志》，關於《歧路燈》則以「雖屬小說，於世道人心確有裨益」為評。

　　1、洛陽清義堂石印本，欒星先生收藏，北京圖書館、中國社會科學院文學所均有收藏。為民國十三年洛陽清義堂石印，因內封署「洛陽東街清義堂印刷」，故有此稱。所據底本為新安傳出的乾隆庚子過錄本。全書共二十卷，一百零五回。半頁十二行，每行二十六字。總目分置各冊首頁，回目已有省併，每卷四、五、六回不等。欒星藏本今殘存十一卷，共五十五回，缺二～十卷，缺第六～五十五回。卷首有洛陽讀者楊懋生序和新安張青蓮跋各一；題「綠園李先生手著」；有乾隆庚子過錄本原過錄人題語；《家訓諄言》八十一條；《歧路燈自序》，序末署「乾隆四十二年七夕之次日，綠園老人題於新邑之東皋書舍」；書尾載有韓文山題語。全書刊印不到百部。楊序有「《歧路燈》一書，新安李綠園先生作也。先生以無數閱歷，無限感慨，尋出用心讀書、親近正人八字，架堂立柱；將篇首八十一條家訓，或反或正，悉數納入。闡持身涉世之大道，出以菽粟布帛之言，婦孺皆可共曉。尤善在避忌一切穢褻語，更於少年閱者，大有裨益」，「其入人之深，感人之速，有如此者」之語評李綠園及其《歧路燈》。

　　洛陽清義堂石印本屬非正式出版物，它是熱心讀者楊懋生、張青蓮等人集資籌印的。作為第一部刊印本，它打破了《歧路燈》自問世後一直以抄本流傳的格局，為《歧路燈》後來的廣泛流傳奠定了良好的基礎。

　　2、樸社排印本，北京圖書館收藏。為民國十六年北京樸社排印出版，馮沅君標點，馮友蘭校閱。其底本為馮抄本和已經失佚的盧本。該書有全目，共二十卷，一百零五回。第十回分上下篇，實為一百零六回本。卷前有馮友蘭序和董作賓的《李綠園傳略》。但只印一冊，四卷，刊出二十六回，占全書的四分之一。這是《歧路燈》問世後的第一次正式出版物，為其廣泛流傳之發軔。

　　董作賓的《李綠園傳略》是據《綠園詩鈔》殘卷整理而成，其中有李綠

園年譜和幾首李綠園詩供讀者參閱。馮友蘭序中以「自從全國學術界的重心，自中原移到東南以後，河南人與各時代的大師，學術界的權威，或『學閥』，失了聯絡。因之河南人在一方面因不能得那些大師們的指導及『煙士波裏純』而不能有所成就；一方面又因不能得那些『學閥』們的鼓吹揄揚，所以即有所成就，而亦不爲省外的人所知」來解釋李綠園之所以默默無聞的原因。馮序中提到《歧路燈》的主旨，認爲「『明趨向，重交遊，』『績學褆躬，推衍先緒』，是李氏的家訓，歧路燈一書，也就是以闡明此義爲目的」，並指出《歧路燈》的「道學氣太重，的確是一個大毛病」，而且《歧路燈》的「結尾數回，誠不免過於潦草」，「書之中間有三家村教書先生的土氣」（「那是河南人少與各時代大師接觸的結果；沒有作家能完全超出他的環境的限制」），並以「李綠園在書序中也承認這一點。而這種弊病，中國舊小說中很少能免」爲其開脫，並舉《紅樓夢》和《水滸傳》的結尾與之相比，以示其可以諒解。在此基礎上，馮序從各色人等的個性化塑造、人物個性化的語言及河南方言的地方特色等方面對《歧路燈》進行評價。

馮序中雖有許多值得商榷的地方，但馮序中提出了很有研究價值的一些問題，如《歧路燈》中「主張讀經」的河南教育家的意見「很能足以做研究中國教育史及教育思想史的人的參考」；《歧路燈》中的河南方言風格「是研究方言的人的重要研究材料」等；而且《歧路燈》經馮友蘭的推崇由此而爲學術界，尤其是文學界所認知、瞭解和關注。

以往對《歧路燈》的評價多注重其「教化至上」的文學功能，多從思想內容入手；雖然馮序的目的只是爲了向讀者推薦《歧路燈》，但從馮友蘭開始，人們對《歧路燈》的評價漸漸轉入文學形式的評價，並由此著眼，注重《歧路燈》的藝術成就及其美學價值。

3、上海明善堂排印本，欒星收藏，人民文學出版社和廈門大學均有收藏。爲一九三七年上海明善書局出版的四號鉛印排印本。該書以楊懋生家藏的《歧路燈》抄本爲底本。這一版本爲平裝本，共二冊，二十卷，一百零五回。自卷首依次爲：蔡振坤的《歧路燈》發刊詞；楊懋生的《歧路燈》序；張青蓮的《歧路燈》書後；題《綠園李先生手著》；李綠園《歧路燈》自序；家訓諄言；韓文山題語。

該書除蔡振坤的《歧路燈》發刊詞外，餘同清義堂石印本，並因此被視爲清義堂石印本的轉錄本。此書出版後，正值抗日戰爭爆發，上海隨即陷落，

印本小部分運回洛陽，大部分散失。蔡振坤在《歧路燈》發刊詞中敘述該書排印的經過和小說特色，並從《歧路燈》所反映的內容和《歧路燈》的寫作技巧來分析這部作品，把它歸爲具有感化人心、移風易俗的道德小說，並認爲《歧路燈》是一盞八角形的燈，全書以「用心讀書，親近正人」八字爲主腦，以八十一條家訓爲藍本，或反或正，描寫忠信孝悌禮義廉恥八德之事，自然光被八方，輝騰八表。總結《歧路燈》特色有八：一是發揮大道眞詮，不外倫常；二是描寫八德實際，隨在感動善心；三是表明悠久傳家，要訣惟耕惟讀；四是熔演九九家訓，條文首重經書；五是注意敬宗睦族，始終悉本尊親；六是指點涉世持身，一切匪朋莫近；七是打趣避禁穢辭，曲意撥邪歸正；八是銜接天衣無縫，全部妙筆驚人。此後直至一九八〇年中州古籍出版社欒星校注的《歧路燈》問世，這期間不同時期均有研究者關注《歧路燈》並對其進行研究。

三

　　《歧路燈》的流傳經過抄本、石印本、排印本，終於在二十世紀八十年代有了鉛印本，第一個鉛印本是中州古籍出版社一九八〇年出版的三卷本的《歧路燈》，從此開始《歧路燈》才眞正廣泛地流播開來。此後至今據不完全統計已經出現的《歧路燈》版本如下：

　　1、世新出版社，一九八三年。

　　2、曲沐改編，收入《中國古典小說名著新編叢書》，書目文獻出版社，一九九四年。

　　3、收入《自強文庫・中國古典小說名著百部》，華夏出版社，一九九五年。

　　4、收入《學生版中國古典文學名著》，知識出版社，一九九七年。

　　5、昭魯、春曉校點，列入《中國古典小說普及叢書》，齊魯書社，一九九八年。

　　6、收入《中國禁燬小說百部》，大眾文藝出版社，一九九九年。

　　7、收入《中國古典名著百部》，中國社會出版社，一九九九年。

　　8、楊麗華縮編，收入《中外文學作品賞析叢書》，中國少兒出版社，二〇〇〇年。

　　9、收入《天下第一書（卷十）》，內蒙古大學出版社，二〇〇〇年。

10、收入《傳世孤本珍稀小說・諷刺勸誡編》，中國戲劇出版社，二〇〇〇年。

11、收入《中國古典孤本小說寶庫（卷二十七～二十八）》，中央民族大學出版社，二〇〇一年。

12、收入《中國禁燬小說一百一十部・世情、市井卷》，時代文藝出版社，二〇〇〇～二〇〇二年。

13、收入《明清珍本小說》，大眾文藝出版社，二〇〇二年。

14、李穎點校，收入《中華古典小說名著》，中華書局，二〇〇四年。

由此可知已出版的《歧路燈》大多無單行本，而是多收錄在某些叢書中；而且有些叢書界定的範疇並不準確，如「禁燬小說」、「傳世孤本珍稀小說」等（《歧路燈》自問世之日起就不曾被禁燬過，因此不可能屬於禁燬小說之列；《歧路燈》流傳不廣是眞，但並非「孤本」，也非「珍稀小說」），這種「拉郎配」，一方面固然反映了我們的出版機制的問題，但同時也反映了《歧路燈》的讀者數量的不盡如人意。

中州古籍出版社三卷鉛印本的《歧路燈》分上、中、下三冊，一百零八回足本，七十八萬餘字。封面由馮友蘭題寫書名，書前有姚雪垠序和欒星的《校本序》，書後附有欒星的《校勘說明》。該書由欒星校注，其底本爲乾隆抄本、舊抄本甲、舊抄本乙、安定筱齋抄本、晚清抄本甲、晚清抄本乙、晚清抄本丙、滎澤陳雲路家藏抄本、馮友蘭抄本、洛陽清義堂石印本和樸社排印本，共十一個版本。因諸版本歧異較大，欒星以新安傳出本、寶豐傳出本和寶、新合流本兼備爲原則，以乾隆庚子過錄本爲「第一底本，缺失部分，主要以葉縣傳出舊抄甲及安定筱齋抄本補足之。參稽他本，擇善而從，合爲全璧〔註 364〕」。姚雪垠序在馮序基礎上提出了繼承問題，即《歧路燈》在用鄉土語言寫社會生活方面受《金瓶梅》影響和新舊道德之間的繼承關係。

【附錄五】 《歧路燈》傳播考辨

〔摘要〕《歧路燈》作爲中國古代第一部長篇教育小說自問世至今其讀者

〔註 364〕欒星，校勘說明——代跋〔A〕，見《歧路燈》，鄭州：中州古籍出版社，1982，頁 1016。

數量始終不盡如人意，在以往的研究中，有的研究者認爲這是一部被埋沒的作品，有的研究者認爲其行之不遠在於其自身的原因。本文從人們對待小說及小說家的傳統、清代文字獄和清代禁止刊刻的高壓政策以及李綠園的創作動機與創作實踐的矛盾四個方面來考辨《歧路燈》的傳播問題。

《歧路燈》是一部產生時間介於《儒林外史》與《紅樓夢》之間的清代小說，也是迄今爲止發現的我國古代第一部長篇教育小說。《歧路燈》在當時問世後，一直未能在中國這樣一個素有重視教育傳統的文明古國流播開來，它的作者李綠園及其「清醇雅正、教化至上」的文學觀念和其「經世致用、富教並重」的教育思想三百年來也一直未能引起文學界和教育界應有的重視。以往在《歧路燈》傳播問題的研究中有兩種觀點：一種觀點認爲《歧路燈》流播不遠源於其被埋沒〔註365〕，持這種觀點的人大多對《歧路燈》評價較高；另一種觀點則認爲《歧路燈》「只是受到了冷落，並沒有眞正被埋沒〔註366〕」，持這種觀點的人一般對《歧路燈》評價相對較低〔註367〕。本文從人們對待小說及小說家的傳統、清代文字獄和清代禁止刊刻的高壓政策以及李綠園的創作動機與創作實踐的矛盾四個方面來探討《歧路燈》何以遭受冷遇而流傳不輟的傳播現象，解析《歧路燈》流傳中存在問題的原因之所在。

一

中國傳統向來存在鄙視小說及小說家的偏見，這種偏見在《歧路燈》產生的康乾年間依然存在。中國小說向被稱爲稗史、野史，小說家被稱作稗官。正如魯迅所說：「在中國，小說不算文學，做小說的也決不能稱爲文學家，所以並沒有人想在這一條道路上出世〔註368〕。」

《漢書·藝文志》對諸子十家的排列順序是儒家、道家、陰陽家、法家、名家、墨家、縱橫家、雜家、農家、小說家，認爲「諸子十家，其可觀者九

〔註365〕持此觀點者大多對《歧路燈》評價很高。詳見：張國光，我國古代的《教育詩》與社會風俗畫——《歧路燈》新論兼評「埋沒」說質疑〔A〕，頁137～173；朱自清，歧路燈〔A〕，《歧路燈》論叢（一）〔C〕，鄭州：中州書畫社，1982。
〔註366〕藍翎，「埋沒」說質疑——讀《歧路燈》札記之一〔N〕，廣州：羊城晚報，1982年1月31日。2月1日。
〔註367〕陳美林，《歧路燈》與《儒林外史》〔A〕，《歧路燈》論叢（二）〔C〕，鄭州：中州古籍出版社，1984，頁35～50。
〔註368〕魯迅選集（第三卷），北京：人民文學出版社，1983，頁171。

家而已。皆起於王道既微，諸侯力政，時君世主，好惡殊方，是以九家之術，蜂出並作，各引一端，崇其所善，以此馳說，取合諸侯，其言雖殊，譬猶水火，相滅亦相生也。……若能修六藝之術，而觀此九家之言，舍短取長，則可以通萬方之略矣。」至於「小說家者流，蓋出於稗官，街談巷語，道聽塗說者之所造也。孔子曰：『雖小道，必有可觀者焉，致遠恐泥』是以君子弗爲也。然亦弗滅也，閭里小知者之所及，亦使綴而不忘，如或一言可採，此亦芻蕘狂夫之議也」，小說被摒棄於「可觀者九家」之外，被斷定是與「通萬方之略」不相干的東西，小說家也是「君子弗爲」。

　　明代胡應麟認爲：「小說者流，或騷人墨客遊戲筆端，或奇士洽人搜羅宇外，紀述見聞無所迴忌，覃研理道務極幽深，其善者足以備經解之異同、存史官之討核，總之有補於世，無害於時。乃若私懷不逞，假手鉛槧，如《周秦行紀》、《東軒筆錄》之類，同於武夫之刃、讒人之舌者，此大弊也。然天下萬世公論具在，亦亡益焉」。儘管如此，「子之爲類，略有十家，昔人所取凡九，而其一小說弗與焉。然古今著述，小說家特盛；而古今獨傳，何以故哉？怪、力、亂、神，俗流喜道，而亦博物所珍也；玄虛、廣莫，好事偏攻，而亦洽聞所昵也。談虎者矜誇以示劇而雕龍者閒掇之以爲奇，辯鼠者證據以成名而捫虱類資之以送日，至於大雅君子心知其妄而口競傳之，且斥其非暮引用之，猶之淫聲麗色，惡之而弗能弗好也。夫好者彌多，傳者彌眾，傳者日眾則作者日繁，夫何怪焉？〔註369〕」

　　清紀昀認爲：小說「……跡其流別，凡有三派：其一敘雜事，其一記錄異聞，其一綴緝瑣語也。唐宋而後作者彌繁，中間誣謾失眞，妖妄熒聽者，固爲不少，然寓勸誡，廣見聞，資考證者，亦錯出其中。……然則博採旁搜，是亦古制，固不必以冗雜廢矣（見《四庫全書總目提要》）」，因此在其《四庫全書總目提要》中「甄錄其近雅馴者，以廣見聞，惟猥鄙荒誕，徒亂耳目者，則黜不載焉」，這是一種典型的儒家傳統觀念。即使是紀昀本人「聊以遣日」「緬昔作者如王仲任應仲遠引經據古，博辨宏通，陶淵明劉敬叔劉義慶簡淡數言，自然妙遠，誠不敢妄擬前修，然大旨期不乖於風教（見《閱微草堂筆記》自序）」而創作的《閱微草堂筆記》亦如魯迅所說「立法甚嚴，舉其體要，

〔註369〕胡應麟，少室山房筆叢，九流緒論（下）。上海：上海書店出版社，頁283～282。

則在尙質黜華，追蹤晉宋；……其軌範如是，故與《聊齋》之取法傳奇者途徑自殊，然較以晉宋人書，則《閱微》又過偏於論議。蓋不安於僅爲小說，更欲有益人心，即與晉宋志怪精神，自然違隔；且末流加屬，易墮爲報應因果之談也。惟紀昀本長文筆，多見秘書，又襟懷夷曠，故凡測鬼神之情狀，發人間之幽微，託狐鬼以抒己見者，雋思妙語，時足解頤；間雜考辨，亦有灼見。敘述復雍容淡雅，天趣盎然，故後來無人能奪其席，固非僅借位高望重以傳者矣〔註370〕」，其「不安於小說」、固執於傳統的潛意識依稀可見。古人對小說及小說家矛盾的態度由此可知，而小說家的地位始終不高也是不爭的事實。中國是注重傳統並長於繼承傳統的國家，《歧路燈》不爲時人所看好，這一影響因素不容忽視。

二

　　清王朝文字獄盛行眾所周知，《清稗類鈔‧著述類‧四庫全書》載：「乾隆朝，……癸巳，四庫全書館開，而私家著術一經疆臣輦送至京，廷臣檢閱，指出一二近似謗訕之語，於是生者陷大辟，死者戮屍，雖妻子亦從而坐死矣〔註371〕」。其實，豈止乾隆一朝？李綠園生活的康、雍、乾三朝無一朝無文字獄，儘管《歧路燈》意在「淑世」，然亦不可能不有此懸劍之憂。

　　僅康熙二年就有莊廷鑨的「明史案」和戴名世的《南山集》案。「明相國朱國楨（浙江歸安即今吳興人）曾著《明史》。明亡，朱家敗落，其子孫以未刊之《列朝諸臣傳》稿本價千兩賣於莊廷鑨。莊乃當地豪富，廣聘諸名士補撰崇禎一朝，並竄名爲己作刻板，所續諸傳，多有指斥清開國事。時歸安罷官知縣吳之榮，妄圖藉此敲詐勒索竟遭拒絕，於是上告杭州滿洲將軍柯奎。柯奎權傾一方，莊家不敢怠慢，即以重金厚賂。柯奎將原書擲還吳之榮，不予受理，莊允城即將書中指斥語刪節重印。吳之榮計不成，特攜初刊本進京，上之法司。事聞遣刑部侍郎審判定罪。本日，處重辟者七十人，凌遲者十八人，莊廷鑨已死，戮其屍。此案株連甚廣，或其親屬子女，或參與該書撰稿者，或爲書作序、校對者，或爲書抄寫刻字者，或偶而購得此書者，皆不免於難。吳之榮從此啓用，後官至右僉都御史〔註372〕」。戴名世則因《南山集》

〔註370〕魯迅，中國小說史略，上海：上海古籍出版社，1998，頁151。
〔註371〕〔清〕徐珂，清稗類鈔，著述類，四庫全書，北京：中華書局，頁3738～3739。
〔註372〕李文海，清史編年（第二卷）康熙二年，北京：中國人民大學出版社，1988，

中多採錄方孝標《鈍齋文集》和《滇黔紀聞》所紀事，並與其弟子餘生一書，論修史之例，「妄爲正統之論。以明亡僭號三藩。比諸漢昭烈在蜀。宋二王航海。至康熙癸卯而後統歸於我朝。遺錄書福王奔蕪湖則曰聖安帝道。如此類甚多。且言於明史有深痛。舊東宮摘其語進之〔註373〕」。時趙申喬爲都諫，奏其事，九卿會鞫，名世處決，孝標戮屍，兩家有服宗族皆口旗。

雍正一朝雖只有短短的十三年，但雍正三年（1725）有汪景祺之獄、雍正四年（1726）有查嗣庭之案，雍正六年（1728）有呂留良之獄等。汪景祺於「雍正二年，赴陝西，謁年羹堯。其《上撫遠大將軍、一等公、川陝總督年公書》中，稱年羹堯爲『詞林之眞君子，當代之大丈夫』，『宇宙之第一偉人』，『聖賢豪傑備於一身』，此本爲讒媚年羹堯而作進身之階，後「著《讀書堂西征筆記》，對當時政治多有抨擊」，「作《功臣不可爲論》，以檀道濟、蕭懿比年羹堯。言『鳥盡弓藏，古今同慨』，係因功成之後，人主『橫加猜疑，致成嫌隙』，勸年功成身退；「於《高文恪遺事》中，言高士奇因奴事索額圖得顯官，旋合明珠傾索，又合徐乾學以傾明珠，又合明珠、王鴻緒以傾徐，『市井小人，出自糞土，致身軒冕，烏知所謂禮義廉恥哉！』」指斥朝庭用人存在的問題；「於《西安吏治》中，言吏治之壞莫甚於陝西，數十年來，督撫藩臬皆以滿洲人爲之，目不知書，吏治民生皆不過問，『唯以刻剝聚斂，恒舞酣歌之計而已。』『上官既無善類，俗吏腴民以奉之，加徵雜派，苛政日增』」，指責朝庭吏治腐敗的弊端。後年羹堯被參罷官，福敏等於杭州搜查年羹堯家，於亂紙中發現手抄書二本，即《讀書堂西征筆記》，以書中言論「甚屬悖逆」，上奏朝庭。雍正朱批：「若非爾等細心搜檢，幾致逆犯漏網，其妄撰妖辭二本，暫留中摘款發審〔註374〕」，後汪被斬梟示。

查嗣庭是「康熙四十五年進士。時任禮部左侍郎，是年爲江西鄉試正主考。雍正帝以其『向來趨附科隆多』，所出試題『顯露心懷怨望，譏刺時事之意』，遣人搜查其寓所，得《日記》二本，其中『悖亂荒唐、怨誹捏造之語甚多』。江西科場中，又有關節作弊等事。本日，將查嗣庭革職拿問，交三法司審擬。諭稱：查嗣庭所出首題《君子不以言舉人，不以言廢人》，顯與國家取

頁18。

〔註373〕〔清〕蕭奭，永憲錄〔M〕，中華書局，1959，頁64。

〔註374〕李文海，清史編年（第四卷）雍正三年十七日辛巳，北京：中國人民大學出版社，頁158～159。

士之道相背謬。《易經》次題《正大而天地之情可見矣》、《詩經》次題《百室盈止、婦子寧止》。去年正法之汪景祺文稿中有《歷代年號論》，指正字有一止之象。今查嗣庭所出經題，前用正字，後用止字，前後聯絡，顯然與汪景祺語相同。所出策題，云『君猶腹心，臣猶股肱』，不稱元首，不知君上之尊。……《日記》中，其他譏刺時事，幸災樂禍之語甚多〔註375〕」。雍正五年五月，結查嗣庭案。查嗣庭本應凌遲處死，因在監病故，戮屍梟示，其子查沄斬監候，兄查嗣瑮及其餘子侄俱流三千里，家產變價修海塘。兄查慎行因年已老邁，家居日久，相隔路遠，並不知情，連同其子俱釋放回籍。

至於呂留良一案，我們可以從雍正帝的《大義覺迷錄》反觀清王朝的真正用意不僅在於反呂留良的「夷夏之防」，更重在肅清其思想在當時士人頭腦中的影響。而謂「呂留良父子之罪罄竹難書，律以大逆不道，實為至當，並無一人有異詞者。普天率土之公論如此，則國法豈容寬貸！」將「呂留良、品葆中俱著戮屍梟示，呂毅中著斬立決。其孫輩著從寬免死，發遣寧古塔給與披甲人為奴，倘有頂替隱匿等弊，一經發覺，將浙省辦理此案之官員與該犯一體治罪。呂留良之詩文書籍不必銷毀。其財產由浙江地方官變價，充本省工程之用〔註376〕」，如此嚴加懲處，在某種程度上也起到了殺一儆百、箝制思想的作用。

乾隆二十（1755）年湖南學政胡中藻的《堅磨生詩鈔》案，因詩中有「一把心腸論濁清」之句，被認為是有意「加濁字於國號之上」，胡中藻被處死；乾隆二十二年（1757）彭家屏、段昌緒之獄，只因彭家藏有明末野史《瀏河紀聞》及抄本《啓禎政事》等書，二人均被殺；乾隆四十二年（1777）徐述夔《一柱樓詩稿》中有「大明天子重相見，且把壺兒擱半邊」及「明朝期振翮，一舉去清都」之句，被乾隆認為有「復明滅清」之意而被戮屍，其子孫以及校對者俱坐死，已死者剖棺銼屍。

據不完全統計，康、雍、乾三朝文字獄案共有一百一十五起，而實際上遠遠超過此數，僅乾隆六年（1741）至五十三年（1788）的四十八年間，各種文字獄就有六十三起，焚書、殺人幾乎成了每年的慣例，「生人與死者並踵

〔註375〕李文海，清史編年（第四卷）雍正四年二十六日乙卯，北京：中國人民大學出版社，頁216～217。

〔註376〕李文海，清史編年（第四卷）雍正十年十七日庚午，北京：中國人民大學出版社，頁555。

而臥」（見方苞《望溪集・文獄中雜記》），使「前代文人受禍之酷，殆未有若
清代之甚者，故雍、乾以來，志節之士，蕩然無存。有思想才能者，無所發
洩，惟寄之於考古，庶不干當時之禁忌。其時所傳之詩文，亦惟頌諛獻媚，
或徜徉山水、消遣時序及尋常應酬之作。稍一不慎，禍且不測，而清之文化
可知矣！〔註377〕」以李綠園涉世之深，不可能不產生避禍之心，雖有淑心救
世，但其未必定求《歧路燈》名聞遐邇，這當是影響此書流傳的另一重要原
因。

三

　　在實行文字獄的同時，清政府對個人刊行限制極爲嚴格，尤其是對其所
謂「小說淫辭」更是禁絕有加。蔣瑞藻《小說考證》卷八有關於《歧路燈》
一則，引《闕名筆記》認爲：「……李綠園先生所撰《歧路燈》一百二十回，……
描寫人情、千態畢露，亦絕世奇文也。惜其後代零落，同時親舊又無輕財好
義之人爲之刊行，遂使有益世道之大文章，僅留三五部抄本於窮鄉僻壤間，
此亦一大憾事也〔註378〕」，實則不然。李綠園有四子，並不存在「後代零落」
之說，且其次子李蘧曾「補員外郎，擢郎中，出理七省漕務，歷江南道監察
御史、工科給事中、嘉慶十一年授江西督糧道〔註379〕」，李蘧「移病歸里」之
後，曾「置腴田四百畝，屬從子經理，爲祀先資〔註380〕」，由此可知，以李蘧
之官居顯赫和其家資之豐，不可能無刊刻能力，《歧路燈》未以刊本面世，必
另有其因，而這就是清王朝對私人刊刻的嚴屬禁止。

　　康熙二十六年從弄部給事中劉楷奏請，禁「淫詞小說」。諭稱：「淫詞小
說人所樂觀，實能敗壞風俗、蠱惑人心。朕見樂觀小說者多不成材，是不唯
無益而且有害。至於僧道邪教，素悖禮法，其惑世誣民尤甚。愚民遇方術之
士，聞其虛誕之言，輒以爲有道，敬之如神，殊堪嗤笑。俱宜嚴行禁止〔註
381〕」。

　　康熙五十三年四月初四日乙亥：「帝諭禮部：「朕治天下以人心風俗爲本，
欲正人心，厚風俗，必崇尚經學而嚴絕非聖之書」，「近見坊間多賣小說淫辭，

〔註377〕柳詒徵，中國文化史，上海：東方出版中心，1988，頁731。
〔註378〕蔣瑞藻，小說考證〔M〕，上海：上海古籍出版社，1984，頁263。
〔註379〕中州先哲傳，文苑傳，綠園本傳，附李蘧傳。
〔註380〕參見道光寶豐縣志（卷十二）。人物志，李蘧傳。
〔註381〕清史編年（第二卷），北京：中國人民大學出版社，1988，頁542～543。

荒唐俚鄙，殊非正理，不但誘惑愚民，即縉紳士子，未免遊目而蠱心焉。所關風俗者非細，應即通行嚴禁。」於是規定，凡坊肆出售之「小說淫辭」，由內外文武官弁嚴查禁絕，刻板與書一併盡行銷毀。如仍行刻印者，官員革職，兵民杖一百，流三千里。如仍出售者，杖一百徒三年。該管官失察者罰俸降級〔註382〕」，有此禁令，《歧路燈》即使有刊刻之心，未必敢有刊刻之行，所以其未行刊刻當在情理之中。

即使是雍正年間，也有錢以塏「劈毀燒掉所有私家所刻書籍版片，並將藏匿者從重處治」的建議，雍正皇帝以禁書焚書不「能消滅天下後世之議論」為由未能採納他的建議，但雍正皇帝對於汪景祺、查嗣庭、鄒汝南、謝濟世、陸生楠、呂留良等案的殘酷處治在某種意義上也起到了比明令禁止刊刻更為嚴厲的警示作用。

乾隆一朝更是如此。「乾隆乙未閏十月，高宗檢閱各省呈繳應毀書籍，中有僧澹歸所著《遍行堂集》，乃韶州府知府高綱為之製序，並為募貲刊行。詩文中多悖謬字句，自應銷毀。因諭及高綱身為漢軍，且為高其佩之子，世受國恩，乃見此等悖逆之書，恬不為怪，轉為製序募刻，使其人尚在，必當立置重典。其書板自必尚在粵東，著李侍堯等即速查明此書版片及刊印之本，一併奏繳」（見《清稗類鈔·獄訟類·澹歸遍行堂集案》卷二）。而且還有《尹嘉銓以著書處絞》、《韋玉振以刊刻行述杖徒》（均見《清稗類鈔》卷二）等事發生。

李綠園一生歷此三朝，而此三朝正是清王朝文字獄盛行的朝代，他雖有心淑世，但以他練達的處世智慧，不可能不考慮淑世的方式。立德和立身之外，還要立言。慎於立言、謹於傳言是他恪守的信條，這也影響到了《歧路燈》的傳播。

四

除了前面提到的三個原因之外，《歧路燈》問世後行之不遠的最主要的原因在於《歧路燈》作品本身。

文學重在以形象感人，通過文學形象表達作家的審美判斷。李綠園著此書是希望「藉科諢排場間寫出忠孝節烈，而善者自卓千古，醜者難保一身，使人讀之為軒然笑，為潸然淚，即樵夫牧子廚婦爨婢，皆感動於不容己」，達

〔註382〕清史編年（第三卷），北京：中國人民大學出版社，1988，頁 420。

到「善者可以發人之善心，惡者可以懲創人之逸志〔註383〕」的目的，也就是說，李綠園創作的動因是希望能寓教於樂，正如《琵琶記》作者高則誠所言「不關風化體，縱好也枉然」，李綠園也強調「惟其於倫常上立得住，方能於文藻間張得口」（見《李綠園詩鈔自序》）。《歧路燈》——顧名思義，就是為迷途者亮起的引航之燈，決定了「教化」是其主題。

但是作家的主觀創作意願是一回事，作家的客觀創作實踐是另一回事。

小說家有許多種，李綠園只是其中之一，他是以一個「師者」的身份來闡釋他的小說觀，也是以「師者」的身份躋身稗官來寫《歧路燈》的，小說只是他宣揚教化、寓教於樂的一種手段。既然是「師者」，他就需要有「師者」的風範，因為「師者，所以傳道、授業、解惑也」，中國的儒學傳統如此，李綠園知其當為其所當為，不為其所不當為，這就是為什麼《歧路燈》不能像《紅樓夢》那樣講警幻仙姑所授之事且每涉及穢褻之事就止筆不前的原因，正如李綠園的「自白」一樣：「每怪稗官例，醜言曲擬之。既存懲欲意，何事導淫辭？《周易》金夫象，《鄭風》蔓草詩，盡堪垂戒矣，漫惹教猱嗤」（見《歧路燈》第二十四回）。也就是說，清雅淳正的內容是李綠園刻意保持的，世人詬病《歧路燈》「道學氣太濃」，（見樸社版《歧路燈》前的馮友蘭序）在於《歧路燈》中「師者」說教隨處可見，而說教是「師者」義不容辭的責任，《歧路燈》及其作者均以教化為己任，李綠園本人對此坦承無諱。

事實上，《歧路燈》的浪子回頭題材決定了其內容必不能迴避某些墮落情節的描寫，但每涉及穢褻之事李綠園必止筆不前，或以「此下便可以意會，不必言傳了」（如第十九回）或用「此處一段筆墨，非是故意缺略，只緣為幼學起見，萬不敢蹈狎褻惡道，識者自能會意而知」（如第四十三回）了結。在他看來，「若是將這些牙酸肉麻的情況，寫的窮形極狀，未免蹈小說家窠臼。」李綠園這裡的「小說家」主要指《金瓶梅》）。由此可見李綠園「幼學不宜」成分的自覺限制。李綠園不但對墮落者的描寫不涉穢筆，既使涉及到正常的男女婚戀他也不願過多著墨，如第五十回提到譚紹聞新婚，「倘再講譚紹聞與巫翠姐燕爾昵情，又落了小說家窠臼，所以概從省文；第一百零八回寫譚紹聞之子譚簣初新婚：「這新夫婦之相敬，不過相敬如賓；相愛，不過相愛如友。二更天氣，垂流蘇壓銀蒜六字盡之，不敢蹈小說家窠臼也。」

為什麼李綠園不願「蹈小說家窠臼」，從李綠園的詩論中我們可以找到答

〔註383〕〔清〕李綠園，歧路燈〔M〕，乾隆鈔本。

案：「詩以道性情，裨名教，凡無當於三百之旨者，費辭也。余生平最喜孟郊『臨行密密縫，意恐遲遲歸』，王建『三日下廚房，洗手作羹湯』，樸而彌文，讀之使人孝悌之心，油然於唇吻喉臆間。斯即陟岵瞻父、浣私寧母之遺音也。彝倫之化視此矣，惟其於倫常上立得足，方能於文藻間張得口」（見李綠園詩鈔自序），「醇正雅潔」「樸而彌文」「以德馭文」體現了他對作品行文風格的基本見地。

《歧路燈》這種清雅醇正的文風在一定程度上決定了這部作品脫俗的格調，在清代的說部堪稱空前絕後，無論是同期的《綠野仙蹤》、《野叟曝言》，還是同期的《紅樓夢》、《儒林外史》在這一點上都無法望其項背。

從教育的層面，我們承認《歧路燈》雅潔含蓄、清爽醇正的語言風格、李綠園對「幼學不宜」成分的自覺限制有助於青少年的教育，凸顯《歧路燈》教化至上的主題；但同時我們也要看到李綠園對墮落者的描寫不涉穢筆、對健康正常的男女婚戀也不願過多著墨在某種程度上是倒髒水的同時把嬰兒也倒掉了，因為解構的過程實際上也是建構的過程，任何一部作品僅僅靠解構是不行的，建構與解構同樣重要。

從文學的層面，我們也不能否認作者在創作中對此問題的有意迴避在一定程度上削弱了作品形象的感染力，因為對於文學作品而言，「形象是表達思想的工具」，作品一旦降低或缺乏了形象的感召力，再好的思想也難吸引大批的讀者。也許是作者太想表現其一片淑世苦心了，《歧路燈》中的人物形象成了作家道德理想的化身和個人思想單純的傳聲筒，作品在敘事中間隨處可見以意害文、難以卒讀的道德說教：「提耳諄言，不憚窮形極狀，一片苦心，要有福量的後生閱之，只要你心坎上添上一個怕字，豈是叫你聽諧語，鼓掌大笑哉！」（見《歧路燈》第 58 回）寧可因教化而失之枯率，也不為娛樂而太事鋪陳，這既違背了作家「寓教於樂」的創作初衷，又違背了文學創作的規律，這也是《紅樓夢》問世即不脛而走、《歧路燈》問世卻行之不遠的原因之所在。

《歧路燈》這種主題先行的創作實踐方式，使李綠園的《歧路燈》在一定程度上失去了部分讀者，但同時我們也要看到：如果小說僅具娛樂性，那麼其本身恐怕並不具備獨立的價值意義，正如毛宗崗在《堅瓠三集序》中所言：「及觀所編《堅瓠集》，凡其睹記所及，古今人軼事與語言文字之可資談柄者，悉載焉，而勸誡之意即寓於中，使讀者或時解頤撫掌，或時駭目驚心，

乃益信此眞儒者好事之所爲也」，由娛目而醒心，是李綠園之本意，但事實上卻沒能完全達到這個目的。

綜上所述，從客觀的角度而言，中國古代鄙視小說及小說家的傳統、清代文字獄和禁止刊刻的高壓政策是李綠園及其《歧路燈》遭受冷遇而流傳不輟的外因；從主觀的角度來說，李綠園和創作動機與創作實踐的矛盾是李綠園及其《歧路燈》遭受冷遇而流傳不輟的內因；歸根到底，《歧路燈》傳播中出現的這種現象主要取決於作品本身。因爲外因是變化的條件，內因是變化的依據，外因只有通過內因才能起作用。正是在這種主客觀因素的共同作用下，《歧路燈》的傳播才出現了備受冷落而流傳不輟的現象。

參考文獻

書　目

1. 〔清〕李綠園，歧路燈〔M〕，鄭州：中州書畫社，1980。
2. 〔清〕李綠園，歧路燈〔M〕，樸社，1927，排印本。
3. 〔清〕李綠園，歧路燈〔M〕，乾隆本。
4. 〔清〕李綠園，歧路燈〔M〕，清義堂石印本。
5. 〔清〕董榕，芝龕記〔M〕，乾隆十六年刻本。
6. 〔清〕周韻亭，中州愍烈記〔M〕，乾隆抄本。
7. 〔清〕李彷梧、耿興宗纂修，寶豐縣志，道光刻本。
8. 河南通志，民國排印本。
9. 〔清〕鄭士範纂修，印江縣志，道光刻本。
10. 〔清〕寶豐縣志，嘉慶刻本。
11. 李庚白、李希白纂修，新安縣志，民國石印本。
12. 〔清〕魯曾煜修，祥符縣志，乾隆刻本。
13. 〔清〕趙林成、白明義纂修，汝州全志，道光刻本。
14. 〔清〕宋名立、韓定仁纂修，汝州續志，乾隆刻本。
15. 〔清〕夏修恕、蕭琯纂修，思南府續志，道光抄本。
16. 〔清〕邱峨纂修，新安縣志，乾隆三十一（1766）年刻本。
17. 〔清〕劉青芝，江村山人續稿〔M〕，乾隆刻本。
18. 〔清〕楊淮，國朝中州詩鈔〔Z〕，道光二十三年刻本，1843。
19. 李時燦，中州珠玉錄（42卷），民國本（1912）。
20. 〔民國〕郝廷寅，李綠園先生家世（石印本）。

21. 〔清〕李於潢，春綠閣筆記，道光刻本。

22. 〔清〕蘇源生，國朝中州文徵〔Z〕，道光 25 年。

23. 李時燦，中州文獻彙編（中州先哲傳 37 卷、中州藝文錄 42 卷、中州文徵續編 28 卷、中州詩徵 38 卷），民國刻本。

24. 〔清〕李於潢，方雅堂詩集（5 卷），道光 17 年（1837）大樑書院刻本。

25. 〔清〕胤禛，悅心集〔Z〕，雍正四年刻本，1726。

26. 〔清〕允祿等編，上諭內閣〔Z〕，雍正刻本。

27. 清實錄，北京：中華書局，1986。

28. 趙爾巽，清史稿〔Z〕，中華書局，1976～1977。

29. 李文海，清史編年〔Z〕，中國人民大學出版社，2000。

30. 孟森，明清史講義〔Z〕，中華書局，1981。

31. 〔清〕王士禛，池北偶談〔M〕，中華書局，1982。

32. 〔清〕吳慶坻，蕉廊脞錄〔M〕，中華書局，1982。

33. 〔清〕王士禛，古夫于亭雜錄〔M〕，中華書局，1982。

34. 〔清〕王士禛，分甘餘話〔M〕，中華書局，1982。

35. 〔清〕龔煒，巢林筆談〔M〕，中華書局，1982。

36. 〔清〕劉體智，異辭錄〔M〕，中華書局，1982。

37. 〔清〕朱彭壽，舊典備徵安樂康平室隨筆〔M〕，中華書局，1982。

38. 〔清〕劉獻庭，廣陽雜記〔M〕，中華書局，1982。

39. 〔清〕福格，聽雨叢談〔M〕，中華書局，1982。

40. 〔清〕法式善，陶廬雜錄〔M〕，中華書局，1982。

41. 〔清〕談遷，北遊錄〔M〕，中華書局，1982。

42. 〔清〕蕭奭，永憲錄〔M〕，中華書局，1982。

43. 〔清〕李斗，揚州畫舫錄〔M〕，中華書局，1982。

44. 〔清〕段光清，鏡湖自撰年譜〔M〕，中華書局，1982。

45. 〔清〕柯悟遲、陸筠，漏綱喁魚集，海角續編〔M〕，中華書局，1982。

46. 〔清〕歐陽兆熊、金安清，水窗春囈〔M〕，中華書局，1982。

47. 〔清〕劉禺生，世載堂雜憶〔M〕，中華書局，1982。

48. 〔清〕金埴，不下帶編，巾箱說〔M〕，中華書局，1982。

49. 〔清〕昭槤，嘯亭雜錄〔M〕，中華書局，1982。

50. 〔清〕梁章鉅，樞垣記略〔M〕，中華書局，1982。

51. 〔清〕梁章鉅，歸田瑣記〔M〕，中華書局，1982。

52. 〔清〕陸以湉，冷廬雜識〔M〕，中華書局，1982。

53. 〔清〕梁章鉅，浪跡叢談，續談，三談〔M〕，中華書局，1982。

54. 〔清〕王應奎，柳南隨筆，續筆〔M〕，中華書局，1982。

55. 〔清〕錢泳，履園叢話〔M〕，中華書局，1982。

56. 〔清〕姚元之、趙翼，竹葉亭雜記，簷曝雜記〔M〕，中華書局，1982。

57. 〔清〕趙慎畛，榆巢雜識〔M〕，中華書局，1982。

58. 〔清〕李光地，榕村語錄、榕村續語錄〔M〕，中華書局，1995。

59. 蔣瑞藻，小說考證〔M〕，上海古籍出版社，1984。

60. 〔清〕徐珂，清稗類鈔〔M〕，中華書局，1984～1986。

61. 十三經注疏，中華書局，1980。

62. 諸子集成，上海書店，1986。

63. 〔北齊〕顏之推，顏氏家訓〔M〕，上海古籍出版社，1980。

64. 〔清〕顏元，朱子語類評〔M〕，四存學會印本，1923。

65. 〔明〕黃宗義，明夷待訪錄〔M〕，北京古籍出版社，1955。

66. 〔明〕顧炎武，亭林文集〔M〕，鉛印本，中華書局，1930～1931。

67. 〔清〕顏元，存學錄〔M〕，上海商務印書館《叢書集成》初編本。

68. 〔清〕鍾陵，顏習齋先生言行錄〔C〕，上海商務印書館《叢書集成》初編本。

69. 〔清〕袁枚，隨園詩話（卷七）〔M〕，道光十三（1833）刻本。

70. 欒星，歧路燈研究資料〔Z〕，中州書畫社，1982。

71. 杜貴晨，李綠園與歧路燈〔M〕，遼寧教育出版社，1992。

72. 〔臺灣〕吳秀玉，李綠園與其《歧路燈》研究〔M〕，臺北師大書苑有限公司，1996。

73. 〔新加坡〕吳聰娣，歧路燈研究——從《歧路燈》看清代社會，春藝圖書貿易公司，1998。

74. 〔韓國〕李昌鉉，李綠園與《歧路燈》研究〔D〕，蘇州大學博士論文，1999。

75. 張生漢，歧路燈詞語匯釋〔M〕，河南大學出版社，1999。

76. 李延年，歧路燈研究〔M〕，中州古籍出版社，2002。

77. 劉暢，《歧路燈》與中原民俗文化研究〔M〕，齊魯書社，2009。

78. 謝燕琳，《歧路燈》稱謂研究〔M〕，甘肅人民出版社，2008。

79. 朱一玄，明清小說資料選編〔Z〕，齊魯書社，1989。

80. 孫楷第，中國通俗小說書目〔M〕，中華書局，1965。

81. 孫楷第，小說旁證〔M〕，人民文學出版社，2000。

82. 魯迅，中國小說史略〔M〕，上海古籍出版社，1998。

83. 齊裕焜，明代小說史〔M〕，浙江古籍出版社，1997。

84. 張俊，清代小說史〔M〕，浙江古籍出版社，1997。

85. 阿英，晚清小說史〔M〕，東方出版社，1996。

86. 鄔國平、王鎮遠，清代文學史〔M〕，上海古籍出版社，1995。

87. 楊義，中國古典小說史論(《楊義文存》第六卷)〔M〕，人民出版社，1998。

88. 陳洪，中國小說理論史〔M〕，安徽文藝出版社，1992。

89. 王先霈、周偉民，中國小說理論批評史〔M〕，花城出版社，1988。

90. 向楷，世情小說史〔M〕，浙江古籍出版社，1998。

91. 陳節，中國人情小說通史〔M〕，江蘇古籍出版社，1998。

92. 田同旭、王增斌，中國古代小說通論綜解〔M〕，中國文聯出版公司，1999。

93. 游友基，中國社會小說通史〔M〕，江蘇教育出版社，1999。

94. 沈治均，中國古代小說簡史〔M〕，北京語言文化大學出版社，2000。

95. 郭英德，明清傳奇史〔M〕，江蘇古籍出版社，1999。

96. 郭英德等，中國古典文學研究史〔M〕，中華書局，1995。

97. 孟昭連、寧宗一，中國小說藝術史〔M〕，浙江古籍出版社，2003。

98. 馮友蘭，中國哲學史〔M〕，華東師範大學出版社，2000。

99. 柳詒徵，中國文化史〔M〕，上海古籍出版社，2001。

100. 侯外廬，中國思想通史〔Z〕，人民出版社，1956。

101. 李澤厚，中國古代思想史論〔M〕，人民出版社，1986。

102. 葛兆光，中國思想史〔M〕，復旦大學出版社，2000。

103. 韓經太，理學文化與文學思潮〔M〕，中華書局，1997。

104. 毛禮銳、沈灌群，中國教育通史〔Z〕，山東教育出版社，1985～1989。

105. 孫培青、李國均，中國教育思想史〔Z〕，華東師範大學出版社，1995。

106. 張瑞璠，中國教育哲學史〔M〕，山東教育出版社，2000。

107. 王炳照、閻國華，中國教育思想通史〔Z〕，湖南教育出版社，1994。

108. 〔臺灣〕徐宗林、周愚久，中國教育史〔Z〕，五南出版公司印行，1997。

109. 〔聯邦德國〕H，R，姚斯，〔美〕R，C，霍拉勃，周寧等譯，接受美學與接受理論〔M〕，遼寧人民出版，1987。

110. 〔德〕沃 伊瑟爾，閱讀行為〔M〕，湖南文藝出版社，1991。

111. 〔美〕斯坦利·費什，讀者反應批評：理論與實踐〔M〕，中國社會科學出版社，1998。

112. 〔德〕漢斯·格奧爾格·加達默爾，洪漢鼎譯，真理與方法——哲學詮

釋學的基本特徵〔M〕，上海譯文出版社，1999。

113. 汪龍麟，清代文學研究〔M〕，北京出版社，2001。

114. 李漢秋，儒林外史研究論文集〔Z〕，中華書局，1987。

115. 李漢秋，儒林外史研究資料〔Z〕，上海古籍出版社，1984。

116. 陳美林，儒林外史人物論〔M〕，中華書局，1998。

117. 陳美林，清涼文集〔M〕，南京師範大學出版社，1999。

118. 陳維昭，帶血的輓歌——清代文人心態史〔M〕，河北教育出版社，2001。

119. 郭紹虞，照隅室古典文學論集〔M〕，上海古籍出版社，1983。

120. 梁啓超，中國近三百年學術史〔M〕，北京市中國書店，1985。

121. 陳伯海，近四百年中國文學思潮史〔Z〕，東方出版社，1997。

122. 馬振方，小說藝術論〔M〕，北京大學出版社，1999。

123. 〔法國〕茨維坦·托多洛夫，批評的批評——教育小說〔M〕，三聯書店，2002。

124. 徐岱，小說形態學〔M〕，杭州大學出版社，1992。

125. 申丹，敘述學與小說文體學研究〔M〕，北京大學出版社，1998。

126. 王平，中國古代小說敘事研究〔M〕，河北人民出版社，2001。

127. 王昕，話本小說的歷史與敘事〔M〕，中華書局，2002。

128. 金健人，小說結構美學〔M〕，浙江文藝出版社，1987。

129. 艾斐，小說審美意識〔M〕，文化藝術出版社，1988。

130. 寧宗一，中國小說學通論〔M〕，安徽教育出版社，1995。

131. 張稔穰，中國古代小說藝術教程〔M〕，山東教育出版社，1991。

132. 胡亞敏，敘事學〔M〕，華中師範大學出版社，1994。

133. 洪漢鼎，理解與解釋——詮釋學經典文選〔Z〕，東方出版社，2001。

134. 金元浦，文學解釋學〔M〕，東北師範大學出版社，1997。

135. 金元浦，接受反應文論〔M〕，山東教育出版社，1998。

136. 李建盛，理解事件與文本意義——文學詮釋學〔M〕，上海譯文出版社，2002。

篇　目

1. 欒星，《歧路燈》論叢（一）〔C〕，中州書畫社，1982（25篇）。

2. 欒星，《歧路燈》論叢（二）〔C〕，中州古籍出版社，1984（36篇）。

3. 董作賓，《歧路燈》作者李綠園先生〔J〕，中原文化，1934年創刊號。

4. 董作賓，《歧路燈》作者李綠園先生（續）〔J〕，中原文化，1934年第2號。

5. 晴天，《歧路燈》與河南方言，中原文化〔J〕，1934 年第 5 號。

6. 郭伯恭、馮友蘭，給《學術評論月報》編輯部的信〔J〕，學術評論月報，1940.10.1。

7. 吳組緗，《儒林外史》的思想與藝術〔J〕，人民文學，1954（8）。

8. 魯迅，明小說之兩大主潮與清小說之四派及其末流〔A〕，魯迅全集〔M〕卷八，人民文學出版社，1957。

9. 鄧紹基，談在「三言」、「二拍」中所反映的市民生活的兩個特色〔J〕，文學遺產，1958（202）。

10. 欒星，李綠園及其《歧路燈》——《歧路燈》校本序〔J〕，奔流，1980（4）。

11. 小河，清人李綠園著《歧路燈》在《奔流》上選刊〔N〕，文藝報，1980（4）。

12. 姚雪垠，一部值得重視的古典長篇小說——《歧路燈》序〔J〕，長江文藝，1980（7）。

13. 劉彥釗，一部不被忘卻的書——評清人李綠園的長篇白話小說《歧路燈》〔J〕，書林，1980（6）。

14. 欒星，《歧路燈》及其流傳〔J〕，文獻，1980 第 3 輯。

15. 古編，古典長篇白話小說《歧路燈》出版〔N〕，河南日報，1980.9.30。

16. 王予民、謝照明，詩人徐玉諾〔J〕，奔流，1980（4）。

17. 雁楓，一部被埋沒二百多年的小說——談清人李綠園著《歧路燈》的出版〔N〕，香港文匯報，1981.8.2。

18. 弦聲，李綠園和他的《歧路燈》〔N〕，南方日報，1981.8.16。

19. 蘇薩，《歧路燈》討論會綜述〔J〕，今昔談，1981（3）。

20. 山一，說《歧路燈》〔J〕，今昔談，1981（3）。

21. 達翔，封建社會的教子弟書——清代長篇小說《歧路燈》簡論〔N〕，河南日報，1981.7.16。

22. 佚明，埋沒二百多年的古典白話小說《歧路燈》出版〔N〕，新華社電訊，1981.5.16。

23. 佚名，埋沒二百多年的長篇小說《歧路燈》〔N〕，南昌晚報，1981.6.6。

24. 佚名，古典長篇白話小說抵港發行〔N〕，〔香港〕華僑日報，1981.7.13。

25. 愷冷，羊城書市與《歧路燈》〔N〕，〔香港〕星島日報，1981.7.15。

26. 梓堅，古典白話小說《歧路燈》出版〔N〕，大公報，1981.7.20。

27. 東瑞，清代小說《歧路燈》埋沒兩百年今始出版鉛印本〔N〕，明報，1981.7.21。

28. 弦聲，《歧路燈》討論會在鄭州召開〔N〕，中州書林，1981.9.25。

29. 孔憲易，李綠園和他的《歧路燈》〔J〕，河南圖書館季刊，1981（20）。

30. 佚名，一部埋沒二百多年的小說《歧路燈》〔J〕，文薈，1982（1）。

31. 余飄，《歧路燈》的現實主義創作方法和文學形象的客觀意義〔J〕，今昔談，1982（1）。

32. 鴻蘆，從孔慧娘到巫翠姐——一談《歧路燈》所反映新的思想因素〔J〕，今昔談，1982（1）。

33. 任訪秋，略論《歧路燈》對明代白話小說寫實主義的繼承〔J〕，今昔談，1982（3）。

34. 牛庸懋，漫談《歧路燈》〔J〕，武漢師範學院孝感分院學報，1982（1）。

35. 許言，《歧路燈》學術討論會在洛陽舉行〔J〕，今昔談，1982（6）。

36. 石麟，羽狀結構不落窠臼〔J〕，黃石師範學院學報，1982（4）。

37. 田璞，《歧路燈》初探〔J〕，安陽師專學報，1982（1）。

38. 田璞，《歧路燈》再探〔J〕，安陽師專學報，1982（3）。

39. 田璞，《歧路燈》三探〔J〕，安陽師專學報，1982（4）。

40. 楊海中，《歧路燈》學術討論會在洛陽舉行〔J〕，中州書刊，1982（5）。

41. 余飄，璅議形象大於思想〔J〕，今昔談，1982（5）。

42. 朱朝陽，《歧路燈》學術討論會在洛陽召開〔N〕，文學報，1982.1.14。

43. 盧維春，關於《歧路燈》的排印書〔J〕，文獻，1982（3）。

44. 許言，朱自清論《歧路燈》〔N〕，中州書林，1982.4.26。

45. 佚名，《歧路燈》研究的開拓——《〈歧路燈〉論叢（一）》將出版〔N〕，中州書林，1982.7.15。

46. 傅曉航，《歧路燈》裏的珍貴戲曲史料〔J〕，戲曲藝術〔J〕，1982（3）。

47. 廖奔，從《歧路燈》看十八世紀的開封戲曲生活〔J〕，戲曲藝術，1982（3）。

48. 胡世厚，《歧路燈》與洛陽〔N〕，洛陽日報，1982.9.17。

49. 胡世厚，洛陽最早評論《歧路燈》〔N〕，洛陽日報，1982.9.21。

50. 雁楓，積十年功「以爲知世之助」〔N〕，〔香港〕文匯報，1982.10.2。

51. 弦聲，十三省、市古典文學作者在洛陽舉行《歧路燈》學術討論會〔N〕，中州書林，1982.10.15。

52. 孟慶德，新安縣北冶公社發現《歧路燈》作者李綠園家譜〔N〕，鄭州晚報，1982.10.15。

53. 曾廣文，滿天下子弟的「八字小學」——略談《歧路燈》的教育思想〔J〕，成都大學學報（社會科學版），1982（1）。

54. 陳美林，《歧路燈》不能與《儒林外史》等量齊觀〔J〕，江淮論壇，1983（2）。

55. 石麟，描寫人情，千姿畢露〔J〕，黃石師範學院學報，1983（4）。

56. 胡世厚，《歧路燈》的流傳與研究概述〔J〕，文獻，1983（16）。

57. 馮鳴，李綠園的小說觀〔J〕，奔流，1983（2）。

58. 舒永衡，初譯《歧路燈》〔J〕，黔南民族師專學報，1983（3）。

59. 清雲，關於小說《歧路燈》的爭鳴〔N〕，北京日報，1983.2.19。

60. 曾敏生，再放光芒的《歧路燈》〔J〕，中原文獻，1983（2）。

61. 蔡原煌，透視《歧路燈》光影〔J〕，中原文獻，1983（2）。

62. 任訪秋，從《歧路燈》看李綠園的思想〔J〕，文學論叢，1983（1）。

63. 楊海中，《歧路燈》藝術蠡測〔J〕，文學論叢，1983（1）。

64. 李文煥，《歧路燈》向我們提供了什麼〔J〕，吉林大學社會科學學報，1983（2）。

65. 張亞新，略論李綠園世界觀中的積極因素〔J〕，安陽師專學報，1983（Z1）。

66. 王復興，賈寶玉與譚紹聞〔J〕，安陽師專學報，1983（Z1）。

67. 尚達翔，說《歧路燈》〔N〕，光明日報，1984.1.10。

68. 胡世厚，《歧路燈》成敗談〔N〕，光明日報，1984.2.14。

69. 楊海中，論《歧路燈》的創作失誤〔J〕，學習與思考，1984（4）。

70. 李具雙，《歧路燈》散論〔J〕，信陽師範學院學報，1984（2）。

71. 王浮星，從《歧路燈》看家庭戲班的興衰〔J〕，河南戲劇，1984（4）。

72. 韓玉生，「宣揚美德的書是枯燥和虛偽的」——試論《歧路燈》的創作道路〔J〕，教學與進修，1984（2）。

73. 孫文耀，白玉有瑕的《歧路燈》〔J〕，教學與進修，1984（2）。

74. 楊海中，第三次《歧路燈》學術討論會綜述〔N〕，光明日報，1985.2.5。

75. 弦聲，略論《歧路燈》中官吏形象的塑造〔J〕，殷都學刊（哲社版），1985（1）。

76. 楚石，程朱理學的圖解——《歧路燈》評析〔J〕，河北學刊，1985（2）。

77. 曾秀蒼、王昌定，理學人物的寫真——論《歧路燈》的人物塑造〔J〕，天津社會科學，1985（6）。

78. 王滋源，試論《紅樓夢》與《歧路燈》的異同〔J〕，河北大學學報，1985（1）。

79. 楊海中，自有流韻動人處——論《歧路燈》人物形象塑造〔J〕，殷都學刊（哲社版），1985（2）。

80. 劉貴，關於古典長篇小說《歧路燈》的注釋〔J〕，阜陽師院學報，1985

（4）。

81. 蔡國梁，世情小說之一派：《歧路燈》漫評〔J〕，河北大學學報，1985（1）。

82. 查洪德，《歧路燈》的教育方法論〔J〕，河南大學學報，1985（6）。

83. 查洪德，李綠園的師道觀〔J〕，殷都學刊，1985（3）。

84. 曾秀蒼、王昌定，落花水面皆文章——略論《歧路燈》中的小人物〔J〕，牡丹江師院學報（哲社版），1985（3）。

85. 孫菊園，略論《歧路燈》的藝術成就〔J〕，明清小說研究，1985 第 2 輯。

86. 陳美林，吳敬梓的家世對其創作的影響〔J〕，文學遺產，1985（1）。

87. 王克韶，試論《歧路燈》和《紅樓夢》的不同思想傾向〔J〕，東疆學刊，1985（1）

88. 劉中瀛，《歧路燈》在中國文學史上的地位初探〔J〕，遼寧商業專科學報，1986（1）。

89. 弦聲，略論《歧路燈》中的女性形象塑造〔J〕，殷都學刊（哲社版），1986（2）。

90. 歐陽健，古典小說藝術趨於成熟的標誌——略談《歧路燈》的心理描寫〔J〕，安徽大學學報，1986（3）。

91. 孫遜，論《歧路燈》的思想價值及其局限〔J〕，上海師範大學學報，1986（4）。

92. 商韜，《歧路燈》思想內容面面觀〔J〕，文學遺產，1986（5）。

93. 欒星，李綠園家世生平再補〔J〕，明清小說研究，1986（3）。

94. 尚達翔，談《歧路燈》的幾個道學形象〔J〕，明清小說研究，1986（3）。

95. 昇晏東、胡紹芳，姚雪垠剖析《歧路燈》〔N〕，人民日報（海外版），1986.2.25。

96. 劉冬，我看《歧路燈》〔J〕，明清小說研究，1986（4）。

97. 陳桂聲，《歧路燈》與《金瓶梅》〔J〕，徐州師院學報（哲社版），1987（3）。

98. 華旻，《歧路燈》——外省康乾盛世的全景圖〔J〕，大慶師專學報（哲社版），1987（1）。

99. 王昌定、曾秀蒼，論《歧路燈》的結構與文學傳統的繼承〔J〕，殷都學刊，1987（1）。

100. 杜貴晨，《歧路燈》的結構〔J〕，齊魯學刊，1987（4）。

101. 關世勳，《歧路燈》藝術瑣談〔J〕，學術交流，1988（3）。

102. 董國炎，教化至上與小說〔J〕，文學遺產，1988（1）。

103. 弦聲、徐式寧，從《歧路燈》看《西遊記》對清代社會的影響〔J〕，河南圖書館學刊，1988（3）。

104. 張亞新，李綠園在貴州的行止及創作〔J〕，貴州文史叢刊，1988（2）。

105. 查洪德、杜海軍，《歧路燈》的五段結構〔J〕，殷都學刊，1988（2）。

106. 孟憲明，民俗的運用對譚紹聞形象塑造的作用〔J〕，殷都學刊，1988（2）。

107. 陳呂洪，「用心讀書　親近正人」——論《歧路燈》作者的教育觀〔J〕，大理師專學報（哲學社會科學版），1988（1）

108. 尚達翔，談《歧路燈》所反映的清代考試制度〔J〕，河南師範大學學報（哲學社會科學版），1988（1）

109. 彭雁峰，「從說話看出人來」——淺論《歧路燈》人物語言的性格化〔J〕，淮陰師專學報（哲學社會科學版），1988（4）

110. 萬建清，論《歧路燈》反映的社會問題〔J〕，明清小說研究，1989（3）

111. 弦聲，從《金瓶梅》到《歧路燈》〔J〕，殷都學刊，1989（2）。

112. 汪鵬生，試認倫理型文化傳統對中國古代文學的規範作用〔J〕，齊魯學刊，1989（6）。

113. 萬建清，「運鉛之役」·李綠園·《歧路燈》〔J〕，明清小說研究，1990（2）。

114. 萬建清，論清初統治策略對《歧路燈》的影響〔J〕，明清小說研究，1990（3-4）。

115. 弦聲，從《歧路燈》看李綠園的小說觀及其實踐〔J〕，明清小說研究，1990（3-4）。

116. 張元友，「夢」中的譚孝移〔J〕，渤海學刊，1990（1）

117. 王卓華，《歧路燈》的廟戲及其他〔J〕，殷都學刊，1991（4）。

118. 劉書成，中國古代長篇小說結構形態演進軌跡考察〔J〕，西北師大學報，1991（4）。

119. 張稔穰，論中國古代小說情節藝術的演進軌跡〔J〕，濟寧師專學報，1991（2）。

120. 黃永前，《歧路燈》略論〔J〕，廣西師範大學學報（哲學社會科學版），1991（S1）

121. 張清芬，從《歧路燈》看商人的資本積累〔J〕，河南圖書館學刊，1991（4）

122. 吳建國，從明清小說看文人家庭生活與人格危機〔J〕，華東師大學報（哲社版），1992（2）。

123. 伊波，《歧路燈》豫語拾例〔J〕，甘肅社會科學，1992（5）

124. 張忠傑，一部形象化的古典教育學——《歧路燈》〔J〕，聊城師範學院學報（哲學社會科學版），1992（2）

125. 孔慶傑，《歧路燈》的忠孝觀〔J〕，貴州大學學報，1993（1）。

126. 王基，幫閒篾片論——從應伯爵到夏逢若〔J〕，河南師範大學學報（哲

社版），1993（6）

127. 秦崇海，《歧路燈》中原俗語簡釋〔J〕，黃淮學刊（社科版），1993（3）。

128. 沈金浩，論中國古代文人文學中的官方文學因素〔J〕，廣州師院學報（社科），1993（4）。

129. 張留芳，略論儒家的文學倫理思想〔J〕，南京師大學報（社科），1993（1）。

130. 姜北國，試論古典小說中的「迴環三疊」結構〔J〕，瀋陽師院學報，1993（4）。

131. 鍾和，《歧路燈》長明不息〔J〕，平頂山師專學報，1994（4）。

132. 余輝，《歧路燈》校注的問題〔J〕，河南圖書館學刊，1994（3）。

133. 萬建清，論清初學術思潮對《歧路燈》的影響〔J〕，明清小說研究，1995（2）。

134. 張生漢，《歧路燈》詞語例釋〔J〕，古漢語研究，1995（4）。

135. 翟綱緒，中國古代第一部教育小說——《歧路燈》〔M〕，大同職業技術學院學報，1995（3）。

136. 高楠，倫理的藝術與藝術的倫理——中國古代藝術理性的價值取向〔J〕，社會科學輯刊，1995（5）。

137. 暢廣元，論中國古代作家藝術人格的建構〔J〕，人文雜誌，1995（2）。

138. 劉書成，論中國古代小說的時空模糊敘事構架〔J〕，西北師大學報（社會科學版），1995（9）。

139. 于興漢、吉曉明，試論中國古代小說批評中的「史家意識」〔J〕，山西師大學報（社會科學版），1995（4）。

140. 王啓忠，試論中國古代小說崇尚「教化」的傳統〔J〕，南京社會科學，1995（4）。

141. 張玉芹，試論中國古代小說刻畫人物個性的「同中見異」〔J〕，臨沂師專學報，1995（2）。

142. 吳波，論明清小說作家對理想人格的探索〔J〕，懷化師專學報，1995（10）。

143. 劉春生，金聖歎在小說人物論上的傑出建樹〔J〕，國際關係學院學報，1995（4）。

144. 翟綱緒，中國古代第一部教育小說——《歧路燈》〔J〕，大同高等專科學校學報，1995（3）

145. 朱越利，《歧路燈》展示的清代盛世士人對三教的態度〔J〕，世界宗教研究，1996（3）。

146. 胡文彬，庸郎中亂投虎狼藥——《歧路燈》中譚紹聞教移之死〔J〕，家庭中醫藥，1996（4）。

147. 王文軍，倡導具有道德精神的古典文學教育芻議〔J〕，社會科學，1996

（10）。

148. 張錦池，究竟是回歸還是叛逆──《紅樓夢》與《儒林外史》社會觀念的比較研究〔J〕，紅樓夢學刊，1996（2）。

149. 錢志熙，群體的影響與個體的超越──試探傑出文學家的成功規律〔J〕，江海學刊，1996（1）。

150. 張興瑤，中國古代的小說概念以及歷代古文家的「小說氣」之爭〔J〕，鐵道師院學報，1996（10）。

151. 葉桂桐，深沉的歷史感──中國古典小說散論之一〔J〕，瀋陽師範學院學報（社科版），1996（2）。

152. 游友基，略談「三言」對中國古代小說的影響〔J〕，寧德師專學報（哲社版），1996（2）。

153. 陸林，試論先秦小說觀念〔J〕，安徽大學學報（哲學社會科學版），1996（6）。

154. 蕭星明，《歧路燈》現實主義局限性原因初探〔J〕，廣西師範大學學報，1997（3）。

155. 張麗萍，《歧路燈》的人生價值觀〔J〕，佳木斯教育學院學報，1997（4）。

156. 李延年，「略論清代小說藝術上的進展」吹求〔J〕，河北師範學院學報，1997（4）。

157. 弦聲，一部集眾說之長的研究專著──評吳秀玉的《李綠園與其〈歧路燈〉研究》〔J〕，殷都學刊，1997（4）。

158. 李麗明，從一組轉變人物形象的塑造看《歧路燈》的價值〔J〕，黔南民族師專學報，1997（2）。

159. 李永慶，李綠園與《歧路燈》〔J〕，中州統戰，1997（11）。

160. 寧宗一，關於古代作家的心態研究〔J〕，文學遺產，1997（5）。

161. 張國風，康乾時期文化政策的複雜性及其對小說的影響〔J〕，中國人大學報，1997（2）。

162. 謝真元，古代小說中婦女命運的文化透視〔J〕，重慶師院學報哲社版，1997（1）。

163. 劉書成，中國古代小說敘事模式的文化內涵及功能〔J〕，西北師大學報（社會科學版），1997（5）。

164. 高育花，《歧路燈》中的助詞「哩」〔J〕，甘肅社會科學，1998（4）。

165. 李延年，題材創新與題材融合的和諧統一──論《歧路燈》中的公案片斷與案情故事〔J〕，河北師大學報（社科版），1998（4）。

166. 朱萬曙，《儒林外史》：理性作家的理性小說〔J〕，安徽大學學報（哲社版），1998（2）。

167. 徐明安，論《儒林外史》的理想精神〔J〕，紹興文理學院學報，1998（3）。

168. 羅瑞寧，中國古代小說觀念沿變線索淺探〔J〕，南寧師專學報，1998（1）。

169. 李延年，記敘事時間視野中的《歧路燈》美學特色〔J〕，鄭州大學學報（哲社版），1999（7）。

170. 李延年，應運而生：社會生活爲《歧路燈》的產生提供了沃土〔J〕，河北學刊，1999（4）。

171. 李昌鉉，《歧路燈》研究八十年〔J〕，西北師範大學學報（社科版），1999（5）。

172. 傅書靈、鄧小紅，《歧路燈》句中助詞「哩」及其來源〔J〕，殷都學刊，1999（12）。

173. 宋莉華，方言與明清小說及其傳播〔J〕，明清小說研究，1999（4）。

174. 王先霈，中國古代文學中的「綠色」觀念〔J〕，文學評論，1999（6）。

175. 戴誠、沈劍文，由《歧路燈》看商品經濟對封建秩序的衝擊〔J〕，陰山學刊，2000（1）。

176. 李延年，論《歧路燈》通過藝術形象所表現的學校教育思想〔J〕，河北師範大學學報（教育科學版），2000（4）。

177. 侯民治，明代小說觀的躍遷〔J〕，文史哲，2000（6）。

178. 羅書華，中國古代小說觀的對立與同一〔J〕，社會科學研究，2000（1）。

179. 王培元，中國古代「小說」觀念辯證〔J〕，山東大學學報（哲學社會科學版），2000（4）。

180. 程魯潔，淺論《歧路燈》的教育思想〔J〕，理論月刊，2001（11）。

181. 張生漢，從《歧路燈》看十八世紀河南方言詞匯〔J〕，河南廣播電視大學學報，2001（4）。

182. 張萌，《歧路燈》的戲曲研究價值及版本新考〔J〕，東方藝術，2001（2）。

183. 曹芳，論《歧路燈》中妻妾形象塑造得失〔J〕，漳州職業大學學報，2001（4）。

184. 李欽霞，一代奇人李綠園〔J〕，中州今古，2001（5）。

185. 張靈聰，清中葉審美風尚論〔J〕，人大複印資料，2001（3）。

186. 嚴萍，論中國古代小說尚勸誡的審美思想〔J〕，鄭州大學學報（哲學社會科學版），2001（9）。

187. 陳建平，古代小說勸誡型人物形象淺析〔J〕，天津成人高等學校聯合學報，2001（11）。

188. 史紅衛、張兵，略論明清小說中的人物類型化問題〔J〕，復旦學報（哲學社會科學版），2001（5）。

189. 李小紅，《歧路燈》研究述評〔J〕，運城高等專科學校學報，2002（4）。

190. 胡軍利，論《歧路燈》的哲學思想〔J〕，湖南商學院學報，2002（2）。

191. 張弦聲，《歧路燈》的現代解讀——評李延年的《歧路燈》研究〔J〕，明清小説研究，2003（1）。

192. 趙智旻，從《歧路燈》看花雅之爭〔J〕，藝術百家，2003（3）。

193. 魏崇新，小説史研究的新成果——評李延年教授著《〈歧路燈〉研究》〔J〕，東南大學學報（哲學社會科學版），2003（5）。

194. 王開桃，論《歧路燈》中戲曲伶人的描寫及其意蘊〔J〕，中國文學研究，2003（3）。

195. 杜貴晨，「七易寒暑」的力作——評李延年教授的新著《〈歧路燈〉研究》〔J〕，河北師範大學學報（哲社版），2003（11）。

196. 張濤、易衛華，評李延年的新著《〈歧路燈〉研究》〔J〕，河北學刊，2003（2）。

197. 孫大鳳，《歧路燈》——古代文學的寶貴遺產〔J〕，中州今古，2003（Z1）。

198. 王建科，明清長篇家族小説及其敘事模式〔J〕，陝西師範大學學報（哲學社會科學版），2003（1）。

199. 王平，論明清時期小説傳播的基本特徵〔J〕，文史哲，2003（6）。

200. 邱培成，從前期《小説月報》看清末民初小説觀念的演變〔J〕，江淮論壇，2003（6）。

201. 秦川，論古代小説中佛、道「勸懲教化」的地位和作用〔J〕，安徽大學學報（哲學社會科學版），2003（6）。

202. 曹秀，認識母親——對三部小説中母親形象的文化解讀〔D〕，重慶師範大學，碩士論文，2003。

203. 杜貴晨，贊兩吳女士的《歧路燈》研究——從我國大陸的《歧路燈》研究說起〔J〕，福州大學學報（哲學社會科學版），2004（1）。

204. 張生漢、劉永華，《紅樓夢》、《歧路燈》和《儒林外史》的方言詞語比較研究（上）——以予詞前的動詞為例〔J〕，新鄉師範高等專科學校學報，2004（1）。

205. 王守亮，文學視界下的社會病——談《歧路燈》反映的清代賭博問題〔J〕，廣西社會科學，2004（10）。

206. 劉暢，20 世紀以來《歧路燈》研究回眸〔J〕，河南大學學報（社會科學版），2004（5）。

207. 葛永海，中州理學之城與欲望之城——論《歧路燈》中的城市文化衝突〔J〕，河南教育學院學報（哲學社科版），2004（4）。

208. 席紅霞、曹萌，《歧路燈》對《金瓶梅》的模仿與超越〔J〕，河南教育學院學報，2004（4）。

209. 馮春田，《歧路燈》結構助詞「哩」的用法及其形成〔J〕，語言科學，2004（4）。

210. 王海燕，《歧路燈》的藝術成就〔D〕，首都師範大學，碩士論文，2004。

211. 趙智旻，《歧路燈》新探〔D〕，南京師範大學，碩士論文，2004。

212. 高松壽，《歧路燈》的藝術歧路〔J〕，鄭州經濟管理幹部學院學報，2005（12）。

213. 陳桂生，關於《歧路燈》研究的幾點思考〔J〕，明清小說研究，2005（1）。

214. 李麗霞，明清白話小說塾師形象研究〔D〕，首都師大，碩士論文，2005。

215. 李鳴，《歧路燈》教育思想研究〔D〕，揚州大學，碩士論文，2005。

216. 彭娟，《歧路燈》對家庭命運的關注與對家族文學的開拓〔D〕，湖南師大，碩士論文，2005。

217. 馬懷雲，《歧路燈》中商業廣告所反映的商人智慧〔J〕，鄭州大學學報（哲學社會科學版），2005（5）。

218. 胡軍利，論《歧路燈》的復歸思想〔J〕，船山學刊，2005（2）。

219. 袁宏，論《歧路燈》的創作特色〔J〕，中共濟南市委黨校學報，2005（1）。

220. 劉銘，《歧路燈》的儒學闡釋〔D〕，山東師大，碩士論文，2006。

221. 謝燕琳，《歧路燈》稱謂研究〔D〕，西北師大，碩士論文，2006。

222. 劉暢，《歧路燈》與中原民俗文化研究〔D〕，華東師大，博士論文，2006。

223. 王海燕，論《歧路燈》的寫人藝術〔J〕，湘南學院學報，2006（12）。

224. 王海燕，一部不容忽視的小說——《歧路燈》考論〔J〕，學術探索，2006（12）。

225. 孫振傑、卓俊科，《歧路燈》命運之「難」〔J〕，平頂山學院學報，2006（12）。

226. 王恩建，《歧路燈》欒校補正二則〔J〕，齊齊哈爾大學學報：哲學社會科學版，2006（5）。

227. 謝燕琳，《歧路燈》中的稱謂排行〔J〕，甘肅聯合大學學報（社會科學版），2006（5）。

228. 李延年，《歧路燈》敘事紕漏舉隅與訂誤〔J〕，明清小說研究，2006（3）。

229. 王穎，《歧路燈》是一部值得借鑒的教育小說〔J〕，天津職業院校聯合學報，2006（1）。

230. 李豔霞，淺議《歧路燈》的婦女觀〔J〕，語文學刊，2006（3）。

231. 袁宏，從《歧路燈》談士人與小說的關係〔J〕，科教文匯，2006（7）。

232. 袁宏，論《歧路燈》的「治生」精神〔J〕，科教文匯，2006（9）。

233. 閆焱，淺論《金瓶梅》與《歧路燈》人物塑造之異同〔J〕，河南廣播電

視大學學報，2006（3）。

234. 魏娟莉，從《歧路燈》看「女教」關照下清代女性形象的定位〔J〕，許昌學院學報，2006（6）。

235. 王海燕，鏡燈相映，妙合無限〔J〕，鄂州大學學報，2007（1）。

236. 王海燕、楊東方，李綠園的文學觀與《歧路燈》〔J〕，中州大學學報，2007（1）。

237. 劉暢，《歧路燈》的傳播與接受之難探因〔J〕，重慶社會科學，2007（2）。

238. 呂明鳳，《歧路燈》研究〔D〕，陝西師大，碩士論文，2007。

239. 王磊，論康乾時期的開封風土與《歧路燈》飲食文化〔D〕，江南大學，碩士論文，2007。

240. 劉暢，《歧路燈》傳播與接受之難溯源〔J〕，蘭州學刊，2007（1）。

241. 王守亮，爲商人寫眞——論《歧路燈》反映的商人生存狀態及其小說史價值〔J〕，山東省工會管理幹部學院學報，2007（2）。

242. 蘇全有，從《歧路燈》看中國封建社會由盛轉衰的徵兆——以文教、社會風氣爲考察範圍〔J〕，商丘師範學院學報，2007（10）。

243. 劉暢，論《歧路燈》小說語言的民俗文化特色〔J〕，河南理工大學學報：社會科學版，2007（3）。

244. 張寧，論《歧路燈》的審美藝術特色〔J〕，咸陽師範學院學報，2007（3）。

245. 張寧，論《歧路燈》的思想基礎〔J〕，電影評介，2007（3）。

246. 張寧，試論《歧路燈》「內外嚴肅」的家政觀〔J〕，蘭臺世界，2007（7X）。

247. 王海燕，雅俗共賞，妙趣橫生——《歧路燈》的語言藝術〔J〕，阿壩師範高等專科學校學報，2007（1）。

248. 張寧，論《歧路燈》的家庭教育思想〔J〕，寶雞文理學院學報（社會科學版），2007（2）。

249. 王蕾，《歧路燈》中的壽誕食俗〔J〕，蘭臺世界，2007（8S）。

250. 王蕾，論康乾時期開封風土與《歧路燈》飲食文化〔D〕，江南大學，碩士論文，2007。

251. 許婷，《歧路燈》中市井閒漢群像及其社會意蘊〔J〕，文學教育，2007（8）。

252. 孫振傑，再談阻礙《歧路燈》廣泛傳播的原因〔J〕，成都紡織高等專科學校學報，2007（3）。

253. 蕭俊卿，論《歧路燈》中的人物形象——夏鼎〔J〕，鄭州航空工業管理學院學報（社會科學版），2007（2）。

254. 范芃蕊，《歧路燈》與《金瓶梅》比較研究〔D〕，山東師大，碩士論文，2008。

255. 劉銘，《歧路燈》的故事淵源考〔J〕，阿壩師範高等專科學校學報，2008

（4）。

256. 劉銘，譚紹聞的「齊姜」願——淺論李綠園對婚姻與兩性關係的認識〔J〕，新鄉學院學報（社會科學版），2008（6）。

257. 劉暢，《歧路燈》戲曲描寫及其文化意蘊探微〔J〕，戲劇文學，2008（5）。

258. 蘇全有，從《歧路燈》看中國封建社會由盛轉衰的徵兆——以政治、經濟爲考察範圍〔J〕，河南理工大學學報：社會科學版，2008（1）。

259. 石麟，賈寶玉・杜少卿・譚紹聞——《紅樓夢》、《儒林外史》、《歧路燈》中的「敗家子」比論〔J〕，河南教育學院學報（哲學社會科學版），2008（2）。

260. 魏娟莉，妻妾和諧：《歧路燈》中男權社會的理想家園〔J〕，許昌學院學報，2008（4）。

261. 魏娟莉，「三姑六婆」——《歧路燈》中的另類女人〔J〕，河南社會科學，2008（5）。

262. 劉暢，論《歧路燈》中的茶事描寫及其意義〔J〕，農業考古，2008（2）。

263. 李鳴，淺談《歧路燈》家塾師者形象塑與教育思想表達〔J〕，作家，2008（11）。

264. 劉暢，《歧路燈》中的中原地域佛教信仰〔J〕，南陽師範學院人文社會科學學報，2009（3）。

265. 劉暢，論《歧路燈》語言的地域性文化特徵〔J〕，南陽師範學院學報，2009（5）。

266. 楊萍，《歧路燈》中的飲食習俗〔J〕，長春師範學院學報，2009（1）。

267. 趙麗娜，《歧路燈》詞匯系統研究〔J〕，欽州學院學報，2009（2）。

268. 魏娟莉，從《歧路燈》看古代女性在家庭教育中的尷尬地位〔J〕，河南大學學報：社會科學版，2009（4）。

269. 魏娟莉，《歧路燈》中譚紹聞人生浮沉的心路歷程〔J〕，南都學壇，2009（6）。

270. 劉建華，從《歧路燈》看清代中葉市民經濟生活的文化蘊涵〔J〕，湘南學院學報，2009（4）。

271. 劉建華，「戲劇化」的女性形象——淺談《歧路燈》中的巫翠姐〔J〕，湖南人文科技學院學報，2009（5）。

272. 劉建華，談《歧路燈》中人物譚孝移的中年早逝〔J〕，作家，2009（4）。

273. 劉建華，淺談《歧路燈》中譚孝移悲劇的成因及其意義〔J〕，中國文學研究，2009（2）。

274. 劉建華，從《歧路燈》看清中葉的奴婢制度〔J〕，船山學刊，2009（2）。

275. 劉建華，譚紹聞的墮落誰之過——《歧路燈》中譚紹聞墮落原因分析〔J〕，

船山學刊，2009（4）。

276. 劉銘，儒家「心性」說對《歧路燈》寫人藝術的影響〔M〕，連雲港師範高等專科學校學報，2009（3）。

277. 劉銘，孔子、孟子「孝道」對《歧路燈》的影響〔J〕，蘭州教育學院學報，2009（1）。

278. 劉銘，淺論管子經濟思想對《歧路燈》的影響〔J〕，管子學刊，2009（1）。

279. 龐明啓，《歧路燈》中的「悍婦」形象〔J〕，長春工業大學學報（社會科學版），2009（6）。

280. 孫振傑，《歧路燈》的傳播研究〔D〕，華東師範大學，碩士論文，2009。

281. 姜鴻雁，《歧路燈》故事形態研究〔D〕，中山大學，碩士論文，2009。

282. 彭娟，《歧路燈》的對比性家族人物體系〔J〕，大眾文藝（理論），2009（22）。

283. 張寧，《歧路燈》探析過程需澄清的幾個問題〔J〕，山東文學，2009（7）。

284. 黃利芳，孔慧娘的矛盾心理及其在《歧路燈》中的思想地位〔J〕，語文學刊，2009（5）。

285. 張國風，在道學與藝術之間穿行的《歧路燈》〔J〕，文史知識，2009（8）。

286. 劉艷春，《紅樓夢》與《歧路燈》中的「情」「理」〔J〕，大眾文藝，2009（19）。

287. 朱鵬，《儒林外史》《歧路燈》思想傾向簡論〔J〕，安徽文學，2009（1）。

288. 王嫻，試論清代小說中的「不肖子」形象〔D〕，首都師範大學，碩士論文，2009。

289. 張向陽，也談《歧路燈》河南方言詞語——兼與張生漢先生商榷〔J〕，黃河科技大學學報，2010（5）。

290. 趙倩，從《歧路燈》看李綠園的戲曲藝術創作觀〔J〕，藝術百家，2010（1）。

291. 孫振傑，文學經典與「可居」奇貨——《歧路燈》的現代傳播主題研究〔M〕，平頂山學院學報，2010（1）。

292. 李軍鋒，《歧路燈》情節結構之特色〔J〕，內蒙古電大學刊，2010（3）。

293. 劉洪強，《歧路燈》藍本問題考辯——兼論《型世言》與《歧路燈》之關係〔J〕，天中學刊，2010（3）。

294. 蘇傑，《歧路燈》引用儒家典籍考論〔J〕，蘭州學刊，2010（8）。

295. 蘇傑，尊與親的辯證法：《歧路燈》稱謂現象考略〔J〕，河南師範大學學報（哲學社會科學版），2010（1）。

296. 魏娟莉，《歧路燈》中的古代家庭教育〔J〕，文史知識，2010（8）。

297. 魏娟莉，試論《歧路燈》中古代家庭教育的得失〔J〕，許昌學院學報，

2010（1）。

298. 魏娟莉，《歧路燈》中心理描寫藝術對傳統的突破與發展〔J〕，中州學刊，
2010（3）。

299. 袁新學，《歧路燈》海峽兩岸學術研討會在平頂山舉行〔J〕，協商論壇，
2010（10）。

300. 李振明，《歧路燈》中的人生禮俗與宗教習俗〔J〕，文史知識，2010（11）。

301. 徐春燕，清代中期的商人及其經營狀況探究——以李綠園的《歧路燈》
爲視角〔J〕，鄭州大學學報（哲學社會科學版），2010（5）。

302. 周曉雲，從《歧路燈》看明朝的家庭教育〔J〕，河西學院學報，2010（3）。

303. 劉豔春，美學視野下的《歧路燈》〔D〕，蘇州大學，碩士論文，2010。

304. 呂明鳳，淺析《歧路燈》的「家政」主題〔J〕，金卡工程：經濟與法，
2010（7）。

305. 張弦生，散論《野叟曝言》兼與《歧路燈》比較〔J〕，昆明學院學報，
2010（4）。

306. 劉銘，儒家「詩教」對《歧路燈》創作的影響〔J〕，山東省青年管理幹
部學院學報，2010（3）。

307. 劉暢，由《歧路燈》看清代中原地區賭博群體的廣泛性〔J〕，河南理工
大學學報（社會科學版），2010（3）。

308. 劉洪強，論《歧路燈》的「禍起蕭牆」〔J〕，河南教育學院學報（哲學社
會科學版），2010（2）。

309. 唐江濤，譚忠弼的焦慮和深憂〔J〕，電影評介，2010（19）。

310. 黃忠紅，《歧路燈》的教育民俗研究〔D〕，華中科技大學，碩士論文，2010。

311. 簡婕，試析明清小說之儒家的名教理念《歧路燈》〔J〕，南昌教育學院學
報，2010（1）。

312. 崔曉飛，《歧路燈》語言應用研究〔D〕，暨南大學，學位論文，2011。

313. 申明秀，《歧路燈》雅俗論——世情小說雅俗系列研究之十二〔J〕，商丘
師範學院學報，2011（11）。

314. 王冰，《歧路燈》詞語校勘補遺〔J〕，平頂山學院學報，2011（3）。

315. 張紅波，真實的商業與商人圖景——兼論《歧路燈》中的王春宇形象〔J〕，
遼東學院學報：社會科學版，2011（1）。

316. 王春曉，從迂腐走向世俗——《歧路燈》人物惠養民形象分析〔J〕，青
島大學師範學院學報，2011（4）。

317. 雷威，《歧路燈》教育視角的現代解讀〔D〕，華中師範大學，碩士論文，
2011。

318. 彭娟，《歧路燈》的家族傳承危機與禮法重建期待〔J〕，滄桑，2011（1）。

319. 張清廉，《歧路燈》海峽兩岸學術研討會綜述〔Z〕，河南社會科學，2011（1）。

320. 陳美林，《歧路燈》散論〔J〕，東南大學學報（哲學社會科學版），2011（3）。

321. 李延年，《歧路燈》人物命名的獨到匠心及其文化意蘊初探〔J〕，古典文學知識，2011（3）。

322. 孫迪，《歧路燈》人物形象研究〔D〕，哈爾濱師範大學，碩士論文，2011。

323. 李逢丹，《歧路燈》俗語研究〔D〕，湘潭大學，碩士論文，2011。

324. 楊海中，《歧路燈》研究九十年〔J〕，黃河科技大學學報，2011（2）。

325. 褚紫玲，略論《歧路燈》中的「女教」觀〔J〕，傳承，2011（11）。

326. 葛豔奇，清代小說《歧路燈》的教育特徵研究〔J〕，文教資料，2011（3）。

327. 任傑，論《歧路燈》的敘事框架〔J〕，青年文學家，2011（10）。

328. 劉銘，儒家「神道設教」思想對《歧路燈》的影響〔J〕，焦作大學學報，2011（4）。

329. 劉洪強，談《歧路燈》中的「夏逢若」形象〔J〕，伊犁師範學院學報（社會科學版），2011（4）。

330. 劉暢，從《歧路燈》的傳播接受看明清中原出版業的發展〔J〕，中州學刊，2011（5）。

331. 李鳴，淺談《歧路燈》中敗子形象的塑造與教育思想的闡釋〔J〕，大家，2011（3）。

332. 張麗麗，文人心理的另類表現——淺析《歧路燈》譚紹聞性格中的文人心理〔J〕，赤峰學院學報（漢文哲學社會科學版），2011（5）。

333. 李正學，李綠園的曲意情懷〔J〕，四川戲劇，2011（4）。

334. 劉小滿，中西教育小說比較研究〔D〕，遼寧大學，碩士論文，2011。

335. 彌君，《歧路燈》與《兒女英雄傳》處置式對比研究〔D〕，北京外國語大學，學位論文，2012。

336. 李谷悅，《歧路燈》中的士紳家庭經濟理念〔D〕，東北師範大學，學位論文，2012。

337. 孫振傑，《歧路燈》中的戲曲活動〔J〕，平頂山學院學報，2012（6）。

338. 高樂，《歧路燈》的誕辰飲食習俗小考〔J〕，傳奇，傳記文學選刊（理論研究），2012（1）。

339. 陳德鵬，《歧路燈》與清代河南流行的酒類〔J〕，平頂山學院學報，2012（1）。

340. 張春賀，論敘事視野中的《歧路燈》「戲曲因素插入」描寫〔D〕，河北師範大學，碩士論文，2012。

341. 武強，清代中期開封的城市意象：以《歧路燈》爲中心的討論〔J〕，蘭州學刊，2012（12）。

342. 何梅琴，論《歧路燈》的教育思想〔J〕，平頂山學院學報，2012（6）。

343. 王冰，校注本《歧路燈》存在問題初探〔J〕，平頂山學院學報，2012（4）。

344. 王冰，《歧路燈》版本考論〔J〕，求索，2012（7）。

345. 劉銘，《周易‧蒙卦》教育思想對《歧路燈》的影響〔J〕，山東青年政治學院學報，2012（1）。

346. 張玉萍，《歧路燈》詞匯研究三十年〔J〕，現代語文，2012（7）。

347. 歐陽健，如何深化《歧路燈》研究〔J〕，現代語文，2012（2）。

348. 劉豔敏，翩翩世家子——《歧路燈》盛希僑小評〔J〕，文史知識，2012（5）。

349. 劉銘，儒家民本思想對《歧路燈》的影響〔J〕，新鄉學院學報（社會科學版），2012（1）。

350. 胡曉眞，戲說市聲／士聲——《歧路燈》的儒者敘事〔J〕，漢語言文學研究，2012（2）。

351. 李鳴，論《歧路燈》教育思想的藝術表達〔J〕，大家，2012（17）。

352. 周宋，明清長篇世情小說交友問題研究〔D〕，華中師範大學，碩士論文，2012。

353. 陳麗華，《歧路燈》與明清科舉制度〔D〕，曲阜師範大學，碩士論文，2013。

354. 杜貴晨，論中國古代小說中的「愛民主義」——《歧路燈》思想內涵別說〔J〕，河北學刊，2013（1）。

355. 杜貴晨，李綠園《歧路燈》的佛緣與「譚（談）」風——作者、書題與主人公名義考論〔J〕，明清小說研究，2013（1）。

356. 吳林博，《歧路燈》中的戲曲劇目考析〔J〕，四川師範大學學報（社會科學版），2013（2）。

357. 吳林博，《歧路燈》中的戲曲傳播研究〔J〕，中華文化論壇，2013（4）。

358. 王委豔，《歧路燈》描寫中州戲曲活動及其敘事意義〔J〕，四川戲劇，2013（5）。

359. 彭海燕、秦衛民，從《歧路燈》看古代女性在家庭教育中的角色〔J〕，芒種，2013（6）。

360. 許中榮，《歧路燈》的「書房情節」及其書寫意義〔J〕，濟寧學院學報，2013（4）。

361. 李延年，試論敘事學視野中的《歧路燈》「戲曲因素介入」描寫〔J〕，平頂山學院學報，2013（3）。

362. 郝二旭，從《歧路燈》看清代河南的民間手工業〔J〕，平頂山學院學報，

2013（3）。

363. 李碧，清初理學思潮與《歧路燈》研究〔J〕，作家，2013（6）。

364. 郭麝蘭，成長是一條曲折的路——小説《歧路燈》中的家庭教育啓示〔J〕，中華家教，2013（7）。

365. 王以興，一把解讀《歧路燈》思想靈魂的金鑰匙——從「用心讀書，親近正人」有關的兩個問題談起〔J〕，運城學院學報，2013（3）。

366. 鄭來，析《歧路燈》中妻子形象〔J〕，語文學刊，2013（10）。

367. 李越，《歧路燈》中士大夫的戲曲觀探析——以作者李綠園爲例〔J〕，淮北職業技術學院學報，2014（12）。

368. 王秋鳳，從中原民俗看《歧路燈》中的戲曲活動〔D〕，陝西師範大學，碩士論文，2014。

369. 武少輝，《歧路燈》基於家庭主題的「傳家處世」哲學研究〔J〕，平頂山學院學報，2014（3）。

370. 韓娜，《歧路燈》中女性形象研究〔D〕，贛南師範學院，碩士論文，2014。

371. 史蘭芳，淺談《歧路燈》中的語言民俗文化〔J〕，短篇小説（原創版），2014（11）。

372. 康娜，《歧路燈》中的諷刺性描寫研究〔D〕，河北師範大學，碩士論文，2014。

373. 郭樹偉，李綠園《歧路燈》的文化擔當精神讜論——從王氏的母親形象談起〔J〕，中州學刊，2015（8）。

374. 郭樹偉，論李綠園的社會閱歷對《歧路燈》藝術成就的影響〔J〕，平頂山學院學報，2015（2）。

375. 朱姍，新發現的《歧路燈》張廷綬題識及其學術價值〔J〕，文學研究，2015（1）。

376. 周鈞韜，《金瓶梅》與《歧路燈》比較研究之我見〔J〕，遼東學院學報（社會科學版），2015（4）。

377. 吳秀玉，李綠園及《歧路燈》的理學思想〔J〕，平頂山學院學報，2015（2）。

378. 劉洋，論《歧路燈》人物形象及其文化意蘊〔J〕，哈爾濱師範大學，碩士論文，2015。

379. 彭海燕，《歧路燈》：當代教育啓示錄〔J〕，新餘學院學報，2015（10）。

380. 彭海燕，溺愛遷就或嚴慈相濟——《歧路燈》與《聊齋誌異》中的家族教育〔J〕，武夷學院學報，2015（2）。

381. 武少輝，《歧路燈》家庭小説主題及平民化敘事模式分析〔J〕，齊齊哈爾高等專科學校學報，2015（2）。

382. 代偉、李眞眞，論《歧路燈》中王中的形象〔J〕，重慶三峽學院學報，2015（3）。

383. 郭慧，清代小説《歧路燈》隱語初探〔J〕，文教資料，2015（2）。

384. 李娟，從《歧路燈》看中國的傳統教學理念〔D〕，華中師範大學，碩士論文，2015。

385. 閆瑾，《歧路燈》時間副詞研究〔D〕，重慶師範大學，碩士論文，2015。

386. 武少輝，《歧路燈》的現實主義及家庭教育主題研究〔J〕，鄭州大學，碩士論文，2016。

387. 吳林博，李綠園文化研究中的問題與對策〔J〕，牡丹江教育學院學報，2016（2）。

388. 孫振傑，臺灣《歧路燈》研究平議〔J〕，明清小説研究，2016（4）。

389. 鄭易妹，教育視角下的《歧路燈》研究〔D〕，牡丹江師範學院，碩士論文，2016。

390. 郭慧，《歧路燈》隱語研究〔D〕，西南科技大學，碩士論文，2016。

391. 李正學，論李綠園的小説思想〔J〕，明清小説研究，2017（7）。

392. 劉銘，試論《歧路燈》與原始儒學的關係〔J〕，濟寧學院學報，2017（2）。

393. 汪麗霞，《歧路燈》主題及故事模式流變研究〔D〕，深圳大學，碩士論文，2017。